Jørn Riel

Nicht alle Eisbären halten Winterschlaf

AF626225

Zu diesem Buch

In Nordostgrönland stranden die Männer, die die Nase voll haben von Europa und seiner Zivilisation. Valfred, der bärbeißige, verschlafene Schlachter, Anton, der gerade sein Abitur in der Tasche hat, Fjordur, der raubeinige Isländer, der kultivierte Graf, der selbst im hohen Norden seinen Wein anbaut, und all die anderen Jäger und Fänger: Jeder ist auf seine Art eigensinnig und liebenswert. Mit Witz und Poesie erzählt Jørn Riel, wie man in diesem Land der atemberaubenden Naturschönheiten seinen ersten Eisbären fängt, in der Ödnis eine Funkstation errichtet, sich auf einem Eisberg durch die Fjorde treiben lässt oder sich eine Frau erträumt.

»Selten ist das ›Wesen‹ der Arktis so anschaulich geschildert worden wie in diesen mehr oder minder wahren, umwerfend komischen und auch wieder tief berührenden Erzählungen um Männer, die nirgendwo anders hätten leben können.« *Karin Siegl, Schweizer Bibliotheksdienst*

Der Autor

Jørn Riel (1931–2023) kam im Alter von achtzehn Jahren als Mitglied einer Expedition in den Osten Grönlands und blieb dort. Von 1962 bis 1965 unternahm er Reisen nach Westindien, Nordafrika und Südostasien. Zu Fuß durchquerte er Sumatra in elf Monaten. Später arbeitete er im Dienst der UNO im Vorderen Orient, in Syrien und Jordanien. Nachdem er in Thailand, Indonesien und Papua-Neuguinea seinen Wohnsitz hatte, pendelte er zwischen +40 Grad Malaysia und -40 Grad Skandinavien.

Im Unionsverlag sind außerdem lieferbar: *Die Grönland-Saga (Der Raub der Stammesmutter; Arluks große Reise; Sorés Heimkehr); Das Haus meiner Väter; Zu viel Glück auf einmal* und *Vor dem Morgen.*

Mehr über Autor und Werk im Anhang und auf *www.unionsverlag.com*

Jørn Riel

Nicht alle Eisbären halten Winterschlaf

Eine arktische Safari

Aus dem Dänischen von
Wolfgang Th. Recknagel

Unionsverlag

Die Originalausgabe erschien 1976
in zwei Bänden unter den Titeln
En arktisk safari og andere skrøner
(Eine arktische Safari und andere Flunkereien) und
En ungerlig duel og andere skrøner
(Ein seltsames Duell und andere Flunkereien)
bei Lindhardt & Ringhof Publishers, Kopenhagen.
Die deutsche Erstausgabe erschien 2001
im Unionsverlag, Zürich.

Im Internet
Aktuelle Informationen, Dokumente und Materialien
zu Jørn Riel und diesem Buch
www.unionsverlag.com

Unionsverlag Taschenbuch 544
Published by agreement with
Leonhardt & Høier Literary Agency, Copenhagen
© by Lindhardt & Ringhof Publishers 1976
© by Unionsverlag 2011
Neptunstrasse 20, CH-8032 Zürich
Telefon +41 44 283 20 00
mail@unionsverlag.ch
Alle Rechte vorbehalten
Der Verlag behält sich das Recht des Text- und Data-Minings an diesem Werk vor,
was hiermit Dritten ohne Zustimmung des Verlags untersagt ist.
Reihengestaltung: Heinz Unternährer
Umschlaggestaltung: Martina Heuer
Umschlagfoto: Naomi Woods
Druck und Bindung: CPI – Clausen & Bosse, Leck
www.unionsverlag.com/produktsicherheit
ISBN 978-3-293-20544-4
5. Auflage dieser Ausgabe, Februar 2026
7. Auflage als Taschenbuch

Der Unionsverlag wird vom Bundesamt für Kultur mit einem
Verlagsförderungs-Strukturbeitrag für die Jahre 2026–2028 unterstützt.

Auch als E-Book erhältlich

Die Schneeammer

Allein. Ganz allein an einer fast menschenleeren Küste, abgeschnitten von der übrigen Welt. Abhängig von der eigenen Tüchtigkeit und dem eigenen Willen, sein eigener Herr und eigener Diener; alles das hatte Anton Pedersen sich offenbar nicht klar gemacht, als er sich im Büro der Kompanie als Fänger bewarb. Denn Anton war gerade neunzehn Jahre alt, ihn beschäftigten ganz andere Gedanken. Seine arktische Welt war mit Polarhelden bevölkert, unbezwinglichen Männern, die unter Einsatz ihres Lebens die vielen weißen Flecke auf der Landkarte auszufüllen suchten. Sein Grönland – das waren lange Reisen mit kläffenden Hunden vor dem Schlitten, gewaltige Jagden auf Bären und Walrosse, herrliche Erlebnisse bei den ursprünglichen Eskimos und eine Kameradschaft, die die Expeditionsteilnehmer bis in den Tod verband. Solch ein Expeditionsmann zu werden, das war Antons heißer Wunsch.

Grönland war groß, und es gab immer noch unerforschte Gebiete. Doch die Zeit war knapp, so schien es Anton, und die weißen Flecke schrumpften schnell. Darum konnte es ihm nicht schnell genug gehen. Da er bis dato nichts anderes vorweisen konnte als ein vor kurzem bestandenes Abitur sowie zwei Silbermedaillen eines akademischen Schießclubs, wurde ihm bald klar, dass für ihn nur zwei Wege in die Arktis führten: entweder nach Westgrönland über den Königlich Grönländischen Handel oder als Fänger nach Ostgrönland. Westgrönland reizte ihn nicht so sehr. Hier könnte er als Handelsassistentenanwärter – mit wenig Aussicht auf Abenteuer – angestellt werden. Die Arbeit wäre sicher genauso langweilig wie der Titel und, so glaubte Anton, für einen philosophischen Bewerber auch entwürdigend. Darum wählte er den Weg über die Kompanie. Als Fänger würde er lange Fangreisen mit Hundeschlitten in der Schneewüste unternehmen, und auch sein Leben würde sich so gestalten wie einst das der alten Expeditionsleute, hatte ihm der Direktor der Kompanie zu verstehen gegeben. Anton Pedersen wurde Fänger. Er ging mutig durchs Leben, hatte einen klaren Kopf und war munter wie ein Fisch im Wasser.

Der Start in sein arktisches Abenteuer war denn auch verheißungsvoll. Die Schiffsreise auf dem Atlantik mit dem Robbenfänger *Veslemari* verlief genau so, wie er es sich in seinen ausschweifenden Träumen vorgestellt hatte. Die Besatzung bestand aus alten Polarfüchsen aus dem Westeis, und Skipper Olsen spann jeden Abend sein Seemannsgarn in der Messe, wenn der Schiffsjunge acht Glasen geschlagen hatte. Olsen hatte einen kolossalen Vorrat an Geschichten. Er fuhr seit seinem zwölften Lebensjahr im Eis und konnte angeblich einer Eisscholle ansehen, ob diese aus dem Polbecken, der Karasee, aus Ostgrönland oder wo auch immer herkam. Olsen konnte auch offenes Wasser regelrecht spüren, er konnte die Position seines Schiffes durch bloßes Schmecken des Meeres dort, wo man sich gerade befand, bestimmen – sagte Olsen.

Abends wurde am Messetisch zähflüssiger Rum aus schlanken, braunen Tonflaschen ausgeschenkt, dazu rauchte man schwarzen, starken Tabak aus Pfeifen mit abgenutzten Köpfen. Anton saß auf der Bank mit dem Rücken am dröhnenden Schott. Er lauschte und lachte, schlug mit der Faust auf den Tisch und fühlte sich wie ein rechter Mordskerl. Hin und wieder bekam er Rum und Rauch in den falschen Hals, dann musste ihm Olsen auf den Rücken schlagen, damit er seinen Husten los wurde.

Wenn der Skipper außer diesen wenigen Stunden hereinkam, ging Anton hinaus an Deck und lehnte sich an die Reling. Er spürte den scharfen Geruch von Speck, der über dem Schiff hing, er würgte den Rum hoch und ließ ihn in der langen Dünung verschwinden. Wenn er so für die abendliche Abfüllung Luft geschaffen hatte, trocknete er den Schweiß von der Stirn und hockte sich, etwas müde, auf den nächsten Poller und blickte aufs Meer hinaus. Die nordische Nacht war hell und zauberhaft. Das Meer sah nachts noch unendlicher aus, so schien es ihm, und er bekam ein Gefühl, als ob ein Teil dieser ganzen Unendlichkeit sein Gemüt besetzte. Anton saß auf dem Poller und vergaß sich selbst. Er war ganz erfüllt von dem unermesslichen Meer, ohne sich selbst darüber im Klaren zu sein, er drehte sich und schlingerte in der Dünung, ohne zu wissen, woher er kam oder wohin es ihn tragen würde.

Anton saß völlig gedankenverloren da, leicht berauscht von Skipper Olsens Rum und der hellen Nacht. In diesen Augenblicken war sich Anton näher, als er es jemals vorher gewesen war. Ohne jene Verkleidung, die ihm die Träume sonst gerne anlegten, war er außerhalb der eingebildeten Welt, die ihn umgab, und ganz nahe dem fast Unerreichbaren – seinem Bewusstsein. Er hatte alle Sinne auf sich selbst gerichtet und saß völlig unbeeinflusst von den ihn umgebenden Dingen. Aus diesem entrückten Zustand glitt er häufig in einen tiefen und traumlosen Schlaf.

Als sich die *Veslemari* dem Treibeis näherte, fühlte sich Anton, als ob er den größten Teil seines Lebens auf einem Robbenfängerschiff zugebracht hätte. Er hatte so vielen Gesprächen über das Eis zugehört, dass er es wie einen alten Bekannten mit einem Nicken begrüßte, als er es sah. Skipper Olsen saß im Ausguck und witterte mit seiner langen, blau-roten Nase. Er dirigierte das Schiff in Rinnen offenen Wassers, suchte den Weg zu größeren eisfreien Wasserflächen, ließ die Maschine rückwärts gehen, drehte, lenkte und arbeitete sich sicher nach Westen. Anton hing in der eisernen Leiter einen Meter unterm Ausguck und erwarb sich einen gewaltigen Wortschatz durch die Flüche und Verwünschungen, die Skipper Olsen auf den Rudergänger herabprasseln ließ.

Der Höhepunkt der Reise war aber der Tag, als Land voraus ausgerufen wurde. Es geschah an einem frühen Morgen, als Anton in der Messe saß und Kaffee trank. Der Ruf kam vom Ausguck, wurde vom Rudergänger weitergegeben und landete durch die offene Kombüsentür bei Anton. Wie ein Blitz sauste dieser zur Tür hinaus, übers Deck und hoch zum Ausguck.

Dort lag das Land. Die gewaltigen Felsen reckten ihre gezackten Gipfel zum Himmel. Voraus lagen der gewaltige Teppich aus Eis, die tiefblauen Gletscher, die glänzenden Seen und die langen, schwarzen Fjorde. Jetzt nahm Anton einige der angelernten Sprüche zur Hilfe, um seine Bewegung, die Skipper Olsen leicht hätte falsch verstehen können, zu unterdrücken.

Alles ging gut mit Anton und der Fimbulhütte. Hier jedoch legte sich die Wirklichkeit wie eine schwere Decke auf seine Träume. Anton hatte sich natürlich viele Vorstellungen und Gedanken über eine Fangstation gemacht, hatte deutliche und schöne Bilder von Haus und Umgebung vor seinem inneren Auge gehabt. Aber hier in Fimbul entdeckte er manches, das er nicht bedacht hatte. Vor allem die Kälte. Dichter Nebel hing wie ein grauer Trauerflor zu beiden Seiten des Fimbulgebirges herunter, die raue und feuchte Luft drang bis auf die Knochen. Und dieser unglaubliche Schmutz und Dreck! Anton war immer davon ausgegangen, dass Land, Meer und Luft in der Polarregion rein und unberührt waren. Aber als er nun vom Strand zum Haus hinaufging, erblickte er zu seinem Entsetzen, dass das Terrain, so weit das Auge reichte, mit rostigen Blechdosen, zerbeulten Pappkartons, altem, grauem Hundedreck und Schlacken und Asche aus dem Herd übersät war.

Auch das Bild vom Leiter der Fangstation, das sich Anton vor seiner Abreise gemacht hatte, erwies sich als völlig falsch. Valfred war in Antons Augen kein richtiger Polarheld; er war eine alte, übel riechende Gestalt, schlurfte entweder quasselnd herum oder lag in der oberen Koje und schnarchte. Er war zwar freundlich und hilfsbereit, aber ihm fehlte völlig das Format, fand Anton. Es gab nicht die Spur von Festigkeit und Unverwüstlichkeit in Valfreds triefenden Augen, kein energisches Auftreten oder mitreißende Willensstärke. Dieser alte Mann tapste herum, verfallen und schmutzig wie die Hütte, in der er wohnte, er war ein Schandfleck für die Kompanie, fand Anton.

Anfangs glaubte Anton, dass Valfred und die Hütte bei Fimbul eine krasse Ausnahme an der Küste darstellten. Aber nur so lange, bis er andere Jäger und andere Fangstationen kennen gelernt hatte. Er glaubte immer noch an seine Träume und fand sich damit ab, dass der Aufenthalt in Fimbul wahrscheinlich eine lästige Pflicht war, die den meisten Polarhelden zuteil wurde. Er räumte mit Valfreds Segen um das Haus herum auf, baute die Fuchsfallen nach Anweisung zusammen und fing an, sich den Hunden zu nähern, die seine Helfer und Kameraden werden sollten, wenn er jetzt bald auf große Fahrt ging. Anton war guten Mutes. Er war in der Arktis, besaß einen Vertrag für zwei Jahre, war geduldig und meinte, dass schon alles seinen Weg gehen würde. Einige Monate nach seiner Ankunft jedoch begann er sich zu verändern, unmerklich für Valfred und auch für sich selbst. Er blieb nach wie vor der liebenswürdige junge Mann, der seine Arbeit anstandslos verrichtete. Aber er wurde ein wenig stiller, verschlossener, und allmählich war er für seinen Kollegen überhaupt keine ermunternde Gesellschaft mehr. Aber Valfred bemerkte nichts. Er schlief seinen Winterschlaf und hatte ein herrliches Leben. Solange sich der junge Mensch um die Geräte kümmerte, war er rundherum zufrieden. Anton war ein Neuling an der Küste und noch ohne Routine. Und Routine bekam man nur, wenn man tagein, tagaus die gleichen Tätigkeiten verrichtete. Dadurch dass er Anton alle Arbeiten mit den Fallen überließ, erwies sich Valfred als ein wertvoller Lehrmeister. Er hatte ihm alles gründlich erklärt, an den ersten Touren teilgenommen und darüber hinaus darum gebeten, geweckt zu werden, wenn etwas passieren sollte, mit dem Anton allein nicht fertig würde.

Der Winter verging einigermaßen erträglich für Anton. Er kümmerte sich um seine Fallen und wurde nur einmal zwischendurch, als er zur Fimbulhütte zurückkehrte, von Niedergeschlagenheit befallen. Er unternahm mit Valfred mehrere Besuchsreisen zu den Leuten in Bjørkenborg und zu Herbert in Guess Grave, und diese Reisen ließen ihn mehrere Wochen lang aufleben. Aber dann begann sich der erste Lichtstreifen im Süden zu zeigen, und es geschah, dass er Sehnsucht bekam. Zuerst nach Frauen, das war natürlich, und dann nach den Träumen, die er nicht mehr richtig träumen konnte. Ein Tag war wie der andere, immer dieselbe Arbeit: die Falle aus dem Schnee graben und aufstellen, den Köder anbringen, den Fuchs in den Rucksack stopfen und weiter zur nächsten Falle. Eiskalte Nächte im Zelt oder in Fanghütten, Kaffee und Reisfladen, heraus aus dem Schlafsack im Dunkeln, Fahrt durch einen halbdunklen Tag, Zelten im Dunkeln, einschlafen im Dunkeln, diese ewige Dunkelheit.

Erst als das Licht zurückkehrte, wurde Anton die dunkle Zeit bewusst. Daheim in Fimbul war es unerfreulicher denn je. Valfreds störendes Schnarchen, das Enthäuten der Füchse, das Spannen der Felle draußen auf den Brettern und das Trocknen über dem Herd, Essenkochen, Reparieren der Hundeleinen und Schlafen. Antons Traum vom Polarhelden wurde immer vager. Er konnte stundenlang dasitzen, auf die leeren, schwarzen Scheiben starren und sich dabei einsam und elend fühlen, am liebsten hätte er geweint. Es war eine schwere Zeit für ihn, denn er dachte nicht im Traum daran, ohne seine Illusionen zu leben. Er konnte nicht begreifen, dass das Leben in der Arktis so auf der Stelle trat, im Gegensatz zu dem Leben, das er früher geführt hatte. Natürlich hatte er Fangen gelernt, Felle abziehen, Hunde führen und Reisfladen machen. Alles Dinge, die einfach und anspruchslos waren, wenn man sie sich erst einmal angeeignet hatte. Aber er hatte nicht begriffen, dass er mit diesen Verrichtungen schon Vollmatrose geworden war – er wollte mehr. Er konnte nicht wie Valfred von einem Tag zum anderen leben, bis sich der Kreis des Jahres schloss. Anton hatte Bücher gelesen, er wusste, dass das Leben in der Arktis nicht das Leben war, das er jetzt führte – nein, das war ein aktives Leben, ein mannhaftes und dramatisches Dasein, aus dem man als ein erfahrener und geläuterter Polarheld hervorging.

Diese einfachen Dinge waren allzu einfach. Es genügte ihm nicht, sich warm zu halten und satt zu essen. Diese beiden Dinge mochten das Leben anderer Fänger ausmachen, Anton ging dabei langsam zu Grunde. Ihm war klar, dass er auf Fang musste, zwischen den Schlittenkufen laufen und sich in verschneite Täler wühlen, sich durch übereinander geschobenes Polareis arbeiten, den Schlitten zerren, schieben und reißen, sich über die Hunde heiser schreien und fluchen, sich die Lunge aus dem Hals laufen, um angeschossene Ochsen zu verfolgen und das Fleisch selbst zum Lager zurückschleppen. Ihm war klar, dass dies alles Wärme und Essen gab und eine richtige Arbeit war. Und er wusste auch, dass dies eine Arbeit für andere war, aber eben nicht für ihn.

Es war schwer, sich von seinen Träumen zu trennen. Obgleich die Arbeit, die er ausführte, noch mit der Leistung früherer Polarhelden verglichen werden und sich Anton zu den etwas kleineren Polarhelden zählen konnte, munterte ihn diese Gewissheit nicht auf – er wollte gesehen, gehört und bewundert werden. Doch weder Valfred noch die anderen Fänger, die ihm begegnet waren, abgesehen von Herbert in Guess Grave, meinten, dass er etwas Besonderes wäre. Sie blickten ihn verlegen an, wenn er erklärte, wie er einen Schneesturm überstanden hatte, indem er zwei Tage ohne anderen Proviant als eine Tafel Schokolade unterm Schlitten liegen musste, und sie räusperten sich beklommen, als er von dem Bären erzählte, den er draußen bei Kap Inter mit einem Schuss aus dem Kleinkalibergewehr erlegt hatte. Sie saßen da mit einem bedauernden Ausdruck in ihren großen, roten und dummen Gesichtern und machten den Eindruck, als ob sie sich gewaltig langweilten, wenn er erzählte. Auch darum hielt Anton seinen Mund. Denselben Beschluss fasste er für den Fall, dass er nach Glostrup heimkehren würde, wo er hingehörte. Denn wie hätte er erwarten können, dass irgendjemand zu Hause, der ja nichts vom Leben nördlich von

Skagen wusste, verstand, wovon er sprach. Wenn er überhaupt versuchte, den Mund aufzumachen, würden sie ihn entweder für einen Idioten oder bestenfalls für ein gewaltiges Lügenmaul halten. Valfred versuchte einmal, ihm die mangelnde Lust der Kameraden, ihm zuzuhören, begreiflich zu machen. »Sieh mal, mein lieber Anton«, sagte er, »mit dem Erzählen der eigenen Taten ist es genau so, als wenn man einen Winterabend richtig kaputt macht. Dass du mich richtig verstehst, man soll also am besten etwas erzählen, was die anderen nicht erlebt haben. Und das dauert seine Zeit, das musst du verstehen. Denn die Leute hier oben, die haben schon sehr viel erlebt, das kann ich dir sagen.«

Zum Glück traf Anton Herbert. Es war auf einer Besuchsreise zur Fangstation Guess Grave; Valfred und Anton waren dorthin gefahren, um den zahmen Hahn zu sehen, der bei Herbert lebte. Diese Reise war später von großer Bedeutung für Anton.

Bei Herbert stieß er auf Verständnis. Auch fand er einen Intellekt, der durchaus mit seinem eigenen korrespondierte. Herbert hatte sich sein Wissen selbst angeeignet, er dachte über das Alltägliche hinaus auch über anderes nach. Er war der erste Mensch in der Arktis, der Anton das Gefühl vermittelte, dass er jemand war, etwas ganz Besonderes. Es vergingen deshalb nicht allzu viele Monate nach dem Besuch, und Anton zog zu Herbert.

Diese Partnerschaft lief eine Zeit lang richtig gut. Die beiden konnten sich Fragen stellen und Antworten geben. Anton hatte die Gelegenheit, mit seinem akademischen Wissen zu glänzen, und Herbert tat sich mit seinen in vielen Jahren des Selbststudiums erworbenen Kenntnissen hervor. Lange Zeit bewunderten sie sich gegenseitig, Antons Träume nahmen wieder Gestalt an und wurden greifbarer. Herbert war ein Mensch, der wirklich bemerkte und anerkannte, was der Student Anton Pedersen in Nordostgrönland tat. Er war ein Mensch, der sich von einer frostgepeinigten Nase oder einem geschwollenen Daumen beeindrucken ließ, aber auch mitlitt, ein Mensch, der vorbehaltlos loben konnte, bereit war zuzuhören und immer eine verständige Antwort zur Hand hatte. Ja, Anton fand wieder zu sich selbst und seinen Träumen. Eine Zeit lang.

Anton hatte nun einen Winter bei Valfred und einen weiteren bei Herbert zugebracht. Er hatte aus freien Stücken den Vertrag mit Skipper Olsen verlängert und ging also in seinen dritten Winter. Er spielte die Rolle des Polarhelden vor sich selbst und Herbert, und dieser bewunderte ihn angemessen, denn Anton bedeutete ja eine interessante Gesellschaft und war ein toller Kamerad. Seitdem sein Hahn Alexander tot war, hatte sich Herbert nicht so recht mit der Einsamkeit abfinden können.

Die dritte Überwinterung wird von erfahrenen Leuten als die kritischste bezeichnet. Die erste geht normalerweise schnell vorüber, weil alles neu ist und vieles gelernt werden muss. Die zweite Überwinterung ähnelt der ersten in mancher Hinsicht, weil es immer noch neue Dinge zu entdecken gibt, neues Land in Besitz zu nehmen gilt und fremde Fänger zu besuchen sind. Aber die dritte kann schon etwas kritisch werden. Man hat bereits so viel Erfahrung, dass man eigentlich für mündig an seinem Platz erklärt wird, und man steht, so glaubt man, fest und sicher auf den Beinen, selbst auf schwankendem Neueis. Die Tage, Wochen und Monate werden länger, weil sich die Erlebnisse zum Teil wiederholen, und man bekommt eine Ahnung vom schweren und sehr langsamen Pulsschlag der Winternacht. Die ruhigen Tage während der Fahrten, die beschwerlichen Tage in der Hütte bei schlechtem Wetter bringen eine nahezu unwiderstehliche Unruhe mit sich; einen Hunger nach etwas anderem.

Dieser Hunger machte sich bei Anton früh bemerkbar. Er spürte von Tag zu Tag, wie das einfache und unkomplizierte Dasein sich seiner wieder bemächtigte, er wurde von derselben Hoffnungslosigkeit befallen, unter der er schon bei Valfred gelitten hatte. Es fiel ihm immer schwerer, sich den Polarhelden Anton vorzustellen, ohne dass der ganz gewöhnliche Abiturient Pedersen gleichzeitig sichtbar wurde. Herberts philosophische

Darlegungen gingen ihm auf die Nerven, und er bemerkte, wie hohl seine eigenen Argumente klangen. Antons Laune verschlechterte sich, er wurde spitz und aufsässig, oft tagelang.

Für Herbert war dies alles nichts Neues. Er hatte schon öfter mit »Dreijährigen« zu tun gehabt und war der Meinung, dass bei Anton nur etwas Aufmunterung nötig war. Darum schlug er eine spontane kleine Fahrt zu Fjordur dem Isländer vor, der in Hauna wohnte; aber Anton wollte nicht mit. Er reagierte gereizt und meinte, dass aus dieser Reise nichts würde: Fjordur wäre ein Narr wie alle übrigen Fänger an der Küste auch, und er hätte wirklich anderes vor, als eine Besuchstour zu einer Horde von Idioten zu machen.

Die dritte dunkle Zeit wurde schwer für Anton. Und als er seine Polarhelden nicht mehr finden konnte, wandten sich seine Gedanken dem Vaterland zu. Schließlich empfand er alles, was die Arktis und Ostgrönland anging, als teuflisch, und alles, was mit Dänemark zu tun hatte, als das reine Paradies. Sein Heimatland teilte er in drei Bereiche ein: das grandiose Jütland, die prächtigen Inseln und das ganz wunderbare Glostrup. Er redete und träumte von Dänemark, er dachte an nichts anderes. Das Heimweh wurde zur Besessenheit; um sich ständig in wehmütigen Erinnerungen ergehen zu können, begann Anton Zeitungsreste zu sammeln, die als Verpackung gedient hatten, sie glatt zu streichen und abends bei Lampenlicht zu studieren. Er las diese Fragmente aus vergangenen Tagen mit leidenschaftlicher Freude. Er vergnügte sich an Börsennotierungen, daran, was man vor anderthalb Jahren in Assens im Kino gespielt hatte, und eignete sich eine sechsundzwanzig Zeilen lange Chronik über etruskisches Steinwerkzeug an. Über alles informierte er eifrig seinen Kameraden, und Herbert bewies große Seelenkraft, indem er nur freundlich nickte und alles riesig interessant fand.

Als das Zeitungspapier zu Ende ging, fing Anton mit dem Studieren von Etiketten an: auf Dosen, Ketchupflaschen, Kaffeetüten, Gurkengläsern, Schnapsflaschen, Rote-Bete-Gläsern und ähnlichem. Er stellte eine bestimmte Anzahl dieser Gegenstände auf den Tisch in der Stube und las Herbert laut vor. Namen wie Ålborg, Horsens und Vejen beschwingten ihn, und wenn er auf Städtenamen wie Kopenhagen, Roskilde und Hillerød stieß, strahlte er vor Glück. Ein einziges Mal begegnete ihm der Name Glostrup, und da brach seine Stimme vor Bewegung, seine Augen füllten sich mit Tränen.

Herbert litt still mit. Er hatte wie gesagt schon einige Fälle von Dreijahreskoller erlebt, allerdings noch keinen wie diesen. Er begann den Tag herbeizusehnen, an dem Antons Zustand seinen Höhepunkt erreichte. Das geschah im Februar.

Anton hatte einige Stunden unbeweglich auf einem Stuhl am Fenster gesessen und wie ein Blinder auf die schwarzen Scheiben gestarrt. Plötzlich stand er auf und wandte sich Herbert zu, der am Herd stand und Teig knetete.

»Herbert«, sagte er leise, »ich muss dir etwas sagen.«

»Nur zu, mein Junge«, entgegnete Herbert. Er nahm seine Hände aus dem Mehl und sah seinen Kameraden an.

»Ja«, begann Anton. Er räusperte sich einige Male. »Ja, ich habe mich entschlossen, dem ganzen ein Ende zu machen, Herbert. Das Leben hier ist so unerträglich geworden, dass ich es nicht länger aushalten kann.«

Herbert fingerte verlegen in seinem Kinnbart und bekam Mehl in den Mund. Dies war nun die ganz große Finsternis, was sollte man damit anfangen. Jeder Mensch besaß das Recht, über sein eigenes Leben und seinen Tod zu bestimmen. Das ist etwas, was keinen anderen etwas angeht. Diese Meinung hatte Herbert immer vertreten.

»Na, so schlimm, wie du sagst, ist es sicher nicht«, murmelte er zurückhaltend.

»Es ist schlimmer«, sagte Anton und blickte seinen Hausgenossen deprimiert an. »Es ist viel schlimmer, als du dir vorstellen kannst. Und jetzt muss auch Schluss sein. Meine Entscheidung steht fest.«

Herbert zuckte mit der Achsel und knetete seinen Teig weiter. »Jaja«, sagte er. »Mach, was du willst, Anton. Ich kann dir wirklich weder abraten noch gut zureden. Das ist eigentlich nichts, was mich etwas angeht.«

Sie schwiegen lange. Herbert knetete den Teig fertig, stellte die Brote zum Aufgehen auf den Kohlenkasten und wusch seine Hände. Anton hatte sich wieder auf den Stuhl gesetzt und starrte auf die Scheiben. Erst als er die Brote in den Ofen schob, sagte Herbert: »Jetzt, wo du dich also zu dem großen Schritt entschlossen hast, möchte ich dich gleich darum bitten, etwas Rücksicht auf die zu nehmen, die zurückbleiben.« Er zog seine Pfeife aus der Tasche und stopfte sie.

Anton wandte sich ihm zu und nickte. »Wie meinst du das?«, fragte er.

»Also – machs reinlich, dann bist du ein patenter Kerl; so, dass man anschließend nicht so viel sauber machen muss. Valfred hatte mal einen Kollegen, der hängte sich am Deckenbalken auf. Er war ein feiner und verständiger Mensch. Und die Eskimos, die setzen sich draußen aufs Eis, das halte ich für mordsrücksichtsvoll, um gar nicht davon zu reden, dass man auch in eine Gezeitenrinne springen kann. Letzteres ist nahezu perfekt, aus der Sicht der Zurückbleibenden.«

Anton nickte immer noch. Es sah aus, als ob er überhaupt nicht zuhörte, was Herbert sagte. Er war wohl schon sehr weit mit seinem Vorhaben, und Herbert blickte den jungen Mann mitfühlend an. So jung und schon fertig mit allem. So kann es gehen, wenn man in jungem Alter schon den Kopf mit Ideen voll gestopft bekommt. Sie kommen hierher mit zu viel Ballast und können leicht versinken. Weisheit ist ein Segen, aber in kleinen Portionen und besser in reifem Alter verabreicht. Die Jugendjahre sollte man lieber für Schlägereien verwenden, denn es gab so viele Herausforderungen und manches zu überwinden. Ein kluger Mann wagt sich erst aufs Eis, wenn er fühlt, dass es fest genug ist und ihn tragen kann. Herbert schüttelte den Kopf. Er verstand sich nicht auf solche jungen Menschen wie Anton.

»Sag mal«, fragte er, »wann hast du gedacht, soll es passieren?

Ich muss ja auf den Fang Rücksicht nehmen, jetzt, wenn ich allein losgehen muss, und ich muss dich darauf aufmerksam machen, dass es im Sommer, wenn es überall aufgetaut ist, leichter ist, dich loszuwerden, als jetzt im Winter.«

Anton richtete sich auf. Er presste die gefalteten Hände, dass die Knöchel weiß wurden. »Wenn das erste Schiff ankommt«, flüsterte er.

»Prima. Das passt ausgezeichnet.« Herbert atmete erleichtert auf. Wenn der Bursche bis zur Ankunft des ersten Schiffes mit seiner Himmelfahrt warten konnte, war das ganze eine Kleinigkeit. So konnten sie noch einen ordentlichen Winterfang machen, und die *Veslemari* würde seine Überreste dann mit nach Kopenhagen zurücknehmen. Ganz erleichtert rieb sich Herbert die Hände. »Das ist ein guter und auch rücksichtsvoller Zeitpunkt, den du dir da ausgesucht hast, Anton. Und ich bin froh, dass du so lange warten kannst. Ich muss dir nämlich gestehen, dass ich mir ein bisschen Sorgen gemacht habe, wie ich deine Leiche loswerden sollte.«

»Meine Leiche?« Anton schaute ihn bestürzt an.

»Ja, du hast ja wohl nicht daran gedacht, dich selbst zu verbrennen?«, lachte Herbert. Er stand auf und holte die Schnapsflasche. »Zu solch einem Anlass ist es mehr als recht und billig, sich ein Gläschen zu genehmigen«, meinte er vergnügt. Er schenkte freigiebig ein und erhob sein Glas. »Prost, Herr Kandidat. Man soll trinken, solange man lebt, haha.«

Anton schaute düster vor sich hin. »In diesem Falle sollte ich nicht trinken«, meinte er, »denn ich fühle mich wie ein Toter.« Er nahm das Glas und kippte den Schnaps aus. »Aber wenn ich erst wieder zu Hause in Glostrup bin, wird es anders, dann werde ich wieder leben.«

»Wie bitte?« Herberts Hand erstarrte auf ihrem Weg zur Schnapsflasche. »Nach Glostrup, sagst du?«

Anton nickte. »Genau. Der einzige Ort, in dem es wert ist zu leben. Wenn das Schiff kommt, Herbert, dann mache ich mich aus dem Staub.«

»Ach so.« Herbert nahm die Flasche und verkorkte sie. »Ja, dann gibt es allerdings nichts mehr zu feiern«, murmelte er. »Zum Teufel mit dem Missverständnis.« Er stellte die Flasche in den Schrank zurück. »Ich bin im Glauben, du willst dir das Leben nehmen, dabei willst du nur nach Dänemark.« Er schüttelte den Kopf. »Aber es kann auch auf dasselbe hinauslaufen.«

Dieses Gespräch fand im Februar statt, als es noch dunkel und kalt war. Obgleich die *Veslemari* erst Anfang August zu erwarten war, begann Anton schon allmählich seinen Rückzug vorzubereiten. Er wusch gründlich sein Zeug, kratzte sich seinen Vollbart ab und holte seine Koffer vom Dachboden. Herbert sagte nichts. Er kümmerte sich um seine Sachen und achtete kaum darauf, womit Anton sich beschäftigte.

Zeitig im Frühjahr bekamen sie Besuch von den Leuten aus Bjørkenborg und Blaesedal. Die Gäste begafften überrascht die voll gepackten Koffer, die vor Antons Koje aufgebaut standen, und blickten verwundert auf Antons glatt rasiertes Gesicht. Anton gab selbst keine Erklärung, sie blickten fragend auf Herbert, dessen Antwort darin bestand, dass er mit seinem Zeigefinger an die Stirn tippte und ein Auge zukniff. Da waren sie im Bilde.

Bjørken ließ wissen, dass alle in Bjørkenborg zum Feiern willkommen wären, sollte das Gespräch auf ein Abschiedsfest kommen. Dort würde die *Veslemari* auf jeden Fall anlegen, um den Proviant für die Stationen der Südküste zu löschen. Sylte erwähnte einige Briefe, die Anton in Kopenhagen aufgeben könnte – wenn er es schaffte, diese bis zum Abgang des Schiffes zu schreiben. Lause bot seinen Tropenhelm an. Er nahm an, dass die Sonne dort in den warmen Ländern für den Heimkehrer nach Jahren in der Arktis störend sein würde. Er wollte eine gefütterte Bettkiste anfertigen und diese bei nächster Gelegenheit nach Guess Grave schicken. Siverts nahm Anton das Versprechen ab, in den nächsten Jahren ein halbes Hundert Rollen Toilettenpapier der ganz weichen Sorte zu schicken.

Alle diese Aufträge schrieb Anton in ein Heft. Er lebte während der Besuche richtig auf und war froh und unbekümmert wie eine Lerche. Aber als er wieder mit Herbert allein war, senkte sich Wehmut auf den Abiturienten Pedersen, er verließ die Wirklichkeit erneut und kehrte zu seinen Träumen zurück.

Inzwischen war es Mai geworden, Anton war reisefertiger als je zuvor. Vier Monate lang hatte er zwischen seinen gepackten Koffern gelebt. Er war hohlwangig geworden, unter seinen traurigen Augen lagen schwarze Ränder.

Die Sonne begann ihre Wanderung am Himmel, Tag und Nacht, und Anton ging häufig hinauf zum Felshügel über der Station, Svenssons Buckel genannt, um nach dem Schiff Ausschau zu halten. Er saß dann dort oben und malte sich seine Gefühle aus, wenn er zum ersten Mal einen dünnen Streifen Rauch über dem Horizont sehen würde. Dieser Augenblick nahm in seinen Gedanken so viel Raum ein, dass ihn ein Schwindel ergriff. Er dachte so intensiv an den Anblick dieser dünnen Rauchfahne, dass er sie fast sehen konnte, und er saugte das Bild in sich hinein und nahm es mit nach Guess Grave, wo er sich dann in seine Koje legte und das Bild vor Augen hatte. Er lief umher wie ein Schlafwandler, schien es Herbert, und offensichtlich konnte ihn nichts wecken. Anton war aus dem wirklichen Leben herausgetreten und trieb in einer Welt von Illusionen dahin. Bis die Schneeammer erschien.

Sie war früh munter. Ein kleiner eifriger Kerl, der vor seinen Rivalen zur Stelle sein wollte. Sie hatte sich von Island übers offene Meer nach Nordwesten vorgekämpft, durch Schnee, Sturm und Kälte. Sie ließ sich müde und erschöpft vor Antons Stiefeln nieder. Als sie wieder etwas zu sich gekommen war, begann sie leise zu singen. Anton, der auf Svenssons Buckel saß, löste seinen Blick widerwillig vom Horizont und schaute hinunter. Er räusperte sich, und der Vogel hüpfte erschrocken hoch, plusterte sich auf und schüttelte sich kräftig. Mit seinem Schnabel ordnete er einige widerspenstige Federn und nahm dann seinen unbekümmerten Gesang wieder auf. Seine frohen Triller hatten etwas, das Anton berührte. Er wurde an die Nächte an Bord der *Veslemari* erinnert, diese eigenartigen Stunden, in denen er wie außer seiner selbst war und eins mit dem unendlichen Meer. Er hörte den Frühling im Gesang der Schneeammer. Den Frühling, den er nun dreimal gesehen, aber nie gefühlt hatte. Er fühlte sein Herz heftiger schlagen, und als er den Mund öffnete, als wollte er etwas sagen, hörte er seinen eigenen Pulsschlag.

Der arktische Frühling. Anton fuhr sich verwirrt durchs Haar und blickte um sich. Sein Blick fiel auf die Fußspur der Ammer. Kleine schwarze Tritte, ein Filigran, ein zufälliges Muster. Er starrte auf die Spuren und las in ihnen sein eigenes Leben. Er erinnerte sich an seine Träume: den Traum vom Polarhelden, den Traum von der Flucht. Den Traum vom Traum. In den Spuren entdeckte er eine Art Zusammenhang. Diese kleinen, jämmerlichen Striche ohne jede andere Bedeutung als die, dass sie von der Schneeammer stammten. Die Ammer, die hunderte, vielleicht tausende Kilometer geflogen war, um ihre Tritte gerade hier in den Schnee vor seine Füße zu setzen.

Anton begann zu verstehen, was den Vogel hierher geführt hatte. Er ahnte auf einmal die fantastische Anziehung, die diese Einöde besaß. Er wandte den Rücken zum eisbedeckten Meer und blickte landeinwärts. Noch einmal wurde sein Gemüt von der Unendlichkeit erfasst. Die Berge füllten sein Blickfeld aus. Am Fuß waren sie von gewaltigen Schneewehen bedeckt, mit runden, einladenden, fast weiblichen Formen. Lange braune Girlanden verliefen an den Berghängen, wo der Schnee weggeschmolzen war, und ganz oben reckten sich die hohen Zacken wie Kirchtürme zum leuchtenden Himmel. Sein Blick wurde abwesend, er ging auf Reisen. Zum ersten Mal in seinem Leben reiste Anton außer seiner selbst, er war an einem Ort außerhalb seines Körpers, an einem Ort zwischen dem Talgrund und dem unendlichen Himmelsgewölbe. Und er sah, hörte und erinnerte nichts. Er empfand die Freiheit intensiv, diese Freiheit, von der er geträumt und die er sich in seinen Träumen herbeigesehnt hatte. Die Freiheit, die das gewaltige Polarland ihm geduldig über drei Jahre hingehalten und angeboten hatte.

Die Schneeammer fühlte sich bei Anton sicher. Sie hüpfte unbefangen näher und pickte an seiner Stiefelspitze. Aber Anton achtete nicht darauf, er starrte auf das Land, als ob er es nie zuvor gesehen hätte.

Weiter unter sich konnte er die Guess-Grave-Hütte sehen. Er sah Herbert neben den langen Trockenschnüren stehen, an denen die Fuchsbälge des Winterfanges hingen. Hinter der Hütte lag das trichterförmige Tal, das oben beim Lachssee endete. Hier hatte er gekämpft, gewütet und geträumt. In tiefem Schnee, im Sturm und mit widerborstigen Hunden. Er hatte geflucht und geschrien und sich selbst bemitleidet. Die Fahrten waren wie böse Träume gewesen, genauso böse, wie er sie selbst gemacht hatte.

Anton atmete schwer. Er fühlte sich von den Bergen beschirmt, während er sich vorher eingesperrt gefühlt hatte; und wo er früher von dem Unerreichbaren geträumt hatte, hatte er jetzt das Gefühl, dass er mit dem Erreichbaren glücklich war und heimisch in der Welt, die ihn umgab.

Lange saß Anton auf dem Felsen. Als er schließlich aufstand, waren seine Glieder steif vor Kälte. Er nickte der Schneeammer zu, die sich einige Meter entfernt auf einen Stein gesetzt hatte, um zu schlafen.

»Danke für den Gesang«, murmelte er.

Als er den Felsen verließ, schlug sein Herz noch heftig. Ihm war, als sei er bei einem Stelldichein gewesen und habe das »Ja« der Auserkorenen bekommen. Er blinzelte Herbert zu, der in einer Wolke von Kartoffelmehl stand und die weißen Fuchsfelle puderte. Dann ging er ins Haus, um seine Koffer auszupacken.

Der Fehlschuss

Nicht alle Eisbären halten Winterschlaf, und nicht alle halten den langen Winterschlaf bis zum Ende durch. Selbst im dunkelsten und kältesten Teil des Jahres kann man auf diese einsamen Wanderer stoßen, die den Winterschlaf ausgelassen haben oder aus irgendeinem Grund vor der Rückkehr des Lichts geweckt wurden.

Solch ein Bär überfiel Siverts einige Kilometer von der Fanghütte *Villa Abhang* entfernt. Das war schon eine bemerkenswerte Tatsache, denn es ist in Grönland nicht üblich, dass Bären Menschen jagen. Sie halten sich eigentlich fast immer verborgen, und wenn sie Pech haben und von Hunden aufgespürt werden, versuchen sie Reißaus zu nehmen. Aber dieser Bär war anders. Vielleicht hatte er nach einigen Monaten Winterschlaf seine Fettreserven verbraucht und war von einem nagenden Hunger aufgewacht, oder er kam ganz allein vom Baring-Land, wo Bären nicht so verbreitet sind und mit dem größten Vergnügen ihre zweibeinigen Feinde angreifen, töten und auffressen.

Der Bär war Siverts auf der Spur und witterte Fleisch. Das war vermutlich lange Zeit in dieser erstarrten Landschaft nicht der Fall gewesen. Siverts roch ansprechend, und der Bär legte sich auf die Lauer und wartete geduldig.

Siverts kam in den aufgetürmten Eisschollen entlang der Walsoeküste angefahren. Er saß auf dem Schlitten, die Pfeife im Mund, und freute sich darauf, nach Hause zu kommen. Die Hütte mit dem Namen *Villa Abhang* war schon fast herrschaftlich: ein quadratischer Kasten von drei mal zwei Metern und voller Stehhöhe, die Einrichtung bestand aus einem kurzbeinigen Herd, einem Klapptisch und einer Koje aus Fassdauben; dazu

Zeitungsausschnitte an den Wänden, Kohlenkasten und Wassertonne.

Die Hunde trabten vergnügt im knirschenden Februarfrost, und das Mondlicht war stark genug, dass sich Siverts ohne Schwierigkeiten orientieren konnte. Das mondbeschienene Eis lag blank und fast schneefrei, und die Schatten standen scharf und pechschwarz zwischen den treibenden Eisschollen.

Der Bär hielt sich hoch über der Schlittenspur zwischen zwei Stücken gezackten Eises verborgen, er hockte zusammengekrümmt wie eine Feder, bis Siverts Schlitten vorbeikam. In diesem Augenblick richtete er sich auf und fiel über den nichts ahnenden Fänger her.

Zu behaupten, dass Siverts erschrak, ist durchaus nicht übertrieben. Eben glitt er noch in aller Ruhe zu den Herrlichkeiten der *Villa Abhang* hin, und im nächsten Augenblick saß er da mit einem vierhundert Pfund schweren Bären auf dem Schoß. Der Schlitten krachte in seinen Verbänden durch die schwere Belastung auseinander, die Kufen streckten sich auf die Seite.

Siverts brüllte vor Entsetzen. Und der Bär brüllte vor Raserei noch lauter; er drehte Siverts seine Schnauze zu und blies ihm seinen warmen Atem bis unter die Anorakkapuze. Es entstand augenblicklich große Verwirrung. Die Hunde gingen zum Angriff über, dadurch wurde die Situation noch wesentlich verschlimmert. Sie sprangen jaulend und kläffend um den Bären herum und hatten bald ihren Feind, Siverts und sich selbst in die langen Hundeleinen verwickelt. Der Bär knurrte, polterte böse und schlug mit seinen gewaltigen Pranken große Löcher in die Luft.

Eines seiner Hinterbeine war in die Vorleine des Schlittens verwickelt, und Siverts Führhund Whiskey benutzte diese Gelegenheit, sich in der schwarzen Fußsohle festzubeißen. Die Luft bebte von Gebrüll, Geschrei und Geknurre. Die dicke Leine, die verband sie zu einem Knäuel, und dieses Knäuel wälzte sich über Schlitten, Bär und Siverts.

Als sich der erste Schrecken etwas gelegt hatte, gewann Siverts so viel Überblick, dass er seine Beine an sich zog. Er stellte fest, dass nichts gebrochen war, schob den Bären weg, zu den Hunden hin, und rollte sich vom Schlitten weg. Und dann rannte er, so schnell er konnte, zur *Villa Abhang*.

Der Bär sah seinen Braten verschwinden und zerriss mit seiner enormen Kraft die Zugleinen, in die er eingeschnürt war, biss Whiskey ein halbes Ohr ab, schüttelte die anderen Hundeviecher ab und setzte dem Entkommenden nach.

Nie zuvor war Siverts so schnell gelaufen. Die Sohlen seiner Robbenfellstiefel berührten kaum das Eis, hinter ihm wehte ein feiner Rauch aus Pulverschnee.

Doch der Bär war schneller. Er bewegte sich in einem ausdauernden und raumgreifenden Galopp und rückte dem unglücklichen Fänger immer näher. Den beiden folgte der platt gedrückte Schlitten, gezogen von denjenigen Hunden, die nicht durch die Hundeleinen behindert wurden und immer noch alle vier Beine gebrauchen konnten. Siverts Gewehr schleifte mit dem zerbrochenen Schlitten auf dem Eis und war von keinerlei Nutzen.

Siverts rannte, als säße ihm der Teufel im Nacken. Sein Brustkorb arbeitete wie ein Ziehharmonikabalg, er stöhnte und pfiff und spürte den Geschmack von Blut im Mund. Als er den Bär hinter sich hören konnte, tat er, was schon viele brave Männer vor ihm getan hatten: Mit einer schnellen Bewegung zog er seinen mit Speck eingefetteten Anorak über den Kopf und schleuderte ihn zur Seite. Das brachte einen kleinen Vorsprung. Der Bär setzte seine Klauen ins Eis und bremste scharf; er warf sich eifrig über den Anorak und fing an, einen Ärmel aufzufressen. Der Geschmack hielt jedoch nicht, was der Geruch versprach. Dieser Teil des Mannes war weder lebendig noch mit Blut gefüllt. Wütend riss er den Anorak in kleine Fetzen; der Flüchtende wäre ihm lieber gewesen.

Siverts verlor keine Zeit. Er sauste nur so dahin und zog sich das Hemd über den Kopf, damit er es zur Hand hatte, wenn der Bär ihm wieder näher kommen sollte. Und das geschah schon bald. Nachdem dieser die Stoffreste des Anoraks in den Schnee gestampft hatte, nahm er die Verfolgung wieder auf. Siverts ließ das Hemd fahren, und der Bär, der sich nichts entgehen ließ, beschnupperte es, probierte es und riss es schließlich in lange Streifen.

Auf diese Weise hatte sich Siverts von den meisten seiner Kleidungsstücke getrennt, noch bevor die *Villa Abhang* in Sicht kam. Trotz des scharfen Frostes und des rasanten Fahrtwindes glänzte sein nackter Oberkörper vor Schweiß, als er den Hügel hinauf lief, zum Haus und durch die Tür. Er verriegelte die Tür sorgfältig und lehnte sich an den Türpfosten, schnaufend wie eine Dampflokomotive.

»Oha, da hätte er mich beinahe erwischt«, stöhnte er außer Atem. »Das war zum Schluss ja das reinste Oben-ohne-Ballett, verdammt.« Er bewegte sich tastend in der Hütte, bis er die Streichhölzer auf dem Herd fand. Er zündete die Lampe an und sah sich um. Es waren Kohlen im Herd, und auf dem Trockenständer lag eine halbe Rinderkeule. Er guckte in den Wassereimer und konstatierte zufrieden, dass dieser voll Eis war. Dann setzte er sich und ruhte sich auf der Koje aus.

»Was zum Teufel machen die Hunde«, murmelte er. »Die hängen bestimmt noch im Packeis am Strand fest.«

Siverts hatte Recht. Die Hunde waren mit ihren Leinen in den aufgetürmten Eisschollen am Strand hängen geblieben. Keiner hatte so viel Verstand, die Leinen durchzubeißen, und nachdem sie sich eine Weile angeknurrt und nacheinander geschnappt hatten, legten sie sich resigniert hin und warteten, dass Siverts kam und sie befreite.

Aber Siverts hatte nicht die geringste Lust, in die Dunkelheit hinauszugehen. Er konnte hören, wie der Bär draußen herumschnüffelte, und er vermisste seine Büchse sehr.

»Wenn er sich nur draußen hält, kann man schon eine längere Belagerung aushalten«, meinte er zufrieden zu sich selbst. »Hier ist es warm, genug zu trinken und zu essen, mehr, als der Kamerad da draußen hat.«

Er stand auf und machte Feuer im Herd. Die Kohlen waren vom Fänger, der die Hütte zuletzt benutzt hatte, aufgefüllt, und die Petroleumflasche zum Feuermachen stand griffbereit beim Herd. Schon bald breitete sich eine belebende Wärme in der kleine Bude aus, und Siverts stellte den Stuhl des Hauses vor den Herd und streckte seine bloßen Füße in den Ofen. Er dachte, was für ein Glück es doch war, dass er Fellstiefel und Fellhosen getragen hatte. Diese beiden Sachen hatten den Bären viel besser aufgehalten als europäische Kleidung.

Wenn ich nur mein Gewehr hätte, dachte er, dann wäre alles gut. Er bückte sich und nahm die Axt, die an der Wassertonne stand. Die konnte man gebrauchen, aber nur im äußersten Notfall, zum Beispiel wenn der Bär ins Haus eindringen würde, um es auch warm zu haben. Das Gewehr war nötig, um den Burschen zu erledigen. Siverts zog die Füße aus dem Ofen und setzte sich aufs Messinggeländer des Herdes. Er begann zu rechnen: Es waren rund hundert Meter bis zum Strand, wo die Hunde vermutlich festhingen. Diese Strecke konnte bestenfalls in zwölf Sekunden bewältigt werden, wenn man olympische Rekordzahlen zu Grunde legte. Also zwölf Sekunden. Dazu mussten fünf Sekunden gezählt werden, um die Büchse mit der Axt freizuhacken, zwei Sekunden zum Durchladen und Anlegen sowie zwei Sekunden für Unvorhersehbares. Alles in allem also einundzwanzig Sekunden. Für den Bären ergab sich eine bessere Zeitrechnung: Er lief doppelt so schnell wie Siverts, musste sich nicht um Gewehr, Durchladen und Anlegen kümmern, und selbst wenn sich Siverts auf Grund des Überraschungsmoments, wenn er aus der Tür sprang, drei Sekunden zugute hielt, würde er in jedem Fall mit ungefähr zwölf Sekunden im Minus bleiben.

Siverts rechnete die Aufgabe mehrmals durch. Obgleich er von Mal zu Mal die Geschwindigkeit des Bären etwas herabsetzte und die Überraschung höher bewertete, blieb das Ergebnis doch unverändert günstig für den Bären. Er verwarf daher vorübergehend diese Möglichkeit, schüttete Kohlen auf den

Herd und streckte den bloßen Hintern über die glühenden Ringe. Jetzt konnte er abwarten und die Dinge sich in aller Ruhe entwickeln lassen.

Der Bär polterte draußen im Frost herum. Er schnüffelte hungrig am Türpfosten, trottete einige Male ums Haus und untersuchte überhaupt sehr genau Siverts Festung auf Schwachstellen. Siverts wärmte seinen Hintern und genoss die Sicherheit im Hause.

»Ich finde, du solltest gehen und dich irgendwo aufs Eis legen«, rief er durch die dünne Bretterwand zum Bären. »So ein trüber alter Teufel sollte erst aufstehen, wenn er sich ausgeruht hat.« Der Bär knurrte böse zurück, und dieser Laut verursachte bei Siverts kräftiges Frösteln, obgleich es in der Hütte mächtig warm geworden war. »Na, na«, rief er, »es war ja nur ein guter Rat in aller Freundschaft.« Er starrte zur Tür, wo der Bär kräftig an den Ritzen schnüffelte und mit seinen langen Krallen am Rahmen kratzte.

Siverts ergriff die Axt. »Nun werd mal nicht zu empfindlich, Kamerad«, sagte er, »denn hier drinnen ist nur für einen von uns Platz, damit dus weißt.« Die Bilder von zerstörten Fanghütten standen ihm vor Augen. Es war nicht ungewöhnlich, dass Bären in Hütten eindrangen und sie verwüsteten. Sie brachen Türen auf, zerquetschten Konservendosen, um an den Inhalt zu kommen, warfen Herde um, Tische und Stühle, rissen Kojen aus den Wänden und verließen die Hütten oft durchs Fenster, wobei sie in der Regel den ganzen Rahmen mitnahmen. Es gab keinen Zweifel, dass auch dieser Bär spielend leicht zu Siverts hereinkommen konnte, wenn er wollte. Und Siverts hatte das deutliche Gefühl, dass dies genau einer der sehnlichsten Wünsche des Bären war. Er stand lange neben der Tür, die Axt hoch erhoben. Er stand so lange, dass er fast lahme Arme bekam, und war sehr erleichtert, als er hörte, wie der Bär seine Rundgänge ums Haus wieder aufnahm.

Die folgende Stunde war ganz friedlich. Siverts nahm an, dass die Belagerung begonnen hatte, und machte sich daran, Essen zu kochen. Er hackte mit der Axt ein paar gefrorene Steaks aus der Rinderkeule und warf sie auf die Herdringe.

Bald war das Haus vom lieblichsten Bratenduft erfüllt, und der Bär draußen begann wieder energisch an den Türritzen zu schnuppern. Siverts verspeiste seine Steaks. Als er fertig war, schaufelte er mehr Kohle auf den Herd, um Eis für Teewasser zu schmelzen. Gerade als er so dastand und in der Glut stocherte, kam ihm die Idee. Natürlich! Er guckte sich den Feuerhaken an, der fast weiß glühte, und begann wieder zu rechnen. Diese kleine Überraschung würde seinen Nachteil mehr als ausgleichen. Und wenn man unterwegs dem Burschen noch eins mit der Axt verpassen könnte, dann war das Gewehr so gut wie im Hause.

»Es müsste mit dem Teufel zugehen, wenn ichs nicht versuchte«, murmelte er unternehmungslustig. Er nahm den Teekessel von den Ringen und zog den Feuerhaken heraus. Der sah mörderisch aus, meinte Siverts, und ihm tat es für den Bären richtig Leid. Lautlos schlich er zur Tür, schob den Riegel zur Seite und öffnete sie weit.

Der Bär saß auf seinem breiten Hinterteil und glotzte überrascht auf den halb nackten Mann. Aber bevor er zu einer vernünftigen Reaktion fähig war, hatte Siverts ihm den Feuerhaken in die Brust gerammt und ihm mit der flachen Seite der Axt auf den Kopf geschlagen. Eine Flamme von Schmerz durchfuhr den Bären. Er taumelte zurück, wild brüllend mit roten Nebeln vor den Augen und einem Geruch von Versengtem in der Nase. Er kippte in den Schnee und griff mit den Pranken um die fürchterliche Waffe, die in seiner Brust steckte.

Und Siverts flog hinab zu den Hunden. Er erreichte den Schlitten unter den olympischen zwölf Sekunden. Das Gewehr lag unter einer Kufe, er hackte den Riemen durch und zog es hervor. Die Hunde kläfften vor Freude, als sie ihn erblickten, aber er beachtete sie nicht. Er blies den Schnee aus dem Schloss und lud durch; es ging nicht. Er riss und zerrte wie ein Wilder am Bolzen, aber er konnte das Schloss nicht zurückschieben.

»Zum Teufel«, schnaubte er, »jetzt hat sich der Mist verklemmt.« Er schielte hinauf zum Bären, der immer noch brüllte und wie verrückt versuchte, das Feuer in seinem Pelz zu löschen.

Siverts arbeitete an seinem Gewehr. Er war so sehr damit beschäftigt, dass er völlig vergaß, das Richtige zu tun, nämlich die Hunde zu befreien. Diese fiepten, kläfften und geiferten und taten alles, um seine Aufmerksamkeit auf sich zu lenken. Aber Siverts hatte nur sein Gewehr im Kopf. Obgleich er viele Sekunden gewonnen hatte, konnte er nichts zu Stande bringen. Entweder hatte sich das Ding unter dem Schlitten bei der harten Behandlung verzogen, oder es hatte sich ein kleines Eisstückchen in dem abgenutzten Schloss verkeilt.

Als der Bär endlich den Feuerhaken los war und diesen so tief in den Schnee getrampelt hatte, dass er nicht mehr zu sehen war, schenkte er Siverts wieder seine Aufmerksamkeit. Er guckte hinunter auf die wütend bellenden Hunde und bemerkte seinen Gegner, der heftig mit einem neuen und noch längeren Feuerhaken beschäftigt war. Dieser Anblick ließ seine Augen rot vor Wut werden, er fletschte die Zähne und zeigte sein kräftiges, gelbes Gebiss. Lautlos schlich er sich an.

Siverts sah ihn kommen. Er hatte von der Büchse gelassen und dachte weder an die Hunde noch an die Axt. Seine nackte Haut war blau vor Kälte, aber in seinem Innern begann er zu kochen.

Normalerweise war Siverts von einer unerschütterlichen Ruhe und gutmütig wie eine Schildkröte. Er gab den Leuten meistens in allem Recht, wenn es dem lieben Frieden diente; er hatte keine Prinzipien, und es war unglaublich schwierig, ihn zu reizen. In diesem Augenblick jedoch, wo er mit einer unbrauchbaren Büchse dastand, den hinterlistigen Bären vor Augen, stieg tief aus seinem Innern eine warme Wut in ihm hoch. Gleichsam wie ein Berserker aus alter nordischer Zeit spürte er, wie diese Wut in alle seine Muskeln fuhr und sie vor Kampfeslust vibrieren ließ. Der Anblick des tückischen Bären wirkte so, wie in fernen Zeiten der Sud vom Fliegenpilz auf die Berserker bei den

Wikingern gewirkt haben mochte. Sein Körper wurde etliche Male wie von einem Krampf geschüttelt, sein Verstand von der aufbrausenden Kampfeslust völlig verdunkelt.

Siverts knurrte den Bären an; ein tiefes, gefährliches Knurren stieg aus ihm hervor. Es kam aus seinem halb offenen Mund und traf die kleinen Ohren des Bären wie ein Schlag. Der Bär hielt inne, erstarrte auf allen vier Beinen stehend, und wiegte seinen Hals verwirrt hin und her.

Mit der Büchse auf der Schulter ging Siverts steifbeinigen Schrittes hinauf zum Haus. Sein drohendes Knurren hielt an, die Worte sprudelten nur so aus ihm hervor.

»Hau ab, du Gnom«, donnerte er. »Glaub nur nicht, dass ich Angst vor dir habe.« Er drohte mit der Faust. »Du bist einfach nur ein fauler Schnösel, treibst dich herum und scheuchst die Robben und andere anständige Leute auf. Husch ..., verdufte, du elender Trauerkloß. Ha ... ha!« Er lachte laut und hysterisch. »Ha ... ha ... ha ...! Siverts erschrecken, was? Du schlapper Sack. Aber jetzt werde ich dich, zum Teufel noch mal, erschrecken, dass es sich gewaschen hat.« Er spuckte im großen Bogen zum Bären aus und stampfte fest im Schnee auf.

»Verzieh dich«, donnerte er wutschnaubend, »oder ich tret dich tot, du Schiefhals.«

Der Bär schaute überrascht auf Siverts. Hier geschah etwas, das er nicht begriff. Wie dieser Mensch sich aufführte, passte nicht in die üblichen Formen. Zuerst hatte der Mann vor Entsetzen gebrüllt, dann war er davongelaufen, dass es nur so rasselte, und jetzt ging er furchtlos mit einem neuen und längeren Feuerhaken und unter schrecklichem Kriegsgeheul zum Angriff über. Vielleicht war er doch gefährlicher, als er aussah. Der erste Feuerhaken gab zu einer gewissen Vorsicht Anlass, und fast unmerklich begann der Bär, vor Siverts zurückzuweichen.

»Scher dich weg, du Mistviech!« Siverts schwang sein Gewehr und schrie übermütig. »Raus aus dem Fjord mit dir. Der Teufel soll mich holen, wenn du hier noch weiter herumschleichst und meine Nachtruhe störst.«

Der Bär starrte auf die Waffe, die im Mondschein blinkte. Weil er Angst hatte, dass es sich hier um etwas ähnlich Fürchterliches wie beim glühenden Feuerhaken handeln könnte, machte er einige schnelle Sprünge zur Seite und ließ Siverts vorbei.

Ohne seinen Widersacher eines Blickes zu würdigen, stapfte Siverts zum Haus hinauf. Er ging auf Strümpfen geradewegs zur *Villa Abhang,* schimpfend und fluchend wie ein betrunkener Bürstenbinder. Er marschierte durch die Tür und knallte sie hinter sich zu.

»So muss man mit euch umspringen, Bärengesindel«, knurrte er, »da hab ich dem Satan aber mal den Marsch geblasen.«

Immer noch zitternd vor Wut setzte Siverts Teewasser auf. Und erst nach der zweiten Tasse Tee kam er wieder richtig zu sich. Die Wut verließ ihn genauso schnell, wie sie gekommen war, und er musste sich auf einen Stuhl setzen, weil ihn seine Beine nicht mehr tragen wollten. »Um Himmels willen«, murmelte er, »was hätte nicht alles passieren können.« Ihm brach bei diesem Gedanken der Schweiß aus, und er schielte zur Tür. Die Büchse stand an den Türpfosten gelehnt, ihr Anblick gab ihm eine gewisse Sicherheit. Er stand auf, schob den Balken vor die Tür und legte das Gewehr auf den Trockenständer. Nach einigen Minuten war der Verschluss aufgetaut und wieder brauchbar. Siverts lud Magazin und Kammer und schmunzelte zufrieden. »Jetzt kann er kommen«, sagte er, »wenn er noch Lust hat nach diesem Tänzchen.«

Der Bär hatte es nicht aufgegeben, Siverts zu erwischen. Aber er hatte seine Lektion gelernt und ging vorsichtig vor. Von der Tür hielt er sich weit entfernt, man konnte ja nie wissen, welche bösen Sachen da herauskamen.

Als Siverts in der Hütte verschwunden war, schlich sich der Bär also zu einem schneebedeckten Stein, der ungefähr zehn Meter vom Haus entfernt lag; dort legte er sich auf die Lauer und beobachtete die Tür. Einige Male guckte Siverts zur Tür hinaus, die Büchse schussbereit an der Hüfte. Er konnte den Bären im Mondlicht kaum ausmachen und feuerte einige Schüsse ab, konnte jedoch im Halbdunkel nicht ordentlich zielen. Der Bär bewegte sich keinen Zoll, er glotzte beharrlich zurück, hielt eine Tatze vor seine schwarze Schnauze und glaubte, unsichtbar zu sein.

Siverts hatte das Gefühl, dass der Bär im Laufe der Nacht ruhig bleiben würde. Er legte sich deshalb, mit einem Rentierfell zugedeckt, das an die Wand genagelt war, auf den Fassdauben zur Ruhe; die Büchse lag auf seinem Bauch. Die Lampe hatte er soweit wie möglich heruntergeschraubt, ohne dass sie verlöschte. So lag er, fühlte sich wohl und war guten Mutes.

Wenn er meinen Rat zu verduften am Morgen nicht befolgt haben sollte, werden wir unsere kleine Rechnung begleichen, dachte er. Und mit dieser behaglichen Vorstellung entschlummerte er.

Der Bär jedoch hatte Ähnliches vor. Als es in der Hütte still geworden war und kein Licht mehr durch die Ritzen nach außen drang, schlich er lautlos zur Tür. Er zog sich ganz langsam und vorsichtig aufs Dach hinauf, dort legte er sich hin und ließ eine Tatze über dem Eingang baumeln. Irgendwann würde der Mann herauskommen, und dann sollte der Himmel über ihm einstürzen.

Siverts schlief tief und ruhig. Sein dröhnendes Schnarchen ließ den Bären nervös in der Luft herumschnuppern. Aber da er keinen Zusammenhang zwischen diesem unangenehmen Geräusch und dem gefährlichen Kriegsgeheul sah, blieb er ruhig liegen; er legte seine Ohren wieder an und leckte sich voller Erwartung das Maul.

Einige Stunden später erwachte Siverts vor Kälte. Der Herd war ausgegangen, und als er die Lampe hoch schraubte, entdeckte er, dass Raureif an den Wänden glitzerte. Er schwang die Beine über den Kojenrand und torkelte schlaftrunken zum Kohlenkasten. Es waren genug Kohlen da, vier große Klumpen von der

Größe eines reifen Kürbis. Siverts sah die Kohlen niedergeschlagen an und seufzte tief, als er entdeckte, dass er die Axt bei den Hunden vergessen hatte. Die Hunde! Die Axt! Plötzlich wurde ihm klar, welch kapitalen Fehler er begangen hatte. Warum hatte er die Leinen nicht mit der Axt durchgetrennt und die Hunde befreit? Sie hätten den Bären mit Leichtigkeit aufhalten können! Siverts Ohrläppchen färbten sich bei diesem Gedanken rot. Das durfte nie herauskommen. Über diese Bärenjagd durfte überhaupt nie geredet werden. Man würde ihn für einen Idioten und ein Lügenmaul halten, er würde zum Gespött der ganzen Küste werden. Diese ganze verdammte Geschichte war nicht wegzudiskutieren: Erst ließ er sich überfallen, dann wurde er wie ein aufgescheuchtes Kaninchen gejagt, schließlich vergaß er, seine Hunde zu befreien, und zuletzt wurde er mit dem Bären dadurch fertig, dass er ihm die Leviten las.

»Wenn es hier warm geworden ist«, murmelte er, »gehe ich hinaus und erlege das Biest auf eine anständige Art und Weise, das mach ich.«

Er holte ein großes Stück Kohle aus dem Kasten und klemmte es zwischen seine Füße. Dann nahm er die Büchse, die das einzige Schlagwerkzeug in der Hütte war, und stieß den eisenbeschlagenen Kolben auf die Kohle. Der Klumpen zerbrach in zwei Stücke, die er weiter mit dem Kolben bearbeitete.

Siverts Büchse war eine ausgezeichnete Büchse. Sie hatte ihm an der Küste viele Jahre gute Dienste geleistet und dem dänischen Heer schon 1889. Es handelte sich um einen vollschaftigen Hinterlader, der ziemlich verbreitet war. Aber die vielen Jahre, die er schon auf dem Buckel hatte, die unzähligen abgefeuerten Schüsse, die Fahrten im Eis und jetzt diese kräftigen Schläge auf die Kohle führten dazu, dass die Büchse ein einziges Mal versagte: Ohne Warnung und mit einem gewaltigen Krachen ging sie los.

Die Kugel zischte an Siverts großer Nase vorbei, fuhr durch seine feuerrote Stirnlocke und zum Dach hinaus. Im gleichen Augenblick verlöschte die Lampe.

Siverts ließ die Büchse fallen. Er brüllte laut vor Schreck und fiel zu Boden. Als der Schock etwas nachließ, tastete er nach den Streichhölzern. Die Stille nach dem Schuss war total. Das Krachen klang lange in Siverts Ohren, und erst als er seine eigenen keuchenden Atemzüge wahrnahm, wurde er auf ein sonderbares Geräusch aufmerksam, das an die Tropfen von schmelzendem Eis an einem warmen Frühlingstag erinnerte.

»Was ist denn das?«, stöhnte er verschreckt. Er nahm ein Streichholz und entzündete die Lampe. Vor seinen Augen breitete sich eine Blutlache aus; er wurde kreidebleich, sein Herz hämmerte heftig. »Getroffen«, flüsterte er heiser«, ich verblute, getroffen, verblute …« Er fühlte sich mit einem Schlage matt und elend und musste sich auf den Boden setzen. Ein heftiger Schmerz schoss in die Herzgegend. »Was mache ich jetzt?«, jammerte er und richtete seinen Blick nach oben, als ob er von dort eine Antwort erwartete.

Die Antwort war ein dünnes Rinnsal Blut, das langsam durch das Einschussloch sickerte.

»Herrje, was ist denn jetzt …« Siverts stand auf. »Was zum Teufel soll das denn bedeuten?« Er langte nach oben und steckte einen Finger ins Loch. Das Blut war warm und schmeckte gut. »Das schmeckt verdammt nach Bärenblut«, grunzte er. »Ich glaube bei Gott, das Biest liegt da oben und ist abgekratzt.«

Trotz des Blutes und der Stille auf dem Dach war Siverts sehr vorsichtig, als er die Tür aufriegelte. Genau über dem Eingang baumelte eine schlaffe Bärentatze, und als er sie mit dem Gewehrlauf anstieß, war ihm klar, dass sie leblos war.

»Hähä«, kicherte er, »dieser Hammer war wohl für mich gedacht. Das war schon eine verdammte Bärenjagd.« Er ging vor die Tür und leuchtete mit der Petroleumlampe aufs Dach. Der Bär lag groß und gelb und mausetot dort oben. Siverts schüttelte nachdenklich den Kopf.

»Das hier ist eine klare Sache«, sagte er zu sich selbst. »Wenn das der Schluss der ganzen Angelegenheit ist, dann wird von mir keiner ein Sterbenswörtchen erfahren.«

Siverts kam auf seinem Bärenfell zur Blaesehütte. Er hatte in der *Villa Abhang* einige Tage zugebracht, um die Hunde zu füttern und das Bärenfell in Form einer flachen, länglichen Schale steiffrieren zu lassen. Er hatte sich einen Anorak aus Rentierfell genäht und eine Kapuze aus seinem Moschusschlafsack, die Beine steckten in den Ärmeln des Isländerpullovers, den er im Schlittensack gefunden hatte; so hatte er ein Paar warme Hosen. Er war satt, warm verpackt und guter Laune, als er heimkehrte.

Als erstes besuchte er natürlich das Örtchen, welches er zusammen mit Lause besaß. Dort hockte er und genoss den Komfort und die schöne Aussicht. Durch die offen stehende geteilte Tür konnte er bis zum Strand hinunterblicken, wo Lause stand und den außergewöhnlichen Schlitten in Augenschein nahm.

»Was ist denn hier passiert, Siverts?«, rief Lause. »Ist dein Schlitten kaputt?«

Siverts rief zurück: »Draußen in den Eisbänken ist er müde geworden, Lause. Hat sich hingelegt und wollte nicht mehr weiter.«

»Und was ist das für ein Bär?«, erkundigte sich Lause.

»Ach, der da. Hähä ..., das war ein ziemlicher Fehlschuss, verstehst du. Nichts Besonderes, Lause, bloß ein ganz gewöhnlicher kleiner Bär, der lieber mit mir nach Hause wollte, anstatt weiter in der Kälte herumzulaufen.« Siverts zog die geteilte Tür zu und flüsterte: »Guck mal an, das hast du gut gemacht, alter Freund. Kein Wort darüber, und du behältst deinen Ruf eines ehrlichen Menschen und guten Fängers.«

Der Umweg

»Wenn ich euch nicht schon so gut kennen würde, dann müsste ich annehmen, dass es sich bei dieser Geschichte um Flunkerei handelt«, sagte Lause. Er sah seine Gäste mit einer gewissen Bewunderung an.

Valfred zeigte mit einem strahlenden Lächeln seine nagelneuen Zahnreihen. »Hähä«, wieherte er vergnügt, »ja, das geht schon so in die Richtung, wenn mans zum ersten Mal hört. Und du bist ja immer noch ziemlich neu hier an der Küste, Lause, und hast dich noch nicht so richtig an die großen Gegebenheiten gewöhnt. Aber ansonsten ist eigentlich alles rundherum die Wahrheit.« Er zwinkerte zum Leutnant. »Und es war nicht die schlechteste Tour, nicht, Leutnant? Wir hatten genug Zeit, und Verpflegung bekamen wir unterwegs. Das Einzige, was man so richtig vermisste, war schon der Branntwein, aber den vermisst man immer, wenn man die Flasche nicht gerade am Hals hat.«

Sein ansehnliches Lächeln blieb, wenn auch etwas angestrengt und ungewohnt. Valfred hatte sich in der letzten Zeit ein nahezu ständiges Lächeln zugelegt. Er war ungeheuer stolz auf seine neu gekauften Zähne, die die drei natürlichen ersetzten. Er war stolz und von der Schönheit dieser Zähne sehr beeindruckt, und diese Schönheit teilte er gerne mit seinen Freunden. Natürlich gab es ständig gewisse Anpassungsschwierigkeiten: Noch konnte er die Fremdkörper im Mund nicht richtig beherrschen. Der obere Teil der Prothese besaß die unerfreuliche Tendenz, herunterzuklappen, und er hatte sich deshalb ein sonderbares, fast vornehmes Lispeln angewöhnt.

Lause hatte Schwierigkeiten, die Geschichte zu schlucken, die man ihm gerade erzählt hatte; er holte unaufgefordert den Schlüssel zum Lokus hervor.

»Ich meine«, sagte er zu seinem Kollegen Siverts gewandt, »dass in diesem Falle unsere Gäste die Außenanlage benutzen sollten, solange sie sich in der Blaesehütte aufhalten. Was meinen Sie, Siverts?«

Siverts nickte. »Das hört sich vernünftig an«, entgegnete er. »Sie können nach Belieben ins Häuschen springen, wenns ihnen recht ist. Groß und klein. Nicht leicht für Leute, die geradewegs aus geordneten Verhältnissen kommen und sich langsam an das Leben in der Wildnis gewöhnen müssen.« Er guckte den Leutnant an, der aufrecht auf seinem Stuhl saß und sich brühheißen Kaffee in den Hals schüttete. »Das war aber eine Teufelsreise, was, Hansen. Damit hast du bestimmt nicht gerechnet, als ihr auf der Suche nach Robben in den Isfjord eingelaufen seid?«

Hansen starrte tiefsinnig in den Kaffeesatz, der sich am Boden der Tasse abgesetzt hatte. »Das ist das Los eines Fängers«, sagte er bescheiden. »Als Fänger der Kompanie muss man auf alles vorbereitet sein. Wir waren im Feld wie gute Soldaten und sind wohlbehalten heimgekehrt. Das ist alles.«

Valfred schob den Oberkiefer an seinen Platz und lispelte: »Der Leutnant hat Stil, kann ich euch sagen. Er ist ein zäher Kerl, der nicht gleich aufgibt.«

Der Leutnant sonnte sich in den Blicken seiner Gastgeber. Er nippte am Branntwein, der in einem kleinen Glas neben der Kaffeetasse stand, und zwirbelte seinen Schnurrbart.

»Man hat ein bisschen Disziplin gelernt«, entgegnete er, »sowohl im Inneren als auch im Äußeren.«

Siverts saß lange da und verdaute diesen Ausspruch. Er kannte das Wort Disziplin wohl ein wenig, aber eine richtige Ahnung davon hatte er nicht. Und wenn es dann auch noch mit Innerem und Äußerem in Verbindung gebracht wurde, stand er wie ein Ochs vorm Tor.

Darum mogelte er sich um den Satz herum, indem er meinte: »Das war richtig clever gesagt, Leutnant. Die Sache mit der Disziplin hat sicher eine große Bedeutung gehabt, auch für

Valfred, glaube ich.« Er fuhr sich durch seine roten Haare. »Man muss bestimmt Disziplin besitzen, um so etwas erzählen zu können. Ich müsste meinen großen Mund halten, diese Art Abenteuer würde ich mich nicht trauen zu erzählen, denn man kann sonst leicht für einen Prahlhans oder Lügner gehalten werden, ganz bestimmt.«

Valfred klapperte einige Male mit seinem Gebiss, damit der obere Teil sich festsaugte, und erklärte: »Es ist so wahr, wie es erzählt ist, Siverts. Und genau das habe ich auch zu Hansen damals gesagt. Verdammte Ehrlichkeit, Hansen, sagte ich. Das hier ist wirklich eine Geschichte, die uns keiner abkauft. Aber dann dachte ich, dass man ja auf der anderen Seite seine Kameraden auf keinen Fall um so etwas Einzigartiges betrügen darf. Und weil die Geschichte wahr von Anfang bis Ende und der Leutnant ein ehrlicher Mann ist, meinte ich, wir sollten sie erzählen.« Er winkte Lause um die Flasche, die dieser bereitwillig abgab. »Ich bin nämlich ganz sicher«, fuhr er fort, während er sich freigiebig mit dem Branntwein des Hauses versorgte, »dass solch eine Erzählung schon eine Bedeutung hat. Sie kann zum Nachdenken anregen – ja, das kann sie, wenn sie sich erst mal ausgewachsen hat und lebensfähig geworden ist.«

Siverts leckte seinen Bart. »Du sagst ausgewachsen, Valfred. Soll das heißen, ihr erlaubt Lause und mir, sie herumzuerzählen?«

Valfred nickte. »Ja, bitte schön. Haltet euch nur in angemessenen und vernünftigen Grenzen, dann haben wir nichts dagegen, nicht, Hansen?«

Der Leutnant winkte großzügig mit der Hand. »Die Geschichte gehört allen, und man kann sie erzählen, wie man will. Es gibt natürlich eine Menge Details, die wir in der Eile vergessen haben, aber ihr könnt sie euch ja selbst ausdenken und dazutun. Das erlauben wir schon. Der Bericht an die Kompanie ist längst abgeschickt – was also hier oben herumerzählt wird, kann an den Tatsachen nichts mehr ändern.«

Folgendes also erzählten die Leute der Blaesehütte ihren Kollegen aus Bjørkenborg – Einzelheiten und Ausschmückungen inbegriffen.

Der »pazifierte« Leutnant Hansen zog in die Fimbulhütte, weil Valfred lange Zeit ohne Kameraden gewesen war.

Man hatte diese Partnerschaft mit gespannten Erwartungen beobachtet, und es waren sogar gewisse Wetten abgeschlossen worden, wie lange die beiden es wohl miteinander aushalten würden.

Natürlich hatte man in weiser Voraussicht dem Leutnant sehr direkt Wissen und Kenntnisse in grönländischer Lebensart vermittelt, zum Beispiel ließ man ihn einige Stunden an ein paar Hundeleinen über einer Gletscherspalte baumeln – ein kleines Erlebnis, von dem man überzeugt war, dass er es zur Kenntnis nehmen würde. Aber wie tief es ihn beeindruckt hatte, wusste keiner. Die meisten befürchteten das Schlimmste.

Aber Valfred kümmerte sich um nichts. Valfred kümmerte sich im Großen und Ganzen selten um Dinge dieser Welt. Er besaß eine geradezu morgenländische Fähigkeit, sich die Dinge ungerührt entwickeln zu lassen. Er mischte sich nie in die Absichten anderer, und wenn es passierte, dass sich andere bei ihm einmischten, legte er sich in seine Koje, drehte der Welt den Rücken zu und schlief.

Der handfeste Empfang, ein kleiner Fingerzeig auf Takt und Ton hier im Polargebiet, gab Hansen Anlass zum Nachdenken. Die Jäger in Ostgrönland waren von Grund auf verschieden von den Kerlen, mit denen er daheim in Fredericia umgegangen war. Er war als oberster Dienstrang der ostgrönländischen Streitkräfte ausgereist, besaß den Segen sowohl des Heeres als auch der Kompanie, und dann hatten diese Zivilisten sich Vorrechte gegenüber einem Vorgesetzten herausgenommen, die nicht allein bedauerlich, sondern auch antinational waren und geradezu das Kriegsrecht herausforderten. Aber hier gab es kein Kriegsgericht; hier gab es überhaupt kein Recht. Das brachte des Leutnants

Kriegerseele so durcheinander, dass er fast menschlich wurde. Er funktionierte die ihm anerzogene Lust zu töten vom Menschen auf Tiere um, arbeitete neue Regeln für diese Kriegskunst aus und entwickelte sich in verblüffend kurzer Zeit zu einem richtig tauglichen Jäger.

Es war des Leutnants Vorschlag, mit dem Motorboot der Station einen Vorstoß zum Feind in den Isfjord zu unternehmen. Hier sollte es angeblich von Robben nur so wimmeln, aber Valfred wollte nicht mit. Obgleich Hansen ihn mit einem bequemen Biwak und einer stationären Feldküche mit zwei warmen Gerichten am Tag plus Nachtisch lockte, blieb Valfred unerschütterlich. Er hatte anderes zu tun, als sich im Isfjord wegen ein paar Ringelrobben herumzutreiben. Die Sonne schien immer noch so warm, dass man vor dem Haus sitzen und dösen konnte, und die Moschusochsen grasten auf Fimbuls grünen Hängen und kamen, wenn man pfiff, und ließen sich schlachten. Erst als der Leutnant zwei Flaschen Genever klingen ließ, die er an Bord der *Veslemari* gekauft hatte, gab sich Valfred geschlagen.

Das Motorboot der Station, genannt »Esel«, weil die Anlasskurbel eine fatale Neigung besaß, nach hinten auszuschlagen, wurde reiseklargemacht. Eine Matratze aus trockenem Heu wurde mittschiffs ausgelegt, Valfred nahm auf der Matratze Platz, der Leutnant am Ruder. Und so tuckerten sie aus dem Fimbulsund.

Einem ausgebildeten Militär bereitete es nicht die geringsten Schwierigkeiten, sich zu orientieren. Die Fjorde verliefen wie Straßen in einem alten Stadtteil, und Hansen wusste, dass er zweimal hintereinander nach links und einmal nach rechts drehen, eine Fjordmündung überspringen und wieder nach rechts in den Isfjord einlaufen musste. Dann befand man sich in den Gletschern und bei den Seehunden.

War es nun, weil Hansen ganz in die schöne Natur versunken war oder weil er Schwierigkeiten hatte, die erwähnte Fjordmündung zu erkennen – es sei dahingestellt. Jedenfalls konnte er Valfred, den er mit Mühe geweckt hatte, berichten, dass sie sich nun nach drei Seiten hin in offenem Wasser befanden und die Küste hinter ihnen weit entfernt lag – sie glich dem Rücken einer Herde grasender Dinosaurier.

Valfred wurde nach dieser Auskunft verblüffend schnell wach. Ein schneller Blick über die Reling machte ihm ihre tatsächliche Position deutlich.

»Herrjemine, lieber Leutnant. Wenn du diesen Kurs beibehältst, können wir in ein paar Tagen in Island an Land gehen und fuselfreien Schnaps kaufen.« Mit einem Stöhnen erhob er sich von der Matratze und übernahm das Ruder.

Der Leutnant setzte sich ins Vorschiff und ging in Gedanken die bisherige Seereise noch einmal durch, um herauszufinden, wo er etwas falsch gemacht hatte.

Spät am Abend schlugen sie ihr Lager in einer kleinen Bucht außerhalb des Isfjords auf, genannt die Krokodilbucht – nicht weil es dort Krokodile gab, sondern wegen der beiden lang gestreckten sägezahnartigen Schären, die bei Niedrigwasser sichtbar wurden. Das Zelt wurde aufgebaut, der Primuskocher angezündet.

In der Bucht war es unglaublich schön. Die Reste des Wintereises lagen wie weiße, glitzernde Skulpturen, die ein wahnsinniger Künstler in das stille grüne Wasser geschleudert hatte. Die einzigen sichtbaren Bewegungen waren die Schatten der dahinziehenden Sommerwolken und kleine, größer werdende Ringe vom abtropfenden Eis. Am Nordende der Bucht lag ein breites Tal zwischen den dunkelbraunen Felsen. Den Talgrund bedeckte blühende Heide, die kräftig in blauen und violetten Farben leuchtete. An den Schattenhängen der Felsen dehnte sich ein fleckiger Teppich aus grauweißem, altem Schnee, und am Ende des Tals stand das Inlandeis wie eine gewaltige schwarze Mauer.

Vom Isfjord donnerte ein langsam wandernder Gletscher. Das Geräusch kam wie ein Echo aus einer unendlich weiten Ferne, ein Eindruck, der noch von dem brausenden Rauschen eines nahen Wasserfalls verstärkt wurde. Selbst Valfred konnte sich diesen Eindrücken nicht entziehen; er verzichtete auf den frühen Nachtschlaf, setzte sich in den Zelteingang und genoss die Aussicht.

»Jaja, Hansen«, sagte er ruhig, »so etwas siehst du verdammt noch mal nicht in Fredericia. Hier ist es so schön – nicht einmal der Tätowierer könnte es so in die Haut picken. Und er ist wirklich der größte Künstler, der mir begegnet ist, kann ich dir sagen.«

Der Leutnant nickte. Lange Zeit konnte er nichts sagen. Die Sonne glitt zwischen die hohen schneebedeckten Bergspitzen und warf breite Bündel silberweißer Strahlen auf das grüne, teilweise völlig schwarze Wasser des Fjords. Es funkelte und blitzte auf den zerbrechlichen Eisschollen des Sommers, und die Wiesen, die sich vom Tal bis zum Strand hin erstreckten, färbten sich rot und rosa in der Abendsonne.

Am Ende der Bucht, der Sohle des Fjords, lag der Gletscher. Er wälzte sich zwischen einigen himmelhohen Felsmassiven hindurch wie ein breiter Pinselstrich. Man konnte vom Zelt aus erkennen, wie er sich vorgeschoben hatte und seine Zunge wie ein riesiges Dach über dem Wasser hing.

Der Leutnant seufzte tief. Er lauschte überwältigt dem langsam sich vorschiebenden Eis. »Es hört sich wie Kanonendonner an«, flüsterte er Valfred begeistert zu.

Valfred legte die Hände über seinem Bauch zusammen. »Kanonendonner, sagst du? Nee, Hansen, das ist Natur. Die reine und unverfälschte Natur, was du da hörst.«

Im Isfjord wimmelte es nur so von Robben. Ständig tauchten die kleinen schwarzen Köpfe zwischen den Eisschollen auf, kleine runde Bälle mit abstehenden Barthaaren und großen treuherzigen Augen. Valfred lockte sie mit Pfeifen, und sie näherten sich neugierig dem Boot.

Am ersten Tag schossen sie zwölf Robben, die sie im Depot in der Nähe des Zeltes aufbewahrten. Sie zogen ihnen das Fell ab, weideten sie aus und legten das Fleisch in einen großen Steinhaufen. Was sie nicht verwerten konnten, warfen sie den Möwen hin, die schreiend über dem Arbeitsplatz kreisten. Am Abend kochte der Leutnant, es gab Rouladen und nach Valfreds Rezept Suppe aus Robbenflossen und frische Blaubeeren mit Sahne zum Nachtisch. Es wurde ein herrlicher Abend, dem ein wohlverdienter Nachtschlaf folgte.

Am nächsten Tag wurde auch Valfred vom Jagdfieber gepackt. Er war schon gegen 10 Uhr auf und nahm die hervorragende Mahlzeit des Leutnants ein; diese bestand aus Hafergrütze, danach gab es Kaffee und Zigarren. Sie tuckerten in den Fjord, legten sich dicht an den Gletscher und hatten schon drei Robben vor dem zweiten Frühstück erlegt.

»Wenn das so bleibt«, schnaufte Valfred, »dann riskieren wir, den ganzen Winter Robbenfleisch essen zu müssen. Es ist vielleicht am besten, wenn wir eine kleine Pause einlegen.« Er blickte sich um. »Dort hinten bei der kleinen Landspitze«, und er zeigte zum Land, »wächst normalerweise viel Engelwurz. Aus ihm kann man einen guten Salat bereiten, Hansen, besonders, wenn du auch ein wenig frischen Tang findest. Ich schlage vor, dass wir dorthin schippern, du rührst uns ein Essen zusammen, während ich ernsthaft darüber nachgrüble, was wir am Nachmittag unternehmen.«

Hansen, von der Seeluft hungrig, willigte sofort ein. Er hatte sich gerade mit gespreizten Beinen an die widerborstige Startkurbel gestellt, als das Unglück passierte.

Die gewaltige Eisdecke, die der Gletscher über das Wasser geschoben hatte, brach ab und stürzte mit einem ohrenbetäubenden Krachen ins Wasser. Die Flutwelle, von den vielen tausend Tonnen Eis aufgetürmt, hob den »Esel« himmelhoch empor, und Valfred brüllte, der Leutnant sollte den Motor starten.

Hansen riss an der Kurbel. Aber durch die heftigen Bewegungen des Bootes fand er keinen festen Stand.

»Starten, Hansen«, schrie Valfred. Er lag auf der Matratze und klammerte sich fest.

Alles geschah so schnell, dass beide nicht so richtig mitbekamen, was eigentlich los war.

Die gewaltige Woge setzte die umliegenden Eisberge in Bewegung. Der dem Boot am nächsten liegende benahm sich wie ein Tümmler: Er drehte seine grüne, kristallklare Unterseite nach oben, schob sich unter das Boot, das zur glatten Seite hin rutschte, bis es mit einem Klatschen in einer tiefeingeschnittenen Kerbe liegen blieb. Hansens Füße rutschten von den Bodenbrettern, und in einem gewaltigen Bogen segelte er über die Reling und verschwand kopfüber in der See.

Valfred schaute hoch und glotzte erstaunt über die Reling der Jolle. »Hansen«, heulte er, »Hansen, wo steckst du?«

Der Eisberg drehte sich zurück und schwankte langsam, bis er seine Balance wieder gefunden hatte. Das Wasser um ihn herum beruhigte sich, Hansens Kopf tauchte auf. Er war blau wie ein frischbemalter Tuareg und spie Wasser wie ein aufgetauchter Wal.

»Was zum Teufel machst du da?«, rief Valfred.

»Schwi... schwimmen«, schnatterte der Leutnant. »Hi... hilf mir an Bord, bevor ich ersaufe.«

Valfred erhob sich. Er kroch zum Vorschiff und hievte den Anker über Bord. »Halt dich fest, alter Freund, ich zieh dich rein.«

Der Leutnant hielt sich an dem kalten Eisen fest, aber seine Hände waren ohne Gefühl und völlig kraftlos. »Ich kann mich nicht festhalten, Valfred.«

»Dann mach den Anker an der Hose fest«, schlug Valfred vor. »Mach was, Hansen, sonst muss ich dieses Jahr wieder allein zurechtkommen.«

Es glückte dem Leutnant, den Hintern zum Anker hin zu drehen, er schaffte es, dass sich eine Ankerklaue im Hosengürtel verhakte. Und so wurde er in seinem kurzen arktischen Dasein ein zweites Mal aus einer gefährlichen Situation befreit.

Valfred zog ihn bis auf die Haut aus und legte ihn auf die Matratze. Er zog seine Hosen und den Isländer aus und zog beides Hansen an. Er selbst setzte sich in wollener Unterjacke und langen grobwollenen Unterhosen auf die Ruderbank.

»Hähä, Hansen. Jetzt sind wir wieder auf dem Damm, was? Zum Teufel mit dieser Geschichte.«

Hansen, noch nicht so ganz klar bei Sinnen, entgegnete zitternd vor Kälte: »Warum fährst du nicht weg, Valfred? Wenn jetzt noch mehr Eis vom Gletscher abbricht!«

Valfred schnalzte nachdenklich, als ob er seiner Antwort nachschmecken wollte.

»Das mit dem Gletscher bedeutet keine Gefahr, Hansen. Es dauert lange, bis er wieder kalbt. Und das mit dem Wegschippern ist leichter gesagt als getan. Es scheint nicht genug Wasser für die Schraube da zu sein, hier oben.«

Der Leutnant stützte sich mit den Ellbogen auf und guckte über die Reling. Er riss die Augen auf, als ihm aufging, wo sie sich befanden.

»Ab… aber wir liegen ja fest«, stammelte er aufgeregt. »Wie hast du das Boot hier heraufgekriegt, Valfred?«

»Tja, hähä, darüber lässt sich diskutieren. Wenn ich ehrlich sein soll, ich weiß es eigentlich nicht. Aber wichtiger ist im Augenblick, wie wir hier wieder wegkommen«, entgegnete Valfred.

Der Eisberg schwankte sachte. Er drehte sich bedächtig vom Gletscher weg und glitt langsam aus dem Fjord. Das Boot saß ungefähr zehn Meter über dem Wasserspiegel, und eine flüchtige Untersuchung ergab, dass die meisten Spanten auf der Steuerbordseite gebrochen waren.

»Der ›Esel‹ hat dich wohl zum letzten Mal getreten«, seufzte Valfred. »Das Boot hat ein schlimmes Leck, guter Leutnant, aus diesem Grunde stehen wir hier oben bestimmt am sichersten. Ich befürchte, dass unser Boot ganz schön durstig würde, wenn es wieder ins Wasser käme.«

»Das ist unglaublich.« Dem Leutnant war es in Valfreds Sachen wieder warm geworden. Er guckte seinen Kollegen mit großen, verständnislosen Augen an. »Wie konnten wir denn so ohne weiteres hier oben landen?«

»Tja, so ohne weiteres ist das auch wieder nicht passiert«, meinte Valfred. »Die Natur ist launisch wie ein Frauenzimmer, Hansen. Aber unglaublich ist es, da gebe ich dir Recht. Wenn mir jemand erzählen würde, dass sie ihr Boot zehn Meter auf einen Eisberg hinaufgewurschtelt hätten, ich würde grinsen und mir meinen Teil denken. Es gibt Leute, die gerne solche Geschichten erzählen, Hansen, viele von ihnen leben hier oben bei uns. Die Natur ist daran wohl schuld. Alles erscheint gleichsam vergrößert; man gewöhnt sich an die Größe, sozusagen, und das ist wohl auch nicht schlimm. Ich glaube, das ist natürlich, so wie ein Fänger oder Seemann dadurch weitsichtig wird, dass er ständig in die Gegend glotzt, und ein Bücherwurm eben kurzsichtig wird, weil er immer mit dem Buch vor der Nase sitzt.« Er strich seinen Bart. »Ich muss zugeben, dass ich nichts richtig mitgekriegt habe, als es passierte. Das ging für meinen Geschmack alles viel zu schnell. Wie du weißt, kann ich Dinge am besten begreifen, wenn sie in einem mäßigen Tempo vor sich gehen. Aber der Gletscher kalbte, der Eisberg kenterte, du bist im hohen Bogen im Teich verschwunden, und mich hats hochgehoben. So viel steht fest.«

Der Leutnant nickte. »Wir müssen aber versuchen, uns an alle Einzelheiten zu erinnern«, sagte er, »denn der Bericht an die Kompanie muss korrekt sein.«

Valfred befingerte sein Kinn und lachte verschmitzt. »Das kriegen wir schon hin, Hansen, wir werden schnell etwas zusammenbringen.« Er blickte seinen Kollegen freundlich an.

»Nichts da, von wegen zusammenbringen«, korrigierte Hansen. »Ein Rapport muss sachlich sein und über alle Fakten Rechenschaft ablegen. Das gilt im militärischen Bereich genauso wie für die Fangkompanie.«

Valfred schnaufte. »Tja, wenn du meinst, dann stellt sich die Sache etwas schwieriger dar. In diesem Fall kann es nämlich schwierig werden, die Wahrheit herauszubekommen. Wie zum

Teufel willst du denn eine solche Himmelfahrt sachlich und wahrheitsgetreu darstellen? Das geht nicht, Hansen. Wir müssen wohl oder übel hier und da etwas an der Geschichte abmildern, damit sie glaubwürdig klingt.«

Im Laufe des Nachmittags trieben sie auf dem Eisberg an ihrem Lager an Land vorbei. Das Zelt stand schwarz, stockfleckig und einladend da. Die Fänger blickten ihm lange nach. Besonders Valfred: Er dachte wehmütig an die beiden Flaschen Genever, die nun in der Proviantkiste lagen und keinem etwas nützten.

»Das ist fast das Schlimmste«, meinte er halblaut.

»Was?«, erkundigte sich der Leutnant.

»Die beiden Flaschen, die du mitgenommen hattest. Nun stehen sie da, ohne dass jemand auf sie achtet. Stell dir vor, ein Bär kommt und wühlt im Zelt herum, oder eine Herde Moschusochsen zertrampelt es. Das wäre nicht auszudenken.«

»In diesem Falle wäre es nur eine, die draufginge«, lächelte der Leutnant. »Die andere liegt nämlich in meinem Rucksack. Ich habe sie mitgenommen, um etwas zur Hand zu haben, sollten wir in eine Notlage geraten.«

Valfred sperrte die Augen auf. »Großer Himmel! Welche Umsicht. Du bist ein hervorragender Kollege, lieber Hansen.«

Er leckte seine trockenen Lippen. »Eigentlich kann man doch sagen, dass dies eine Notsituation ist, oder nicht?«

Der Leutnant verzog den Mund und dachte nach. »Ich weiß nicht recht«, entgegnete er. »Ich hatte mehr an ein gebrochenes Bein und diese Sachen gedacht. Eine Situation wie unsere hatte ich nicht unbedingt vor Augen.«

»Aber es gibt eine Menge gebrochener Spanten«, erklärte Valfred, »und das kann ebenso kompliziert sein wie ein erbärmliches gebrochenes Bein. Ich glaube, dass jeder verständige Doktor für alle Spanten einen ordentlichen Schnaps verordnen würde, für die gute Laune, verstehst du.«

Sie holten die Flasche aus dem Rucksack und genehmigten sich einen Schnaps. Hansen bekam rote Backen, und Valfred brummte vergnügt bei dem Gedanken, dass in der Flasche noch sechsundzwanzig gute Schnäpse übrig blieben.

»Da kannst du mal sehen, Hansen. Das Leben hat viele Gesichter, und dieses ist wirklich nicht das garstigste, das ich kenne«, meinte er aufmunternd. »Es gibt viele, die schlechter ausgerüstet auf große Fahrt gehen mussten als wir.« Er blickte die Geneverflasche verliebt an. »Im Großen und Ganzen muss man schon sagen, dass das Leben voller Überraschungen und gleichzeitig herrlich lebenswert ist.«

Der Leutnant antwortete nicht sofort. Es schien, als wäre er Valfred nicht ganz gefolgt. Er starrte weiterhin aufs Lager, das langsam vorbeiglitt, er sehnte sich mächtig nach seinem Schlafsack, Heide unter den Stiefeln und vor allem nach trockenen Sachen. Valfreds Sachen waren ein Segen, solange er fror, jetzt aber, wo ihm wieder warm war, konnte er den Gestank kaum ertragen.

»Glaubst du, dass es ganz unmöglich ist, dorthin zu kommen?«, fragte er schließlich.

»Unmöglich nicht«, antwortete Valfred. »Nichts auf der Welt ist unmöglich, Hansen, das müsstest du als alter Militär wissen. Stimmt die Physik und hat man das Glück auf seiner Seite, sollte man schon dorthin kommen. Aber man braucht eine gute solide Eisscholle als Fähre. Schwimmen kannst du dorthin nicht, kein Mensch hält es in dieser Kälte länger als ein paar Minuten im Wasser aus. Hähä, du müsstest Speck unter der Haut haben, Hansen, und Schwimmhäute zwischen den Zehen, dann könnte es klappen. Aber so musst du dich hier mit dem ersten Stock zufrieden geben.« Er lag auf der Matratze und amüsierte sich. Die Sonne schien warm und freigiebig, und so würde es auch den ganzen Tag bleiben, das wusste er.

»So gesehen leiden wir überhaupt keine Not«, fuhr er nach einer Weile fort. »Wir haben Fleisch im Überfluss«, und er wies mit einer Kopfbewegung auf die drei erlegten Robben, »wir haben den Primuskocher, einen Topf und jede Menge Petroleum im Tank. Außerdem haben wir noch Schnaps und werden ganz umsonst wer weiß wohin transportiert. Es hätte wirklich schlimmer kommen können.«

»Trotzdem.« Etwas im Leutnant protestierte. Dort stand das Zelt; so nahe, dass man jede einzelne Zeltleine sehen konnte. So nahe und doch genau so weit weg, als stünde es an der Küste Chinas. Es fiel ihm schwer einzusehen, dass ihre einzige Möglichkeit für einen künftigen Kontakt mit der Umwelt von diesem Klotz zusammengepresstem Schnee abhängen sollte. Wo der Eisberg hintrieb, dahin musste auch Hansen. Bedrückt durch diese Situation sagte er: »Wer weiß, ob wir jemals wieder hier herunterkommen?«

»Das kann ich dir versprechen, hier kommen wir wieder herunter.« Valfred verschränkte seine Arme hinter dem Kopf. »Es ist nämlich gar nicht so unmöglich, dass dieser Teufelsklotz noch einmal kentert. Dann bist du schneller unten, als es dir lieb ist. Wenn er sich aber einige Monate so aufrecht halten kann, wird er irgendwo auf der Höhe von New York schmelzen. Die Sache ist ganz klar.«

Hansen schauderte. Er wollte ungern noch einmal im Wasser landen, auch auf einen Besuch New Yorks verspürte er überhaupt keine Lust. »Was meinst du, was wir machen sollen, Valfred?«, fragte er.

»Tja, was sollen wir machen?« Valfred blickte in den hellen Sommerhimmel. »Wenn du willst, können wir ja eine Wache einrichten, das macht sich besser, und der andere kann sich so lange für ein paar Stunden aufs Ohr legen.«

Der Leutnant kroch zum Bug. »Ich übernehme die erste Wache«, bot er an.

»Das ist prima«, murmelte Valfred. »Dann nehme ich noch einen zur Brust, um die Eingeweide zu beruhigen. Willst du auch einen Schnaps?«

»Nein, danke.« Hansen richtete sich auf und blickte scharf auf den Narwalsund hinaus, den sie mittlerweile erreicht hatten. »Ich trinke nie im Dienst.«

Valfred entkorkte die Flasche. »Gott segne dich, mein lieber

Hansen. Dann hast du bestimmt auch nichts dagegen, wenn ich mir deine Ration genehmige, ich meine, dass es am besten ist, wenn die Schnäpse immer paarweise in der Flasche sind.«

»Bitte.« Der Leutnant kniff die Augen zusammen und hielt wachsam Ausschau.

»Hähä.« Valfred schmatzte vergnügt, nachdem er seinen Gaumen einige Male gespült hatte. »Hähä, mit einer solchen Wache kann man bestimmt ein paar Stunden sicher an der Matratze horchen. Sing ein bisschen, Hansen. Das hilft, wenn du müde wirst, und mich störts nicht.«

Sie trieben bei Niedrigwasser südlich hinaus in die Grönlandsee; der Eisberg geriet mit seiner gewaltigen Masse in den kalten ostgrönländischen Strom. Valfred schlief tief und geräuschvoll, und der Leutnant hielt Wache. Er saß da, blickte über das endlose Meer und war zutiefst besorgt. Er dachte daran, dass das Leben jetzt noch beschwerlicher und wechselhafter wurde, als es ihm eigentlich lieb war, und zwischendurch dachte er sehnsüchtig an die friedliche Garnisonsstadt und das problemlose Militärdasein zurück. Es war ihm völlig klar, dass dies eine äußerst bequeme Zeit gewesen war, eine Art ewiger Ruhe, man konnte die Verantwortung immer entweder nach oben weiterreichen oder nach unten delegieren, wie es gerade passte. Ganz anders war das Leben hier oben. Es gab nur Valfred und ihn, in einem angemessenen Abstand, und jetzt saßen sie in einem Boot auf einem Eisberg, zehn Meter über dem salzigen Meer. Hier gab es keinen anderen, an den man sich wenden konnte, keinen, der den richtigen Befehl gab; keinen Vorgesetzten, bei dem man Halt finden konnte, keinen, der die Verantwortung auf sich nahm – es sei denn, man betrachtete Valfred als Verantwortlichen kraft seiner Stellung als Stationsleiter. Aber Valfred lag nur da und schlief und nahm das Ganze mit einer eisernen Ruhe.

Hansen dachte lange über alles nach. Je mehr er nachdachte, desto deutlicher wurde ihm, dass Valfred im Grunde richtig handelte. Praktisch war nichts weiter zu tun als sich zu entspannen und darauf zu warten, dass einem jemand begegnete. Letztlich war eine Wache überflüssig. Hier gab es keine Schiffe, keine Menschen, nur das Meer, das Eis und die entfernte Küste. Und als Hansen die Augen zufielen, gab er auf, legte die Arme auf die Reling, den Kopf auf die Arme und schlief ein.

Valfred erwachte als Erster. Er setzte sich schwungvoll auf und langte nach der Geneverflasche. »Hab ich es doch gewusst«, murmelte er, »es war nicht nur ein Albtraum. Jetzt ist es verdammt heiß geworden in der Sonne. Zum Teufel mit dem Morgenschnaps.« Er stellte die Flasche vorsichtig weg und zog sein langes Fangmesser aus der Scheide. Er setzte sich auf die beschädigte Reling, die dem Eisberg am nächsten war, und fing an, ins Eis zu hacken. Der Lärm und einige umherfliegende Eisstückchen weckten den Leutnant.

»Was machst du, Valfred? Stört dich die Wand?«

»Kühlschrank, Hansen. Der Schnaps ist lauwarm, das verträgt ein anständiger Schnaps nicht.« Er hieb, stach und grub mit dem Messer, dass ihm die Eisstücke nur so um die Ohren flogen.

»Wenn ich mit dem Barschrank hier fertig bin, kannst du vielleicht eine größere Tiefkühltruhe machen, Hansen. Wir müssen das Robbenfleisch ins Kühlhaus bringen, verstehst du, bevor es durch die Wärme verdorben wird.« Er steckte seinen Arm in das Eisloch und holte die losen Eisstücke heraus. »So, jetzt lege ich die Flasche zum Kühlen hinein. Wenn du jetzt einen Eisschrank machst, dann werde ich unsere drei Freunde da zerteilen und danach Kaffee kochen.«

Ein neuer Tag hatte auf dem Eisberg begonnen. Und was für ein herrlicher Tag! Hoher, tiefblauer Himmel und brütende Sonne. Das Eis auf dem Meer war aufgebrochen, und sie glitten rasch dahin – mit Kurs auf Westindien.

Als der Leutnant mit seinem tiefen Loch fertig war und sie bei Kaffee und dem nun kalten Morgenschnaps saßen, schlug er Valfred vor, die Vorräte in Tagesrationen aufzuteilen. Aber Valfred meinte, dass es unsinnig wäre, da ja keiner wusste, wie viele Tage sie noch auf dem Eisberg verbringen mussten.

»Wir verzehren, was wir haben, Hansen, und wenn alles aufgegessen ist, besorgen wir uns neuen Proviant«, meinte er. »Das Schlimmste ist der Branntwein. Das ist vielleicht eine gute Idee, ihn in Rationen aufzuteilen.« Er blickte abschätzend zu dem kleinen Loch im Eis. »Andererseits, so ein einzelner Schnaps pro Tag ist ja die reine Tortur. Lass uns trinken, was da ist, und wenns vorbei ist, dann ist eben Schluss.« Er schüttelte den Kopf und fing an zu kichern.

»Hähä, nichts zu trinken zu haben, das erinnert mich gerade an den schlimmsten Winter, den ich jemals erlebt habe. Es ist wohl zehn Jahre her, da hatte ich einen Arbeitskollegen, der war ein bisschen daneben, verstehst du. Er erhängte sich später am Deckenbalken zu Hause, aber das ist eine andere Geschichte.« Valfred grub einen Priem aus seiner Tasche und säuberte ihn von den Wollfusseln.

»Es war ein strenger Winter, Hansen. Erst blies ein Föhnwind vom Inlandeis her, pfui Deubel, wie der blies, und er brachte Regen, Hagel und diesen ganzen Kram mit. Der Föhn blies so hart, dass ein volles Ölfass mit ein paar hundert Litern Petroleum vom Strand bis hinauf zum Haus flog, das Gestell mit dem Fleischvorrat für den Winter fuhr zur Hölle, und die Pappe flog in Fetzen vom Dach. Das war ein Sturm, Hansen. Nachdem der Wind abgenommen und es einige Tage geregnet hatte, sprang der Wind plötzlich auf Nordwind um, und es wurde eiskalt. So kalt, Hansen, dass man sich im Freien nicht zu pinkeln traute, weil man Angst hatte, am Strahl festzufrieren. Ein schöner Spaß. Erst verschwindet der Schnee durch den Regen, dann gefriert der Regen … Überall wurde es spiegelblank und eisglatt. Die Felsen wurden zu gewaltigen Rutschbahnen, und die Ochsen, die dort oben etwas Wärme gesucht hatten, rutschten auf dem Hintern und brachen sich die Beine und das Genick. Nirgends konnte man fahren. Die Hunde zerschnitten sich die Pfoten am frisch gebildeten Eis; und als es endlich schneite, nahm es damit kein Ende: es schneite drei Wochen ununterbrochen. Das war ein Schneewetter, Hansen. Immer wieder wuchs die Schneedecke über den Schornstein hinaus, sodass man hinaus und ihn wieder freischaufeln musste, um Zug im Herd zu haben.«

Valfred nahm aus Gründen der Sparsamkeit den Priem aus dem Mund und bugsierte ihn zurück in die Hosentasche. »Na ja, aber das war noch nicht das Schlimmste«, fuhr er fort, »denn solange man nur im Haus ist, es warm hat und es auch zu essen gibt, kann man schon einiges aushalten. Nee, das wirklich Schlimme war: Der Sturm hat das Bücherbord über meiner Koje so geschüttelt, dass zwei Flaschen Schnaps und die ganze Destillationsfabrik auf dem Fußboden landeten. Ich war einen ganzen Tag besoffen und hatte Splitter in der Zunge, weil ich den Branntwein vom Fußboden geschlürft habe. Die Brennvorrichtung war kaputt, darum war für Monate Schluss mit alkoholischen Getränken. Ein lausiger Winter. Ich wünsche dir, dass du solch einen Winter nie erlebst. Im Übrigen ist es schade, guter Hansen, dass du die andere Flasche nicht auch mitgenommen hast, denn eine Flasche pro Mann wäre hier auf See wirklich nicht zu viel gewesen.«

Der Leutnant zuckte bedauernd mit den Schultern. Während Valfred redete, hatte er nachgedacht, und er beschloss, einen Evakuierungsplan vorzuschlagen. Da Valfred nicht begriff, was er meinte, versuchte er zu erklären: »Also, pass mal auf«, sagte er, »wir müssen davon ausgehen, dass irgendetwas passiert. Und wenn es passiert, dürfen wir nicht unvorbereitet dastehen.«

Valfred nickte. Soweit hatte er begriffen. Der Leutnant fuhr ermutigt fort: »Wir sollten uns deshalb alle Möglichkeiten ausdenken, die passieren können. Zum Beispiel kann der Eisberg so nahe an die Küste herankommen, dass er Grundberührung bekommt, oder aber er kentert noch einmal, er kann bersten, verunglücken oder schmelzen.«

Wieder nickte Valfred. »Und was dann, Hansen?«

»Ja, dann müssen wir auf eine Evakuierung vorbereitet sein. Wir müssen deshalb ganz genau wissen, was in jedem dieser Fälle zu unternehmen ist.«

Valfred griff zum Primuskocher und drehte die Flamme klein.

»Das ist wirklich pfiffig, Hansen, es zeigt, dass du ziemlich begabt bist. Es taugt bloß nichts. Wenn der Eisberg Grundberührung hat, wie du es ausdrückst, dann steigen wir ganz einfach hinunter und zockeln nach Hause, wenns nicht zu weit weg ist. Aber wenn irgendeine von den anderen Sachen, die du genannt hast, passieren sollte, dann bleibt nichts als das Maul aufsperren und Salzwasser schlucken, denn so bringen wirs am schnellsten hinter uns. Das mit den Plänen taugt nichts. Du bist zu spät dran, Hansen. Evakuieren ist ja schön und gut, aber wir wissen doch gar nicht richtig, wohin. Ich glaube nicht, dass du mit solchen Sachen spekulieren solltest, es sei denn zum Zeitvertreib. Verdammt, wir haben nicht einmal ein Spiel Karten.«

Der Leutnant schlug sich die Evakuierungspläne aus dem Kopf und versuchte, sich mit etwas anderem Nützlichen zu beschäftigen. Er war ein fleißiger und eifriger kleiner Mann, der sich schwer tat, still zu sitzen und die Lage im Boot zu genießen.

»Wir könnten Treppenstufen bis zum Wasser hinunter ins Eis hauen«, schlug er etwas später vor.

Valfred gähnte. »Treppenstufen, sagst du? Was willst du mit Treppenstufen anfangen, Hansen, wenn ich so frei sein darf?«

»Treppenstufen sind immer bequem«, verteidigte der Leutnant tapfer seinen Plan. »Vielleicht passiert etwas, wo Treppenstufen nützlich sein könnten.«

Valfred schüttelte nachdenklich seinen Kopf. Der Vorschlag erinnerte ihn in gewisser Weise an den verrückten Kameraden, der sich am Deckenbalken erhängt hatte, und er wusste, dass man sich dieser Sorte Mensch nicht widersetzen sollte. »Jaja, also, wenn du Lust hast, Treppenstufen zu hacken, dann will ich nicht im Wege sein«, meinte er. »Aber fall um Himmels willen nicht wieder ins Wasser, es macht mich nervös, dich da unten liegen zu sehen.«

Und so fing der Leutnant an und hackte Treppenstufen. Er band sich eine Leine um den Bauch, befestigte sie an der Ruderbank und kroch nach draußen, Valfreds Fangmesser in der Hand. Den ganzen Tag und die halbe Nacht hackte und grub er im Eis. Schöne, breite, nach innen geneigte Treppenstufen fertigte er an, etwas Ähnliches fand man an keinem Eisberg der Welt.

Hin und wieder steckte Valfred seinen Kopf über die Reling, um zuzuschauen. Er sagte nichts, denn er hatte das mit den Treppenstufen immer noch nicht begriffen. Er dachte aber, dass Hansen ja ein tüchtiger und angenehmer Mann sei, und wenn er Treppenstufen bis hinauf zum Logis haben wollte, dann war das eben seine Sache.

Valfred versprach, in der folgenden Nacht so etwas wie einen Ausguck einzurichten. Er legte sich auf die Matratze, als Hansen sich nach des Tages Mühe erschöpft über die Reling quälte, trank einen Schnaps, befestigte den Schöpfeimer über seinem Kopf, um nicht von der Nachtsonne belästigt zu werden, und schlief umgehend ein. Der Leutnant richtete sich ein Lager aus seinem Rucksack, einem Stück Segeltuch und Valfreds Isländer her. Er war müde, aber zufrieden mit der Arbeit des Tages und schlief rasch ein – mit kleinen, vornehmen Atemzügen, die seinen Schnurrbart zittern ließen.

Als sie neun Tage unterwegs waren, passierten sie Kap Nibot, den südlichsten Punkt der Küste, den Valfred kannte. An diesem Tag war das Robbenfleisch verbraucht.

»Das ist ganz schlecht«, sagte Valfred, »jetzt haben wir weder Branntwein noch Essen.« Er holte das Gewehr hervor und füllte das Magazin. »Wir sollten doch lieber eine Robbe schießen, Hansen, bevor wir zu hungrig werden.«

Die erste Robbe, die er schoss, verendete sofort. Sie lag ruhig und schwamm an der Wasseroberfläche, und die beiden trieben langsam an ihr vorbei.

»Wie sollen wir sie zu fassen kriegen, Valfred?«, fragte der Leutnant.

»Ja, eine gute Frage«, brummte Valfred. »Die Seeluft macht träge, und man vergisst nachzudenken. Da haben wir ein Essen für die Krabben bereitet.« Er setzte sich, zog die Pfeife hervor und begann sie zu stopfen. »Über diese Sache muss ich ein bisschen nachdenken«, meinte er. Nach einiger Zeit hatte er eine Lösung gefunden.

»Wenn du dich auf die unterste dieser schönen Treppenstufen, die du gehackt hast, stellst, Hansen, und noch ein Tau um den Bauch bindest, dann könntest du ja versuchen, die nächste Robbe, die ich schieße, zu erwischen.«

Der Leutnant sah ihn mit zusammengekniffenen Augen an. »Meinst du, dass ich ins Wasser springen soll, um sie zu fangen?«

»Wenn du Lust hast. Ist doch keine schlechte Idee, was?« Valfred lächelte. »Du bist eigentlich mehr an das nasse Element gewöhnt, hast sozusagen größere Erfahrung als irgendein anderer hier an Bord. Was hältst du von der Idee?«

Der Leutnant hielt gar nichts davon. Aber nach einiger Überredung konnte er einsehen, dass es ihre einzige Möglichkeit war, ihren Eisschrank zu füllen. Darum band er sich die Leine um den Bauch und stieg schweren Herzens hinunter zum Sockel des Eisbergs.

Es dauerte fast eine Stunde, bis Valfred wieder Glück mit einer Robbe hatte. Er pfiff und lockte, und die Robbe, eine große Sattelrobbe, näherte sich mit jedem Tauchen dem Eisberg. Als sie wenige Armlängen vom Leutnant entfernt war, feuerte Valfred. Die Kugel klatschte durch die Speckschicht, und die Robbe lag regungslos.

»So, Hansen«, rief Valfred, »hinein in den Zuber.« Er legte das Gewehr über die Knie und zündete bedächtig seine Pfeife an.

Der Leutnant holte tief Luft und sprang. Er hatte den Sprung gut berechnet, kam nach Luft schnappend direkt hinter den Flossen der Robbe hoch und ergriff sie sofort.

»Hol ein, Valfred«, stöhnte er, und Valfred legte seine Büchse beiseite und holte die Leine ein.

Nun stellte sich allerdings heraus, dass die Robbe überhaupt nicht so tot war, wie es sich Hansen gewünscht hatte. Die Kugel steckte in einer Kopfseite und hatte das Tier nur betäubt. Als es aber die Hände des Leutnants an seinen hinteren Gliedmaßen spürte, kam es zu sich und schlug irritiert mit dem Hinterleib.

»Die lebt!«, schrie Hansen hysterisch, »Valfred, sie lebt!«

»Das sieht verdammt so aus«, grunzte Valfred. Er ergriff die Büchse und zielte, aber es war unmöglich, genau zu zielen. Die Robbe war ständig in Bewegung, schwamm große Kreise, tauchte kurz und sprang halb aus dem Wasser, mit Hansen im Schlepp.

»Lass unser Essen lieber sausen, Hansen«, rief Valfred, »ich kann nicht richtig zielen, solange du dahinten dranhängst.«

Aber Hansen ließ nicht los. Seine Hände griffen wie Stahlklammern um die Flossen, und so gerne er auch losgelassen hätte, es war unmöglich: Er hatte einen Krampf in Armen und Fingern und besaß keine Kontrolle über seine Muskeln. In rasendem Tempo sauste er hinter der Robbe her, hinter sich ein schäumendes Kielwasser.

Schließlich schoss Valfred. Die Kugel zischte über die schwarzen Locken des Leutnants und bohrte sich in die Nackenfalte direkt hinter dem Kopf der Robbe. Das machte ihr den Garaus. Eine Zuckung, ein paar kurze Bewegungen, und sie verendete.

»Halt aus, Hansen«, rief Valfred aufmunternd, »jetzt zieh ich dich raus.«

Hansen hielt krampfhaft fest, er konnte gar nicht anders. Und Valfred zog ihn zum Eisberg und befestigte die Leine an der Ruderdolle.

»Jetzt kannst du auf die unterste Stufe kriechen, Hansen, aber lass den Burschen nicht eher los, als bis ich auch unten bin.«

Aber Hansen befand sich außer Hörweite. Das Ereignis war zu aufregend und das Wasser zu kalt gewesen. Er hing mit geschlossenen Augen am Seil und hielt sich krampfhaft an der toten Robbe fest.

Valfred blickte hinunter. »Was ist? Bist du auch abgekratzt?« Er kletterte vorsichtig über die Reling und stieg die Treppenstufen hinunter. Als er unten angekommen war, zog er sein Messer und schnitt einige Löcher in das Fell der Robbe. Dann löste er Hansens Sicherheitsleine und band sie am Robbenfell fest.

Es war unmöglich, Hansens Hände von den Flossen zu lösen. Erst als er die Flossen abgeschnitten hatte, konnte er seinen nassen Kollegen auf die Treppe ziehen.

»Was für ein Jäger«, murmelte Valfred voller Bewunderung. »Er gehört nicht zu denen, die ihre Beute bei der ersten Gelegenheit fahren lassen.«

Diesmal dauerte es erheblich länger, den Leutnant wieder zum Leben zu erwecken. Valfred rieb den mageren, blau gefrorenen Körper mit seinem Wollpullover, kochte Tee, den er dem Leutnant mit einem Löffel einflößte, und legte ihn auf die Matratze, zugedeckt mit dem Isländer, dem Rucksack und dem dreieckigen Stück Segeltuch. Als er den Kameraden so gut wie nur möglich versorgt hatte, kroch er wieder die Treppen hinab und beschäftigte sich mit der Robbe.

Es war ein großer Bursche, bestimmt hundert Kilo schwer, und er zerlegte das Tier im Wasser, so gut es ging. Das Fleisch teilte er in so große Brocken, dass er sie noch nach oben ins Boot werfen konnte. Und genau solch ein roher Fleischbrocken holte Hansen ins Leben zurück: Dieser traf ihn direkt unter der Nase, er fuhr erschreckt hoch.

»Hilfe!«, schrie er, so laut er konnte.

»Nicht nötig, Hansen, ich bin gleich fertig«, rief Valfred von unten hoch. »Ein richtiger Kamerad«, murmelte er bewundernd. »Liegt da halb tot vor Kälte und will noch helfen.«

Hansen fiel beruhigt zurück ins Heu, als er Valfreds Stimme hörte. Er dachte träge, dass irgendetwas passiert sein musste, aber er kam nicht darauf. Ihm war kalt und klamm, besonders seine Handflächen, und als er die Hände vor seine Augen hielt, sah er, dass jede Faust eine blutige, abgeschnittene Flosse umklammerte. Da versank der Leutnant Hansen wieder ins Dunkel.

Valfred lobte den Leutnant wortreich. Er kam immer wieder auf die ungewöhnliche Beharrlichkeit zu sprechen, mit der sein Kollege selbst in bewusstlosem Zustand die Beute festgehalten hatte.

»Es gibt nicht viele deiner Sorte, Hansen«, meinte Valfred bewundernd. »Ich habe im Laufe der Jahre viele Jäger getroffen, aber keinen von deinem Kaliber.«

Hansen räkelte sich behaglich auf der Matratze. Er meinte, dass es keinen Grund gab, Valfred zu beichten: Es war die ganze Zeit im Wasser sein sehnlichster Wunsch gewesen, die Robbe loszulassen. »Man hat ein bisschen Disziplin gelernt«, meinte er deshalb bescheiden, »das ist alles.«

Valfred nickte. Die Sache mit der Disziplin war also etwas, das man sich hinter die Ohren schreiben sollte, dachte er bei sich.

Am dreiundzwanzigsten Tag auf dem Eisberg sahen sie Rauch; nur eine dünne Spirale, die im Nordwesten über das Eis stieg.

»Jetzt glaube ich, verdammt noch mal, dass wir uns bewohnten Gegenden nähern«, behauptete Valfred munter.

Hansen starrte wie hypnotisiert auf den schwarzen Streifen. »Glaubst du, dort hinten gibt es Häuser?«, fragte er.

»Kann schon sein; aber das ist kein Rauch von Häusern, das sieht ja jeder Idiot. Das ist ein Schiff.«

Der Leutnant sprang auf. »Ein Schiff?«, rief er. »Kommt es hierher? Glaubst du, sie können uns sehen, Valfred?«

»Tja, das ist schwer zu sagen. Wir sind bestimmt schwer auszumachen, hier oben auf dieser Ablage, guter Hansen. In all dem Weiß sehen wir bestimmt nur aus wie ein paar Kratzer.«

»Wir müssen was machen«, ereiferte sich der Leutnant. »Wir können sie doch nicht einfach so vorbeifahren lassen. Nun mach doch was, Valfred!«

»Lass uns erst einmal sehen, wie nahe sie herankommen«, sagte Valfred, »es kann doch sein, dass sie einen ganz anderen Kurs nehmen als auf den Eisberg zu.«

»Sie müssen uns sehen!« Der Leutnant schwenkte den Wollpullover über seinem Kopf hin und her. »Glaubst du, dass sie das hier sehen, Valfred?«

Valfred grinste. »Es wäre bestimmt nicht falsch, das Ding vorher zu waschen, hähä, aber vielleicht können sie uns ja riechen.«

Wie Valfred schon vermutet hatte: Es war ein Schiff. Im Laufe einiger Stunden konnten sie den gesamten Rumpf erkennen, und kurz darauf wusste Valfred mitzuteilen, dass das Schiff *Polarlicht* hieß und Ålesund als Heimathafen hatte.

»Die waren bestimmt mit Proviant für eine der Niederlassungen unterwegs«, meinte er, »und jetzt sind sie auf der Heimreise.«

Hansen nickte geistesabwesend. Er winkte immer noch mit dem Pullover, den er an ein Ruder gebunden hatte. »Sie können uns einfach nicht übersehen«, sagte er mit weinerlicher Stimme, »sie müssen doch blind sein, wenn sie uns nicht sehen, was, Valfred?«

»Gib ihnen noch eine Stunde, Hansen, dann hast du eine Chance. Leg dich ein bisschen hin – und immer mit der Ruhe. Du wirst vom Herumstehen und Winken bloß müde.«

Aber eine Stunde später war die *Polarlicht* außer Sicht. Der Eisberg hatte sich tückischerweise in der Strömung gedreht und verbarg seine Passagiere vor den scharfen Augen der Wache. Erst als das Schiff sie in einem Abstand von einigen hundert Metern passiert hatte, wurden sie wieder sichtbar.

Der Leutnant winkte und schrie wie ein Wilder, aber ohne jede Wirkung. Der Ausguck blickte geradeaus und zeigte nicht das geringste Interesse an dem Eisberg, der schon hinter ihm lag.

»Nun mach doch was, Valfred«, wimmerte der Leutnant, »stopp diese Idioten!«

Valfred nickte gutmütig. »Das muss ich wohl«, meinte er, »wenn du so gerne das Fahrzeug wechseln möchtest, Hansen.« Er klopfte die Pfeife an der Reling aus und nahm das Gewehr.

Der erste Schuss traf die Schiffsglocke. Sie schlug vier Glasen, laut und deutlich, und das waren zwei Glasen zu viel. Der Skipper fuhr aus dem Steuerhaus, um dem wachhabenden Matrosen die Leviten zu lesen. Er blickte hinunter zur Leiter, übers Deck und schließlich beleidigt auf die Glocke.

Valfreds nächster Schuss erwischte die Steuerbordlaterne. Der Skipper, auf dem Wege zurück ins Steuerhaus, drehte sich blitzschnell um und sprang zur Reling. Er beugte sich hinüber und sammelte ein paar grüne Glasscheiben auf, die er eingehend studierte. Der dritte Schuss bohrte sich ins Holz, eineinhalb Meter vom erhitzten Gesicht des Skippers entfernt, und der vierte riss einige große Splitter aus der Brückenreling. Da erst reagierte der Skipper. Er sprang ins Steuerhaus, riss den Maschinentelegrafen auf »Stopp«, gleich darauf stand er wild gestikulierend vor seinem Steuermann und erklärte diesem und einigen Matrosen, was passiert war.

Valfred legte das Gewehr über seine Knie und zündete die Pfeife wieder an. »Jetzt haben wir sie auf alle Fälle gestoppt, mein lieber Hansen, und wenn du Lust hast, kannst du gerne wieder mit dem Pullover winken.« Er zog kräftig an der Pfeife, damit sie ordentlich brannte, und nahm das Gewehr wieder in die Hand. »Wir sollten ihnen besser auch die Richtung weisen«, sagte er und feuerte sechs Schüsse in rascher Folge ab.

Diesmal durchbohrte er einen Abfalleimer, den der Smutje gerade über der Reling auskippte. Der Smutje brüllte vor Ärger und glotzte übers Wasser. Valfreds nächste Schüsse lenkten seinen Blick zum Eisberg hin. Und damit waren sie entdeckt.

Sie sahen, wie das Beiboot zu Wasser gelassen und bemannt wurde. Sie hörten die Kommandos des Skippers und das Knirschen der Ruder in den Dollen. Der Leutnant saß am Bug der »Esel«, Valfred lag auf der Matratze und fühlte sich wohl. Sie blickten sich einen kurzen Augenblick an und fühlten genau dasselbe.

Kameradschaft ist eine merkwürdige Sache. Schwer zu gewinnen und nur wenigen beschieden, aber genau so schwer zu zerstören. Der Leutnant hatte nie einen Kameraden gehabt. In diesem Augenblick jedoch wusste er, dass Valfred einer werden würde. Und Valfred hatte den Kameraden in Hansen schon damals entdeckt, als er ihn zur Abkühlung in eine Gletscherspalte bei Kap Thompson hinunterließ.

»Ja, Hansen, jetzt ist unsere Fahrkarte ungültig geworden«, sagte Valfred mit einem Blitzen im Auge.

»Vielleicht erwischen wir ein paar andere Fahrkarten«, antwortete der Leutnant und lächelte. »Es gibt viele Fjorde und viele Eisberge, Valfred.« Er stand auf und fing an, seinen Rucksack zu packen. Die Geneverflasche und die Robbenflossen nahm er als Reiseandenken mit. Als er die Treppenstufen hinabstieg, schlug er liebkosend auf die glatte Wand des Eisbergs.

Das Beiboot der *Polarlicht* legte an, der Skipper hieß sie willkommen an Bord.

»Was macht ihr da oben«, erkundigte er sich polternd, »wo wollt ihr hin?«

»Wir sind so eine Art blinde Passagiere«, entgegnete Valfred mit breitem Grinsen, »auf dem Weg zurück nach Kap Fimbul.«

Der Skipper grinste zurück. »Zum Teufel auch. Wie lange seid ihr schon unterwegs?«

»Einen knappen Monat«, antwortete Valfred. Er wies mit einer Kopfbewegung zur *Polarlicht.* »Wo fahrt ihr hin?«

»Wir sind auf dem Weg nach Kopenhagen.« Der Skipper stieß das Boot vom Eisberg ab, die Matrosen tauchten die Riemen ein.

»Kopenhagen«, wiederholte Valfred. Er blickte zum Eisberg, und er guckte den Leutnant an. »Eine schöne Bescherung, Hansen, ein verdammter Umweg.«

Die Sache mit Emma

Was aus Emma wurde? Ja, das ist wirklich die Frage. Wer war eigentlich Emma? Ein lasterhaftes Frauenzimmer, das lange Zeit an der Küste umhergeisterte? Eine lebenslustige Abenteurerin oder ein junges, liebes Mädchen, das von allen nur das Beste wollte?

Das alles war Emma und noch mehr. Sie war bei den Fängern bekannt, lange bevor sie auftauchte, sie wurde in Ålborg, woher sie kam, geliebt, und in ganz Dänemark und den meisten Teilen der Welt. Denn Emma war im Herzen fast jeden Mannes und ist es immer gewesen. Die meisten kennen eine Emma, und alle beten sie an: ein gesundes und wohlgestaltetes Mädchen mit Wangen wie Äpfel und mit den richtigen Rundungen, vorn und hinten. Eine angenehme und vergnügliche Gesellschaft, wenn die Einsamkeit zu groß wird oder die Männer wegen schlechten Wetters in den Hütten eingesperrt sind.

Emma lebte einen langen Winter in den Fanghütten, ein ganzes Frühjahr und auch die meiste Zeit eines Sommers. In dieser Zeit ging sie von Hand zu Hand wie eine Zweikronenmünze, gleichermaßen willkommen und immer von gleichem Wert. Sie gab Freude und Zerstreuung und wurde zu einem ständigen Gesprächsthema.

Hier soll in aller Bescheidenheit der Versuch eines Berichtes unternommen werden, wie es ihr während des Aufenthaltes in Nordostgrönland erging. Zuerst war Emma ja Mads Madsens Mädchen. Sie war eine blendende Idee, die ihm während eines Herbstabends kam, als er um einen fesselnden Bericht verlegen war. Er war kürzlich zum Entmagnetisieren in Europa gewesen und hätte eigentlich viel zu erzählen gehabt. Da tauchte Emma auf; er schuf sie im Handumdrehen, saß in seiner Hütte bei Kap

Thompson und zauberte sie wie ein zweiter Herrgott sozusagen aus dem Nichts. Plötzlich stand sie fix und fertig vor ihm – selbst sein Arbeitskollege, der Schwarze William, konnte sie sehen.

Ihre Schönheit war grenzenlos. Sie besaß alle Tugenden und alle Laster, die Frauenzimmer nur haben können, war sanft und gut wie der Frühlingswind, rund und appetitlich wie ein Marzipanschweinchen und dazu noch zärtlich und verspielt wie ein Hündchen.

Mads Madsen schaffte es gerade noch, ihre Bekanntschaft zu machen, da verliebte sich William unsterblich in sie. Aber Mads Madsen war ein herzensguter Mensch und verkaufte ihm das Anrecht auf Emma für eine fast neue 30/30iger Büchse mit zwei Läufen und zwanzig Packungen Patronen.

Lange Zeit lebte William glücklich mit dem Mädchen. Zutiefst in seinem Innern wusste er jedoch, dass sie eine so herrliche Gesellschaft war, dass man sich schwerlich vorstellen konnte, sie für sich und alle Ewigkeit behalten zu können. Als Bjørken von Bjørkenborg dann seine Zuneigung zu dem Mädchen erklärte, gab sie William für den Feuer speienden Drachen her, der auf Bjørkens Rücken tätowiert war. Hiermit begann Emmas lange Reise.

Bjørken war scharf auf Emma; das war unzweifelhaft. Jeder Mann mit gesunden Säften musste scharf auf Emma sein. Aber Bjørken war geradezu wild vor Begierde auf Lodvigs Teleskop-Fernrohr, und das schon seit vielen Jahren. Emma hatte kaum eine Beziehung zu Bjørken entwickelt, als sie auch schon zu Lodvig überwechselte. Das verlief ungefähr so: Bjørken fuhr zu einem ausgesprochen glücklichen Zeitpunkt zur Ross Bay. Lodvig war schwermütig, ihn verlangte es nach allen Dingen, die er nicht bekommen konnte.

Von so etwas wird man ja oft in der dunklen Zeit überfallen, und es kann sehr schwer werden, damit umzugehen. Man hockt in der Hütte und murrt und leidet; man legt sich in die Koje, weil man keine Lust verspürt, nach draußen zu gehen, aber auch wiederum zu müde ist, drinnen am Tisch herumzuhängen. Da liegt man also, die Wolldecke bis unters Kinn gezogen, und träumt von allem Möglichen, das wegen der herrschenden Umstände eben unmöglich ist. Man starrt in den Raum, der kalte Atem weht wie Nebel aus dem Mund, und es geht einem richtig mies. Besonders kreisen die Gedanken aufdringlich und quälend um Frauen.

Das Gerücht über Emma hatte sich an der ganzen Küste verbreitet. Auch zu Lodvig war es gedrungen. Vielleicht war es gerade dieses Gerücht, dass ihn so niedergeschlagen machte. Er hatte in letzter Zeit viel an sie gedacht, und das war nicht angenehm gewesen, weil sie ja das Mädchen eines anderen und deshalb außer Reichweite war. Aber dann kam Bjørken und erzählte, dass er der alleinige Besitzer des Mädchens war, und das besserte sofort Lodvigs Stimmung. Er ging geradewegs auf sein Ziel los. Lodvig brauchte dringend eine Aufmunterung, und Bjørken war ein alter Mann, der ein junges Mädchen nicht mit seiner Senilität belästigen sollte. Lodvig meinte darum, Bjørken sollte das Mädchen einem jüngeren und würdigeren Gefährten überlassen.

Anfangs spielte Bjørken den Bestürzten: Er befand sich hier auf einer Rundreise in den Bezirken, um seine Verlobte den Freunden und Kollegen vorzustellen, und da fängt gleich der erste, den er besucht, mit unmoralischen Anträgen an. Das war wirklich empörend. Aber spät in der Nacht kapitulierte er. Natürlich sollte Emma selbst entscheiden, bei wem sie wohnen wollte. Und sollte sie Lodvig vorziehen, was ja fast schon lachhaft wäre, war Bjørken nicht der Mann, sich dem zu widersetzen. Schließlich war man ja ein erwachsener Mann und kein mondsüchtiger Kater. Aber Lodvig sollte nicht in seiner Koje herumliegen und glauben, so ohne weiteres den Feuer speienden Drachen geschenkt zu bekommen, der Bjørkens Rücken zierte: Wollte er das Mädchen haben, musste er auch für den Drachen aufkommen.

Lebhaft kroch Lodvig aus seiner Koje. Natürlich, das war nur recht und billig. Selbstverständlich sollte Bjørken für den Drachen und das Mädchen eine Vergütung bekommen. Er fuchtelte mit den Armen: Man sollte sich nur bedienen. Was ihm gehörte, das gehörte auch Bjørken.

Aber Bjørken war nicht habgierig. Er begnügte sich mit besagtem Fernrohr, einer Shagpfeife, dem Fell einer Mützenrobbe und, mit etwas Erpressung, einer alten Schrotflinte, die allerdings die Unart besaß, dass beide Läufe gleichzeitig losgingen, egal, welchen Hahn man spannte.

Die Übernahme Emmas brachte Lodvig wieder auf die Beine. Er wurde lebhaft und tischte für seinen Gast auf, als ob ein Geburtstag zu feiern wäre. Jeden Abend ging er zeitig mit Emma zu Bett, und Emma gehörte nicht zu denen, die etwas dagegen hatten. Sie war den meisten Dingen gegenüber offen und zugänglich und wurde natürlich Lodvigs Verlobte, wie sie es vorher bei Mads Madsen, William und Bjørken gewesen war.

Nun hielt Lodvigs rabenschwarze Stimmung nie besonders lange an. Er war im Grunde ein launischer Mann, und das war auch die wesentliche Ursache dafür, dass er in Ross Bay allein als Fänger arbeitete. Mit einem Arbeitskollegen im Haus musste man sich ja häufig zusammenreißen, vor allem bei Gelegenheiten, wo man dazu am wenigsten in der Lage war.

Emma beseitigte die schlimme Stimmung, und damit verkaufte sie sich praktisch selbst. Nach wenigen Wochen löste Lodvig die Verlobung und veräußerte Emma an Herbert – für eine läufige Hündin, drei Paar Sohlen aus Seehundfell und ein Bild vom Schloss Koldinghus, hinter Glas gerahmt.

Emma reiste weit. Sie zog von Fjord zu Fjord, von Hütte zu Hütte und von Koje zu Koje. An einigen Orten war ihr Aufenthalt nur kurz, anderswo konnte sie monatelang bleiben. Trotz der vielfältigen Eindrücke, die sie empfing, blieb sie so reizend und unverdorben wie an dem Tag, als sie Mads Madsens Fantasie entsprang. Ihre runden Wangen leuchteten in der Augustsonne vor lauter Spannung, wenn sie als neue Liebste präsentiert wurde, und ihre gletscherblauen Augen strahlten erwartungsvoll, bis der Handel endlich nach viel Palaver abgeschlossen war. Das Leben in Nordostgrönland wurde spannend – für Emma genauso wie für die Fänger.

Die Monate liefen dahin; ein halbes Jahr und mehr verging. Nach dieser Zeit war sie mehrmals überall an der Küste gewesen. Den kältesten Wintermonat verbrachte sie bei Valfred in der Fimbulhütte; das war für das Mädchen ein Winterschlaf, eine lange und unverbindliche Zeit der Ruhe in der oberen Koje der Hütte. Valfred hatte sie ordnungsgemäß vom Grafen übernommen, der sie auf Grund eines Missverständnisses von Herbert für sechzehn Flaschen Markenwein und die Hälfte der Kartoffelernte des kommenden Jahres gekauft hatte. Nach Valfred ging sie an den jungen Anton über, der zu diesem Zeitpunkt zu Herbert gezogen war. Anton war jung und feurig, er behielt sie fast zwei Monate, bevor sie wieder nach Bjørkenborg gelockt wurde, wo der Lehrling Lasselille vor lauter innerer Anspannungen Pickel bekam. Die Übergabesumme bestand in diesem Fall aus einer Boxkamera von Kodak sowie einem Silberlöffel, den Lasselille zur Taufe geschenkt bekommen und aus sentimentalen Anwandlungen in die Arktis mitgenommen hatte.

Emma beschloss ihr ostgrönländisches Abenteuer bei Fjordur dem Isländer in Hauna. Fjordur war ein großer und nüchterner Mann, schwergewichtig und schwerblütig. Er konnte nach einigen Erfrischungen ziemlich lärmend werden, sehr national gesinnt und bisweilen recht gewalttätig. Aber sonst war er eine hilfsbereite und gute Natur und auch ein überaus tüchtiger Fänger, denn er hatte schon früher in der Hudson Bay in diesem Gewerbe gearbeitet, war also sehr bewandert, als er nach Ostgrönland kam. Ebenso wie Lodvig ging er seine eigenen Wege und legte auf eine partnerschaftliche Arbeit keinen Wert.

Das Gerücht über Emma gelangte schließlich auch nach Hauna, der am südlichsten gelegenen Fangstation. Auf dem Weg dahin war es natürlich gewachsen und ausgeschmückt worden, weil viele Jäger nun ein persönliches Verhältnis zu dem Mädchen hatten und deshalb interessante Einzelheiten beisteuern konnten.

Fjordur murmelte etwas Unverständliches in seinen langen roten Bart, als er das erste Mal von Emma hörte, und enthielt sich jeden Kommentars. Wer Emma war und was sie machte, war ihm völlig gleichgültig.

Aber das Frühjahr kam, und in Fjordurs Lenden begann es angenehm zu kribbeln, wie es zu dieser Jahreszeit üblich ist. Er kramte das Gerücht wieder aus seiner Erinnerung hervor und beschäftigte sich näher damit. Er stellte sich das Mädchen vor, das Mads Madsen offenbar aus Dänemark mitgebracht hatte, und je mehr er es sich vorstellte, desto kräftiger begann es in seinem Untergestell zu prickeln.

Er war folglich reif für eine Übernahme, als Siverts auftauchte, um, wie er sich ausdrückte, sich des Zubehörs zu entledigen.

Siverts war für Damen nicht der Richtige; jedenfalls nicht für eine längere Zeit. Die Flitterwochen mit Emma waren zwar wie ein beschwingter und heller Traum gewesen; er hatte sie fleißig und leichtsinnig angebetet, ihr ewige Treue geschworen – ein Versprechen, das er schnell wieder herunterschluckte. Denn der Traum bekam allmählich ein albtraumartiges Gepräge. Emma wollte mehr als Siverts, und schon war der Konflikt da. Er, der bisher auf dem draußen befindlichen Örtchen sitzen und die Aussicht auf den Fjord genießen konnte, frei von Gedanken und anderen Beschwernissen, fand nun weder Rast noch Ruh. Emma war ständig zugegen. Sein Schlaf wurde unruhig, der Fang vernachlässigt, Siverts selbst verdrießlich, und sein sonst so gutes Verhältnis zu Lause begann Schaden zu nehmen. Darum war Siverts daran gelegen, das Mädchen zu veräußern. Und da Fjordur die letzte Unschuld der Küste war, kam er mit seinem Plagegeist nach Hauna.

Wie schon erwähnt, war Fjordur ziemlich neu an der Küste. Er war ein erfahrener Jäger und mit Sicherheit nicht anders als die anderen Fänger in der Hudson Bay. Aber hier in Nordostgrönland hatte er noch keine Zeit gefunden, sich den besonderen Rhythmus anzueignen, der kennzeichnend für die schon heimischen Fänger war. Er dachte und handelte so, wie man es in der Hudson Bay tat, wo das Dasein auf eine andere Art solide und fest gefügt ist als auf Grönlands Rückseite.

Die anderen Jäger waren gleichsam durchsichtig wie Neueis. Fjordur dagegen glich mehr einer grauen Klippe. Er stand, wo er stand, und man musste ihm schon nahe auf den Pelz rücken, um all die Risse und Spalten zu entdecken, durch die man seine tatsächliche Persönlichkeit erkennen konnte.

Neben vielen anderen Tugenden war Fjordur auch sparsam. Das war der wesentliche Grund, weshalb er allein auf Fang ging. Er war ungemein fleißig und fing so viel, wie es andere Fangstationen mit zwei Mann gerade schafften. Der Gedanke, er müsste seinen Fang mit einem Partner teilen, machte ihn krank.

Zur Frühlingszeit jedoch wurde der Wunsch nach Gesellschaft stärker, und er begann mit dem Gedanken zu spielen, Tisch und Bett mit Emma zu teilen. Sie war ja kein richtiger Partner, wäre also in keinem Fall an der Hälfte der Felle beteiligt, und selbst wenn ein Risiko bestand – denn ein Risiko gab es überall –, so wusste Fjordur doch, dass es nicht so groß sein konnte. Es war kurz vor der Sommerzeit, und sollte er mit ihr nicht zurechtkommen, konnte sie mit dem Versorgungsschiff zurückfahren.

So saß also Siverts eines Tages in der Haunahütte und wollte das Mädchen für einen symbolischen Betrag loswerden. Fjordur zupfte abwartend seinen Bart. Was war denn ein symbolischer Betrag? Hätte Siverts eine Anzahl Fuchsfelle oder eine Geldsumme in Kronen und Øre genannt, wäre die Antwort leicht gewesen. Aber symbolisch? Das war ein gefährliches Wort für eine Stellungnahme.

Er stellte isländischen Branntwein auf den Tisch; eine starke und würzige Angelegenheit, die einen Mann mit gesunden Eingeweiden erforderte. Er forderte Siverts auf, einen zu heben, wann immer er Lust habe. Dann meinte er: »Eigentlich habe ich ja überhaupt keinen Bedarf für eine Hilfe hier im Haus, und die Einsamkeit bedrückt mich auch nicht, das steht fest. Oben in der Hudson Bay saß ich einmal drei Jahre, bevor mich jemand besuchte. Und es gab nichts, was ich vermisste, haha, außer ein wenig anderer Wärme zwischen den Fellen.« Er lachte dröhnend. »Du weißt, so ein kleiner Spitzbube, mit dem man seine Läuse teilt.«

Siverts nickte. Er spitzte seinen Mund und schickte einen Kuss in die Luft. »So etwas ist wohltuend für das Allgemeinbefinden«, sagte er. »So ein Mädchen ist nützlicher für das Innere, als man sich vorstellen kann. Es räumt sozusagen auf da drinnen, Fjordur.« Er klopfte mit seinem großen roten Zeigefinger auf die Stirn. »Hier geschehen nämlich Dinge, die man einfach nicht erklären kann. Man wird rein, bester Fjordur, als ob man da drinnen mit warmem Wasser und Seifenlauge gewaschen würde. Alles Schmuddelige wird weggeschrubbt, man duftet von innen her nach Kernseife und Esprit de Valdemar.«

»Meinst du, Siverts?« Fjordur guckte verdutzt. An die innere Reinigung hatte er bisher nie einen Gedanken verschwendet.

»Jawohl, so ist es. Und vieles andere mehr, natürlich. Das Leben, mein lieber Fjordur, ist mehr als nur den Füchsen das Fell über die Ohren ziehen und Robbenfleisch essen. Denk doch mal daran, wie du selbst lebst. Du fängst, enthäutest, isst und schläfst. Immer und immer wieder, tagein, tagaus. Und das viele Jahre, bis die Kompanie dich heimholt, damit du von Grund auf überholt wirst. Und dann kommst du nach Hause, bitteschön. Dort gehst du ins Wirtshaus und gibst dich mit miesen Frauenzimmern ab. Hab ich nicht Recht? Du suhlst dich im Elend, bis du nicht mehr genau weißt, wo oben und unten ist. Und dann meldest du dich wieder zurück und wirst wieder in die Tretmühle hierher gebracht. Was zum Teufel ist das für ein Leben, frage ich dich?«

»Na ja, so ist es nun mal«, meinte Fjordur, »und so schlimm ist es ja auch wieder nicht.«

»Nein, das meinst du, weil du nie was Besseres ausprobiert hast.« Siverts blickte seinen Gastgeber ein wenig überlegen an. »Aber wir anderen, mein Freund, die einen Lokus im Hof und jeden Abend ein flottes Mädchen in der Koje haben, wir haben alles Feine und Edle, das uns das Leben bietet. Wir sind – ja, du entschuldigst sicher den Ausdruck – so gesehen auf eine bestimmte Art erhöht.«

Fjordur wurde rot. Siverts Worte machten ihm seine Lage deutlich, und das war nicht sehr ermutigend. »Jetzt bist du aber ziemlich hochnäsig«, murmelte er, »ich bin ein Fänger so gut wie jeder andere auch.«

Siverts nickte. »Was deine Qualifikationen als Jäger angeht, so bist du absolut ebenbürtig«, räumte er ein. »Aber wenn es sich um menschliche Eigenschaften handelt, dann bist du, tja, wie soll mans nennen … ungeschliffen, vertiert vielleicht?«

Fjordur guckte scheel. Es war schwer, gegen Siverts anzukommen. Da saß er, sauber und gepflegt, mit einem jungen Mädchen, das draußen auf dem Schlitten wartete. Und er benutzte Wörter, um die man sich nicht herummogeln konnte, Wörter, die er sich durch seinen Umgang mit dem hochzivilisierten Lause zugelegt hatte. Fjordur saß lange und wusste nicht, ob er böse werden oder friedlich bleiben sollte. Aber weil er Emma gerne haben wollte, entschloss er sich zu Letzterem. »Äh, ich habe da was von dieser Emma gehört«, begann er heiser.

Siverts fuchtelte mit dem Zeigefinger vor der Nase herum. »Was du gehört hast, Fjordur, ist nur ein kleiner Bruchteil. Selbst wenn man alles über Emma erzählen würde, wäre das nicht einmal die Hälfte. Sie ist einzigartig, weißt du. Sie hat nicht ihresgleichen auf der ganzen Welt.«

»Ist sie nicht ein bisschen leichtlebig?«, erkundigte sich Fjordur. Er spürte das angenehme Kribbeln unter dem Hüftbein.

»Emma wechselt ihre Partner, wie wir die Hemden wechseln«, räumte Siverts ein. »So ungefähr einmal im Monat.«

Fjordur lehnte sich im Stuhl zurück. Er versenkte seine Hände tief in den Hosentaschen seiner Segeltuchhose und streckte die

Beine unter den Tisch. »Was du nicht sagst. Ja, also, wenn das so ist … hm.« Er guckte schief unter seinen hellen Augenbrauen hervor. »Das ist sicher nicht schlecht, solch eine kleine Abwechslung, das verstehe ich. Man bekommt selbst hier und da Lust darauf. Neben dem täglichen Kram, sozusagen. Hm … tja. Könnte man sagen.« Er schloss die Augen und ging geradewegs aufs Ziel los. »Hör mal, Siverts, ist es zufällig so, dass Emma gerade mal wieder daran denkt umzuziehen?«

Die Verhandlung dauerte geschlagene drei Stunden. Fjordur musste mehrere Male Petroleum in die Lampe und selbst gebrannten Schnaps in den Krug nachfüllen, bis sie ein für beide Teile zufrieden stellendes Ergebnis erzielt hatten.

Emma siedelte nach Hauna über – für ein Paar fast neue Seestiefel, ein noch nicht benutztes Kassenbuch und ein Spiel gezinkter Karten, die eigentlich dem alten Niels gehört hatten. Aber da Niels ja verspeist und tot war, meinte Fjordur, die Karten gehörten dem Haus und damit ihm.

Nach dem Handschlag bot Fjordur Siverts ein Stück Kautabak an und rieb sich aufgeräumt die Hände. »So weit, so gut, Siverts. Haha! Und jetzt kannst du das Mädchen auch hereinholen. Wenn sie da draußen man nicht an den Schlittenbrettern festgefroren ist. Haha. Du hast sie doch gut in den Fußsack gesteckt, bevor du hereingekommen bist?«

Siverts blickte ihn überrascht an. »Wie?«, fragte er.

»Hahaha, du bist ein richtiger Filou«, lachte Fjordur. Er war bester Laune und freute sich gewaltig, seine Braut zu sehen. »Herein mit dem Tiger, Siverts, jetzt will Fjordur den Rücken gekrault haben.«

Siverts guckte den Isländer mit runden, verständnislosen Augen an. »Ich bin vielleicht nicht ganz im Bilde«, sagte er in voller Übereinstimmung mit der Wahrheit. »Du hast doch das Recht auf Emma bekommen. Was willst du denn noch?«

Fjordur schob seinen Kopf zu Siverts hin. »Das Mädchen«, flüsterte er mit belegter Stimme. Als ihn Siverts immer noch verständnislos anguckte, wiederholte er mit einem derartigen

Gebrüll, dass es Siverts fast vom Stuhl blies. »Das Mädchen, du Schafskopf. Hol sie herein!«

»Hereinholen? Aber sie gehört dir doch«, entgegnete Siverts kopfschüttelnd.

Fjordur, der ein nüchterner und solider Mann war, witterte Schwindel. »Jetzt holst du das Mädchen, Siverts. Du hast deine Bezahlung bekommen, und Geschäft ist Geschäft. Wo ist sie?«

Siverts seufzte schwer. »Ich glaube nicht, dass du mich richtig begriffen hast«, sagte er nachdenklich. »Du hast doch das Recht auf Emma, sie gehört dir, Fjordur.«

»Ja, verdammt noch mal, sie gehört mir. Und darum will ich sie hier jetzt sehen, du Idiot!«, schrie Fjordur aufgebracht. »Leibhaftig und mit allem Drum und Dran, verstehst du!«

»Du hast sie doch. Du hast das Anrecht«, brüllte Siverts zurück; er wurde langsam wütend. »Und du kannst mit Emma machen, was zum Teufel du willst.«

»Teufel auch!« Fjordur glotzte wild in die Stube. »Hier ist keine Emma, wo, Teufel noch mal, siehst du hier irgendwo eine Emma? Her mit ihr!«

Siverts breitete bedauernd seine Arme aus. Das führte zu keinem Ende. Auf solch einer Basis konnte man nicht über Emma sprechen.

»Was dein Problem ist, Fjordur«, sagte er beherrscht, »du bist noch neu hier an der Küste. Wenn du hier genauso lange wie Herbert, Bjørken oder Valfred und all die anderen wärst, ich einbezogen, dann würdest du Emma schon begreifen. Aber du hast nicht das Geringste verstanden.«

Fjordur gab nicht auf. Er konnte es nicht ertragen, betrogen zu werden. Mit einem Sprung setzte er über den Tisch und hatte Siverts an der Anorakkapuze gepackt. Dieser Angriff kam so überraschend, dass Siverts keinen Widerstand leisten konnte. Fjordur wrang die Kapuze so, dass Siverts weiche Knie bekam und blau anlief. Erst als seine wasserblauen Augen anfingen, aus ihren Höhlen zu treten, löste Fjordur seinen Griff.

»Wenn du das Mädchen nicht hierher mitgebracht hast«,

wütete der Isländer, »dann hast du mich reingelegt, und ich werde dir die Leviten lesen.«

Siverts holte pfeifend Luft und flüsterte heiser: »Ich habe dir das Recht auf Emma übertragen, Idiot. Ich habe das Recht verkauft, genauso wie ich es gekauft habe und alle anderen es auch getan haben, seitdem Emma mit Mads Madsen an die Küste gekommen ist.«

»Das kümmert mich einen Scheißdreck, was die anderen gemacht haben!«, grölte Fjordur. »Ich habe das Recht und du immer noch das Mädchen. Das ist Schwindel, aber wie. Jetzt werden wir beide sie suchen.«

Siverts, der erst seit einer Minute wieder frei Luft holen konnte, flüsterte: »Du verstehst nichts, Fjordur, elender Trottel.«

Sie suchten, wie Fjordur es verlangte. Er war fest entschlossen, Emma zu finden, die er ja gekauft und bezahlt hatte.

Zuerst besichtigten sie Siverts Schlitten. Das Ergebnis war deprimierend. Obwohl Fjordur in und unter den Fußsack guckte, in den Proviantkasten und den Schlittensack, entdeckte er keine Spur seiner Verlobten. Er hatte in seiner Wut den Punkt erreicht, wo er stumm und eiskalt wurde. Ohne seinen Gast eines Blickes zu würdigen, holte er sein Reisezeug, ein Bündel Stockfisch und die Hundeleinen aus dem Nebenschuppen. Er legte den Hunden die Leinen an, zurrte die Ladung fest und ging zurück ins Haus, wo Siverts sich wieder an den Tisch gesetzt hatte, bereit, die Erörterung der neuen Situation fortzusetzen. Wortlos löschte Fjordur das Feuer im Herd und warf Siverts hinaus in den kalten Schnee. Dann verriegelte er die Tür, ging zum Schlitten und setzte voller Wut die Hunde in Trab.

Siverts, der nun begriff, dass er nicht länger in der Hauna-Fangstation erwünscht war, blickte dem entschwindenden Schlitten lange nach. Er saß im Schnee und fühlte sich auf einmal gleichzeitig erleichtert und enttäuscht. Enttäuscht, weil Fjordur nicht die Gabe hatte, Emma zu begreifen, erleichtert, weil er wusste, dass die Hatz, die Fjordur nun begonnen hatte, spannend und lehrreich werden würde. Er stand rasch auf, spannte die Hunde an und folgte mit ein paar Minuten Verspätung Fjordurs Schlittenspur.

Sie fuhren die ganze Nacht. Siverts holte Fjordur bald ein. Er konnte erkennen, wie dieser energisch zwischen den Kufen trabte und die Peitsche schwang, er hörte, wie Fjordur in verschiedenen Sprachen Flüche ausstieß und den Hunden Verwünschungen zurief. Als das erste purpurfarbene Licht im Osten die Bergspitzen färbte, hielt Fjordur an. Er baute das Zelt auf, fütterte die Hunde und legte sich schlafen. Kein Wort zu Siverts. Er band den Zelteingang zu, löschte die Lampe und gab so zu erkennen, dass er keinen Wert auf Gesellschaft legte.

Siverts machte ungefähr hundert Meter von Fjordurs Zelt Halt. Er entrollte seinen Schlafsack auf der Schlittenladung, versprach den Hunden Kraftfutter in einer nahen Zukunft, aß zwei Schiffkekse und fiel in einen tiefen Schlaf. Als er erwachte, war Fjordur verschwunden.

Die Schlittenspur des Isländers führte nach Guess Grave. Aber als Siverts dort ankam, sah er, dass das Haus leer war. Er ging hinein; der Herd war noch handwarm, auf dem Tisch stand eine fast volle Kanne Bier, die mehr als alle Worte erzählte, dass die Bewohner des Hauses in großer Hast aufgebrochen waren. Als er sich ein wenig im Gelände vor der Station umgesehen hatte, entdeckte er zwei frische Schlittenspuren, die in Richtung Bjørkenborg führten.

Zu seiner großen Verärgerung kam Siverts auch in Bjørkenborg zu spät an. Er war gerade vor der Tür, als Fjordur herausstürzte. Ein Zusammenprall war unausweichlich, und Siverts wurde in den Schnee geworfen. Bjørken folgte Fjordur und rief: »Warte auf uns, Fjordur, warte auf uns!« Aber Fjordur hatte nicht die Absicht, auf jemanden zu warten. Er war schon beim Schlitten und ließ die Hunde anziehen. Hinter Bjørken erschienen Lasselille und Sylte. Sie rannten zu den beiden zu Bjørkenborg gehörenden Schlitten und spannten eilig an. Bjørken half Siverts hoch, flößte ihm etwas warmen Kaffee und ein Glas

Branntwein ein, und auf dem Weg zu den Schlitten berichtete er, was mit Fjordur los war.

»Das ist Liebe«, erklärte Bjørken. »Zum Teufel auch, richtige Liebe, Siverts.«

»Ihm fehlt die Einbildungskraft«, meinte Siverts.

»Genau.« Bjørken schlug die Hände zusammen. »Hätte er diese Gabe gehabt, wäre alles sehr schön gewesen. Lass mich auf deinem Schlitten mitfahren, dann können wir unterwegs mehr erzählen.«

In der Blaesehütte, wo Fjordur Emma auch nicht fand, sammelte man Lause auf. Von hier aus war der Isländer übers Inlandeis zur Ross Bay gefahren, wo man Lodvig holte. Von der Ross Bay fuhr man nach Fimbul, wo sich die Gesellschaft um Valfred und den Leutnant vergrößerte, und schließlich erreichten sie Kap Thompson, wo Emma einst geboren worden war. Zu diesem Zeitpunkt hatte Fjordur sämtliche Jäger bis auf den Grafen im Gefolge.

Die Stimmung war während der ganzen Reise bestens. Die Abende in den Zelten waren festlich und voller Erwartung. Man hatte die Zelte gesellig in einem großen Kreis aufgeschlagen, sodass man in den offenen Zelteingängen liegen und mit allen Teilnehmern der Verfolgungsjagd reden konnte. Nur Fjordurs Zelt stand allein einige hundert Meter von den Zelten der anderen.

Man sah dem Treffen zwischen Fjordur und Mads Madsen voller Spannung entgegen. Das musste ein Kampf der Giganten werden, meinten alle. Man schloss Wetten ab, ob es ein Faustkampf oder bloß ein gewaltiges Wortduell werden würde, und man wettete um den Ausgang.

Die meisten Schlitten erreichten Kap Thompson vor Fjordur. Hier musste man wirklich früh genug sein, um nichts zu versäumen.

Dort saßen also etliche Männer am Tisch, als Fjordur eintrat. Er bot einen prächtigen Anblick. Die Haare standen wie eine leuchtende Gloriole um seinen roten Kopf, die Augenbrauen waren zwei breite, weiße Striche aus Eis, die Augen klein und blutunterlaufen wie die eines wütenden Bären, und sein Bart hatte durch Eiszapfen deutlich an Länge gewonnen.

»Wo ist sie, Mads Madsen?«, donnerte er schon in der Tür los. Mads Madsen, der mit dem Rücken zur Tür stand und etwas in seiner Koje suchte, drehte sich langsam um und blickte den Eintretenden überrascht an.

»Ach, na so was«, sagte er freundlich, »das ist wirklich Fjordur der Isländer auf Besuchsreise. Setz dich und nimm einen Schnaps, während William das Essen fertig macht.«

Fjordur jedoch wollte keinen Schnaps. Er stampfte mit seinen Fellstiefeln auf den Boden und schrie: »Jetzt will ich verdammt noch mal wissen, wo ihr meine Verlobte gelassen habt! Verstehst du, Mads Madsen. Du hast sie hierher gebracht, und weil sie keiner von den anderen hat, muss sie hier sein.«

Mads Madsen schüttelte den Kopf. Er setzte sich zwischen Sylte und Anton an den Tisch und fing an, Fjordur die leuchtende Illusion zu erklären, die ihm an einem Herbstabend erschienen war und zu Trost und Aufmunterung für, kurz gesagt, alle hier an der Küste gedient hatte. Aber Fjordur war kein Liebhaber von Illusionen. Er pfiff auf Mads Madsens wuchernde Fantasie und glaubte kein Wort von dem, was man ihm erzählte.

»Gibt es Emma nun oder gibt es sie nicht?«, brüllte er wütend.

»Sicher gibt es sie«, nickte Mads Madsen, und die Jäger nickten mit ihm. Natürlich gab es Emma. Sie hatten alle eine deutliche Erinnerung an sie; Emmas Existenz war unzweifelhaft.

»Gut.« Fjordur guckte böse in die Runde. »Wenn sie gefunden wird, her mit ihr. Ich habe das Anrecht auf sie, und nun will ich sie haben.«

Weil Mads Madsen nur mit Kopfschütteln und einem viel sagenden Blick in die Runde reagierte, knurrte Fjordur: »Du warst es, der sie hierher geschleppt hat, Mads Madsen. Und nun hast du die verdammte Pflicht, sie für den, der das Anrecht auf sie hat, zu finden.« Er atmete schnell, als ob er den ganzen Weg von Hauna bis Kap Thompson gelaufen wäre – was faktisch ja auch stimmte. »Wenn ich sie nicht mit nach Hause nehmen kann, werde ich so fuchsteufelswild, dass ich dich und diese ganze Versammlung von traurigen Furzern zu Krüppeln schlage, bevor ich hier abhaue. Hast du das begriffen, Mads Madsen?«

Mads Madsen guckte Fjordur an. Der Isländer hatte Emma offensichtlich völlig falsch verstanden. Er war zu geradlinig für diese Welt. Außerdem war er sehr wütend, einem Zusammenbruch nahe. Emma war vielleicht nur eine fixe Idee von Mads Madsen und den anderen Fängern, aber sie war bestimmt genauso eine fixe Idee bei Fjordur. Natürlich könnte man den Isländer mit ein paar Faustschlägen schnell wieder zur Vernunft bringen, aber das wäre bestimmt die falsche Vorgehensweise. Er, Mads Madsen, hatte Emma geschaffen, ähnlich wie Gott einmal den Menschen schuf, und nun musste er sie auf einen Streich für alle Zeiten auslöschen. Es bestand kein weiterer Bedarf für Emma hier an der Küste. In jedem Fall nicht in den nächsten Jahren. Wenn es auch schade war, dass Fjordur nie die Gelegenheit hatte, das Glück einer Verlobung mit Emma zu erleben, so gab es doch keinen anderen Weg, als sie verschwinden zu lassen. Aber man musste Fjordur auch das Gefühl geben, etwas anderes als Ersatz zu erhalten.

Mads Madsen nickte. »Nun wollen wir uns nicht mehr über Bagatellen aufregen, Fjordur«, sagte er, »und wir beide sollten uns nicht wegen eines Mädchens schlagen. Ich gebe zu, dass du dich betrogen fühlen musst, weil du nicht wie wir die Gelegenheit hattest, sie kennen zu lernen, aber auf der anderen Seite ist es genauso deine wie unsere Schuld.«

»Rede nicht drumherum«, knurrte Fjordur.

Mads Madsen lächelte. »Was ich zu sagen versuche«, sagte er, »ist, dass ich bereit bin, dir eine Entschädigung für das Mädchen zu geben. Leider kann ich sie nicht herbeizaubern aus äh … verschiedenen Gründen.«

»Ich habe das Anrecht gekauft«, brummte Fjordur. »Sie gehört mir, gekauft und bezahlt.«

»Das weiß ich, Kamerad. Aber wie ich schon sagte, bekommst du eine Entschädigung für sie. Was sagst du dazu?«

Fjordur bedachte sich lange. Er stand da, schwankte vor Müdigkeit auf der Türschwelle und dachte nach, so schnell er konnte. Langsam dämmerte ihm, dass es bei dem Mädchen nicht mit rechten Dingen zuging. Und wenn er denn eine Entschädigung bekam, konnte er sich damit abfinden, auch in Zukunft allein schlafen zu müssen. Er schloss die Tür hinter sich, ging zum Tisch und setzte sich ans Kopfende. »Gut, Mads Madsen. Wir wollen keine Feinde werden, wie du sagst, und ich nehme eine Entschädigung unter einer Bedingung an.«

»Bedingung?« Mads Madsen schaute ihn beunruhigt an.

»Ja. Ich will, dass du Emma mit dem ersten Schiff nach Ålborg zurückschickst. Ich glaube nicht, dass es – weder für sie noch für uns – von Vorteil ist, wenn sie weiterhin hier oben die Runde macht. Bist du damit nicht einverstanden, will ich keine Entschädigung haben, dann sind wir beide keine Freunde mehr und ich muss dich leider verprügeln.«

Die Jäger rund um den Tisch grinsten breit. Das war angemessen und von Fjordur gut gesprochen.

Mads Madsen rettete die Situation. »Nicht weil ich etwas dagegen habe, mit dir meine Kräfte zu messen, Fjordur. Das tue ich lieber unter freundschaftlicheren Bedingungen. Aber weil ich schätze, dass du Recht damit hast, dass das Mädchen zurück sollte, gehe ich auf deine Bedingung ein. Und jetzt möchte ich gerne wissen, was du als Entschädigung haben möchtest.«

Von den vorgelegten Sachen wählte Fjordur ein schon älteres Arbeitsmesser, einen Hund, der auf einem Auge blind, aber sonst ohne Fehler war, sowie einen Fingerhut voll Goldstaub, den Mads Madsen vor vier Jahren aus dem Røde Elv gewaschen hatte.

Es war eine regelrechte Versammlung, die sich zum Abgang des Versorgungsschiffes eingefunden hatte. Drei Boote, vollbeladen mit Emma-Anbetern, sowie Mads Madsen und Fjordur im eigenen Boot waren bei der *Veslemari* an Bord gegangen und standen jetzt vor Skipper Olsen.

Mads Madsen schielte nach Fjordur. Der stand da mit einem ernsten und verschlossenen Gesicht.

»Ja, also, Olsen«, begann Mads Madsen, »da ist eine Sache, über die ich gerne mit dir reden möchte.« Er scharrte verlegen mit einem Bein und guckte aufs Deck hinunter. »Es ist sicher nicht so, dass du für Emma Platz an Bord hast. Sie soll nach Hause, darum geht es.«

Skipper Olsen schob seine Mütze ins Genick. »Was für eine Emma?«, frage er barsch.

Mads Madsen holte tief Luft. Ein langer und schmerzlicher Seufzer, der durch die Schar der Fänger weiterlief.

»Ja, äh … also Emma hier«, antwortete er und vollführte eine hilflose Geste in der Luft.

Skipper Olsen hatte die Küste viele Jahre befahren. Er kannte sich auf dem Meer und im Eis aus, und er kannte die Fänger. Er wusste, dass manches, den Uneingeweihten unverständlich, hier an der braunen Küste im Laufe eines langen Winters passierte. Ohne eine Miene zu verziehen, entgegnete er: »Wir haben genug Platz. Aber sie muss mit den Verhältnissen vorlieb nehmen.«

Mads Madsen atmete erleichtert auf. »Gott bewahre«, sagte er, »Emma ist kein bisschen lästig. Sie wird keine Mühe machen.«

»Dann solls wohl gehen«, murmelte Olsen. Er wendete seinen Priem und kniff ein Auge zu. »Aber wer bezahlt ihre Schiffskarte, Mads Madsen?«

Mads Madsen guckte verwirrt auf Fjordur. Dieser schüttelte den Kopf und schickte einen scharfen Blick zurück. »Ja, äh …, dann muss ich wohl zahlen«, stammelte Mads Madsen.

Skipper Olsen lächelte. »Ja, denn der Preis für Damen ist höher als für normale Passagiere, das verstehst du doch.«

Das verstand Mads Madsen zwar nicht. Er erkundigte sich aber schüchtern. »Was kostet es denn, Olsen?«

»Ja, weil du es bist und es sich offenbar um eine gute Freundin handelt, bekommst du diese Schiffskarte für ein Viertel des Fangs vom letzten Winter«, grinste Olsen vergnügt. »Aber dafür verspreche ich dir auch, dass sie volle Kost und liebevolle Verpflegung bekommt.«

Mads Madsen schluckte den lästigen Kloß, der ihm quer im Hals saß. Er nickte stumm und dachte an das Viertel des Fangs vom letzten Winter. Er dachte auch an die 30/30er Büchse, die er seinerzeit für Emma bekommen hatte, als er das Anrecht an William weiterverkaufte. Jetzt war sie jedenfalls gut bezahlt.

Als die *Veslemari* den Anker lichtete, dröhnte ein vierfaches »Hoch« von den Booten. Die Jäger schwenkten Schirm- und Pelzmützen, und Mads Madsen schoss mit seiner kostbaren Stevens 30/30 Salut.

Skipper Olsen stand mit gerunzelten Augenbrauen auf der Brücke. Mads Madsens Emma hatte ihn an eine Zeit erinnert, in der er als junger Mensch einen ganzen Winter zwischen den neusibirischen Inseln eingefroren lag. Ein Winter voller Entbehrungen jeglicher Art.

»Emma …«, knurrte er seinen Steuermann mürrisch an. »Was zum Teufel meint er mit Emma?« Er blickte sich im Steuerhaus um. »Oben in der Laptewsee hieß sie Sigrid.« Er schüttelte nachdenklich seinen Kopf. »Scheiße. Und das mir, der ich Frauenzimmer an Bord nicht ausstehen kann.«

Eine arktische Safari

Im Leben eines jeden Menschen gibt es Marksteine, gewisse Episoden, die so deutlich in der Erinnerung bleiben, dass sie für den Rest des Lebens als Haltepunkte dienen können, wenn die Zeit vermessen werden soll.

So war auch die Episode, von der hier berichtet werden soll, ein Markstein für die Fänger in Nordostgrönland. Sie wurde seitdem als »Hertas Sommer« bezeichnet. Man wusste beispielsweise, dass der Zeitpunkt, als Halvor den Alten Niels in Hauna verspeist hatte, zweieinhalb Jahre vor »Hertas Sommer« lag und das Jahr, als der Graf seine erste unansehnliche Kartoffel erntete, ein Jahr danach.

Ausgerechnet in dem Jahr kam die *Veslemari* ungewöhnlich früh. Sie war gut durchs Eis gekommen und dampfte durch große eisfreie Stellen bis zum Kap Thompson ohne auch nur eine einzige Eisberührung. Sie löschte ihre Fracht für alle Nordstationen am Strand oberhalb der Hochwassermarke und stampfte weiter nach Bjørkenborg, wo die Versorgungsgüter für die Südküste ins Depot gebracht und später von den Fängern abgeholt wurden.

Es war eine Rekordreise, und alle wunderten sich über die Eile. Skipper Olsen gab keine Erklärung. Er kommandierte herum und trieb die Matrosen an, sich zu beeilen, er selbst fand kaum Zeit, an Land zu gehen und die Fänger zu begrüßen. Im Handumdrehen war die Ladung gelöscht und das erste und einzige Schiff des Jahres wieder hinter dem Horizont verschwunden.

Wie es Brauch und Sitte war, versammelten sich die Jäger der Küste bei Kap Thompson im Laufe des Sommers, um Gedanken und Erfahrungen auszutauschen. Man hielt eine Art nichtoffiziellen Fängerrat ab, auf dem man die Bezirke regelte und kleine Zwistigkeiten beilegte, die im Laufe des vergangenen Jahres entstanden waren. Natürlich wurde auch Skipper Olsens Eile diskutiert. Etliche vermuteten, dass der Skipper beabsichtigte, sein Junggesellendasein aufzugeben, daheim in Tromsø eine Frau gefunden und darum Feuer unterm Hintern hatte.

»Ihr könnt sicher sein, dass eine Schürze dahinter steckt«, meinte Fjordur, der Isländer. »Es gibt nichts, was einem Mann mehr Beine macht als ein Frauenzimmer.«

Mads Madsen jedoch, der Skipper Olsen besser kannte als die meisten, sagte: »Du kennst Olsen nicht, Fjordur. Das Mädchen, das den aus dem Gleichgewicht bringt, ist noch nicht geboren. Nee, es ist wahrscheinlicher, dass er Geld wittert. Es gibt nämlich nur eine Sache, die Olsen auf Trab bringt, und das ist Geld. Vielleicht hat er draußen im Westeis eine Stelle gefunden, wo die Robben ihre Jungen etwas später bekommen. Es kann sein, dass er dahin will, um ein bisschen die junge Brut zu tätscheln.«

»Unmöglich.« Valfred sperrte die Augen auf und sah richtig wach aus. »Nicht im August, Mads Madsen, das wäre wider die Natur.«

»Was die Natur sich ausdenkt, begreifst du genauso wenig wie ich«, entgegnete Mads Madsen. »Heutzutage ist nichts unnatürlich, mein lieber Valfred, und die Natur ist so unbegreiflich und launisch, dass sie in diesem Fall gut die kleinen Robben am Weihnachtsabend zur Welt kommen lassen könnte.« Er drehte ein Büschel Barthaare zusammen und begann, eines seiner Ohren zu reinigen. »Im Übrigen habe ich nicht gesagt, dass es unbedingt junge Robben da draußen sind, ich habe es nur als eine Möglichkeit genannt. Es kann ja auch sein, dass er ganz andere Pläne hat, zum Beispiel eine Reise hierher. Wer weiß?«

Bjørken guckte seinen alten Freund verwundert an. »Hierher? Was in aller Welt sollte er hier?«

»Keiner weiß es«, antwortete Mads Madsen, »aber denk an meine Worte.« Er setzte eine Miene auf, als wäre er mit Skipper Olsens Fahrplan genau vertraut.

Zur Verärgerung der meisten behielt Mads Madsen Recht. Eines Tages früh im September stieg Rauch hinter dem Eis auf. Die Fänger saßen auf der Bank vor der Kap-Thompson-Hütte und genossen die Sonnenwärme. Lasselille fuhr plötzlich mit einem Geheul hoch.

»Seht, da draußen!«, kreischte er fast hysterisch vor Aufregung. »Da ist Rauch. Ein Schiff!«

»Natürlich«, entgegnete Mads Madsen. »Das ist die *Veslemari*. Ich sagte ja, dass Olsen etwas vorhat.«

Die zweite Reise der *Veslemari* ging nicht ganz so glatt wie die erste; das Eis drückte aus nördlicher Richtung und nahm das Holzschiff so in die Mangel, dass es innen und außen knackte. Nach drei Tagen war es jedoch so nah heran gekommen, dass man mithilfe von Bjørkens Fernrohr die Einzelheiten an Bord ausmachen konnte.

»Siehst du Olsen?«, erkundigte sich Mads Madsen.

Bjørken legte das Fernrohr auf eine Grassode am Giebel, um eine stabile Sicht zu haben. »Olsen und eine andere seltsame Figur«, antwortete er.

Da er nicht näher auf die Bezeichnung »andere seltsame Figur« einging und keiner seine Neugier zeigen wollte, stieg die Spannung bei den Fängern auf der Bank gewaltig.

Bjørkens nächste Mitteilung wirkte alarmierend. »Diese seltsame Figur, die ich erwähnt habe, sieht verdammt wie ein Frauenzimmer aus.« Er drehte das Fernrohr um und putzte die große Linse mit dem Ellbogen an seinem Unterhemd.

Fjordur sah Mads Madsen schadenfroh an. »Ich habe doch gesagt, dass eine Schürze im Spiel ist, nicht? Und jetzt macht er natürlich eine kleine Hochzeitsreise hierher, um seiner Frau zu imponieren.«

»Blödsinn«, knurrte Mads Madsen ärgerlich. »Olsen ist ein

vernünftiger Mann, der heiratet nicht. Es ist so, wie ich sagte, er hat Geld gewittert. Wartet nur, ihr werdet sehen, dass ich Recht behalte.«

Bjørken unterstützte in gewisser Weise Mads Madsens Theorie durch folgende Feststellung: »Das da ist nicht Olsens Frau, das kann jeder Idiot sehen. Die da ist was ganz Feines – eine Dame, glaube ich fast.«

Die Gruppe wurde unruhig. Mads Madsen verlor vor Schreck seinen Priem. »Eine Dame«, flüsterte er erschrocken. »Hast du auch genau hingesehen, Bjørk?«

»Es ist eine Dame«, nickte Bjørken, nachdem er die Erscheinung eine weitere Minute lang studiert hatte, »das steht fest.« Er schob das Fernrohr mit einem satten Geräusch zusammen und steckte es in die Hosentasche. »Ich werde nicht versuchen, sie euch zu beschreiben, sonst rennt ihr mir noch in die Berge und versteckt euch. Aber dass es sich um eine Dame handelt, dafür stehe ich ein, dazu noch um eine Dame der allerfeinsten Sorte.«

Auch wenn man aus Erfahrung wusste, dass Bjørken hier und da die Neigung besaß, seine Informationen auszuschmücken, waren seine Worte doch ziemlich lähmend. Die Männer saßen mehrere Minuten lang schweigend wie ein Häufchen verschüchterter Hähnchen in der Sonne und wussten nicht, wohin sie sich wenden sollten. Denn ihr erster Gedanke war natürlich: Flucht. Hier hatten sie in Sicherheit gesessen, in der Gewissheit, dass alles so war, wie es zu dieser Zeit des Jahres sein sollte. Sie hatten alles genossen und sich in der großen Stille des Winterfriedens sicher gefühlt. Und da tauchte plötzlich ein Schiff im Eis auf – mit einer Dame an Bord.

Valfred war am wenigsten verwirrt. Die Sonne hatte ihn schläfrig gemacht, und er hatte Bjørkens beunruhigende Meldung nur mit halbem Ohr mitbekommen. Er rieb sich die Augen und gähnte lange und ansteckend.

»Eine Dame, sagst du, Bjørk?« Er sah seinen langen, mageren Kameraden schlaftrunken an. »Hähä, so was in der Art kannte ich mal. Eine richtige Dame, hähä, aber das ist lange her.«

Alle guckten ihn an. Das war schon was, eine Dame gekannt zu haben. Vielleicht waren Valfreds Erfahrungen ganz nützlich.

»Was weißt du schon von Damen?«, fragte Herbert.

»Tja, viel und wenig. Das kommt allerdings darauf an«, entgegnete Valfred rätselhaft. »Es ist ja schon lange her, aber an das eine oder andere kann ich mich gut erinnern. Die ich kannte, hatte ein Stickereigeschäft in der Gothersgade. Sie war vielleicht nichts Besonderes, aber ein hübsches kleines Ding und eine prima Dame. Es war ein besonderer Geruch an ihr, das ist bestimmt bei allen richtigen Damen so.«

»Wieso Geruch?«, fragte Anton. Er war wissbegierig und besaß nur wenig Kenntnisse über Damen.

»Tja, Anton, wie soll ich das erklären?« Valfred kratzte sich im Genick. »So ähnlich wie das Haarwasser des Grafen, und so ein Dufthauch, als wenn man Spitzkohl kocht. Nicht so stark, dass es in der Nase biss, nur so ein Hauch, versteht ihr. Damen, müsst ihr wissen, waschen sich jeden Tag mit Seife und plantschen danach mit Duftwasser und solchen Sachen.«

»Aber der Spitzkohl«, wollte Anton wissen, »wo kam der her?«

»Der kam wohl von innen, mein Freund«, vermutete Valfred. »Damen sind ein bisschen anders als gewöhnliche Leute, warum sollten sie also nicht von innen her nach Spitzkohl riechen?«

Valfred wusste tatsächlich eine ganze Menge über Damen. Die Sache mit dem Geruch konnte man einsehen, denn alle lebenden Wesen riechen. Einige stärker als andere. Valfred am stärksten. Sein Geruch erinnerte schon stark an Gestank.

»Wie war es denn mit solch einer Strickdame?«, erkundigte sich Bjørken. »War das schwierig, ich meine, habt ihr miteinander geredet und all diese Sachen?«

»Oh ja, in dieser Hinsicht war sie wie die meisten«, erklärte Valfred. Er setzte sich auf die Bank. »Sie hatte eine etwas sonderbare Sprache und verwendete nicht diese kräftigen Ausdrücke, wie wir es tun, um allem eine Bedeutung zu geben. Aber sie steckte voller Gedanken und Ideen, wenn die meisten für mich auch zu weit weg waren.«

Anton, nach dem Umgang mit Emma etwas frivol geworden, fragte: »Und die andere Sache, Valfred, also das, was man auch mit Damen macht. Hast du das mit dieser Strickdame gemacht?«

Valfred lächelte etwas wehmütig. Er guckte seinen ehemaligen Lehrling an. »Solche Sachen macht man nicht mit Damen«, antwortete er.

»Warum nicht?«

»Tja, hä … warum nicht?« Valfred putzte sich nach Fängerart geräuschvoll mit den Fingern die Nase. »Warum eigentlich nicht? Das ist wirklich ein pfiffige Frage, lieber Anton. Darauf kann man nur schwer antworten. Einige machen es, andere nicht, so ist es nun mal. Und Damen machens nicht, soweit ich weiß.«

Anton schüttelte verständnislos den Kopf. »Das kann nicht stimmen«, sagte er. »Alle machens, Valfred, es gibt keine, die es lassen kann.«

Valfred faltete seine Hände über dem Bauch und ließ das Kinn auf die Brust sinken. Die Sonne brannte warm und mahnte zur Ruhe. »Vielleicht hast du Recht, Anton«, sagte er leise. »Du bist noch jung und hast diese Sache frisch in Erinnerung. Ich bin nur ein halbtrockener Greis mit einer Schwäche für andere Schnäpse. Die Dame, die ich kannte, machte es, soweit mir bekannt, nicht. Jedenfalls nicht mit mir. Und es fehlte bestimmt nicht an Gelegenheiten, hähä … Wer will nicht gerne mit einer zusammenliegen, die nach Spitzkohl riecht.« Er schloss die Augen. »Nee, du, sie wollte lieber Garn spinnen, Garnrollen und Hosenknöpfe zählen. So sind die Damen, lieber Anton.«

»Donnerwetter.« Anton sah überaus erstaunt aus. Er war froh, dass Emma keine richtige Dame gewesen war.

Lause, der behauptete, der höheren sozialen Schicht der Hauptstadt zu entstammen, wies auf den Platz vor der Hütte. »Nicht, dass ich mich in die Verhältnisse hier in Kap Thompson einmischen will«, sagte er, »jeder Stationsleiter betreibt seine Station, wie er es für richtig hält; aber da wir offenbar jetzt den Besuch einer Dame erwarten, schlage ich vor, um das Haus herum aufzuräumen. Sie könnte leicht auf dem ganzen Speck ausrutschen, sich an einer Dose schneiden oder über einen Haufen Hundedreck stolpern.«

Mads Madsen nickte. »Hier siehts ein bisschen unordentlich aus, vor allem, wenn man hierher kommt und den Alltag hier nicht kennt. Wir sollten den schlimmsten Dreck beseitigen, bevor die Dame an Land geht.«

Der Leutnant nahm das Thema auf: »Wenn wir draußen aufräumen, müssen wir auch unbedingt im Haus sauber machen. Wann habt ihr zuletzt den Fußboden gewischt?«

Der Schwarze William antwortete: »Tja, wir kratzen ihn sicher jedes Jahr vor Weihnachten ab.«

Der Graf, der sich sonst selten zu etwas äußerte, sagte überraschend: »Ich glaube nicht, dass die Dame übers Exterieur oder Interieur schockiert sein wird. Sie hat solchen Dreck, wie er hier herumliegt, schon an Bord der *Veslemari* gesehen. Aber es ist nicht ausgeschlossen, dass sie fürchterlich erschrickt, wenn sie uns sieht.« Er ließ seinen ruhigen Blick von Mann zu Mann gehen.

»Der Graf hat Recht«, sagte Herbert. »Wir müssen uns waschen.«

Einige nickten, und Sylte erkundigte sich: »Auch umziehen?«

Mads Madsen erklärte: »Wir räumen auf, waschen uns, schneiden die Haare und ziehen unseren Sonntagsputz an. So viel ich weiß, hat zum ersten Mal in der Geschichte Nordostgrönlands eine Dame die Küste besucht. Und die soll so richtig mit Würde empfangen werden.«

Den restlichen Nachmittag wurden die Vorschläge besprochen. Viele waren dafür, nur wenige dagegen. Valfred versuchte, ein Veto einzulegen, weil er sich weder waschen, rasieren noch die Volkstracht anlegen wollte. Er wohnte in der Arktis, weil man hier seine persönliche Freiheit hatte, das zu tun, wozu zum Teufel man Lust verspürte, und wenn die Dame ihn so, wie er war, nicht akzeptierte, war es bestimmt am besten, sie bliebe entweder an Bord oder ließe sich an einer anderen Stelle der Küste an Land bringen.

Lause, der Leutnant und Mads Madsen, alle drei eifrige Verfechter des Saubermachens, machten den Gegenvorschlag, Valfred während des Besuchs zu verbergen. Valfred war es gleich. Und als er hörte, dass er im Nebenschuppen mehrmals täglich Essen und eine Flasche Branntwein zur Gesellschaft und das Recht zu schlafen bekommen sollte, solange er Lust hatte, war er richtig zufrieden.

Im Laufe des Abends flaute der Nordwind ab und lockerte seinen Zugriff aufs Eis. Der Druck aufs Land ließ nach, und allmählich zerstreute sich das Packeis. Bis Mitternacht gab es große, freie Rinnen bis zur Küste, das Eisfeld lag wie ein großer, gemusterter Teppich eine halbe Seemeile vom Land entfernt.

Die *Veslemari* ging rückwärts, dann mit voller Kraft voraus ins Eis und schuftete wie ein Tier, um aus dem Eisstau heraus in offenes Wasser zu gelangen. Skipper Olsen arbeitete hart, fast genauso hart wie die Jäger auf Kap Thompson.

Der Hausvorrat an Schmierseife wurde im Laufe der Nacht verbraucht: teils im Waschkübel und auf dem Waschbrett, teils drinnen im Haus. Der Leutnant, der vor seiner Militärlaufbahn bei einem Friseur in der Lehre gewesen war, mähte mit der Schere gewaltige Haarberge beim Haar- und Bartschneiden ab. Die speckigen Wollsachen nahmen im Laufe der Nacht einen fast angenehmen Geruch an und wurden fast sauber, die Isländer tauschte man gegen Landgangsachen, steife Kragen und lose Manschetten ein. Mads Madsen, der in Europa so etwas wie ein Stutzer gewesen war, hatte einen reichlichen Vorrat an Staatskleidern, und er lieh die Sachen bereitwillig an seine Freunde aus.

Bjørken konnte sich mit der gestärkten Hemdbrust nicht so richtig anfreunden: Sie war einige Nummern zu groß und verbarg völlig das Vollschiff, das er auf seiner Brust trug, sowie andere Ausschmückungen. Es tröstete ihn, dass der Feuer speiende Drache, der ja dem Schwarzen William gehörte, auch nicht mehr zu sehen sein würde; er hoffte inständig, dass William keine Gelegenheit finden würde, seine Kleinodien der Dame zu präsentieren.

Die Hütte wurde vom Dachboden bis zum Fußboden gereinigt. Zuerst schabten Herbert und Anton den Fußboden mit ein paar Glasscherben, um die oberste Dreckschicht zu lösen, dann rückten Siverts und Fjordur mit Birkenreisern und Seifenwasser an. Mads Madsen brachte alle speckigen Schlafsäcke in den Nebenschuppen zu Valfred, der sich schon mit der Branntweinflasche eingerichtet hatte. Zum Schluss putzte man den Herd mit Tran und schrubbte die geschwärzte Decke, damit sich keine größeren Rußflatschen lösen und während des Besuchs herunterfallen konnten. Als alles besorgt war, kochte der Graf Tee, und man setzte sich nach draußen in die Sonne.

Es war schon eine befremdliche Versammlung, die da auf der Bank in der frühen Morgensonne saß und die letzten Anstrengungen der *Veslemari*, das Land zu erreichen, begutachtete. Auf dem Tisch vor den Männern stand die dampfende Teekanne unberührt.

Es hatte fast den Anschein, als wären die Jäger von Grönlands Küste in der Wäsche geschrumpft. Mads Madsen, der in seinem isländischen Pullover immer wie ein Hüne gewirkt hatte, sah nun ziemlich gewöhnlich aus, und Bjørken, der bisher immer ganz normal gewirkt hatte, war jetzt nicht mehr als Haut und Knochen. Man konnte feststellen, dass die Haarfülle des Schwarzen William einen seltsam eiförmigen Schädel verhüllt hatte, und dass Sylte überhaupt kein Kinn besaß, Lodvig dagegen gleich drei.

Ihr Aufzug war gleichermaßen bemerkenswert. Er war ziemlich verschiedenartig, da Mads Madsen ja keine sechzehn kompletten Landgangsausstattungen von seinem letzten Urlaub mitgebracht hatte. Drei gestärkte Hemdbrüste, die für die nächste Heimreise fertig in seinem Koffer gelegen hatten, gingen an Bjørken und Sylte, eine behielt Mads Madsen selbst. Die anderen

Jäger mussten sich mit blauen Pullovern oder Segeltuchanoraks begnügen. Zwei weiche Hüte waren an Siverts und Fjordur ausgeliehen, eine Melone an den Grafen, und ein groß karierter Sommeranzug flatterte kläglich um Lasselille herum. Nach bestem Gutdünken wurden die Krawatten, Sommerschuhe, Umlegekragen und losen Manschetten des Hauses verteilt, sodass zumindest alle Männer deutliche Zeichen dafür trugen, einmal der Zivilisation angehört zu haben.

Und da saß also die gesamte nordostgrönländische Bevölkerung auf einer Bank in der Sonne und erwartete den Besuch einer Dame.

Dass Herta Viktoria van Ritten eine Dame war, konnte keiner in Zweifel ziehen. Sie war eine geborene Hamilton aus der Grafschaft Kent, das erste Mal verheiratet mit einem Byron-Minster, das zweite Mal mit einem Sheffield, durch den sie vor Herta den Titel Lady setzen konnte, und zum dritten Mal mit einem van Ritten. Dieser letzte ihrer Ehemänner war Holländer und Züchter der scharlachroten Rose sowie Besitzer verschiedener kleiner Sunda-Inseln.

Lady Herta war weit gereist. Sie hatte Orte besucht, von denen kaum einer wusste, dass sie existierten, bis sie zurückkam und darüber berichtete, und sie hatte Wasserbüffel, Löwen, Elefanten, Tiger und viel Kleingetier auf der ganzen Welt gejagt. Sie war Mitglied der exklusiven *Womens Explorer Society,* Gründerin des britischen *Adventurers' Club for Women,* und sie war im Besitze der Lizenz als *big game hunter* sowohl in Kenia als auch in der indischen Provinz Assam.

Herta van Ritten war eine sechzigjährige, magere und luftgetrocknete Frau. Sie war zäh wie Kautschuk und hatte noch nie sichtbare Anzeichen von Furcht gezeigt. Ihr großes Interesse galt ausschließlich der Jagd. Die Länder, die sie bereiste, und die Menschen, die sie dort traf, waren ihr völlig gleichgültig. So berührte sie der Anblick der gewaltigen Eisflächen der Grönlandsee nicht im entferntesten, und die imponierenden Berge an der

Küste empfand sie nur als störende Hindernisse, die es zu überwinden galt, bis sie am Ziel ihrer Reise war: den vorzeitlichen Moschusochsen.

Das Beiboot der *Veslemari* kam zum Strand, und Skipper Olsen nahm mit Lady Herta den Weg zum Haus. Die Fänger konnten erkennen, dass mit Olsen etwas nicht stimmte.

»Das ist das Geld«, flüsterte Mads Madsen seinen Freunden zu. »Ihr könnt ganz sicher sein, die sitzt auf einem ordentlichen Haufen Geld. So ist Olsen immer, wenn er Geld wittert. Wieselt herum, grinst dämlich und reibt sich die Hände.«

Einige Meter vor dem Tisch blieb die Gesellschaft stehen. Olsen nickte und lächelte, sagte aber nichts. Lady Herta schaute die Jäger an. Sie ließ ihren scharfen Blick über die Gruppe gehen und blähte ihre kleinen Nasenlöcher, als ob sie schon Wild witterte. Als sie jedes einzelne der glatt rasierten Gesichter gemustert hatte, wandte sie sich zu Olsen und sagte: »So, this is the natives?«

Olsen nickte und räusperte sich. Er antwortete auf Englisch: »Eingeborene, hm ..., ja, das kann man schon sagen, gewissermaßen. Es gibt auch noch andere, etwas südlicher.«

Bjørken starrte Olsen mit offenem Mund an. Er entfernte mit einem Finger den Priem aus einigen Eckzähnen, wo sich dieser verklemmt hatte. »Was ist los, Olsen, was willst du?«

Der Skipper zeigte auf die Dame. »Ich habe dieser Dame eine Tour versprochen«, sagte er. »Sie heißt Lady Herta und ist weit und breit sehr berühmt. Großwildjäger und solche Sachen.«

»Verdammt.« Bjørken betrachtete die Lady unverhohlen. »Will sie Fänger werden, Olsen? Rechne nur nicht damit, dass sie hier auf Bjørkenborg bleiben kann.«

Skipper Olsen schüttelte den Kopf. »Sie wird so eine Art Ausflug hier oben machen, eine Safari, wie sies nennt. Es ist ihre feste Absicht, Moschusochsen zu jagen.«

Mads Madsen kicherte. »Moschusochsen jagen. Die jagt man

nicht, Olsen. Moschusochsen schießt man einfach, wie in Schlachthäusern. Hast du ihr das nicht erzählt?«

Lady Herta überhörte dieses Gespräch mit überlegener Ruhe. Sie war es gewohnt, mit Eingeborenen über einen Mittelsmann zu verhandeln und verstand sich auf die schwere Kunst der Geduld. An Bord der *Veslemari* hatte sie dem Kapitän klar gemacht, was sie wünschte: zehn Fänger, ein paar Kundschafter, einen Koch und einen persönlichen Boy als Diener und Gewehrträger.

Olsen betrachtete die Fänger lange. Er hätte gerne etwas zu ihrer Kleidung gesagt, hielt den Zeitpunkt aber für unpassend, denn es galt, sie milde zu stimmen, bis der Vertrag geschlossen war. Er schob seine Mütze in den Nacken und sagte: »Wie sie ihren Ochsen töten will, geht mich nichts an. Ich bin lediglich verpflichtet, sie hierher zu schippern und ihr bei der Jagd behilflich zu sein. Aus irgendeinem Grund will sie ein paar Moschushörner nach England für einen Nähverein mitnehmen, und sie bittet mich zu fragen, ob einige von euch Lust haben, ihr zu helfen. Sie hat ein paar Sachen, die mit auf die Jagd sollen, ein Zelt und einige Kleinigkeiten, die sie wohl immer auf diesen Safaris mit sich führt. Was meint ihr?«

Mads Madsen, der Skipper Olsens unverschämten Preis für die Schiffskarte nicht vergessen hatte, als er vor einem Jahr Emma zurückschicken musste, fragte listig: »Was lässt du springen, Olsen?«

Der Skipper wand sich. Obgleich er für Lady Herta verhandelte, war es immer eine Qual für ihn, Geld auszugeben. Er atmete einige lange Sekunden schwer und schwitzte stark.

»Fünf Kronen am Tag«, probierte er.

Mads Madsen lachte laut. »Nee, hör mal, Olsen, so geht das nicht. Moschusjagd kann sehr gefährlich werden, nicht? Glaub nur nicht, dass wir unser Leben für einen Fünfer am Tag aufs Spiel setzen. Da musst du schon die Küste hinunter schippern und sehen, ob du da unten ein paar Idioten findest, die darauf reinfallen.«

Olsen erhöhte sein Angebot mit bebender Stimme auf zehn Kronen.

»Jetzt kommen wir der Sache schon näher«, meinte Mads Madsen. »Wenn du das Doppelte geboten hättest, ich glaube fast, wir hätten Ja gesagt.«

»Also fünfzehn«, zischte Olsen heiser. Der kalte Schweiß lief ihm aus den Nackenhaaren den Hals hinunter und weichte seinen steifen Kragen ein. »Was sagt ihr zu fünfzehn Kronen?«

»Am liebsten würden wir Nein sagen«, antwortete Mads Madsen, »aber weil es sich hier um eine Dame handelt, müssen wir wohl Ja sagen, wir können sie ihre Bagage ja nicht selbst ins Tal schleppen lassen.«

Olsen seufzte erleichtert. Er wandte sich zu Lady Herta und gab ein kurzes Resümee der Verhandlungen, wobei er jedoch das Angebot auf zwanzig Kronen hochsetzte. Er versuchte nicht, seine Stimme zu dämpfen, denn er war überzeugt, dass keiner der Jäger Kenntnisse der englischen Sprache besaß. Aber er verrechnete sich: Anton Pedersen hatte sein Abitur, und als er hörte, dass die Summe auf zwanzig Kronen gestiegen war, rief er klar und deutlich: »Betrug.«

»Wie bitte?« Herbert guckte seinen jungen Kollegen an.

»Das ist Betrug«, rief Anton. »Er verlangt zwanzig Kronen von ihr, uns gibt er aber nur fünfzehn.«

Mads Madsen lächelte Olsen freundlich an. »Das war ganz und gar nicht gut, Olsen, und jetzt wissen wir überhaupt nicht, ob wir noch Lust haben. Eigentlich haben wirs ja richtig nett hier auf Kap Thompson, warum sollten wir uns also mit den Sachen der Dame abschleppen, nur damit du auf unsere Kosten fett wirst. Nee, Olsen, ich glaube, wir bleiben besser zu Hause.«

»Ihr bekommt zwanzig Kronen.« Olsen bekam einen roten Kopf.

»Nein, wir bekommen dreißig Kronen«, entgegnete Mads Madsen. »Die Dame bezahlt fünfzehn Kronen, und du bezahlst die restlichen fünfzehn Kronen aus eigener Tasche.« Er wandte sich an seine Kameraden. »Was meint ihr dazu?«

Alle waren einverstanden, ausgenommen Olsen. Aber da er ja nicht als gemeiner Schwindler vor Lady Herta dastehen konnte, ging er darauf ein, innerlich kochend vor Wut.

Die Verhandlung wurde mit Handschlag besiegelt, es war somit ein regelrechter Vertrag, und man beschloss, am Morgen des nächsten Tages aufzubrechen.

Manchmal werden die nordostgrönländischen Jäger als festliche Leute beschrieben. Das passt insofern, als sie eine Nase für Festlichkeiten haben. Vielleicht hat das wieder seinen Ursprung in der Monotonie des Alltags, der harten Arbeit und der langen Isolation. Oder es rührt daher, dass man in diesem Teil der Welt froher, gelassener und offener gegenüber den Gelegenheiten zum Feiern ist, die das Leben bietet.

Nordostgrönlands Fänger sind im Grunde kein bisschen anders als die Menschen anderswo auf der Welt. Sie haben nur andere Möglichkeiten. Für den, der sein ganzes Leben hinter der beschützenden Wand der Gesellschaft zubringt, muss der Gedanke an ein Leben in der Arktis eine Gänsehaut hervorrufen: die Trostlosigkeit der Eisfelder, die entsetzliche Einsamkeit, das enthaltsame Leben eines Mönches in einer unendlichen und unfruchtbaren Welt. Es ist schwer zu begreifen, dass jemand freiwillig dort oben bleibt, Jahr für Jahr, und sich obendrein noch wohl fühlt.

Für den aber, dem die Einöde im Blut liegt, sieht alles ganz anders aus. Das Trostlose ist keinesfalls trostlos. Jeder Berg, jedes Tal, jeder Fjord und jeder Eisberg ist voller Überraschungen. Selten ist die Einsamkeit so groß, dass sie unerträglich wird, und meistens vermittelt die Isolation ein herrliches Gefühl von Freiheit. Die Arktis ist voller Leben und Abwechslung. Es gibt keine Hindernisse, es sei denn durch die Elemente, keine Bevormundung, es sei denn durch die Natur, und keine Gesetze außer dem, was von Mann zu Mann abgesprochen wird. Die Leute dort oben sind nicht anders, vielleicht einfach etwas glücklicher wegen der Umstände, in denen sie leben.

Da saßen also sechzehn Jäger und blickten dem Beiboot nach, das zurück zur *Veslemari* gerudert wurde. Sie saßen in der Abendsonne und grübelten darüber nach, auf was sie sich eigentlich eingelassen hatten. Aus dem Nebenschuppen hörte man Valfreds rhythmisches Schnarchen, und in der Küche klapperte der Graf mit seinen Töpfen.

Mads Madsen, als einziger unrasiert, teilte seinen Bart nachdenklich zu einer schmucken Gabel. »Man konnte doch wirklich nicht Nein sagen, was«, sagte er kleinlaut, »wir haben ja noch nie einen Großwildjäger hier oben gehabt.« Er guckte seine Freunde Beifall heischend an, aber keiner schaute zu ihm. »Dreißig Kronen am Tag ist ja auch eine Menge Geld«, setzte er hinzu.

Der Leutnant blickte unverwandt dem Beiboot nach. »Dieses Klappergestell erinnert mich an einen Oberst, der damals, als ich beim Militär anfing, unser Vorgesetzter war«, sagte er langsam, wie zu sich selbst. »Der war auch so ein langer, vertrockneter Satan, aber zu Pferde.«

Keiner antwortete ihm, weil keiner sonderlich an des Leutnants Oberst interessiert war.

»Einmal ließ er uns von Fredericia zum Himmelbjerg marschieren, mehr als sechzig Kilometer«, fuhr der Leutnant fort. »Wir trabten hinter ihm und seinem Klepper her, hundertzwanzig Mann, mit Gewehr und Tornister.« Er kniff die Augen zusammen und verlor sich in Erinnerungen. »Mit fünfundzwanzig Kilo Sand im Tornister.« Er schloss die Augen und fuhr fort. »Anfangs konnten wir den dürren Teufel oben auf seinem hohlrückigen Gaul sehen, und wir amüsierten uns, aber allmählich verschwamm er und verschwand schließlich ganz. Wir liefen und liefen und sahen nichts mehr. Mit Gewehr und fünfundzwanzig Kilo Sand im Tornister. Erst dachte man an viele Dinge, meistens an solche, die man mit dem Oberst anstellen würde. Zum Schluss aber konnte man einfach nicht mehr denken. Man stiefelte schwerfällig vor sich hin und fühlte sich heiß und elend.«

Keiner sagte etwas. Einige dachten, was der morgige Tag wohl bringen würde.

»Die da draußen«, meinte der Leutnant, »erinnert mich verdammt an den Oberst. Das ist so eine, die einem Menschen fünfundzwanzig Kilo aufbürden kann und ihm befiehlt, von Fredericia zum Himmelbjerg zu marschieren und am nächsten Tag zurück.«

Mads Madsen lachte nervös. »Ach was, Hansen. Du machst es schlimmer, als es ist. Wir sollten uns nicht schon jetzt Sorgen machen, es kann doch sein, dass sie nur das Zelt und ein paar Toilettensachen hat. Vielleicht hat sie auch richtigen Scotch oder Gin mitgebracht. Ich habe gehört, dass englische Damen eine ganze Menge trinken.« Er erhob sich und steckte den Kopf durchs Fenster. »Hör mal, Graf, kannst du nicht etwas Besonderes machen? Ich spendiere ein paar Flaschen zum Essen, wir müssen doch das zweite Schiff dieses Jahres auf eine anständige Art und Weise feiern!«

Sie feierten fast die ganze Nacht und waren gerade dabei, sich auszuschlafen, als die Jagdteilnehmer vom Schiff am nächsten Morgen an Land kamen.

Es dauerte lange, bis Skipper Olsen die Träger aufgeweckt hatte, und Herta van Ritten war keineswegs überrascht, als sie ihre Karawanenleute erblickte. Die Erfahrung sagte ihr, dass Eingeborene überall auf der Welt gleich sind: versoffen, unzuverlässig und ziemlich faul. Dies wurde zusätzlich bestätigt beim Anblick der bleichen, stöhnenden Fänger, die aus der Tür gewankt kamen und sich auf die Bank vor dem Haus fallen ließen.

Sie fixierte sie scharf und schlug mit der zusammengerollten Trägerliste, die sie auf dem Schiff ausgearbeitet hatte, lässig gegen ihre langen Schnürstiefel.

Skipper Olsen fluchte. Er redete von der Ehre der Kompanie und davon, Flagge zu zeigen – beides hätte Olsen gleichgültig sein können, weil er von Herta van Ritten für die Reise gechartert war und im Übrigen Norweger war. Aber Olsen hatte eine

Stinklaune. Der Gedanke an das viele Geld, das er aus eigener Tasche jeden Tag bezahlen musste, machte ihn ganz krank. Es konnte ihm mit dem Aufbruch nicht schnell genug gehen, um endlich diesen elenden Ochsen zu erlegen.

Aber erst wollte man natürlich den Morgenkaffee genießen. Der Graf servierte eine große blauemaillierte Kanne nach der anderen, die Männer tranken in einem Ausmaß, als liefe Regenwasser durch Regenrohre. Sie tranken den ganzen Vormittag Kaffee und schielten besorgt auf das Gepäck, das einige Matrosen vom Schiff an Land gerudert hatten. Als man mit dem Kaffee endlich fertig war, ging es schon auf die Mittagszeit zu, sodass Bjørken vorschlug, eine ordentliche Mahlzeit einzunehmen, bevor man loszog. »Es gibt nämlich«, wie er ausführte, »keinen Grund, die Wanderung zu beginnen, wenn wir in einer halben Stunde doch schon wieder zum Essen Halt machen müssen.« Also fing der Graf, unterstützt von Anton und Herbert, an, Möwensuppe zu kochen und Beefsteaks aus Bärenfilet und Rumpudding zuzubereiten. Das Essen wurde eingenommen und mit Kaffee und Zigarren beendet.

Erst am späten Nachmittag konnte man dann die Kundschafter losschicken. Mads Madsen und Fjordur, die für diesen spannenden Job ausersehen waren, verschwanden über den Hügelrücken im Tal. Ihre Aufgabe war es, das Terrain nach Moschusochsen zu erkunden und der Karawane Bescheid über die Tierherden, die sie antrafen, zu geben. Ohne weiteres Gepäck, nur mit einem Feldstecher, von Lady Herta geliehen, einem gemeinsamen Gewehr sowie Pfeife und Tabak trabten sie los und verschwanden in der trockenen Heide.

»Jetzt müssen wir höllisch aufpassen, dass wir keinen Ochsen verlieren«, sagte Mads Madsen.

Fjordur nickte. Er schickte einen Blick ins Tal. »Gibt es hier denn normalerweise Moschusochsen?«, fragte er.

»Massen«, entgegnete Mads Madsen. »Ein Jahr habe ich vierzehn Herden an einem Tag gezählt, und das allein hier unten im Tal.«

»Das wird eine schnelle Jagd für die Dame.« Fjordur schüttelte den Kopf. »Für diese Sorte Mensch ist Geld wie für uns andere die frische Luft. Stell dir mal vor, ein ganzes Schiff mit Besatzung und sechzehn Jäger anzuheuern, um einen Moschusochsen zu schießen.«

»Wir müssen dafür sorgen, dass sie was für ihr Geld bekommt«, meinte Mads Madsen. »Es wäre ziemlich bedauerlich, wenn sie ihren Ochsen schon heute erwischte, nicht? Ich glaube, wir beiden tun etwas für die Dame, Fjordur, wir versuchen, dass diese Jagd ein unvergessliches Erlebnis wird.«

»Wie soll das gehen?«

»Ja, also«, fuhr Mads Madsen fort, »wenn ich eben sagte, dass wir aufpassen müssen, keinen einzigen Ochsen zu verlieren, dann meinte ich damit, wir müssen dafür sorgen, sie allesamt wegzujagen. Wir dürfen nicht das kleinste Kalb übersehen, Fjordur, denn dann ist für die Lady der ganze Spaß verdorben. Wir lassen sie einige Tage marschieren, und erst kurz bevor sie die Hoffnung aufgibt, schicken wir einen alten, stattlichen Stier zu ihr hin, den sie erlegen kann. Was sagst du dazu?«

»Das hört sich vernünftig an«, meinte Fjordur nach einer kurzen Bedenkzeit. »Es ist zwar ein bisschen schade für die Kameraden, und ein wenig teurer wird es für die Dame auch, aber ich sehe ein, dass sie dadurch mehr davon hat.«

Die beiden Kundschafter gingen weiter durchs Tal. Sie untersuchten die Seitentäler und Felsenhänge, und jedes Mal, wenn sie auf eine Herde stießen, jagten sie diese tief in die Berge hinein. Im Laufe des Abends war die erste Hälfte des Tals total frei von Moschusochsen, die Kundschafter legten sich ein Weilchen in die Felsen und hielten eine wohlverdiente Ruhepause.

Die Karawane bot einen großartigen Anblick. Vornweg ging Lady Herta. Sie trug ein grünes Jagdkostüm mit einer Unzahl von Taschen, braune Schnürstiefel mit dicken Sohlen und einen kolossalen Leinenhut. Quer über ihrer mageren Brust trug sie ein Fernglas, an der einen knochigen Hüfte baumelte eine Feldflasche, an der anderen eine Kartentasche. Ein langes und Furcht erregendes Jagdmesser schlug wollüstig gegen ihr spitzes Hinterteil.

Ihr folgte Olsen. Schwitzend und stöhnend in seiner schwarzen wollenen Uniform, Gummistiefeln und Mütze mit blankem Schirm und Reedereiabzeichen. Den Vortrupp schloss Anton ab, der wegen seiner Sprachkenntnisse als persönlicher Boy ausgesucht worden war. Dann folgte die Reihe der Träger.

Lady Hertas Ausrüstung war eine Standardausrüstung für kleinere Safaris: Sie bestand aus einem Schlafzelt mit zugehöriger überdeckter Veranda, einem Badezelt mit einer zusammenklappbaren Badewanne und einer Duschvorrichtung, einem Trockenklosett, einem Küchenzelt, Service und Besteck für achtzehn Personen, drei Tischen, einem Feldbett, drei Klappstühlen sowie Proviant für vierzehn Tage. Außerdem wurde ein Kasten Gin à sechs Flaschen und ein Kasten Champagner Louis Roeder mit zwölf Flaschen mitgenommen. An Jagdgeräten gab es Gewehre und Patronen, mit denen man alles Wild, vom Lemming bis zum Bären, innerhalb eines Umkreises von hundert Kilometern hätte ausrotten können, weiterhin vier krumme Macheten, einen einbeinigen Jagdstuhl, ein Lasso und acht Ratschen, um das Wild zu treiben.

All diese Herrlichkeiten waren auf die Schultern der Träger verteilt. Skipper Olsen geriet fast in gute Laune, als er die schweren Bürden sah, die den Trägern zugeteilt wurden. Er rieb sich die Hände und ging voller Anteilnahme von einem zum anderen und erkundigte sich nach dessen Wohlbefinden, ob die Bürde nicht vielleicht zu schwer war oder die Gurte einschnitten.

Bjørken fluchte und stolperte, er wünschte sich in die schwärzeste Hölle, weil er sich auf diese Galeerenarbeit eingelassen hatte. »Wo zum Teufel sind denn all die Ochsen geblieben«, pustete er, »wenn wir nicht bald einen sehen, bricht mein Kreuz unter dieser verdammten Badewanne.«

»Es dauert bestimmt nicht mehr lange«, tröstete Sylte. »Es gibt hier ja immer Ochsen zu dieser Jahreszeit. Mads Madsen und Fjordur entdecken bestimmt bald eine Herde, die sie uns zutreiben.«

Aber die Stunden vergingen, und es war nicht einmal ein Haufen Mist zu finden. Skipper Olsen fing an, sich Sorgen zu machen. Er dachte an die fünfzehn Kronen, die er täglich pro Kopf jedes Trägers beisteuern musste, und er trottete zu Herbert und erkundigte sich nervös, ob es nicht seltsam wäre, dass man immer noch nicht auf wenigstens ein einzelnes Tier gestoßen sei.

»Seltsam?« Herbert wischte sich den Schweiß aus den Augen und blickte Olsen an. »Nee, seltsam kann man das wirklich nicht nennen. Ihr hättet Mads Madsen nicht als Kundschafter vorausschicken sollen, mein lieber Olsen. Das kam mir seltsam vor.«

Olsen schlug sich auf die Stirn, dass ihm seine Mütze ins Genick rutschte. »Liebster Jesus«, murmelte er, »du hast Recht, Herbert. Was für ein Idiot ich war.«

»Wenn du es selbst sagst«, pflichtete Herbert bei, »will ich nicht widersprechen.«

Lady Herta schlug das erste Lager beim Rype-See auf, ungefähr elf Kilometer von Kap Thompson entfernt. Die nordostgrönländischen Eingeborenen waren zu diesem Zeitpunkt nahezu lahm vor Erschöpfung. Sie murrten, als der Expeditionsleiter anordnete, das Zelt aufzuschlagen, ein Lagerfeuer anzuzünden, Lady Hertas Badewanne aufzustellen und mit warmem Wasser aus dem See zu füllen. Skipper Olsens Laune stieg wieder etwas, als er die erschöpften Träger sah. Er ging herum und verteilte gute Ratschläge für schmerzende Rücken und erinnerte sie immer wieder daran, dass eine Absprache eine Absprache ist und dreißig Kronen pro Tag nicht im Schlaf verdient werden.

Im Küchenzelt brutzelte der Graf mit Inbrunst. Er kochte eine Vorspeise aus Dosenkrabben, Zitronen und Mayonnaise, eine Suppe aus getrocknetem Gemüse und ein Hauptgericht mit Bratlingen, die er kräftig würzte und mit klein gehackten Blättern der Polarbirke servierte. Als Dessert gab es Ananasscheiben in geschlagener Sahne und mit Gordon's Gin übergossen. Als der Tisch gedeckt war, führte Skipper Olsen Lady Herta zu Tisch. Er erhob sein Champagnerglas und wünschte ihr eine erfolgreiche Jagd.

Die Träger lagen im Kreis um das Lagerfeuer herum und starrten aufs Zelt. Ein seltsames Schauspiel bot sich ihren müden Augen. Auf dem Zeltstoff zeichneten sich die Schatten der einzelnen Personen scharf und haargenau ab, wie bei einem japanischen Schattenspiel. Sie sahen deutlich den dicken Skipper, die knochige Lady Herta und den Grafen, der herumwieselte, servierte und einschenkte.

»Was sagen die da drinnen?«, erkundigte sich Bjørken flüsternd bei Anton.

Anton horchte ein Weilchen. »Jetzt redet sie von der Jagd«, sagte er. »Von einem Tiger, den sie da unten in den warmen Gegenden geschossen hat.« Er hielt die Hand hinters Ohr, um die Stimmen besser zu hören. Lasselille wollte etwas sagen, aber die anderen zischten ihn nieder. »Sie sagt, dass sie immer nur eine Patrone auf die Tigerjagd mitnimmt«, sagte Anton.

»Verdammt«, flüsterte Sylte, »so ein geiziges altes Weib, was!«

»Pst …« Anton lauschte weiter. »Sie sagt, dass man nur einen Schuss für einen Tiger hat. Schießt man beim ersten Mal daneben, hat man keine Chance mehr.«

»Aber es können ja zwei Tiger sein«, wandte Sylte ein, »oder ein Weibchen mit einigen großen Jungen. Wie zum Teufel denkt so eine alte Schachtel eigentlich?«

»Frauenzimmer«, brummte Bjørken. Er bearbeitete seine schmerzenden Schultern, auf denen die zusammenklappbare Badewanne den ganzen Nachmittag gelegen hatte. »Solche Typen sollte man nicht mit einer geladenen Büchse in der Landschaft herumlaufen lassen.« Er legte sich stöhnend zurück ins Heidekraut und dachte mit Grauen an die Wanderung der kommenden Tage.

Etwas weiter im Tal lagen Mads Madsen und Fjordur. Sie hatten zwei Schneehühner geschossen, die sie über einem Feuer brieten, und nach dem Essen lagen sie da und dösten. Mads Madsen rechnete wie ein Besessener. Sie waren sechzehn Mann, und Olsen musste fünfzehn Kronen pro Mann und Tag berappen. Zehnmal sechzehn ergab hundertsechzig. Diese Summe musste sich Fjordur merken. Dann blieben noch fünfmal sechzehn übrig, und das ergab, mithilfe der Finger, ja, das ergab fünfzig und dreißig, also zusammen achtzig. Er holte sich die hundertsechzig von Fjordur zurück und zählte sie zu der achtzig. Das bedeutete, Olsen wurde zweihundertvierzig Kronen am Tag los. Armer Olsen. Er selbst hatte für ungefähr sechshundert Kronen Felle für Emmas Schiffskarte herausrücken müssen, füglich sollte Olsen auch für drei Tage bezahlen.

»Sie wird eine dreitägige Jagd haben«, verkündete er.

»Warum gerade drei?«, wollte Fjordur wissen.

»Weil es für alle recht und billig ist«, antwortete Mads Madsen. Er rollte seine Jacke zusammen und schob sie sich unter den Kopf. Und er schlief mit einem hochzufriedenen Lächeln in seinem langen roten Bart ein.

Die Tage vergingen. Der erste, der zweite und der dritte. Die Fänger befanden sich kurz vor der Auflösung. Sie wankten unter Lady Hertas Reisegepäck, schwitzten, fluchten und spuckten die ganze Zeit. Auch Skipper Olsen war am Rande der Erschöpfung. Seine Füße, normalerweise nicht mehr als den Weg von einer Seite des Brückendecks zur anderen gewohnt, schwollen an, waren mit Blasen bedeckt und rochen allmählich dermaßen schlimm, dass er sich nicht getraute, die Gummistiefel in Lady Hertas Nähe auszuziehen. Der Gedanke an seinen persönlichen Zuschuss zur Expedition quälte ihn Tag und Nacht.

Bjørken war schlimm mitgenommen. Seine lange, aufgeschossene Figur war fast in einem rechten Winkel unter der Badewanne samt Zubehör abgeknickt, und der Schweiß tropfte ihm von der Nase auf die Erde.

»Wenn die alte Schachtel heute keinen Ochsen erwischt, hau ich heute Nacht ab«, flüsterte er dem Leutnant mit heiserer Stimme zu.

»Wenns nicht um die Ehre ginge, würde ich mitmachen.« Der Leutnant sah Bjørken nur durch rote Schatten.

»Ich scheiß auf die Ehre«, stöhnte Bjørken.

»Sie ist wie dieser Oberst, von dem ich dir erzählt habe.« Der Leutnant krümmte seinen Rücken unter dem Küchenzelt und Besteckkasten. »Ein gefühlloser Teufel, ein …« Er erstarrte und packte Bjørken am Arm. »Guck mal!«

Bjørken richtete seinen Oberkörper etwas auf und hob den Kopf. »Ein Ochse.« Er starrte ungläubig in das kleine Seitental. »Herrgott, guter Hansen, ein richtiger, lebendiger Ochse.« Und dann schrie er aus Leibeskräften. »Ein Ochse! Ein Ochse!«

Lady Herta hatte diesen gesehen. Sie hob ihre rechte Hand, und Olsen brüllte »Halt!« Die Träger befolgten den Befehl umgehend.

Der Moschusochse stand in der Nähe eines kleinen Tümpels und graste. Es war ein graues, altes Tier, steifbeinig und mit abgenutzten Hörnern. Lady Herta studierte ihn durchs Fernrohr und nickte zufrieden. »A beautiful beast«, murmelte sie Anton zu, der in ihrer Nähe stand. »Bringt mir meine Springfield und die Patronen mit Stahlkappe.« Zu Olsen gewandt: »Sorgen Sie dafür, dass sich zwei Mann mit Ratschen hinter das Tier schleichen, damit es nicht entkommt. Sie sollen es nicht eher treiben, bis ich richtig stehe.«

Skipper Olsen gab den Befehl an Bjørken und Sylte weiter und befahl dem Rest der Karawane, sich ins Heidekraut zu legen und sich ruhig zu verhalten.

Lady Herta lud eine Patrone in die Kammer, entsicherte und schlich mit krummen Knien auf den Stier zu. Als sie ungefähr dreißig Meter von ihrem Gegner entfernt war, gab sie den Treibern den Befehl zu beginnen. Bjørken und Sylte, die sich hinter dem Ochsen befanden, schwangen ihre Ratschen und bellten wie Hunde. Aber der Stier blieb ruhig stehen; es war ein sehr alter Stier mit ganz weißem Deckhaar, das lang herunterhing, und vermutlich hörte und sah er auch nicht mehr richtig. Er hob für einen kurzen Augenblick den Kopf, schickte einen vorwurfsvollen Blick nach hinten und graste mit unerschütterlicher Ruhe weiter.

»Schießen Sie doch!«, schrie Skipper Olsen erregt. Er sah den Ochsen im Geiste schon die Geduld verlieren und verschwinden, bevor die Lady zum Schuss kam. Und dann warteten auf alle neue Plagen.

Lady Herta entgegnete kalt: »Dies ist Jagd, Kapitän, kein Mord!« Sie starrte unverwandt auf den Stier.

Sylte und Bjørken waren inzwischen beim Ochsen angekommen. Bjørken tätschelte ihm die Flanke und sagte aufmunternd: »Nun mach schon, Kamerad, rühr dich ein bisschen, damit sie ihre Kanone abfeuern kann und wir nach Kap Thompson zurückkommen.« Aber der Ochse rührte sich nicht. Sylte griff sich den kleinen Stummelschwanz, der unter dem Fell verborgen war. Er drehte ihn so wie bei Schweinen, wenn man ihnen Beine machen will, und Bjørken schob mit aller Kraft. Aber der Ochse stand, wo er stand. Nicht einen Zoll ließ er sich bewegen. Um seine Ruhestörer loszuwerden, schlug er mächtig mit seinen Hinterbeinen aus und beförderte Bjørken und Sylte einige Meter von sich weg. Sylte verlor seine Brille, Bjørken musste ihm bei der Suche helfen.

Der Ochse graste ruhig weiter. Zwischendurch schielte er mal kurzsichtig zu der seltsamen, vertrockneten Stange, die da aus der Erde ragte, und er näherte sich, um zu untersuchen, ob daran etwas Essbares war. Und da schoss die Stange. Lady Herta traf genau dort, wo sie aus Erfahrung wusste, dass man Ochsen treffen sollte, und der Stier hielt erstaunt inne. Er starrte auf die Stange, die jetzt ganz seltsam aus einem Seitenzweig rauchte, bekam etwas weiche Knie, schüttelte sein Haupt und brummte böse. Die Kugel, die flach auf den Schädel aufgeprallt war, fiel zu Boden.

Lady Herta erwartete jeden Augenblick, dass die Beine unter

dem Ochsen wegknicken würden und er sich tot in die Heide legte.

Aber genau das tat der Stier nicht. Er blinzelte angestrengt, als würde er nach dem Aufschlag der Kugel doppelt sehen, brüllte die Stange irritiert an, wandte der Lady den Rücken zu und wankte mit einem dröhnenden Schädelbrummen von dannen.

»Von hinten erschießen!«, schrie Skipper Olsen, »erledigen Sie ihn jetzt, verdammt, damit wir nach Hause kommen!«

Lady Herta hockte sich hin und schloss die Augen. Sie legte das Gewehr weg und grub eine Zigarette aus der Brusttasche ihrer Safarijacke. »Fairplay«, murmelte sie, »so etwas kann man einem Robbenfänger nicht klar machen.« Sie erhob sich, sagte zu Olsen, der in den Gummistiefeln angelaufen kam, so gut es ging: »Wir gehen zurück, Kapitän.«

»Aber sie können ihn doch noch schießen«, wandte der Skipper ein.

»Es bleibt, wie ich sage, wir gehen zurück«, wiederholte Lady Herta. »Ich habe meinen Schuss auf einen Moschusochsen gehabt, und das war es, was ich wollte.«

Es war eine missmutige Gruppe, die zurück nach Kap Thompson trottete. Da liefen sie nun in ihren schönen Landgangssachen, die nicht mehr ganz so schön waren, und schleppten Lady Hertas Sack und Pack und dachten, was für ein seltsames Frauenzimmer sie doch war.

»Das ist schon so eine Art Moral bei dieser Sache«, meinte Herbert. »Wenn man sich diese Sache leisten kann, dann ist es auch ganz vernünftig, meine ich.«

»Fast edel«, sagte Lodvig leise. »Sie hat etwas, an dem man nicht vorbei kann. Eine Dame. Ich wusste nicht, was eine richtige Dame ist, aber jetzt weiß ichs.«

»Wie aus einer anderen Welt, nicht wahr, Bjørk?«, sagte Lasselille.

Bjørken grunzte. Die Riemen der Badewanne schnitten böse in die schmerzende Schulter ein.

»Eine andere Welt, ja. Und da sollte sie auch bleiben. Solche Damen sollten nicht hierher kommen und brave Leute veranlassen, eine Fünfzimmerwohnung durch die Gegend zu schleppen.« Er steckte den Daumen dorthin, wo die Schulter am meisten schmerzte.

»Aber der Schuss saß, wo er hingehörte, wenn man auch keine Ahnung von Moschusochsen hat. Und nervös ist die Tante auch nicht, das muss man wirklich sagen.«

»Sie würde einen guten Fänger abgeben«, sagte Lasselille.

»Ach du liebe Zeit«, fiel ihm Bjørken ins Wort. »Sie würde verhungern, mit ihrer Moral.«

Siverts holte eine lose Manschette aus der Tasche und trocknete sich die Stirn. »Irgendwie ist es schade, dass sie ihre Hörner nicht mit nach Hause nehmen kann. Ich habe so ein Gefühl, als wenn wir sie betrogen hätten.«

Einige gaben ihm Recht. »Vielleicht können wir noch etwas daran tun«, meinte Lodvig, der unter Feldbett, Tisch und Stühlen dahinwankte. »Wir sollten Fjordur und Mads Madsen einen Wink geben, bevor wir Kap Thompson erreichen.«

Valfred schlief gut, zwei Tage lang. Einmal wachte er zwischendurch auf, um etwas von dem kalten Fleisch zu essen und einige Schlucke aus der Flasche zu nehmen. Am dritten Tag kroch er aus dem Nebenschuppen und entledigte sich einiger Dinge, die sich angesammelt hatten, und weil er sich gut erholt fühlte, setzte er sich an die Giebelseite, um etwas Sonne zu tanken. Er dachte an vergangene Tage und tauchte in seine Erinnerungen ein. Daher hörte er nicht, dass der Leiter der Expedition zurückkehrte.

Lady Herta, die der erschöpften Karawane vorausgegangen war, erreichte das Haus eine halbe Stunde vor den anderen. Sie erblickte den schlummernden Valfred, stand lange da und betrachtete ihn. Hier war endlich jemand, den sie ernst nehmen konnte. Ein echter ostgrönländischer Eingeborener. Hier sah sie etwas, das sie mitnehmen konnte in den Abenteuerklub der

Frauen – als Ersatz für die Moschushörner: den speckigen Anorak, den verwilderten Bart, die prächtigen, gesunden Zahnreihen, die sichtbar waren, weil Valfred mit offenem Mund schlief. Sie untersuchte das ansonsten recht verfallene Gesicht, die gewaltige Nase, die wie eine blau-lila-farbene Laterne im Gesicht saß, und als Valfred unvermittelt die Augen aufschlug, sah sie in ein Paar kleine, eisblaue Triefaugen. Ihre Nasenflügel bebten bei dem Geruch, den er ausströmte, ein Geruch, der ihr bisher noch nicht begegnet war, und sie stellte zufrieden fest, wie er gleichsam zurückschnüffelte.

War Valfred für Lady Herta eine frohe Überraschung, so war sie für Valfred allerdings eine Enttäuschung. Diese Dame war flach wie ein Bügelbrett, gekleidet wie ein Kerl und kalt und stumm wie eine Auster in der Rentierbucht. Wenn Bjørken dieses Klappergestell eine Dame nannte, dann deshalb, weil Bjørken nicht wusste, wie eine Dame aussieht. Valfred schnupperte kräftig, konnte aber keinen Spitzkohl wittern. Er stand auf und schickte einen Strahl Tabaksaft durch sein Porzellangebiss. »Puh«, sagte er und ging vorbei an Lady Herta zurück in den Nebenschuppen.

Mads Madsen und Fjordur waren unterwegs zur Karawane gestoßen und trugen zwischen sich den Kopf des alten Ochsen. Als sie am Kap Thompson ankamen, legten sie diesen Lady Herta vor die Schnürstiefel, und Anton erklärte für die beiden: »Sie haben die Jagd oben von den Bergen aus gesehen, und als der Ochse abzog, sind sie ihm gefolgt.«

Lady Herta nickte. Sie schaute hinunter auf den Kopf mit den abgenutzten Hörnern. Anton fuhr fort. »Sie sind ihm einen Tag bis nach Vibe Elv gefolgt, und dort hat er sich hingelegt und ist verendet.«

Lady Herta zeigte auf den Ochsenkopf und sagte zu Olsen: »Da können Sie mal sehen, Kapitän. Eine Kugel reicht, wenn man nur richtig trifft.«

»Hm«, meinte Olsen. Er schickte einen strengen Blick zu

Mads Madsen, der gerade seinen Kameraden erzählte, dass der Ochse sicher an Altersschwäche gestorben war.

»Wir sollten lieber sehen, dass wir an Bord kommen«, sagte Olsen und nahm seine Pfeife, um ein Boot an Land zu rufen.

»Vergiss die Bezahlung nicht!«, rief Mads Madsen, »schade, dass es so lange gedauert hat, Olsen, aber die Ochsen waren wie verhext und sprangen in die Berge, sobald sie Fjordur und mich sahen.«

Olsen guckte ihn sauer an und zog seine Brieftasche. Dies war einer der schlimmsten Augenblicke seines Lebens.

Sie standen alle zusammen am Strand und winkten dem Beiboot der *Veslemari* durch das Eis hinterher. Sie schwangen die Arme und wünschten eine gute Reise. Standen in ihren zerknautschten Landgangssachen und starrten der mageren Frau hinterher, die am Steven saß, den Moschuskopf im Schoß.

»Sie wird die letzte Dame sein, die Olsen anschleppt«, grinste Mads Madsen.

Bjørken rieb seine Schultern. »Sylte, Lasselille und ich, wir fahren heute Nacht hier ab. Stellt euch vor, wenn sie nicht durchs Eis kommen oder in Küstennähe Schiffbruch erleiden. Nicht auszudenken, dass diese Figur einen ganzen Winter hier herumläuft.«

Auf ihrem Weg durchs Eis stand Lady Herta mit Skipper Olsen auf der Brücke. Sie rauchte eine Zigarette in ihrer langen Zigarettenspitze, und eine feine blaue Spirale zeichnete Muster unter die niedrige Ruderhausdecke.

»Es ist merkwürdig, Kapitän«, sagte sie, »wie oft man in der ganzen Welt auf dieselben Verhaltensmuster trifft. Ich habe keinen einzigen Stamm gefunden, der es nicht liebte, sich europäisch zu kleiden. Das sieht wirklich völlig lächerlich aus, wenn sie in diesen Sachen gehen, so, als wenn wir uns Baströcke anziehen würden.«

Olsen schloss die Augen und stellte sich Lady Herta im Bastrock vor. »Sie haben völlig Recht«, entgegnete er.

Lady Herta wedelte den Zigarettenrauch weg. »Andererseits hat es auch etwas Rührendes. Sie versuchen, uns zu gleichen, weil sie zu uns aufblicken, und das kann man ihnen kaum verdenken.«

Olsen brummelte unverständlich in seinen schwarzen Bart und gab dem Rudergänger einen neuen Kurs.

»Aber ich muss einräumen«, beharrte Lady Herta, »dass mich die Menschen dort auch überrascht haben. Ich habe viele Eingeborene überall auf der Welt gesehen, das ganze Farbenspektrum, aber ich habe noch nie eine Verwandtschaft mit ihnen gefühlt wie mit denen dort.« Sie streifte die Asche auf den abgenutzten Läufer ab. »Die Menschen, die ich hier entdeckt habe, sind anders. Es ist etwas Bekanntes an ihnen, etwas, was ich noch nicht herausgefunden habe. Verstehen Sie, was ich meine, Kapitän?«

Olsen verstand nichts, aber sagte trotzdem Ja, weil er von der Dame gechartert war, und sie hatten noch nicht abgerechnet.

Lady Herta begann, auf und ab zu gehen. »Sagen Sie, Kapitän, der Stamm dort, ist er etwas Einzigartiges oder so wie die anderen grönländischen Stämme?«

Olsen steckte seine Hände tief in die Hosentaschen. Er dachte mit Schmerzen an das viele Geld, das man ihm abgeluchst hatte. »Ich kann Ihnen versichern«, sagte er voller Ingrimm, »dass dieser Stamm etwas ganz Einzigartiges an der ganzen grönländischen Küste darstellt.«

Die Ratte

Es geschah in einem Sommer, dass die *Veslemari* Fimbul anlaufen musste, weil das Eis dicht und geschlossen bei Kap Thompson lag und es keine Anzeichen gab, dass es in diesem Jahr aufbrechen würde.

Nun war es ein glücklicher Zufall, dass viele der Fänger Nordostgrönlands in Fimbul versammelt waren, weil man Valfreds sechzigsten Geburtstag feierte und Schwierigkeiten hatte, das Fest zu beenden.

Zur Stelle waren die Bjørkenborger, die schon einen Monat vor dem großen Tag angekommen waren, um beim Bierbrauen behilflich zu sein, der Graf war da, er hatte sich um das Festmahl gekümmert, ferner die Fänger der Blaesehütte, die darauf warteten, bis das Wasser am Ufer des Trangefjords breit genug war, damit sie nach Hause rudern konnten. Sogar der Mann aus Hauna war erschienen; er war mit dem Hundeschlitten gekommen und rechnete mit seinem Rücktransport an Bord des Versorgungsschiffes. Mads Madsen und der Schwarze William, die das Schiff von den Felsen oberhalb der Station gesehen hatten, liefen auf Skiern über die Flade-Insel und erreichten Fimbul ungefähr zur gleichen Zeit, als die *Veslemari* vor Anker ging.

Nachdem man die Neuigkeiten aus der weiten Welt gehört hatte, begann das Löschen der Ladung. Man schuftete wie wild, um die Ladung rasch an Land zu bringen, weil das Eis in diesem Jahr unberechenbar war und schnell wieder landwärts kommen konnte. Sobald die Versorgungsgüter für die Nordküste ausgeladen waren, wollte Skipper Olsen die Fänger der Südküste an Bord nehmen und versuchen, bei Bjørkenborg unter Land zu ankern.

Es wurde für Valfred, der ja seinen sechzigsten Geburtstag gefeiert hatte, eine schwere Zeit – ein Unterfangen, das jetzt sehr viel Ruhe erforderte. Am ersten Tag verkroch er sich auf dem Dachboden der Hütte, am zweiten in einem Nebenschuppen, aber am dritten Tag wurde er hervorgeholt und als Kontrolleur eingesetzt. Das war eine Arbeit wie jede andere auch und kaum geeignet, Valfred aus der Puste zu bringen. Bequem auf acht Mehlsäcken liegend, notierte er, was vom jeweiligen Prahm an Land gebracht wurde. Ein verantwortungsvoller Job, aber nicht so anstrengend, dass er sich nicht doch hier und da ein kurzes Nickerchen gönnen konnte.

Bei einer dieser längeren Verzögerungen, gerade als er sichs auf den Säcken bequem gemacht hatte, fiel sein Blick auf eine braune, kurzbeinige Erscheinung, die ganz außen auf seinem Lager saß und ihn mit kleinen schwarzen Augen anstarrte.

Valfred glotzte zurück. Er sperrte den Mund auf, ohne zu merken, dass sein mittlerweile zwei Jahre altes Gebissoberteil mit einem kurzen Knacken herunterklappte. Ihn schauderte, seine Nackenhaare sträubten sich wie eine Scheuerbürste.

»Hilfe!«, brüllte er entsetzt. »Eine Ratte!« Er sprang auf und trippelte nervös auf den Zehenspitzen. Die Ratte pfiff gereizt, sie zeigte ihre großen Schneidezähne, fletschte sie bösartig und verschwand zwischen den Säcken.

Die Fänger, die damit beschäftigt waren, die Fracht in dem Nebenschuppen zu verstauen, hatten Valfreds Schrei gehört. Die Bjørkenborger, der Graf, der Leutnant und etliche andere stürzten zum Strand hin.

»Was ist los, Valfred?«, rief Bjørken, »hast du einen Albtraum? Ist da ein Bär?«

Valfred klappte die Kiefer zusammen und fixierte sein Gebissoberteil. »Da ... da ist eine Ra... Ratte unter den Säcken«, stotterte er nervös, »die ist groß wie ein Fuchswelpe.«

»Wo?« Sylte guckte kurzsichtig auf die Säcke.

»Sie hat sich dazwischen versteckt«, flüsterte Valfred. Der Anblick seiner Kameraden hatte eine beruhigende Wirkung. »Sie saß da und glotzte mich an, und plötzlich war sie weg. Verdammte Bescherung. Pfui Deubel, wie habe ich mich erschrocken, hähä, Ratten waren nie meine starke Seite.«

Die Fänger näherten sich den Säcken, keiner von ihnen sonderlich bemüht. Eine Ratte erzeugte nicht dasselbe Jagdfieber wie ein Bär oder ein Walross.

Der Graf, der theoretisch eine Menge über fast alles wusste, näherte sich furchtlos. »Sehr interessant«, murmelte er. »Es ist schon ziemlich ungewöhnlich, diese Sorte Nager hier oben bei uns zu finden.«

»Die gibt es hier nicht«, klärte ihn Herbert auf. »Die muss mit der *Veslemari* hierher gekommen sein.«

»Ratten gabs hier nie!«, rief Bjørken aufgeregt. »Es ist eine verdammte Schweinerei mit Ratten in Bjørkenborg, das lasse ich nicht zu. Weder Ratten noch Läuse.«

»Aber wir befinden uns in Fimbul«, wandte der Leutnant ein.

»Das ist egal«, tobte Bjørken. »Das nächste Mal trifft es Bjørkenborg. Es ist schon eine Sauerei, Olsen soll seine Ratten an Bord behalten.«

Der Graf rührte mit einer Stiefelspitze an den Säcken. »Wenn die von der *Veslemari* kommt, kann man mit Sicherheit davon ausgehen, dass sie zur Gattung Rattus Norvegius gehört: ziemlich groß, graubraun mit kurzem Schwanz und kleinen Ohren. Stimmt das, Valfred?«

»Ja, so die Richtung, Graf. Ein großer Teufel mit ein paar gewaltigen Zähnen.«

Der Graf nickte. »Das ist praktisch alles, was ich über Ratten weiß«, sagte er, »und mit dieser geringen Kenntnis bin ich keinesfalls qualifiziert, die Jagd zu leiten.«

Es legte die Hände auf den Rücken und blickte abschätzend auf die Säcke. »Wenn sie von der *Veslemari* kommt, haben wir vermutlich nicht einmal das Recht, sie zu jagen.«

»Der Graf hat Recht«, mischte sich Lodvig ein. Er hatte schreckliche Angst vor Ratten. »Es ist klar, dass die Ratte vom Schiff kommt, wo sollte sie denn sonst herkommen? Und weil sie deren Ratte ist, müssen die auch selbst kommen und sie holen.«

Bjørken schnaubte vor Wut. »Und der Olsen, der kriegt aber Bescheid. Es geht nicht an, ohne Rattenschirme zu ankern oder die Ladung in den Prahm zu hieven, ohne sie zu untersuchen, wenn man seinen Kahn voller Ratten hat.«

Der Graf beugte sich hinunter und hob einen Sack etwas hoch. »Ihr habt natürlich alle zusammen Recht«, sagte er friedlich, »aber mir scheint, wir sollten prüfen, ob es sich wirklich um eine Ratte handelt. Es kann doch sein, dass Valfred geträumt hat.«

Valfred schüttelte den Kopf. »So nicht, Graf. Ich war hellwach und habe das Satanszeug lebendigen Leibes gesehen.«

Unter der Führung des Grafen begann man, die Säcke aufzunehmen; bereits beim vierten Sack entdeckte man die Ratte. Sie sprang über Herberts Gummistiefel, durch die Beine des Leutnants und sauste wie ein Blitz zum Haus hin. Die Männer standen wie versteinert, keiner rührte sich, keiner unternahm etwas. Die Ratte war eine Tatsache.

Eine Abordnung von drei Männern erschien bei Skipper Olsen. Bjørken führte das Wort, und mit kräftigen, farbigen Wendungen erzählte er Olsen, was dieser mit seinen Ratten machen sollte. Er war durch seinen Ärger sehr inspiriert, setzte sich richtig in Szene und schlug mit der Faust auf den Kartentisch.

»Und jetzt geht gefälligst an Land, zum Teufel auch, und holt euer räudiges Haustier ab. Andernfalls ist es Schluss mit dem Löschen der Ladung hier und in Bjørkenborg. Nicht einen Finger rühren wir, Olsen, und kein Fell kriegst du mehr von mir.«

Skipper Olsen war ein einsichtiger Mann. Er versuchte die Abgesandten mit Entschuldigungen und einer Flasche westindischen Rums zu beruhigen. Natürlich musste die Ratte zurück auf die *Veslemari,* tot oder lebendig. Hier an Bord duldete man nicht, dass sich Leute oder Ratten aus dem Staub machten. Auch war es natürlich die Aufgabe der Besatzung und nicht die der Fänger, das Vieh einzufangen. Sie sollten ruhig nach Hause gehen, alles würde sich bestens klären.

Mit diesen und etlichen anderen Versprechungen im Ohr und vom Rum leicht umnebelt, ruderte Bjørken mit seinen Freunden zurück zum Strand.

Skipper Olsen überdachte die Situation. Die Fänger waren wütend und mussten beruhigt werden. Andernfalls müsste er mit der halben Ladung und ohne ein einziges Fell zurückreisen. Er rief nach seinem Bootsmann und bat ihn, eine passende Ratte zu fangen, um etwas zur Hand zu haben, sollte man den Flüchtling nicht erwischen. Der Bootsmann legte Fleisch und Haferflocken in eine Falle, und eine Stunde später präsentierte er einen Veteranen mit grauen Barthaaren, ein altes Tier, das möglicherweise schon auf der Werft an Bord gekommen war, als die *Veslemari* gebaut wurde.

»Das ist ein schönes Exemplar, Bootsmann«, lobte Olsen, »jetzt darf sie ein bisschen schlafen, und dann gehen wir an Land.« Er betäubte die Ratte mit Äther aus der Schiffsapotheke und ließ sie den Bootsmann in der Jackentasche tragen, wo er ständig Kontakt mit dem Ungetüm behielt.

Dreizehn Mann ruderten auf Rattenjagd. Nur der Maschinist und der Koch blieben an Bord zurück. Die Rattenjäger bekamen die Mehlsäcke gezeigt, hörten sich Valfreds Geschichte an und wurden in die Route eingewiesen, die die Ratte zum Haus genommen hatte. Sie bekamen freien Zugang zu allen Örtlichkeiten, und die Fänger standen in der Tür und an den Fenstern und schauten zu.

Die Seeleute gingen gründlich vor. Sie kramten in Schränken und Schubladen, ließen den Herd, die Nebenschuppen und den Dachboden nicht aus, aber nicht einmal einen Rattendreck fanden sie.

»Wir gehen nicht eher, bis wir sie gefunden haben«, versprach Skipper Olsen. »Die Ratte gehört uns, und sie soll unter keinen Umständen hier an der Küste zurückbleiben.« Er grinste den

Bootsmann an und flüsterte: »Es gibt auch für anständige Schiffsratten eine Grenze des Zumutbaren.«

Der Bootsmann lachte. Er steckte die Hand in die Tasche und zwickte die Ratte ins Fell. Diese zappelte kräftig. »So langsam kommt Leben in unseren Alten«, flüsterte er, »soll ich sie freilassen?«

Der Skipper nickte, und der Bootsmann ging in die Knie, um noch einmal unter Valfreds Koje zu gucken. Er holte die Ratte heimlich aus der Tasche und schubste sie so weit es ging unter die Koje. »Hallo!«, rief er erschrocken, »da ist etwas, das mich anfaucht. Kommt mal mit Licht, Leute.«

Bjørken sprang hinzu und entzündete eine Petroleumlampe, der Bootsmann leuchtete unter die Koje. »Da sitzt sie«, rief er, »gebt mir etwas, damit ich sie herausholen kann.« Er bekam einen Besen und stieß auf die Ratte. Diese war inzwischen so weit aus ihrer Betäubung erwacht, dass sie heraus und auf den Fußboden laufen konnte. Die Matrosen warfen sich über sie, und da die Ratte immer noch zu benebelt war, um klare Beschlüsse zu fassen, war sie bald gefangen. Skipper Olsen packte die Ratte am Schwanz und hielt sie hoch, damit sie alle sehen konnten.

»Na, du Schlingel«, schalt er, »du glaubtest wohl, ohne weiteres eine Erlaubnis zu bekommen, ohne deinen Skipper zu fragen, was?« Er schüttelte sie etwas und stopfte sie in einen Käfig, den der Bootsmann ihm hinhielt. Dann stellte er den Käfig auf den Tisch und bat die Fänger, hereinzukommen.

Sie schauten lange und schaudernd auf die Ratte. Diese saß in einer Ecke des Käfigs, zischte und gebärdete sich wie wild; es war kein angenehmer Anblick.

»Zur Strafe wird sie auf der Heimreise im Vorpiek sitzen, da ist es finster und ein höllischer Lärm durch die Ankerkette. Das wird ihr Gehorsam beibringen.«

Valfred zeigte auf die Ratte. »Die da ist eine ziemlich scheußliche Ratte«, sagte er, »aber es ist nicht die, die ich gesehen habe.«

»Was sagst du?« Olsen guckte ihn böse an. »Klar ist es die, was soll es denn sonst für eine sein?«

»Eine andere«, antwortete Valfred. »Meine war mehr braun, nicht so ein grauer Rentner wie die da.«

»Blödsinn«, rief Olsen. »Eine Ratte ist vom Schiff abgehauen, du hast sie gesehen, und jetzt haben wir sie gefangen.«

Bjørken schlug Valfred auf die Schulter. »Bist du ganz sicher, Valfred? Du warst gerade dabei einzuschlafen, als du sie gesehen hast, also kannst du wirklich ganz sicher sein?«

»Ich habe sie deutlich gesehen.« Valfred guckte sich die Ratte im Käfig lange an. »Nein, die da ist es nicht. Ihr habt sie im Übrigen doch auch gesehen, also müsst ihr doch auch den Unterschied bemerken.«

Man redete ein wenig darüber, wie die Ratte ausgesehen hatte. Die meisten widersprachen Valfred, und Lasselille meinte, dass die Ratte vielleicht vor Schreck graue Haare gekriegt hätte, denn das hätte man auch schon von Menschen gehört, und Menschen und Ratten wären sich ja gar nicht so unähnlich.

Olsen beendete die Diskussion und versprach zwei Flaschen Genever, die er mit dem nächsten vollbeladenen Prahm schicken wollte. »Valfred ist ein Quatschkopf«, sagte er, »er kann den Unterschied zwischen einer Kuh und einer Ratte nicht erkennen, wenn er schläfrig ist. Wenn diese hier nicht die Ratte ist, will ich meine alte Mütze auffressen und alle Ratten, die er hier in der Hütte findet. Jetzt meine ich, wir sollten zurück an unsere Arbeit gehen.« Er schnappte sich den Käfig und verließ die Hütte, gefolgt von den übrigen Rattenfängern.

Das Löschen der Ladung ging weiter, und als die Felle eines Jahres und die Jäger der Südküste an Bord waren, dampfte die *Veslemari* hinaus ins Eis in Richtung Bjørkenborg.

Als das Schiff und alle Gäste verschwunden waren, gingen Valfred und der Leutnant auf Schneehuhnjagd. In der Arktis ist es so, dass es magere und fette Schneehuhnjahre gibt, und in jenem Jahr saßen die Schneehühner hinter jedem Stein des

Fimbulgebirges. Sie legten Bündel von Schneehühnern in die Depots längs des hohen Felsenkammes, der sich im Land zum Inlandeis hin allmählich verlor. Als sie genug Schneehühner für das ganze Jahr hatten, fischten sie Lachs, den sie auf den Klippen trockneten und übereinander geschichtet lagerten. So verbrachten sie fast drei Wochen hinter der Station im Hinterland, und mittlerweile war es Anfang Oktober geworden.

Der Oktober ist vielleicht der merkwürdigste Monat in Nordostgrönland. Er bedeutet das Ende des Sommers und den Anfang des Winters. Man verlässt die geschäftige, frohe Sommerzeit und sieht einer langen und dunklen Periode entgegen, von der man noch nichts weiß, aber auf die man sich dennoch freut.

Im Oktober sind die Farben der Natur klarer, stärker und mannigfacher als in den übrigen Monaten des Jahres. Das Eis auf dem Meer nimmt die Farben der niedrig stehenden Sonne auf und strahlt ganz intensiv blau, rot und violett. Und die Bergspitzen, die jeden Morgen mit Neuschnee bepudert werden, schimmern den ganzen Tag eisblau und nehmen zum Abend hin erst eine rosa, dann eine blutrote Färbung an. Der Tagesverlauf kann wieder für eine kurze Zeit in Tag und Nacht eingeteilt werden, und keiner kann sich vorstellen, wo die langen, hellen Tage des Sommers geblieben sind und wie man die bevorstehende unendliche Nacht des Winters überstehen soll.

Das Schlimmste im Oktober ist die Stille. Die Unruhe des Sommers verschwindet, das Meer gefriert immer mehr und schließt die Eisschollen ein, die Flüsse fließen immer langsamer, um schließlich zu erstarren, der Neuschnee dämpft das gemütliche Knirschen der Steine unter den Stiefeln, und die Vögel sind in freundlichere Gegenden gezogen. Man entdeckt erst, wie laut und schön sie gesungen haben, wenn sie fort sind. Dieser seltsame Monat kennt nur das Bellen des Fuchses, den Ruf der Möwen vom hohen, blauen Himmel und das Sausen der Schwingen verspäteter Raubmöwen weit draußen auf dem Meer.

Das Reisen im Oktober ist beschwerlich. Der Schnee, der

nachts fällt, taut tagsüber, und das Neueis ist zu dünn und bricht ständig durch die Bewegung der Dünung. Man kann nicht mit Hunden fahren und wagt sich nicht aufs Wasser, aus Furcht vor Schäden am Rumpf der Jolle durch das Neueis. Darum muss man, wie Valfred und der Leutnant, seine Fangreisen in unmittelbarer Nähe der Station durchführen.

Als sie zur Fimbulhütte zurückkehrten, waren ihre Traggestelle voll mit Fang. Sie warfen die Schneehühner und den Lachs in einen der Nebenschuppen und gingen ins Haus, wo sie Feuer machten und sich behaglich niederließen. Jetzt waren die feinen Sachen für den Winter im Hause, jetzt konnte man einfach darauf warten, dass die Fuchssaison begann. Leutnant Hansen reparierte die Hundeleinen, stellte Fuchsfallen her und hörte interessiert allem zu, was Valfred zu erzählen wusste. Und Valfred machte sich mit dem Braten von Steaks, dem Brennen von Schnaps und mit Berichten über vergangene Zeiten nützlich. Zwischendurch hielt er ein Schläfchen auf dem »Vierbeinigen«, wie er sich ausdrückte, das hatte er nötig, nach Geburtstag und drei Wochen Strapazen in den Bergen.

Eine Woche nach ihrer Heimkehr, sie saßen gerade gemütlich nach dem Essen beisammen und erzählten, hörten sie plötzlich ein Scharren an der Fußleiste hinter dem Herd.

Valfred wurde blass. Er guckte verstört auf den Leutnant und flüsterte: »Jetzt ist sie da, Hansen.«

»Wer ist da?«

»Die Ratte.«

Hansen stand auf und kniete sich hin. Er nahm den Feuerhaken und stocherte im Dunkeln unter dem Herd. »Da drinnen ist nichts«, sagte er. »Das war bestimmt ein Lemming, Valfred, oder etwas Ähnliches.«

»Das war die Ratte«, murmelte Valfred. Er scharrte nervös mit den Füßen unterm Tisch. »Hier waren noch nie Lemminge im Haus. Huh … Hansen, jetzt traue ich mich nicht, nachts zu schlafen.«

»Quatsch«, entgegnete Hansen, »dieses Rascheln muss eine natürliche Erklärung haben.«

»Es war die Ratte«, beharrte Valfred. »Habe ich nicht gesagt, dass Olsen uns hereingelegt hat?«

»Aber wir alle haben doch die Ratte gesehen«, wandte Hansen ein, »eine quicklebendige Ratte vom Schiff.«

»Es war eine andere«, entgegnete Valfred verbissen. »Glaubst du etwa, ich erkenne eine Ratte nicht, die ich vorher gesehen habe?«

Hansen nahm die Lampe vom Tisch und leuchtete den gesamten Fußboden ab. »Hier ist nichts zu sehen, Valfred, abgesehen von einem Loch hinter dem Kohlenkasten, das vorher noch nicht da war.«

»Dann sitzt sie da drinnen.« Valfred schauderte. »Sie ist vielleicht schon länger als einen Monat hier im Haus, Hansen.«

»Dann ist es aber seltsam, dass wir bisher noch nichts von ihr gehört haben«, meinte Hansen.

Valfred nickte. »Ja, sie ist nicht besonders bescheiden«, sagte er, »vielleicht war sie im Nebenschuppen, seitdem wir zurück sind. Du wirst sehen, nun hat sie verdammt noch mal alle Leckerbissen gefressen, die wir aus den Bergen hergeschleppt haben.«

Sie gingen hinaus und stießen die Tür zum Nebenschuppen auf. Besonders lange brauchten sie nicht zu suchen, um festzustellen, dass dort Gäste gewesen waren. Ein Teil der Schneehühner war aufgefressen, und von den getrockneten Lachsseiten waren große Stücke abgenagt. Weiterhin hatte der Reissack große Löcher, und vom Mehlsack war eine Seite völlig weggenagt.

Hansen stand mit der Lampe und sah sich traurig die Zerstörungen an. »Das wird ein teurer Kamerad, den wir zum Winter in Kost haben«, sagte er. »Was machen wir jetzt, Valfred?«

Valfred kratzte sich hinterm Ohr. »Wenn ich ehrlich sein soll, lieber Hansen, dann habe ich so eine höllische Angst vor der

Ratte, dass ich mich nicht mehr getraue, in der Hütte zu bleiben.«

»Aber wir können doch nicht den ganzen Winter in der Gegend herumirren«, meinte Hansen, »können wir das Vieh nicht fangen und ersäufen?«

»Das weiß ich nicht.« Valfred grübelte. Seine Beine kribbelten, er hielt es im Nebenschuppen nicht mehr aus, wo die Ratte bestimmt irgendwo saß und ihn aus ihrem Versteck anglotzte. »Es ist bestimmt lausig schwer, solch einen Räuber zu fangen, Hansen, und wir haben auch keine Fallen.«

»Ich kann eine bauen«, sagte Hansen, »eine Art Miniaturfuchsfalle. Was meinst du, Valfred?«

Valfred schüttelte den Kopf. »Dann musst du hier so lange allein bleiben«, sagte er, »denn ich übernachte nicht hier drinnen. Huh, stell dir vor, du hast eine Ratte in der Koje – ich kriege Ausschlag am ganzen Körper bei dieser Vorstellung. Nee, Hansen, ich nehme das Sommerzelt und lege mich zum Schlafen in die Natur.«

Sie verließen den Nebenschuppen, und Hansen leuchtete Valfred auf den Dachboden, wo dieser das schwere Zelt und den Moschusfellschlafsack holte.

»Du, Valfred, so eine Ratte kann doch gar nicht hier oben im Norden leben. Wenn wir nicht heizen würden, glaubst du nicht auch, dass sie dann vor Kälte sterben wird?«

Valfred warf den Schlafsack auf den Fußboden und schloss die Bodenluke hinter sich.

»Die ist bestimmt empfindlich gegen Kälte«, sagte er. »Es kann sein, dass sie deshalb die Wärme beim Herd gesucht hat.«

Hansen nahm den Schlafsack und brachte ihn nach draußen. »Wenn wir die Fenster und Türen offen ließen, wirds im Haus saukalt, und es ist möglich, dass sie erfriert, ehe man sichs versieht.«

»Du hast schon Verstand, Hansen.« Valfred schaute bewundernd auf seinen Kameraden. »Das habe ich immer von dir gesagt. Du hast dir alles schon ausgedacht, bevor ich überhaupt was gesagt habe. Das ist die Lösung, Hansen. Wir ziehen in die Natur und lassen das arme Luder im Haus in der Kälte sitzen.«

Bevor sie die Station verließen, veranstalteten sie einen eisigen Durchzug, sie öffneten Fenster und Türen, die Herdklappen und die Falltür zum Dachboden. Sie gingen zur Fimbul-Ebene, bauten das Zelt auf und richteten sich mit Schaffellen und Moschusschlafsäcken ein. Den Proviantkasten stellten sie zwischen sich, darauf standen der Primuskocher und die Lampe. Es wurde richtig gemütlich im Zelt, und Valfred nahm sich vor, das Zelt nicht eher zu verlassen, bis Hansen die Ratte tot aufgefunden hatte.

Hansen fand sie sechs Tage später. Er war zum Haus gegangen, um den Petroleumkanister zu füllen und etwas Proviant zu holen, und fand die Ratte tot und steif unter dem Tisch. Als er im Herd Feuer gemacht hatte, ging er zurück zu Valfred.

»So, die Sache ist erledigt«, verkündete er froh.

»Bist du ganz sicher?« Valfred steckte seinen Kopf aus der Kapuze des Schlafsacks.

»Steif wie ein Eiszapfen«, teilte Hansen mit. »Jetzt kannst du ruhig aufstehen, Valfred. Ich habe im Herd Feuer gemacht und das Kaffeewasser aufgesetzt.«

Sie brachen ihr Lager ab und zogen zurück in die Fimbulhütte. Valfred stieß die Ratte vorsichtig mit dem Fuß an. »Eine tote Ratte ist beinahe genauso widerlich wie eine lebendige«, sagte er. »Ratten haben etwas an sich, das ich nicht ausstehen kann. Ich weiß nicht, was es ist, denn sie haben mir nie etwas getan.«

»So gehts mir auch«, entgegnete der Leutnant. »Lass sie uns zu den Hunden hinauswerfen.«

Valfred schüttelte den Kopf. »Sie ist trotz allem Nordostgrönlands erste und hoffentlich letzte Ratte. Sie soll ein anständiges Begräbnis haben, meine ich.« Er nahm einen Eimer mit Eis und goss das Kaffeewasser darüber. Als alles geschmolzen war, angelte er sich die Ratte mit dem Feuerhaken und ließ sie ins Wasser plumpsen. »So«, sagte er zufrieden. »Jetzt stellen wir den Eimer in den Windfang, dann ist er bis morgen bis zum Boden gefroren.«

»Warum soll er ganz gefroren sein?« Der Leutnant guckte seinen Kameraden verwundert an.

»Weil sie in den Permafrost gegraben werden soll. Da unten bleibt sie frisch bis in alle Ewigkeit«, antwortete Valfred.

Als die *Veslemari* im darauf folgenden Sommer in Kap Thompson eintraf, hatten sich etliche Fänger wie gewöhnlich bei Mads Madsen und dem Schwarzen William eingefunden. Das Schiff wurde freudig empfangen, und man lud Olsen zu einem Festessen ein, das der Graf auftischen wollte.

Die Suppe war italienisch inspiriert, der Graf hatte sie »zuppa cozza« getauft. Sie bestand aus Muscheln aus den flachen Gewässern der Narwalbucht, getrockneten Zwiebeln, Pfeffer, Zitrone sowie einem halben Liter des vom Grafen angebauten Weißweins. Um den pikanten Geschmack hervorzuheben, hatte der Küchenmeister einen halben Teelöffel Schnupftabak und zwei eingelegte Engelwurzstängel zugegeben. Es war eine herrliche und leckere Suppe, die den tafelfreudigen Skipper Olsen in Trance versetzte. Er strahlte und rühmte den Grafen mit fast poetischen Ausdrücken. »Was gibt es als nächstes, Graf«, fragte er den Künstler voller Ungeduld.

Der Graf blickte ihn ernst an. »Ich habe an etwas Rindfleisch, in Bouillon geschmort, gedacht, dazu einen Bas Médoc, sowie im Ofen gebackene Kartoffeln.«

»Glänzend«, rief Olsen voller Vorfreude, »ich kanns kaum erwarten.«

Der Graf blickte den dicken Skipper weiterhin mit ernsten Augen an. »Für dich habe ich etwas ganz Besonderes, Olsen«, sagte er leise. »Ich habe mir erlaubt, es ›Tatar glacé‹ zu taufen.«

Das Hauptgericht wurde aufgetragen. Der Duft des Rindfleischs verbreitete sich in der kleinen Stube und ließ allen das Wasser im Munde zusammenlaufen. Vor Olsen wurde ein Teller mit einem gewaltigen Eisklumpen gesetzt.

»Was ist das?« Olsen klopfte mit einem Knöchel am Eisklumpen und lachte dröhnend, »was hast du dir denn da ausgedacht, Graf?«

»Tatar glacé!«, wiederholte der Graf.

Olsen guckte sich das Eis an. Sein Lächeln gefror, sein Blick wurde starr. Mitten im Eis erkannte er eine Ratte, die ihre Zähne fletschte.

Mads Madsen grinste. »Die Suppe war wirklich ein Appetitanreger, was Olsen? Jetzt ist man auf die Hauptmahlzeit vorbereitet, nicht wahr? Mütze und Ratten, das waren doch deine eigenen Worte. Bevor du nicht gegessen hast, wird die Ladung nicht gelöscht und kein Fell geliefert.«

Der Skipper war leichenblass. Er guckte flehend von einem zum anderen, ihm begegneten aber nur strenge und ernste Blicke.

Nur Valfred schmunzelte mit all seinen falschen Zähnen und kniff ein Auge zu. »Nimm erst die Mütze, Olsen, dann kann das Eis in der Zwischenzeit schmelzen.«

Die Mannbarkeitsprobe

Lasselille war Nordostgrönlands jüngster Jäger. Dass er sich überhaupt bei der Kompanie beworben hatte, ist auf verschiedene unglückliche Umstände zurückzuführen.

Seine Mutter stammte aus Schweden oder genauer gesagt aus Schonen, sein Vater war Däne. Und das hätte eine vollkommene Mischung sein können, wenn er die Zeit gehabt hätte, sich genau dazwischen zu entwickeln. In seinem Fall hätte dies entweder auf der Insel Hven oder auf Saltholm sein müssen, aber sein Vater war ein so genannter »freier« Straßenmeister zwischen Hillerød und Nødebo und konnte sich aus diesem Grund natürlich nicht mitten im Øresund häuslich niederlassen, sodass Lasselille gezwungenermaßen Däne geworden wäre: So blieb er ein dänischer Schwede oder ein schwedischer Däne, wie man will, und das war in seinem Fall nicht immer gleich angenehm.

Mit einer starken Persönlichkeit hätte sich der Junge vielleicht helfen können, die sprachlichen und kulturellen Vertracktheiten zu überwinden. Ein flinker und lebendiger Kopf hätte das schwedische Erbe als einen mystischen, fremden Einschlag ausgespielt, als etwas Überlegenes und für normale Dänen Unerreichbares. Lasselille jedoch war keine starke Persönlichkeit und auch nicht besonders helle, er war sehr zurückhaltend, von langsamer Auffassungsgabe und von recht bescheidenem Körperbau. Er besaß nicht genug Überlegenheit, sich das Gesindel vom Leibe zu halten, nicht genug Muskeln, um den Kerlen eine blutige Nase zu verpassen, die ihn einen Schonen-Bauern, Karl den Blöden oder Schwedenteufel schimpften.

Alles in allem hatte Lasselille eine miserable Kindheit. Und weil er sich so sehnlich wünschte, dies alles hinter sich zu lassen, bewarb er sich als Fänger nach Ostgrönland. Er zog zwei isländische Trojer an, die machten eine breite Brust, und stellte sich dem Direktor der Kompanie vor. Er legte los in seinem besten Dialekt aus Schonen und schwindelte etwas von einer Jugend bei Lappen und Rentieren im Norden. Der Direktor, der ihn für einen flinken Burschen hielt und ihn im Übrigen kaum verstand, sah ihm nachdrücklich in die dicht beieinander stehenden blauen Augen und stellte ihn auf der Stelle ein.

Lasselille wurde als Lehrling nach Bjørkenborg geschickt. Und hier nun begann ein Dasein, das er bald lieben lernte. Hier war er weder schwedisch noch dänisch, weder ein Bauer noch blöde noch ein Teufel. Hier wurde er vom ersten Tag an als ganz normaler Mensch angesehen und mit einer Selbstverständlichkeit willkommen geheißen, die ihn mehr als verwunderte.

Er schloss sich eng an Sylte und Bjørken an – die ersten Menschen, welche ihm gegenüber eine natürliche Güte zeigten, und er wuchs im Laufe seiner Probejahre geistig und körperlich im Verhältnis eins zu zwei, wie Bjørken sagte.

Drei Jahre lang war er Lehrling. Drei gute Jahre, in denen er das Wichtigste über das Handwerk des Fängers lernte. Nur eines hatte ihn noch davon abgehalten, vom Lehrling zum Fänger befördert zu werden: Lasselille hatte noch nie einen Bären erlegt. Deshalb wünschte keiner mehr als der Lehrling auf Bjørkenborg, einen solchen weißen Wandersmann zu erlegen. Er fuhr aufs Meer hinaus, in die Fjorde und hoch hinauf in die Täler, sobald es das Wetter und die Wege erlaubten, er suchte alle die Stellen auf, von denen erfahrene Jäger sagten, dass der Bär dort gewöhnlich anzutreffen ist. Aber nie sah er einen lebenden Bären, nur selten eine Spur.

Drei Jahre war Lasselille in Bjørkenborg, als Bjørken, der Leiter der Station, der Meinung war, Lasselille habe jetzt ausgelernt. Es war also nur noch die Sache mit dem Bären. Sylte und auch Bjørken fingen Bären, nur Lasselille hatte bei den Bären kein Glück.

Im Winter des vierten Jahres schwor Lasselille bei seiner

Seligkeit, die Stelle aufzukündigen und nach Hillerød zurückzureisen, wenn er bis zur Ankunft des Versorgungsschiffes keinen Bären erwischt hatte. Dies war ein ernstes Gelöbnis, es zeigte seinen Kameraden, wie verzweifelt er inzwischen war. Und als das erste Sonnenlicht über das Eis strich, begann Lasselille seine Bärenjagden.

Schon im ersten Jahr in der Fangstation hatte Lasselille von Bjørken fünf Welpen bekommen. Und es zeigte sich, dass er, der vorher nie einen Hund besessen hatte, eine ganz außergewöhnliche Hand für ihre Aufzucht besaß. Er behandelte seine Tiere wie gleichgestellte Kameraden, sprach mit ihnen, als wenn es die natürlichste Sache auf der Welt wäre, und sie lernten schnell, auf ihn zu hören und ihn zu verstehen. Die Hunde wurden sein halbes Leben, und Lasselille war für sie fast eine Gottheit. Sie liebten ihn vorbehaltlos, respektierten ihn und gehorchten, und ihre Stimmung war in völligem Einklang mit der von Lasselille.

So war es auch bei den Bärenjagden. Wenn sie in Bjørkenborg aufbrachen, zogen sie voller Eifer und Erwartung den leichten Schlitten. Sie kläfften vor lauter Lebensfreude und wendeten die Köpfe nach Lasselille um, der den Schlitten mit anschob, und lächelten ihn an. Lasselille bemerkte ihre große Freude, er wurde froh und sein Herz warm. Er, der sein ganzes Leben in Hillerød nie einen Freund gehabt hatte, fühlte sich fast überwältigt von ihrer Verehrung.

Wenn sie jedoch viele Tage ergebnislos herumgefahren waren und Lasselille allmählich den Kopf hängen ließ, ging die gute Stimmung verloren. Die Hunde waren niedergeschlagen, liefen sichtlich langsamer, die Köpfe dicht über dem Eis und die buschigen Ruten eingeklemmt.

Der März kam und auch der April, ohne dass es Lasselille glückte, einen Bären zu finden. Er magerte ab und wurde verschlossen; er hatte dunkle Ringe unter den Augen und sah aus, als würde er jeden Augenblick in Tränen ausbrechen. Auch die Hunde boten einen traurigen Anblick, sie bekamen ein stumpfes Fell und wunde Pfoten und hörten auf, miteinander zu balgen, was sonst ihr großer Spaß war.

Selbst Ostern und Christi Himmelfahrt streifte Lasselille mit seinen vierbeinigen Freunden im Eis umher. Alles war so beunruhigend, dass sich Bjørken und Sylte am letzten Tag im Mai an den Tisch setzten, um zu besprechen, was man für den Lehrling tun könnte.

»Ich meine, dass es am Licht liegt«, erklärte Bjørken, der die Erfahrung hatte, dass schlechte Stimmung entweder mit zu viel Licht oder mit zu viel Dunkelheit zusammenhängt.

»Es ist der Bär, den er nie gefangen hat«, behauptete Sylte. »Lasselilles Problem hat nichts mit dem Licht zu tun. Im Gegenteil, ich glaube, dass das Licht für ihn eine Erleichterung bedeutet, denn jetzt kann er endlich auf die Jagd. An dem Tag, wo er seinen ersten Bären fängt, wird der Bursche wieder ganz normal werden.«

»Hm«, brummelte Bjørken und schaute nachsichtig auf seinen Kameraden. »Man soll natürlich in einer solch ernsten Situation nichts ausschließen«, räumte er ein, »aber wir sollten feststellen, dass es sich um eine unglückliche Kombination von Licht und Bär handelt. Und dagegen müssen wir etwas unternehmen.«

Sie saßen am Tisch, zwei Flaschen vom Markenwein des Grafen vor sich. Es war warm in der Stube, denn Sylte hatte Brot gebacken; Bjørken hatte sein wollenes Unterhemd ausgezogen, er konnte keine Wärme vertragen und wollte gerne Luft für den Feuer speienden Drachen machen, der seinen Rücken zierte.

»An der Sache mit dem Licht können wir nicht allzu viel tun«, meinte Sylte, »und wenn ich ganz ehrlich sein soll, ich glaube nicht, dass es in dieser Verbindung irgendeine Bedeutung hat.«

Bjørken nahm eine der beiden Flaschen in die Hand und starrte geistesabwesend auf das Etikett. Es war ein Château Bourville, den der Graf Sylte zum fünfzigsten Geburtstag geschenkt hatte. Syltes Worte waren ganz in seinem Sinn, sie gaben ihm die Möglichkeit, ja geradezu die moralische Verpflichtung, seine Licht- und Dunkelheitsphilosophie aufzugreifen. Dies machte eine längere Darlegung über das Zusammenspiel zwischen dem menschlichen Gemüt, der absoluten Dunkelheit und dem totalen Tageslicht notwendig. Er ließ Sylte jedoch eine Stunde weiterreden, um Kräfte für seinen überzeugenden Schlag zu sammeln, und Sylte, der offensichtlich immer noch nicht gelernt hatte, sich zurückzuhalten, obgleich er neun Jahre mit Bjørken zusammenlebte, fuhr fort: »Je eher der Bursche seinen Bären bekommt, desto schneller kehrt seine gute Laune zurück. Und dann ist es ihm egal, ob die Sonne scheint oder der Mond.« Er schaute selbstsicher auf seinen Partner, der dasaß und gleichsam auffordernd nickte.

»So, das meinst du also.« Bjørken lächelte, und dieses Lächeln hätte Sylte eigentlich warnen müssen.

»Ja, kein Zweifel, dass es sich so verhält. Es geht darum, einen Bären zu finden und ihn Lasselille vor die Flinte zu treiben, damit er ihn erlegen kann.«

Bjørken antwortete nicht, sondern lächelte weiter, und jetzt erst schöpfte Sylte Verdacht. Er zog verlegen an dem Gummiband, das als Brillenbügel diente, und begriff, dass er in die Falle gegangen war. »Es ist wohl gar nicht so kompliziert«, schloss er kleinlaut.

Sie schenkten sich, in Schweigen gehüllt, jeder aus seiner Flasche ein. Ein aufreizendes Schweigen. Als sie einen Schluck Wein getrunken und den Geschmack, wie er für Weine aus Grover Bay ganz ausgeprägt war, genossen hatten, lehnte sich Bjørken behaglich an die Rückenlehne seines Stuhles und sagte leicht dozierend: »So wie du dir die Sache zurechtlegst, mein Freund, hört es sich leicht und einfach an.«

Sylte sank auf seinem Stuhl in sich zusammen. Jetzt wusste er, es würde kommen. Eine von Bjørkens endlos langen Darlegungen war auf dem Weg. Wenn Bjørken die Worte »mein Freund« gebrauchte, konnte man sicher sein, dass ein unbequemer Vortrag seinen Anfang nahm. Bjørken fuhr fort: »Im Ganzen genommen, mein lieber Freund, besitzt du eine einzigartige Fähigkeit, die Dinge einseitig darzustellen.« Er senkte seine Stimme und seufzte: »Du bist so erschreckend einfach, Sylte, eine Eigenschaft, die für alle primitiven Arten kennzeichnend ist.« Seine Stimme gewann an Stärke. »Aber nichts ist einfach. Wie oft muss ich dir das erzählen. Überhaupt nichts im Leben ist einfach für den, der denkt. Selbst das kleinste Ding, selbst das, was klar und einleuchtend erscheinen mag, ist in Wirklichkeit kompliziert und anspruchsvoll und erfordert Einsicht und Kenntnisse, um es klar darzulegen.«

Sylte atmete schwer. Jegliche Hoffnung auf eine einfache Lösung von Lasselilles Problem war zunichte gemacht. Denn jetzt begann Bjørken sein Geschütz in Stellung zu bringen. Diesmal begann er mit etwas so Absonderlichem wie Hundeleinen. »Wir nehmen nun ein Beispiel«, sagte er. »In deinem Fall sind Beispiele notwendig, weil du nicht gelernt hast, abstrakt zu denken.« Seine Stimme vibrierte vor Selbstsicherheit. Er machte eine kurze Pause, um seine Einleitung in Gedanken aufzupolieren. Sylte benutzte die Gelegenheit und schüttete noch ein Glas Wein in sich hinein.

»Ja, ich glaube, Hundeleinen als Beispiel passen ausgezeichnet. Denn da hast du etwas, das miteinander verfilzt und verdammt mühsam zu entwirren ist. Jawohl, das mit den Hundeleinen wirst du begreifen können, gerade weil es so alltäglich ist.«

Sylte nickte. Er wusste, es war nötig, hin und wieder zu nicken, sonst würde Bjørken glauben, dass er nichts verstand, und die Gelegenheit beim Schopf packen, eine Menge Nebenwege zu benutzen. Er nahm die Brille ab, es war, als könnte er so besser erfassen, was nun kam, wenn Bjørken in einem grauen Nebel verschwand.

Bjørken befeuchtete seine Lippen. »Leinen, ja.« Er schmeckte den Worten nach, als wären sie Karamellen. »Also Leinen, wenn sie von der Vorleine bis zu deinem ersten Hund laufen. Es ist verdammt schwer, damit zu fahren, nicht wahr?« Er stellte fest, dass Sylte nickte und also folgen konnte.

»Gut. Lass uns nun Lasselilles Situation mit den Hundeleinen vergleichen. Die Anzahl der Leinen soll die Drähte in seinem Gemüt darstellen.«

Sylte hätte gerne gewusst, um was für Drähte es sich wohl handelte, ob es wirklich nur fünf Stück waren, aber er hielt wohlweislich seinen Mund.

Bjørken zeigte seine langen Finger vor und drehte sie umeinander. »Lasselilles Gedanken sind wie ein ungebärdiges Hundegespann. Die Hunde wechseln von einer Seite zur anderen, springen hier über die Leinen und dort unter einer hervor.« Er demonstrierte mit den Fingern, und Sylte nickte.

»Und was ist das Resultat?« Bjørken lächelte wie ein Lehrer, der dem schwarzen Schaf seiner Klasse eine schwere Frage gestellt hat. Er fühlte sich richtig wohl – hier saß er, Bjørkenborgs begabter Stationsleiter, damit beschäftigt, das Gefühlsleben seines Lehrlings zu analysieren.

Sylte starrte durch seine dicken Brillengläser auf Bjørkens Finger. »Ja, nun muss man sie auseinander bringen«, sagte er.

»Bravo.« Bjørken klatschte in die Hände. »Nun muss man sie entwirren, aber das ist, wie du weißt, nicht so einfach. Wie ich zuvor sagte, nichts auf dieser Welt ist einfach. Und was die Hundeleinen angeht, muss man da nicht auch viele Dinge beachten?«

»Welche denn?«, fragte Sylte vorsichtig.

Bjørken zählte an den Fingern ab. »Zuerst ist da das Wetter. Stürmt es oder ist es ruhig? Ist die Temperatur hoch oder niedrig? Herrscht schönes Wetter oder schneit es? Und in letzterem Falle: Sind es große oder kleine Schneeflocken? Außerdem ist die Sicht wichtig. Und zweitens muss man berücksichtigen, ob es die helle oder die dunkle Jahreszeit ist. Und drittens spielt es keine unbedeutende Rolle, was die Hunde in den letzten paar Tagen gefressen haben: Fleisch, Speck, Hai oder Roggenmehl?«

Syltes Augen wurden hinter den Brillengläsern groß wie Eulenaugen. »Was hat das mit dem Entwirren der Hundeleinen zu tun, Bjørk?«

Bjørken zog Luft durch die Nase und drehte die Augen zur Decke. Ihm lag etwas Beleidigendes auf den Lippen, doch er behielt es für sich. »Wie dir vielleicht bekannt sein wird, geben Hunde ihren Kot von sich wie ein Feuerlöschschlauch seinen Strahl, wenn sie mit Speck gefüttert werden. Und was dir auch nicht ganz unbekannt sein wird, landet ein nicht geringer Teil dieses wenig appetitlichen Darminhalts ausgerechnet auf den Knoten, die man entwirren muss. Im Übrigen muss man unter diesen Umständen auch das Temperament des Schlittenführers in Betracht ziehen, die Gemütslage des Augenblicks, seine Empfindlichkeit gegenüber der Kälte und nicht zuletzt die Beschaffenheit seiner Zähne.«

Sylte schnappte vor Überraschung nach Luft. »Jetzt komme ich nicht mehr mit. Was haben die Zähne damit zu tun?«

»Mit den Zähnen, mein bester Freund, löst man oft die schwierigsten Knoten. Knoten, mit denen klamme, steif gefrorene Finger nicht fertig werden«, erwiderte Bjørken. »Ich zum Beispiel besitze zwei vortreffliche Eckzähne, die ich dann gebrauche, während so ein armer Teufel wie Valfred viele Jahre – und besonders jetzt, da er ein Porzellangebiss bekommen hat – auf einen Zeltpflock oder die Hilfe seines Kollegen angewiesen ist. Und wenn wir jetzt in unseren Gedanken schon so weit fortgeschritten sind, lieber Sylte, dann kommen wir auch nicht um die Ästhetik herum. Es gibt nämlich etliche, die sich schwer tun, ihre Zähne zum Lösen einer Hundeleine zu benutzen, die vom steifgefrorenen Dünnschiss ihrer acht Hunde getränkt ist.«

Sylte nickte beipflichtend. Und weil Bjørken hier eine ungewöhnlich lange Pause einlegte, füllte er sie schnell aus. »Das kann schon alles richtig sein, die Sache mit den Hundeleinen«, sagte er, »aber was um Himmels willen hat Lasselille damit zu tun?«

Bjørken legte den Kopf in den Nacken und sah überlegen auf seinen Partner. »Das ist doch einleuchtend, mein Freund. Für den, der denken kann, ist es kristallklar. Lasselilles Problem ist eben auch wie ein Haufen vertörnter Hundeleinen. Er selbst ist bis zur Vorleine darin verwickelt, wenn ich dieses Bild gebrauchen darf, und alle die Faktoren, die ich genannt habe, spielen eine Rolle, wenn es uns gelingen soll, ihn daraus zu befreien.«

»Auch die Hundescheiße?«, wollte Sylte wissen.

»Ja, die auch«, antwortete Bjørken.

Sylte setzte sich seine Brille auf die Nase und klemmte das Gummiband hinter die Ohren. Auf die eine oder andere Weise musste er einräumen, dass Bjørkens Gedankengang ganz interessant war. »Wie du die Sache darstellst, erscheint sie komplizierter, als ich geglaubt hatte«, murmelte er.

»Ich sagte ja, dass nichts auf der Welt einfach ist«, führte Bjørken aus. »Nur für schlichte Gemüter ist alles einfach. Du weißt genauso gut wie ich, dass alles eine Vorder- und eine Rückseite hat. Du weißt, es gibt rechts und links, oben und unten. Und vor diesem Wissen solltest du genau so wie ich einsehen, dass man eine Sache von allen Seiten angehen muss. Du glaubst in deiner Einfalt, dass wir nur einen Bären vor Lasselilles Nase treiben müssen, damit er ihn abschießen kann. Aber dies ist nur die eine Seite, Sylte; es ist sozusagen lediglich die sofortige Handlung. Es gibt jedoch ein Vorher und ein Nachher, und das ist es, was wir vorbereiten müssen. Wir müssen unseren jungen Freund vor zu starkem Licht schützen, wir müssen seine Zähne schärfen, ihn gegen Kälte abhärten, ihn unerschütterlich wie eine Klippe machen und im Ganzen gesehen bei ihm Knoten um Knoten lösen. Ich bin übrigens der Meinung, dass wir mit dem Licht beginnen. Du hast selbst erlebt, wie es Leuten ergangen ist, wenn sie nach einem langen und behaglichen Winter geweckt und dem blendenden Sonnenlicht ausgesetzt werden: Sie können es nicht ertragen. Es ist, als ob sie eine Wahrheit vor Augen haben, deren Anblick sie nicht ertragen können. Die Welt ist schmutzig, alter Freund, und deshalb ist es am besten im Winter, wo man sie nicht sieht. Wir, die wir abgehärtet sind, können eine schrittweise Gewöhnung an das Licht aushalten, aber junge und ungefestigte Menschen wie

Lasselille werden von Panik ergriffen und machen aus unerheblichen Bagatellen, wie zum Beispiel, einen Bären zu schießen, etwas unheimlich Großes.«

Sie füllten ihre Gläser zum dritten Mal und ließen sich den Wein schmecken. »Denkst du an einen Koller?«, fragte Sylte.

»Genau. Koller, Tollheit, Wahnsinn, Amok … es gibt genug Namen. Einige sehnen sich nach Frauen, andere nach Mohrenköpfen, und solche wie Lasselille müssen unbedingt ihren Bären haben. Ich kannte einmal einen Mann, der in einem Frühjahr ein brennendes Verlangen bekam, Wellensittiche zu jagen. Er strich in den Felsen herum, um einen Wellensittich zu finden, aber es gab dort ja nicht so viele. Man schickte ihn also nach Hause; das kostete die Kompanie eine teure Heimreise und ein Vogelgeschäft in Østerbro sechzehn Wellensittiche – man hatte sie gerade vom Amazonas bekommen –, bevor er wieder richtig im Kopf war.«

Dies nun regte die Gedanken an, und Sylte sah ein, dass sein eigener Vorschlag notwendigerweise erweitert werden musste. »Du meinst also, dass wir Lasselille ins Dunkle bringen sollen«, sagte er.

»Genau. Wir müssen ihn für den Bären vorbereiten. Wir müssen ihn Knoten für Knoten auflösen. Auf diese Weise bekommt er den Bären und wird wieder ein Mensch.«

Sylte verkorkte die Flasche, doch schnell zog er den Korken wieder heraus: Es war so wenig Wein übrig, dass es sich nicht lohnte, ihn aufzubewahren. Nachdem er ausgetrunken hatte, erhob er sich, stand einen Moment und schwankte über dem Tisch. Der Wein des Grafen war kräftig und forderte zum Handeln auf.

»Du hast Recht, Bjørk. Lass uns anfangen.«

Lasselille kam wieder von einer missglückten Bärenjagd zurück. Er hatte eine Fährte gesehen, sagte er, weit draußen bei der Ryle-Insel, eine Fährte so groß wie das Hinterteil eines fetten Mannes, er war ihr gefolgt bis zum offenen Wasser. Zwei Tage lang war er an der Eiskante herauf und hinunter gefahren, um die Stelle zu finden, wo der Bär an Land gegangen war; aber entweder konnte der Satan fliegen oder er war ertrunken. In jedem Fall fand er nicht einmal den Abdruck einer Kralle.

Er erzählte dies alles mit tränenunterdrückter Stimme seinen Kameraden; sie waren aus dem Haus gekommen, um ihm bei den Hunden zu helfen, und als er seinen Bericht beendet hatte, schaute er besorgt auf Sylte. »Ist etwas mit deinen Augen nicht in Ordnung, Sylte? Was hast du mit der Brille gemacht?«

Bjørken antwortete rasch: »Sylte geht es nicht so gut. Er hat Schwierigkeiten beim Sehen bekommen. Nichts Schlimmes, aber eine leichte Entzündung. Er kann das Licht nicht vertragen, deshalb habe ich die Brille mit Fett und Ruß eingerieben. Tut es noch weh, Sylte?«

Sylte nickte in Richtung Bjørkens Stimme. »Es ist kaum auszuhalten«, sagte er gequält. Er streckte eine Hand zum Lehrling aus. »Kannst du mir hineinhelfen, Lasselille?«

Lasselille hatte nichts gegen den verdunkelten Raum einzuwenden. Er verstand, dass die Dunkelheit in Hinblick auf Syltes Augen nötig war. Über dem Tisch hing die große Petroleumlampe, die man im Winter benutzte. Ihr Blechschirm war geschwärzt, sie warf ein abgegrenztes, schwaches Licht auf den Tisch. Beim Ofen brannte ein Stearinlicht, über Bjørkens Koje eine stark gedrosselte Petroleumlampe. Vor das Fenster war Dachpappe genagelt, und die Tür hatten sie mit dem Fell eines Moschusochsen verhängt, sodass nicht der geringste Lichtstrahl eindringen konnte.

»Wie du siehst, Lasselille, mussten wir den Sommer zum Winter machen.« Bjørken lachte munter und rieb sich die Hände. »Wir müssen Rücksicht auf unseren halb blinden Freund nehmen, verstehst du, die Lampen so weit wie möglich herunterdrehen, die Tür nur dann öffnen, wenn es gar nicht anders geht. Ich habe Wasser und Kohle für die nächsten Tage hereingeholt, und wenn du nichts dagegen hast – für die natürlichen Bedürfnisse steht dort ein Eimer im Windfang. Wir sollten unserem Freund so schnell es geht wieder auf die Beine helfen.«

Lasselille erkundigte sich teilnahmsvoll nach Syltes Augen, und er bekam von Bjørken eine längere Darlegung über die Krankheit. Während dieses Berichts musste er an den Bären denken, den er nicht erwischt hatte, und er dachte trübsinnig daran, was wäre, wenn er nun doch kein Fänger werden konnte: Dann konnte er ebenso gut zurück nach Hillerød auf Seeland reisen und Straßenmeister werden, wie sein Vater.

Bjørkenborg lag die nächsten zwei Wochen im Dunkeln. Lasselille hätte seine Jagden gerne fortgesetzt, aber Bjørken gab ihm zu verstehen, dass Sylte ein kranker Mann sei, der Tag und Nacht auf ihre Hilfe angewiesen sei. Und natürlich konnte der Lehrling nicht die ganze Last Bjørken aufbürden.

So versank Lasselille in einen Zustand der Stumpfheit, der, wie Bjørken Sylte flüsternd anvertraute, ein Zeichen von Gesundung war. Er begann, an Gewicht zuzunehmen, und seine Augen bekamen wieder einen Ausdruck, obgleich immer noch nicht alles normal war. Die meiste Zeit lag er in seiner Koje und war deprimiert.

An einem Tag sagte er: »Wenn Sylte gesund ist, gehe ich noch mal auf die Jagd, und dann ist Schluss. Schieße ich keinen Bären, dann reise ich mit der *Veslemari* im August zurück.«

Bjørken entfernte den Kautabak unter der Oberlippe und nahm eine neue Prise. »Das hört sich vernünftig an, mein Freund. Man kann es ja nicht bis ins Unendliche fortführen. Und wenn sich die Bären von dir nicht fangen lassen, dann gibt es eigentlich auch keine Grundlage mehr für eine Existenz hier oben. Es ist ein kluger Entschluss, Lasselille, er zeigt, dass du der Situation gewachsen bist. Du bist verdammt noch mal kein Grünschnabel mehr, ich merke es. Und was kommt, das kommt, und dann auch kein Wort mehr darüber.«

Lasselille presste seinen Kopf ins Kissen. Er fühlte ein kleines bisschen Freude bei Bjørkens Worten.

Bjørken ging zu ihm hin und setzte sich auf den Rand der

Koje. »Da ist etwas, um das ich dich bitten möchte«, sagte er so leise, dass Sylte es nicht hören konnte. »Könntest du nicht für einige Tage allein für Sylte sorgen? Nicht weil ich vor meiner Verantwortung weglaufen will, aber ich muss etwas erledigen, was nicht länger warten kann.«

»Wohin willst du, Bjørk?«

»Das ist ein privates Geschäft«, antwortete Bjørken ausweichend. »Praktisch etwas, das mit Krankheit zu tun hat.«

»Bist du auch krank?«

Bjørken streckte seinen von Natur krummen Rücken. »Ich kann leider nicht mehr sagen, mein Freund. Meine Schweigepflicht als Stationsleiter verbietet es mir. Aber in jedem Fall kann ich dir anvertrauen, dass es bei dieser Sache um Leben oder Tod geht. Leben oder Tod, Lasselille.«

»Ist das wahr?«

»Wie nur irgendetwas«, entgegnete Bjørken. »Ich verlasse mich auf deine Diskretion, Lasselille, und hoffe, dass du deine Pflicht tust.«

Lasselille vergaß für einen Moment seine Depressionen. Er ergriff Bjørkens Hand und drückte sie fest. »Du kannst dich auf mich verlassen, Bjørk. Ich versorge hier den Laden, als wenn es mein eigener wäre.«

Sylte saß am Tisch und hörte nichts. Er saß dort in seiner totalen Finsternis und litt unsägliche Qualen. Es war ohne Zweifel eine ausgezeichnete Idee gewesen, Lasselille in Verdunkelung zu bringen, aber er hatte doch das starke Gefühl, dass es die falsche Person war, die man in Dunkelheit brachte.

Am gleichen Abend verließ Bjørken die Station. Er nahm Syltes Bärenhunde, die man für die besten der Küste hielt, sein Gewehr Typ 89, zwei leere Speckfässer sowie einen Korb mit halb verdorbenem Robbenspeck mit.

Als er den Mossfjord überquert hatte, schlug er das Zelt eingangs des langen und schmalen Snaredal auf, legte den Speck am Strand aus und brachte die Hunde ein Stückchen in die

Felsen, wo er sie sorgfältig an die Reisekette legte. Die Bärenhunde nahm er mit sich zum Zelt.

Zwei Tage später begannen die Hunde zu heulen, und er konnte mit dem Fernglas einen Bären weit draußen im Eis ausmachen. »Das passt gut«, murmelte er, »der richtige Bär für einen Anfänger.« Er ging hinunter zum Strand, goss etwas Petroleum über den Speck und setzte ihn in Brand. Der Rauch stand eine Zeit lang über dem Feuer, dann trieb ihn der Wind über das Eis. Der Bär hielt inne, schnüffelte neugierig und nahm Kurs aufs Land zu. Obwohl der Geruch des Rauchs unangenehm war, hatte er doch etwas Anziehendes, die Ahnung von etwas Essbarem. Und weil der Bär seit vielen Tagen nichts gefressen hatte und mager und erschöpft war, zwang ihn sein Instinkt, der Ursache des Geruchs nachzugehen.

Als der Bär einige hundert Meter vom brennenden Speck entfernt war, setzte er sich verunsichert hin und guckte auf die Flammen. Er streckte den Hals nach dem Rauch und leckte sich das Maul. Bjørken entfernte die Riemen, die er den Hunden um die Schnauze gebunden hatte, und ließ die Hunde frei. Sie wirbelten über das Eis und waren über dem Bären, bevor dieser flüchten konnte.

Bjørken wusste nun, dass ihm der Bär sicher war; er lud gelassen sein Gewehr und trabte hinaus aufs Eis, kniete nieder und schoss dem Bären eine Kugel in den Kopf. Dann ging er zurück zum Lager, baute das Zelt ab, holte Hunde und Schlitten und fuhr zu dem Bären. Er wuchtete ihn mühsam auf den Schlitten, zurrte die beiden Specktonnen obenauf und nahm Kurs auf das Snaredal. Ein Stückchen vor dem Eisstoß lud er ab. Die Tonnen stellte er hochkant auf und praktizierte den halbsteifen Bären oben drauf. Es war eine anstrengende Arbeit, sie kostete ihn die meiste Zeit des Nachmittags. Als er fertig war, wusch er das Blut von der Stelle der Stirn, wo die Kugel eingedrungen war, und streute gründlich Schnee darauf.

Im Laufe der Nacht stattete er Bjørkenborg einen Besuch ab, um Sylte wissen zu lassen, wo und wann Lasselille seinen Bären fangen konnte. Als er dann am Morgen zum Snaredal zurückkehrte, zog er die Tonnen unter dem Bären weg und trat einige Schritte zurück, um sein Werk zu betrachten: Da stand also das Ungetüm, leicht vornübergebeugt, mit offenem Rachen und gefletschten Zähnen. Der Bär stand vor ein paar hohen Eisbänken und sah wirklich Furcht einflößend aus. Bjørken nickte zufrieden. Er befestigte eine dünne Leine seitlich an dem Pelz des Tieres und führte sie hinter einer großen Eisscholle herum, hinter der er sich in seinem Schlafsack einrichtete, nachdem er die Hunde außer Sichtweite gebracht hatte. Hier begann er dann wieder zu warten.

Sehr überraschend besserten sich plötzlich Syltes entzündete Augen. Dies geschah, als er und Lasselille beim Morgenkaffee in der dunklen Stube saßen. Völlig unerwartet rief er: »Das ist ja wirklich unglaublich.« Er schob die verdunkelte Brille auf die Stirn und schaute umher.

»Was?« Lasselille blickte ihn besorgt an.

»Ich sehe.« Sylte lachte fröhlich. »Hörst du, Lasselille, ich kann alles sehen. Es ging wie ein Licht über meine Augen, und auf einmal waren der Druck und die Schmerzen weg! Ist das nicht merkwürdig?«

Lasselille wedelte prüfend mit einer Hand. »Siehst du das hier?«

»Ganz deutlich, fast besser als vorher«, antwortete Sylte. »Es tut überhaupt nicht mehr weh.«

»Vielleicht ist es nur eine vorübergehende Besserung.« Lasselille nahm die Hand herunter. »Es kommt bestimmt wieder, wirst du schon sehen.«

»Nee, ganz ausgeschlossen.« Sylte stand auf und fing an, die Dachpappe vom Fenster zu reißen. »Diese Krankheit bekommt man nur einmal in seinem Leben. Es ist nämlich eine sehr seltene Krankheit, kann ich dir sagen, so selten, dass sie nicht einmal einen Namen hat.«

»Das ist ja allerhand.« Lasselille geriet etwas ins Grübeln. Er hatte noch nie von einer Krankheit gehört, die keinen Namen hatte. Es wäre natürlich interessant zu wissen, woher Sylte wusste, dass es sich überhaupt um eine Krankheit handelte, wenn es keinen Namen gab, aber er rechnete damit, dass eine entsprechende Frage vielleicht als einfältig aufgefasst werden könnte und sagte stattdessen: »Dann bist du also gesund, Sylte. Jetzt kann ich sicher auf meine letzte Bärenjagd gehen, von der ich gesprochen habe. Wie gesagt, wenn du dich selbst versorgen kannst.«

»Ja, gerne, zieh nur los. Ich komme bestens zurecht.« Sylte lächelte und zeigte auf seine Augen. »Sie sind nur etwas müde, diese beiden. Aber sobald ich die Schwärzung von der Brille gewaschen habe und etwas hinaus an die frische Luft komme, sind sie wieder so gut wie neu. Im Übrigen, ich könnte ja mit dir auf die Jagd gehen, das wird den Augen sicher gut tun. Ich werde dich in keiner Weise stören. Halte mich diskret zurück, haha.«

»Aber wenn du zuerst einen Bären entdeckst«, wandte Lasselille besorgt ein, »dann ist es ja dein Bär.«

»Ich sehe keinen Bären. Wenn ich auf Bärenjagd bin, muss ich sie an ihrem Geruch entdecken«, sagte Sylte.

Lasselille spannte seine fünf Hunde vor den Schlitten, und sie fuhren in Bjørkenborg ab, noch bevor der Vormittag vorbei war. Es schneite in Schauern, doch der Weg war nicht beschwerlich, sodass sie sich am Schlitten festhalten und sich auf Skiern von den Hunden ziehen lassen konnten.

Sylte schlug vor, einen Bogen über die Bjørke-Insel hinunter zum Mossfjord zu fahren, aber Lasselille wollte lieber hinaus zur Eiskante.

»Ja, das musst du natürlich bestimmen«, sagte Sylte, »es ist ja deine Jagd. Aber ich denke gerade daran, dass es im Mossfjord oft von der Strömung aufgebrochenes Eis gibt, und wo es innerhalb der Klippen offenes Wasser gibt, findet man oft Robben, und wo es Robben gibt, halten sich auch Bären auf.«

»Hast du dort Bären gesehen?«, fragte Lasselille hoffnungsvoll.

»Massen. Einmal schossen Bjørken und ich acht Stück im Mai.« Sylte übertrieb etwas reichlich, aber es war ihm daran gelegen, mit dem Lehrling zum Mossfjord zu kommen.

»Acht Stück«, wiederholte Lasselille. Er knallte mit der Peitsche auf der rechten Seite und drehte ab zur Bjørke-Insel.

Gegen Abend nahm der Schneefall ab, die Sonne schien durch die dünnen, bleichgrauen Wolken. Sylte hatte den Schlitten losgelassen und lief hinter dem Schlitten auf seinen langen, mit Seehundfell bespannten Skiern. Er dachte besorgt daran, ob Bjørken wohl auch bedacht hatte, den Bären nach den Schneeschauern gut abzufegen, doch er tröstete sich damit, dass Lasselille schon keinen Verdacht schöpfen würde, auch wenn der Bär nur den Kopf aus einer Schneewehe steckte. Er genoss es, wieder draußen im Hellen und in der Natur zu sein und zog mit Wohlbehagen die kalte Luft tief in die Lungen ein.

Bisher verlief alles wie geplant. Bjørken lag hinter der Eisscholle bereit, die Leine zum steif gefrorenen Bären in den Fäusten. Sylte und Lasselille kamen fast pünktlich mit dem Glockenschlag zum Mossfjord und hinaus aufs Eis. Aber dann begann das Unvorhergesehene. Ein junger, neugieriger Bär, der am Strand den Eisstoß entlang getrabt war, fand die Fährte von Bjørken und seinem getöteten Artgenossen. Er hielt einen Augenblick inne, wiegte seinen langen Hals hin und her und glotzte misstrauisch auf Bjørken, der wiederum erschreckt zurückglotzte. Der Bär, jung und unerfahren, tat sich schwer mit dem Beschluss, ob er zuerst den Artgenossen begrüßen oder den Mann auffressen sollte; das war Bjørkens Rettung. Denn bevor sich der Bär entschlossen hatte, wurde er von Lasselille entdeckt.

»Ein Bär«, schrie er so laut, dass sich seine Hunde umwandten und ihn verschreckt anknurrten. »Da ist ein Bär, Sylte.«

»Wo?« Sylte rückte seine Brille zurecht und wischte den Schnee ab. Er sah sich kurzsichtig um. »Ich sehe keinen Bären.«

»Dort sind zwei«, heulte Lasselille außer sich. »Zwei Bären, Sylte, genau dort.«

»Das kann nicht sein, es kann doch nur einer sein.«

»Warum darf da nur einer sein?« Lasselille zog seinen Bärenhund zu sich heran; seine Hände zitterten, er konnte kaum den Karabinerhaken öffnen.

»Es ist so üblich, dass man eher nur einen Bären trifft«, murmelte Sylte ausweichend. »Wenn es nun aber zwei sind, müssen wir uns wohl auch damit abfinden.«

Lasselilles Bärenhund sprang jaulend auf die beiden großen Raubtiere zu. Und der junge Bär, der sich entschlossen hatte, sich an Bjørken gütlich zu tun, wandte sich irritiert dem rasenden Hund zu.

»Das ist seltsam«, sagte Lasselille. »Der andere Bär rührt sich nicht vom Fleck, so als ob er uns überhaupt nicht gesehen hätte.«

»Dann ist er einer von den gefährlichen. Ein Killer, wie man sagt«, erklärte Sylte. Er konnte mit seinem schwachen Sehvermögen nicht weiter als bis zu den vordersten Hunden seines Schlittens sehen und verstand nicht, warum Bjørken zwei Bären »aufgebaut« hatte. »Einige Burschen sind gefährlicher als die anderen«, meinte er zum Lehrling. »Diese sind so Furcht erregend, dass die Hunde sich nicht einmal getrauen, sie zu verbellen. Jetzt beeile dich mit dem Schießprügel und sieh zu, dass du sie umlegst.«

Lasselille nahm seine 89er vom Schlitten, schulterte sie und ging mit weichen Knien auf die beiden großen Tiere zu. Als er noch einige hundert Meter von ihnen entfernt war, rief er über seine Schulter zurück: »Glaubst du nicht, dass ich jetzt dicht genug dran bin, Sylte?«

»Etwas näher kann nicht schaden«, rief Sylte zurück. »Nimm dir erst den Killer vor, denn die Burschen können dreimal so weit springen, wie sie lang sind.«

Lasselille ging noch einige Schritte weiter. Er verstand nicht so richtig, warum er auf den Bären schießen sollte, der wie angewurzelt im Schnee stand. Aber als lernbegieriger Lehrling ging er davon aus, dass sich Sylte mit der Natur der Bären besser auskannte. Der unbewegliche Bär war stumm, dagegen stellte sich der andere auf seine Hinterbeine und brummte unverschämt. Plötzlich ging Lasselille ein Licht auf: Der unbewegt dastehende Bär war ein verschlagener Bursche; natürlich wartete er nur darauf, dass er so nahe käme, dass er ihn mit zwei Sprüngen packen konnte. Der andere hielt lediglich Maulaffen feil, er stand da und tat nur so. Sylte hatte Recht. Er wagte sich noch einen Meter weiter vor, legte an und krümmte den Zeigefinger am Abzug. Der Schuss jedoch wollte nicht losgehen, er drückte einige Male, aber nichts geschah. In Panik wandte er sich nach Sylte um.

»Meine Büchse …«, stammelte er, »irgendetwas stimmt nicht.«

Sylte zeigte auf seine eigene Büchse. »Versuch durchzuladen«, rief er, »das hilft gewöhnlich.«

Lasselille war zu aufgeregt, um Verlegenheit zu zeigen. Er riss den Verschluss zurück und schob eine Patrone in die Kammer. Ein Auge hatte er für den gefährlichen Bär, das andere für den unruhigen, der auf seinem Hinterteil saß und Löcher in die Luft hieb, um den Hund zu töten.

Noch einmal zielte er auf den unbeweglichen Bär, und diesmal ging die Büchse los. Der erste Schuss ging über den Kopf des Bären hinweg und bohrte sich in die Eisscholle, wenige Zentimeter von Bjørkens Hinterteil entfernt. Der nächste bohrte sich einen Meter vor dem Bären in den Schnee und pflügte eine tiefe Furche, der dritte aber warf den Killer um.

Lasselille wandte sich begeistert zu Sylte um. »Hast du gesehen, Sylte? Er hat genau bekommen, was er braucht.«

Sylte gab keine Antwort. Er war nun so nahe, dass er den lebenden Bären sehen konnte, einen tanzenden grauen Schatten, und er hörte ein lautes Geheul, als dieser endlich den Hund erwischte.

»Was soll denn das?« Lasselille sah, wie sein Hund vom Eis verschwand. Er hörte dessen jämmerliches Geheul und sah, wie er in einem gewaltigen Bogen über die Eisscholle flog, hinter der Bjørken halb tot nach der Dramatik der letzten Minuten lag. »Warum schlägst du meinen Hund tot, du Waschlappen?« Lasselille ließ drohend das Schloss seiner 89er schnappen. Er ging mit schnellen Schritten zum Bär, der brüllte und die Zunge zeigte.

Sylte stand wie versteinert, und Bjørken guckte über das Eis und riss die Augen auf, als er den Lehrling erblickte.

Lasselille war rasend vor Wut; denn der Hund war sein Bären- und Führhund, und nun lag er da und rührte sich nicht mehr, kein Hund kann eine solche Himmelfahrt überleben. Lasselille stand vor dem Bären, knurrend und fluchend, und erst als der Bär einen gewaltigen Sprung machte, schoss er aus der Hüfte und traf ihn am Hals. Der Bär landete wenige Meter vor seinen Füßen, brüllte wild und kroch auf Lasselille zu.

Sylte hob seine Büchse und schrie: »Hau ab, Lasselille, der springt!«

»Der springt nicht mehr«, entgegnete Lasselille. Er zielte mit der Büchse auf den Kopf des Bären und feuerte noch einen Schuss ab.

Bjørken duckte sich in seinem Versteck. Er nahm mit zittrigen Fingern die Schnupftabakdose aus der Tasche und legte sich eine doppelte Prise unter die Oberlippe.

Sylte ging und setzte sich auf den toten Bären. Er nahm die Ledermütze ab und wischte sich den Schweiß von der Stirn. Dann blickte er hoch zu Lasselille. Er hätte gerne etwas Anerkennendes gesagt, etwas, an das sich der Bursche erinnerte, wenn er einmal ein alter Mann war. Aber er fand keine Worte. Er schlug hilflos mit den Armen um sich und zog sein Fangmesser heraus.

»Wir sollten ihm das Fell abziehen«, sagte er.

Als sie dem warmen Bären das Fell abgezogen hatten, bestand Lasselille darauf, auch dem ersten das Fell abzuziehen. Sylte schlug vor, ihn hinter dem Schlitten mit nach Hause zu ziehen, aber darauf wollte sich der Jäger Lasselille nicht einlassen.

Als Lasselille den Bären berührte, entdeckte er, dass dieser ganz steif war. »Der ist ja gefroren«, entfuhr es ihm vor Überraschung.

Sylte blickte zum Fjord, so gut er konnte. »Ich glaube, es

kommt Nebel auf«, sagte er. »Es ist sicher am besten, wenn wir jetzt mit dem, was wir schon geborgen haben, aufbrechen.«

»Der hier, der ist ganz steif«, wiederholte Lasselille.

»Ist er das?« Sylte sah auf den Bären, der dalag und alle viere von sich streckte. »Ist er das wirklich?«

»Warum ist er steif, Sylte? Ist das nicht merkwürdig?«

»Nicht die Spur. Der, den wir enthäutet haben, war einer von der warmblütigen Sorte. Dieser hier aber, der ist von der kaltblütigen Sorte. Die gefährlichen, die Killer, sie sind immer kaltblütig, das weißt du doch, bei den Menschen ist es genauso.«

Lasselille nickte: »Ach so. Und ich hatte geglaubt, dass man das immer nur so daher sagt.« Er stach mit dem Messer in den Bären und hätte fast die Klinge abgebrochen. »Es wird schwer werden, ihm das Fell abzuziehen, glaube ich.«

»Lass ihn uns mit nach Hause schleppen. Dort können wir ihn drinnen auftauen und ihm in der Stube das Fell abziehen«, schlug Sylte vor. »Es ist einfach angenehmer, und Bjørken will sicher gerne dabei sein.«

Sie luden das Fleisch auf den Schlitten, legten den steifen Bären auf das Fell des anderen und fuhren langsam zurück nach Bjørkenborg. Als sie auf die Bjørke-Insel fuhren, legte Sylte Lasselille seine Hand auf die Schulter.

»Ja, nun bleibst du wohl noch einige Jahre«, sagte er, »jetzt, wo du Fänger geworden bist.«

Lasselille zeigte ein glückliches Lächeln. »Es wird wohl so enden, dass ich Stationsleiter auf Bjørkenborg werde, wenn der alte in Pension geht«, sagte er.

Als sie in Bjørkenborg ankamen, stand Bjørken zum Empfang in der Tür. »Das ist ja Satan in eigener Person«, brach es aus ihm heraus, als er das Ergebnis der Jagd sah.

»Wer hat die beiden Burschen erlegt?«

»Lasselille«, antwortete Sylte. Er blinzelte Bjørken zu, Bjørken blinzelte zurück.

»Das ist einer der Großen, der da. Er ist sicher schnell gefroren, was?«

»Einer von der kaltblütigen Sorte«, entgegnete Sylte und blinzelte wieder.

Bjørken legte seinen Arm um Lasselilles Schulter. »Ein prima Fell, mein Freund, wer soll es bekommen? Du weißt, seinen ersten Bären verkauft man nicht, man schenkt ihn jemandem, den man gerne hat.«

»Meine Mutter«, antwortete der Junge. »Sie wollte immer schon so gerne einen Pelz haben.«

Bjørken bückte sich und befühlte das Fell. »Das wird ein verdammt feiner Pelz«, sagte er. »Egal, welche Figur sie hat, deine Alte, es ist genug Fell.«

»Sie ist ziemlich groß«, antwortete Lasselille, »und Schwedin«, fügte er hinzu, ohne rot zu werden.

Bjørken und Sylte sahen einander fest in die Augen. Beide stellten sie sich die große schwedische Dame vor, in einen ganzen Eisbären gekleidet, und sie nickten Lasselille zu. »Das wird großartig«, sagte Sylte. »Die Eskimos nähen ja Anoraks und auch Hosen aus Bärenfell, warum sollte man also nicht auch einen Damenpelz daraus machen.« Er fing an, die Kette vom Schlitten zu wickeln, um die Hunde an die Kette zu legen. »Es kann sein, dass es in Mode kommt, wenn die Frauenzimmer da unten sehen, wie fein deine Mutter damit aussieht«, sagte er.

Bjørken nahm den Hunden die Leinen ab. »Wir haben einen tüchtigen und verständigen Kollegen bekommen, Sylte, jetzt müssen wir uns wohl nach einem neuen Lehrling umsehen.«

Lasselille stand still und hörte seinen Freunden zu. Er war so gerührt, dass er nicht zu sprechen wagte. Und als er merkte, wie die Rührung stärker wurde, sprang er hinters Haus und setzte sich mit dem Rücken gegen den Schuppen und schniefte. So froh war er.

Das Konzerthaus

Es war ein historischer Augenblick, als sich Doc auf den Sattel des tragbaren Generators setzte und mit energischen Beinbewegungen Strom in die drahtlose Funkstation des Funkers Mortensen strampelte.

Die erste Meldung, die die Funkstation Rumpelhuk aussendete, war eine Bereitschaftsmeldung, in der Mortensen Interessierten mitteilte, dass damit die tausendjährige Isolation Nordostgrönlands durchbrochen war. Von diesem Tag an und in alle Zukunft würde es möglich sein, mit besagtem Teil der Welt das ganze Jahr über in Verbindung zu treten.

Mortensen behauptete, dass dieses dünne Piepsen auf Hawaii, in China, im Kongo und auch in London, Paris und Skive gehört und verstanden werden könne. Es war ein großes Ereignis, das nach Meinung aller eine große Freude und Unterhaltung für die nordostgrönländische Bevölkerung und den Rest der Welt bedeuten würde.

Diese Station kam dank des beharrlichen Kampfes eines Mannes an die Küste. Das Folketingsmitglied Rumpel hatte lange Jahre mit Ausdauer auf diese Chance gewartet. Er hatte immer gewusst, dass er eines Tages als Vorkämpfer und Beschützer der kleinen und vergessenen Teile des dänischen Volkes hervortreten würde, und als die Oppositionspartei mit viel Glück geringfügige Verbesserungen für die südgrönländischen Schafzüchter durchgesetzt hatte, schlug er zu. »Was ist mit Nordostgrönland?«, fragte er sich. »Wer hat jemals an dieses gewaltige Gebiet einen Gedanken verschwendet?« Er erklomm das Rednerpult und hielt, bebend vor Kampfeseifer, eine stundenlange feurige Rede, in der er nach besten Kräften – er nahm Norwegen als Beispiel – die enorme Ausdehnung der Küste beschrieb, die Berge mit ihrem ewigen Schnee und die schwere Eisdecke, die das Hinterland bedeckte und überall deutlich die Temperaturen niedrig hielt. Des Weiteren hob er den Druck durch das Ausland hervor, der schwer auf diesem Teil Dänemarks lastete, und er beschwor ein düsteres Bild für die Zukunft, in der ein gewisses Bruderland, das er nicht näher benannte, die Küste übernahm, weil sich die dänische Flagge hier allzu lange nicht gezeigt hatte. Seine Rede war nicht schlecht, und ein paar Journalisten, die zufällig wach waren, schrieben einige Spalten mit der Überschrift: »Wo bleibt die dänische Flagge?«

Ganz anders war Folketingsmitglied Rumpels Rede kurz vor den Sommerferien angelegt: Sie war so herzergreifend, dass sämtliche Journalisten in der Presseloge munter wurden und aufhorchten. Einige von ihnen machten sich sogar Notizen, was darauf hindeutete, dass sie bestimmte Teile der Rede korrekt wiederzugeben wünschten. Rumpel war selbst ergriffen. Er war seit vielen Jahren Witwer und fühlte eben diese Isolation in seinem Herzen, mit der die Jäger der Küste lebten. Er sprach von den unmenschlichen Bedingungen, unter denen diese arbeiteten, über das harte Klima, die gewaltigen Entfernungen und ihr gefährliches Handwerk. Und er wunderte sich außerordentlich, dass die Oppositionspartei für gut situierte Schafzüchter Gesetze einbringen, beschließen und durchführen konnte, ohne auch nur den geringsten Gedanken an die nordostgrönländischen Fänger zu verschwenden.

Im Saal blieb kein Auge trocken, als Rumpel seine Rede beendete. Die Journalisten schrieben eifrig; einige, um Rumpels Idee als blauäugigen Idealismus abzuwerten, andere, um zu einer landesweiten Sammlung aufzurufen.

Im Laufe des Herbstes war die Angelegenheit so weit gediehen, dass sie in das Staatsbudget aufgenommen wurde. Sie hatte eine enorme Beachtung in der Presse gefunden, und nach und nach war es für das dänische Volk zu einer Herzensangelegenheit geworden, die Isolation ihrer Landsleute in Nordostgrönland zu beseitigen. Folketingsmitglied Rumpel begegnete viel Verständnis und Sympathie. Er erntete Lob von seinen Parteifreunden und wurde als Anerkennung zum Vorsitzenden des Ausschusses gewählt, der die neuen Hundegesetze behandeln sollte.

Als die »Vereinigung zum Wohl der Fänger« ins Leben gerufen worden war, wandte sich Rumpel an den Direktor der Fangkompanie und suchte um sachkundigen Beistand nach. Die Funkstation war durch die Sammlung eine Realität geworden und sollte jetzt installiert werden. Der Direktor kannte keinen Zweifel: Er wies mit dem Zeigefinger auf die Karte, sein spatenförmiger Fingernagel zeigte auf die Stelle, an der das Kommunikationszentrum liegen sollte. Sein Auftreten war sehr bestimmt; die Anwesenden gingen also davon aus, dass er bereits Antennenverhältnisse, Feldstärke und Betriebsbedingungen berücksichtigt hatte. Der Ort wurde zu keiner Zeit diskutiert. Folketingsmitglied Rumpel, der feststellte, dass die kleine Landspitze, auf die der Finger des Direktors zeigte, keinen Namen trug, sah fragend in die Runde und meinte, ob man sie nicht bei dieser Gelegenheit taufen sollte. Sein Sekretär schlug den Namen Rumpelhuk vor, gegen den das Folketingsmitglied schwach protestierte; bevor jedoch das Treffen zu Ende ging, herrschte Einigkeit über diesen ausgezeichneten Namen, der in die Karten aufgenommen und dem Geodätischen Institut mitgeteilt wurde.

In diesem Jahre machte die *Veslemari* zwei Fahrten, die erste mit dem Material für die Funkstation von Rumpelhuk und zwei Zimmerleuten, die andere mit Versorgungsgütern für die Küste und dem Personal der neuen Station.

Funker Mortensen war bei seiner Ankunft in Khaki gekleidet. Er trug immer Khaki. Er war ein weit gereister und erfahrener Mann, der viel gesehen hatte. Mortensen war überall zu Hause. Er richtete seine Funkstationen alle gleich ein und lebte ein unveränderliches Dasein an Bord, gleichgültig, ob sich das Schiff in Singapur oder Caracas befand.

Er musterte auf Rumpelhuk an, weil sein letztes Schiff in Piräus an einen griechischen Reeder verkauft worden war und diese Stelle in Grönland ganz oben auf der Liste von vakanten Stellen gestanden hatte, die man ihm im Büro der Funkervereinigung vorlegte.

Für Mortensen bedeutete Nordostgrönland keine Überraschung. Er hatte schon hohe Berge, Treibeis und unbewohnte Gegenden gesehen, er war kaum zu beeindrucken. Nach seiner Ankunft machte er sich sofort an die Einrichtung der Station, wie er es gewohnt war: einen Tisch für Sender und Empfänger, ein Bücherbrett hinter seinem Rücken für das Telekommunikationsabkommen und das Buch für die Fehlersuche, eine Landkarte an der Wand mit den Funkstationen der Welt und darunter seine Koje auf vier Schubkästen. Außerdem stellte er zwei in Hongkong gekaufte Sträuße Papierrosen auf, einen weißen und einen roten, jeden in seinem Marmeladenglas, sowie einen Weidenkorb mit Pfeifen, der unter seinem Arbeitstisch platziert wurde. Nachdem er alle diese Dinge geordnet hatte, legte sich Mortensen in seine Koje und fühlte sich zu Hause.

Und so nahm Rumpelhuk seine Arbeit in der Öffentlichkeit auf. Mortensen hatte den 1. Oktober als Tag der Inbetriebnahme festgesetzt, und es wurde ein volles Haus. Man drängte sich in dem kleinen Funkraum und betrachtete Mortensen mit großer Erwartung, als er sein breites Hinterteil auf dem Drehstuhl platzierte, die Beine auf den Tisch legte und nach der Morsetaste langte.

»Jetzt fangen wir an, Doc«, rief er, und Esajas Andersen, sein Assistent, schaltete die Anlage ein.

Es war ergreifend anzusehen, wie die Lämpchen der Apparate aufleuchteten. Mortensen drehte und regulierte an den vielen Knöpfen auf der Frontplatte von Sender und Empfänger; die Männer waren voller Bewunderung. Sie sahen, wie er die Skala auf und nieder fuhr, hörten ihn nervtötende Heultöne erzeugen, indem er die Taste hinunterdrückte, und sie sahen die kleine Lampe, die in der Antenne saß, jedes Mal rot glimmen, wenn er die Morsetaste bediente.

»Das da ist wirklich des Teufels Erfindung«, flüsterte Mads

Madsen, dem man sonst schwer imponieren konnte. »Wenn man Mortensen nicht für einen ehrlichen Mann halten würde, müsste man glauben, dass die ganze Sache ein Schwindel ist.«

Esajas Andersen alias Doc, wie ihn Mortensen getauft hatte, strampelte auf dem Generator, so gut er nur konnte. Esajas war nicht so weit gereist wie sein Kollege, er hatte den größten Teil seines Lebens in Kerteminde auf Fünen zugebracht, nur von zwei längeren Ausflügen während des Radrennens »Fünenrundfahrt« unterbrochen. Von Beruf war Doc Fahrradmechaniker, sein Hobby Sanitäter und Musikant. Durch einen Bekannten, der die *Fyns Tidende* hielt, hatte er erfahren, dass man einen Mann mit eben seinen Fähigkeiten für eine Aufgabe in der großen Kolonie des Landes suchte. Und weil er ein Mensch war, der ständig unter Fernweh litt, meldete er sich bei der Kompanie. Er legte eine Fahrradprüfung in Theorie und Praxis ab, und der Direktor der Kompanie, dessen Frau die Vorsitzende des Roten Kreuzes Gentofte war, befragte ihn gründlich über seine Medizinkenntnisse. Doc wurde für gut befunden, angestellt und war schon einen Monat später mit der *Veslemari* auf dem Weg.

Es war für Doc nicht so leicht, sich einzurichten, wie es bei Mortensen der Fall war. Schon der Anblick von Grönlands Ostküste war ihm eine Qual, und er hatte etliche Tage auf dem Luk gesessen und wehmütig an Kertemindes Nordstrand gedacht. Auch die Unsicherheit, die hinsichtlich seiner vielen Aufgaben bestand, machte Doc nervös. Vor allem sollte er Pedaltreter für Mortensen sein, darüber hinaus aber auch Arzt, Chirurg und Zahnarzt für die gesamte Küste, und er sollte Eismessungen durchführen – in dem Maß »wie es der Umfang der übrigen Dienste zulässt«, so stand es im Vertrag.

Aus praktischen Gründen hatte man vonseiten der Kompanie von einer Hundehaltung auf Rumpelhuk abgeraten. Doc und Mortensen waren keine Fänger und hätten es schwer gehabt, Futter für ein Hundegespann herbeizuschaffen. Man hatte deshalb versuchsweise Doc mit einem Fahrrad ausgestattet, in der Hoffnung, dass dieses in der Arktis nicht erprobte Transportmittel sich als brauchbar erweisen würde. Das Fahrrad war von ausgezeichneter Beschaffenheit, es besaß zwei Gänge, Handbremse und Satteltasche mit Werkzeug, und wenn Doc es in Dänemark gesehen hätte, wäre er sicher sehr begeistert gewesen. Aber nun, da es am Schuppen lehnte und blitzte, kamen ihm Bedenken. Es war schwer genug, sich hier zu Lande zu Fuß einen Weg zu bahnen, wie sollte das wohl mit einem Fahrrad gehen.

Am Tage der Einweihung jedoch verscheuchte Doc diese Besorgnisse. Er versah seine Hosenbeine mit Fahrradklammern, setzte sich auf den Sattel des Sofafahrrads und strampelte gleichmäßig und zuverlässig, als wenn er noch einmal an einer seiner berühmten Fünen-Rundfahrten teilnahm. Dies war in jedem Fall eine Aufgabe, die er meistern konnte.

Die ersten dünnen Signale von Rumpelhuks Telegraf schwirrten in die Höhe und trafen, wie Mortensen seinen Zuschauern erklärte, eine ionisierende Schicht, die die Signale umgehend in gewaltigen Winkeln auf die Erde zurücksendete; eine dieser Radiowellen traf glücklicherweise in Frederikshavn auf. Und so war der Kontakt mit der alten Welt hergestellt.

An diesem unvergesslichen Debüt-Abend sprach Mortensen mit Leuten in Dänemark, Amerika und sogar mit einer japanischen Flottenstation, die durch ein Versehen empfangen wurde. Die Fänger saßen in atemloser Spannung und lauschten, und als Mortensen schließlich Schluss machte, waren sie fast verlegen vor Bewunderung. Man wusste nicht recht, wie man mit Mortensen reden sollte, er hatte sich als ein ganz ungewöhnlicher Mensch gezeigt. Darum ging man in die Kammer nebenan zum Assistenten, der in Schweiß aufgelöst dasaß und mit seinen Pedalen kämpfte.

»Konntest du hier drinnen etwas hören?«, erkundigte sich Siverts aufgeräumt. »Ein Teufel und ein Zauberer, dieser Mortensen. Nun hat er die ganze Welt hier in diese Hütte geholt, er spricht alle Sprachen mit diesen kleinen Piepsern, die er aus der Taste lockt.«

Doc nickte. Er löste das Schweißtuch, das er um den Hals trug, und trocknete sich sein Gesicht. Er war etwas enttäuscht, dass keiner seine Leistung bemerkte, denn seiner Ansicht nach lag der schwierigste Teil der Telegrafie hier in der Nebenkammer. Es war gewiss keine Kunst, dazusitzen und auf eine Morsetaste zu schlagen. Das war das reinste Kinderspiel, jeder Idiot konnte es lernen. Aber einen Fahrradgenerator mit Gefühl treten, das war nur etwas für Fachleute.

»War es genug Elektrizität?«, fragte er.

»Massenhaft.« Siverts fuchtelte mit den Armen. »Ich bin sicher, dass Mortensen die Kunst beherrscht, den elektrischen Strom in passende Längen zu hacken. Er hat von mir einen Gruß an meine Tante in Nakskov gesendet, und er behauptet, dass sie ihn in einigen Stunden erhält.« Er grinste. »Bjørken hat ein Telegramm an ein Mädchen auf Mols geschickt, das er fünfzehn Jahre nicht gesehen hat. Die wird sich vielleicht erschrecken, haha! ›Danke für eine schöne Nacht‹ hat er geschrieben, was sagst du dazu, Doc? Er hat ein gutes Gedächtnis, keiner von denen, die vergessen, sich zu bedanken.«

Docs Einsatz im Sattel wurde weder gelobt noch erwähnt. Aber dafür waren alle restlos begeistert über sein Musizieren nach dem Abendkaffee. Er spielte leichte Sachen, vaterländische Lieder und Kinderlieder, sodass die Männer mit feuchten Augen und bebenden Unterlippen dasaßen.

Doc war musikalisch begabt. Er konnte mit seinem Bogen so herzergreifende Töne hervorzaubern, dass man entweder national gesinnt wurde oder zur Kindheit zurückkehrte. Er konnte seine ganze romantische Seele in die Bogenstriche legen, ließ die Töne mit einer solchen Kraft unter die niedrige Decke schwingen, dass die Zuhörer richtig merkten, wie es in ihren Köpfen vibrierte. Viele waren so ergriffen, dass sie anfingen mitzusingen, sie wurden jedoch schnell von den wirklichen Musikliebhabern zum Schweigen gebracht.

Als sie alle schlafen gegangen waren, ging Doc nach draußen. Er setzte sich auf einen leeren Schlitten und ließ sich von der

Dunkelheit einhüllen. Die Musik hatte Erinnerungen geweckt, die immer deutlicher und persönlicher wurden in der pechschwarzen Nacht. Doc wurde von einem Gefühl der Unendlichkeit erfasst. Er ließ sich aus dem Raum heben, fort von Rumpelhuk über Berge und Meere, und er entdeckte, dass er am Strand bei Sibirien lag, einem kleinen Dorf nahe Kerteminde. Hier war er vor dreißig Jahren geboren worden, hier war er tief in der fetten fünischen Muttererde verwurzelt. Er saß auf dem Schlitten und starrte mit offenen Augen in die Dunkelheit. Er sah den schmalen, steinigen Strand, die kleinen, kurzen Wellen, die schreienden Möwen hinter tuckernden Fischkuttern. Er spürte, wie der weiche Sommerwind über sein Gesicht strich, er trug den Duft der Wiesenblumen und des frischen Meeres, und Doc begriff so deutlich wie nie zuvor, dass alles dieses ganz er selbst war. Für einige Augenblicke verließ Doc die Einöde und versank in einem Schlaf, der glücklich und voller Bilder war.

Nach der Einweihung richteten Mortensen und Doc sich auf den Alltag ein. Sie verbrachten den Morgen mit Funktätigkeit, Doc auf dem Fahrradgenerator strampelnd, Mortensen an der Morsetaste, später setzten sie sich an den Kaffeetisch. Hier gingen sie das Tagesprogramm durch, das sehr schnell ziemlich einförmig wurde. Mortensen bereitete das Essen zu, und Doc besorgte den Abwasch. Mortensen experimentierte mit seinen kurzen Wellen, und Doc bereitete seine Fahrradtouren vor. So vergingen die Tage reibungslos. Sie hätten auf diese Weise die beiden Jahre, die der Vertrag vorsah, in schöner Eintracht verbringen können, wenn nicht Docs Freude an der Musik gewesen wäre.

Im ersten Monat fand Mortensen es ganz erfrischend mit etwas Musik an den langen Abenden, aber als Doc mit dem Einüben größerer Werke begann, wurden die schluchzenden Töne der Säge lästig. Mortensen versuchte, sich in der Funkstation einzuschließen. Er drehte den Empfänger auf, um die singende Säge zu übertönen, und kaute verbissen auf einer seiner Pfeifen aus dem Weidenkorb. Aber welche Station er auch empfing und wie laut er den Empfänger stellte, er konnte nicht entkommen. Docs Töne drangen durch die Wand, zerrten an Mortensens ausgefransten Nerven und versetzten den kleinen Raum in nahezu sichtbare Bewegung.

Und damit begann der Krieg. Es war November, die Abende wurden länger und länger, und das bedeutete, dass sich Docs Konzertieren ausweitete. Zum Glück war der Fjord nun zugefroren, deshalb konnte Doc seine Eismessungen nicht länger hinauszögern. Mortensen hatte sich auf diese Messungen gefreut, er rechnete damit, dass sie lange dauern würden, um wenigstens den halben Tag Ruhe vor der Säge zu haben. Aber leider war dem nicht so.

Doc spurtete mit seinem Fahrrad in bester Manier davon. Dieses zweigängige Fahrzeug hatte sich als sehr tauglich auf dem Eis erwiesen und ließ, wenn man erst die Kunst beherrschte, ein ganz ungewöhnliches Tempo zu. Der Weg zu den Eismessungspunkten wurde im Rekordtempo zurückgelegt, die Löcher im Eis aufgehauen, Maß genommen, und die Rückfahrt in weniger als einem Drittel der Zeit geschafft, die sich Mortensen erhofft hatte.

Für Doc war die Säge zu einer Besessenheit geworden. Er hatte herausgefunden, dass man hier in dieser Einöde ein ganz anderes und empfindlicheres Ohr für die Musik bekam als an anderen Orten. Er erlebte Musik regelrecht visuell, und das war etwas so Wunderbares, dass er die Säge unmöglich aus der Hand legen konnte.

Nun begann Mortensen mit Sabotage. Er entdeckte einen Heulton im Empfänger, drehte die Lautstärke ganz auf und ließ den Ton mit einem gottsjämmerlichen Pfeifen die Skala rauf und runter laufen.

Dies nun riss Doc aus seiner Stimmung. Er konnte sich weder aufs Notenlesen noch auf die visuelle Wahrnehmung konzentrieren und fiel aus diesem Grunde in eine tiefe Depression.

Eines Tages klopfte er bei Mortensen an. »Hör mal, Meister, könnten wir heute Abend nicht die Pfeiferei sein lassen?«, fragte er höflich, »ich möchte gerne ein bisschen üben.«

Mortensen antwortete ohne sich umzudrehen: »Üb du nur, Doc. Mich störts nicht. Kannst du hören, was das hier ist?« Er drehte den Skalenknopf. »Was ist das, Doc?«

»Hä?«, schnaufte Doc, »das ist nichts.«

»Bist du noch ganz gescheit, Mann? Das ist ›Ole saß auf einem Hügel und sang‹. Kannst du das wirklich nicht hören? Und du willst ein Musiker sein.« Mortensen grinste und fuhr fort: »Und was ist das hier?«

Doc schloss die Tür leise hinter sich. Er saß lange und starrte missmutig auf sein Instrument, eine gut einen Meter lange Holzsäge mit zwei Griffen. Mortensens Funkgerät misshandelte immer noch seine Ohren, und obgleich er geradezu vor Eifer darauf brannte, wieder loszulegen, konnte er sich nicht entschließen, seine eigenen Wohllaute mit Mortensens grauenhaften Klängen zu vermischen. Als er eine Stunde so gesessen hatte, klopfte er wieder an Mortensens Tür und sagte: »Ich glaube, ich fahre zum Arzt und lasse mich untersuchen.«

»Ja, tu das, Doc.« Mortensen drehte sich um und lächelte liebenswürdig. »Tu das endlich, und nimm die Säge mit. Es kann ja sein, dass du da draußen Lust auf ein paar Melodien bekommst, unterwegs.«

Am selben Abend machte Doc sein Fahrrad fertig. Er schnürte den Schlafsack und den Medizinkasten auf den Gepäckträger und sauste über die Landspitze zum Fjord hinunter, verfolgt von Mortensens wahnsinnigem Geheul.

Es wurde eine Reise des Nachdenkens für Doc. Er radelte von der Station verbissen und voller Hass auf Mortensen, als er jedoch auf dem harten neuen Eis in den Smallesund abbog und Kurs auf Kap Sørensen auf dem Wege zur Ross Bay nahm, waren seine Gedanken bereits von der Kälte zerstreut und ein gewisses Verständnis für Mortensens Qualen gewachsen.

Es ist für einen Menschen nämlich ganz unmöglich, einen

glühenden Hass zu bewahren, wenn er sich auf einem Fahrrad über ein zugefrorenes Meer bewegt. Doc setzte das Tempo herab, begann die Natur wahrzunehmen, die in leuchtendem Mondschein dalag, und seine Stimmung besserte sich.

Bei Kap Sørensen machte er Halt. Es war Morgen geworden, er fühlte nagenden Hunger im Gedärm. Er zündete seinen Spirituskocher an, ein persönliches Geschenk des Folketingsmitglieds Rumpel für die beiden in die Ferne Entsandten, und bereitete sich eine mächtige Portion Hafergrütze. Und bevor er den letzten Bissen heruntergeschluckt hatte, war ein detaillierter Plan entstanden, mit dem er Mortensen für die Musik gewinnen wollte.

Er besuchte nur Lodvig in Ross Bay. Lodvig fehlte nichts, aber er bekam eine Flasche Lebertran für den Fall, dass er krank werden sollte. Doc spielte mit Lodvig zwei Tage Karten, dankte für die Gastfreundschaft und fuhr zurück.

Im Grunde war Mortensen ein empfindsamer und gutmütiger Mensch, der keiner Fliege etwas zu Leide tun konnte. Nachdem er einen Tag gegrübelt hatte, musste er zugeben, dass seine Hänselei schon sehr grob gewesen war; er sah ein, dass es andere Formen der Kommunikation gab, die man neben der drahtlosen im Haus anwenden sollte, um den Frieden wiederherzustellen. Doc war trotz seiner Leidenschaft für die Musik ein netter und angenehmer Mensch, mit dem es eigentlich nicht schwer fallen sollte, die nächsten zwei Jahre auszukommen.

Um seinem Kameraden eine Freude zu machen, buk Mortensen Milchbrötchen mit Rosinen, fegte das Haus mit einem Möwenflügel, füllte Wassertonne und Kohlenkasten und hackte das Eis vom Windfang. Während dieser Arbeit war ihm, als hörte er die Säge. Er hörte die schluchzenden, schleppenden Töne gleichsam um sich herum, und jetzt, da sie nicht da waren, war es kaum zu ertragen. Die folgenden Nächte lag er lange wach bei den eingebildeten Tönen eines vibrierenden Sägeblattes, und ihm wurde deutlich: Entweder war er im Begriff, verrückt zu werden, oder die Musik hatte auch von ihm Besitz ergriffen. Als er Ersteres als undenkbar ausschloss, fügte er sich in die andere Möglichkeit. Eines Nachts zog er Hosen und ein Khakihemd an, das er mit Plüsch gefüttert hatte, und setzte sich an seinen Funkertisch, um ein Instrument zu entwerfen. Den Rest der Nacht war er in seine Diagramme vertieft, und erst spät am Morgen wurde er fertig; er trank hastig einige Tassen Kaffee, wühlte im Kasten mit den Reserveteilen und begann zu bauen.

Esajas Andersen kehrte nach Rumpelhuk zurück, mit roten Wangen und einem kleinen entschuldigenden Lächeln um den Mund. Die beiden Männer begrüßten sich formell, und Mortensen servierte seine Milchbrötchen, die Doc fast überschwänglich lobte. Sie umkreisten einander, waren etwas zu freundlich, etwas zu hilfsbereit und konnten sich nicht richtig begegnen.

Nachdem sie zu Abend gegessen hatten, ging Mortensen in seinen Raum. Er verschloss sorgfältig die Tür hinter sich. Doc wusch das Geschirr ab und setzte Kaffeewasser auf. Er schaute lange auf die Säge, die an ihrem Nagel hing und einladend aussah. Doch wenn es ihm auch mächtig in seinen Fingern kribbelte, er ließ sie hängen. Heute Abend sollte Mortensen Ruhe haben. Dieser Abend sollte ein Versöhnungsabend sein, der von keinen Tönen, mochten sie auch noch so schön sein, verdorben werden sollte.

Und da, gerade als er das heiße Wasser in den Kaffeefilter goss, erklang ein klarer und feiner Ton durch Mortensens geschlossene Tür – ein so reiner und erhebender Ton, dass Doc die Augen schließen und sich ihm ganz hingeben musste. Sehnsuchtsvoll öffnete sich der Ton, wie ein Hibiskus sich nach dem Regen zur Sonne hin öffnet. Er breitete sich aus und wob feine, zarte Schwingungen in einen tiefen, weichen Grundton. Eine Spinnwebe von Tönen erfüllte den Raum, und Doc wurde von der Säge wie von einem Magneten angezogen. Er nahm sie vom Nagel, spannte sie zwischen seine zitternden Knie und streichelte den blanken Stahl mit dem Bogen.

Docs traurige Schwingungen trafen sich mit dem mystischen Tongebäude, das aus dem Funkraum strömte, und eine wundersame Komposition entstand. Es war eine Improvisation von höchster Güte. Ein komplizierter Tanz aus Harmonien und Disharmonien, ein Labyrinth von Tonfolgen, eine Tonsäule, feine, dünne Drähte wanden sich in einem verwirrenden Muster hoch hinauf, bis sie auf eine jubelnde, goldene Harmonie trafen, von der sie nach einem Schrei abstürzten und in den ewigen Grundtönen schlossen.

Nachdem die letzte Schwingung verklungen war, saß Doc noch lange und bebte. Wie aus allen Wolken gefallen starrte er auf Mortensens Tür.

Mortensen auf der anderen Türseite ließ die Drehknöpfe los, mit denen er seinen Tongenerator bedient hatte. Er spürte eine prickelnde Freude durch den Körper strömen, seine Hände zitterten etwas, als er im Weidenkorb nach seiner Lieblingspfeife suchte.

Er hatte gespielt. Er hatte einen Schimmer seiner eigenen Seele erblickt, und er war von Doc akzeptiert und verstanden worden. Dies war Zusammenwirken, wie er es bisher noch nicht gekannt hatte.

Waren sie beide bei Docs Heimkehr verlegen gewesen, so war dies nichts im Vergleich zu dem Augenblick, als sich Mortensen aus der Tür schob, um seinen Kaffee zu holen. Sie sprachen kein Wort miteinander, sahen sich nicht in die Augen und tranken ihren Kaffee ganz ohne zu schlürfen. Mortensen holte eine Flasche Rum, und erst nach einigen Gläsern tauten sie auf. Der Funker sah auf die Tischplatte hinunter und murmelte: »Ja, man hat sich ein kleines Instrument gebaut, während du weg warst. Nichts weiter, nur ein kleiner Zeitvertreib.« Er lachte gezwungen. »Hier war es so still, als du weg warst, da kam mir der Gedanke, dass man doch selbst spielen sollte, um die Musik besser zu ertragen.«

Doc nickte gerührt. Er dachte, dass es sicher nicht viele solche Kameraden an der Küste gibt.

Mortensen schüttelte den Kopf. »Man hat ein bisschen ein Ohr dafür, wie es klingen soll; aber richtig wird es doch nie. Ich kann keine Noten lesen, muss ich dir sagen.«

Doc stand auf. Er holte einige Notenhefte, die unter der Koje lagen, und warf sie vor Mortensen auf den Tisch. »Das mit dem Notenlesen werden wir schon schaffen«, meinte er. »Das kann ich dir in ein paar Stunden beibringen.«

»Glaubst du wirklich?« Mortensen schlug ein Heft auf und sah sich ehrfürchtig die sonderbaren Zeichen an. »Könnten wir vielleicht heute Abend schon anfangen?«

Den Rest der Nacht verbrachten sie damit, Noten zu studieren. Das war neu und spannend für Mortensen, und weil er einen Sinn für Logik und auch große Geduld besaß, begriff er das System schnell. Bis zum Morgen hatte er sich das Grundlegende angeeignet, und bis zum Morgen des nächsten Tages konnte er einige leichte Übungen von Brahms spielen.

Allmählich erfüllte die Musik Rumpelhuk. In jeder freien Stunde spielten sie. Und nachdem sie ein halbes Jahr gespielt hatten, meinte Doc, dass die Zeit für Mortensens Debütkonzert gekommen sei. Darum radelte er in den Bezirken umher und lud zur Festlichkeit ein, die in Verbindung mit Mortensens fünfzigstem Geburtstag stattfinden sollte. Alle sagten zu, denn es war Nordostgrönlands erster Konzertabend und, wie Bjørken es ausdrückte, auch etwas Historisches.

Doc und Mortensen zimmerten Bänke, damit alle bequeme Sitzplätze hatten. Sie bauten eine kleine Bühne aus vier Specktonnen und einigen Bohlen und füllten die Bücherböden über den Kojen mit Branntwein und Pfeffernüssen – zur gefälligen Bedienung nach dem Konzert.

Am Tag von Mortensens Geburtstag kamen die Schlitten in Scharen. Es kamen vierzehn Männer und an die hundert Hunde. Das Geburtstagskind stand in der Tür, schüttelte Hände und nahm Geschenke entgegen. Diese wurden auf die Regale gelegt, zusammen mit den anderen Flaschen.

In der Stube der Rumpelhütte herrschte Feierlichkeit. Die Fänger merkten es sofort beim Eintreten. Eine Atmosphäre fast wie in der Kirche, meinte Mads Madsen, etwas Kulturelles, schien es Herbert. Sogar Bjørken fand den Raum erhaben, aber auch ein bisschen unbequem. Alles war so fremd und nobel, dass er nicht wusste, wo er seinen Kautabak hinspucken sollte.

Es war ein kalter, klarer Frühlingstag mit hellem Licht aus tiefblauem Himmel. Um 19 Uhr abends wurden zwei Stearinkerzen auf der Bühne angezündet, was unnötig war, weil die Sonne noch kräftig durch das Fenster schien. Die Gäste, die eine Stunde lang gestanden und mit den Füßen draußen im kalten Schnee gestampft hatten, wurden hereingelassen. Sie nahmen die Mützen ab und schoben sich seitwärts in die Bankreihen.

Mortensen und Doc saßen auf ihren Plätzen. Sie blätterten etwas nervös in den Notenheften, vermieden es, in den Saal zu gucken, und untersuchten ihre Instrumente mit einer Neugierde, die die Zuschauer fast glauben machte, dass sie sie nie vorher gesehen hätten.

Schließlich klopfte Doc mit dem Bogen an seinen Notenständer. In den Bänken wurde es ruhig. »Wir wollen heute Abend den Debütanten Karl Åge Mortensen vorstellen, der Werke verschiedener großer Meister spielen wird. Mortensen hat in der Welt der Instrumente neue Wege beschritten und ein elektrisches Tonaggregat konstruiert, eine so genannte Karl-Åge-Orgel, deren Töne zum ersten Mal bei diesem Konzert erklingen werden.«

Bjørken beugte sich zu Sylte und flüsterte: »Das ist wirklich ein verdammt historisches Jahr, dieses Jahr.«

Doc fuhr fort: »Der erste Teil des Konzerts besteht aus leichten, populären Stücken, die ihr alle verstehen werdet und die euch gefallen werden. Es wäre uns am liebsten, wenn ihr nicht mitsingen würdet.«

Man kann ruhig sagen, dass der erste Teil des Konzerts ein Erfolg war. Doc hatte nordische Volkslieder zu einem netten

Arrangement zusammengestellt, und als die ersten zwei Sekunden Stille, die es nach jedem Konzert gibt, überstanden waren, schlug den Musikern eine nahezu tumultartige Begeisterung entgegen. Die Zuhörer klatschten, dass es in der Hütte dröhnte, sie trampelten mit den Wollsocken auf dem Boden, Mortensen und Doc wären fast von den Specktonnen gefegt worden; sie schrien und pfiffen auf den Fingern und wollten mehr hören.

Nach einer Pause von zehn Minuten, in der zwei Gläser Branntwein pro Gast ausgeteilt wurden, begann dann der zweite Teil. Es kamen schwierige Sachen zu Gehör, bearbeitet für Säge und Karl-Åge-Orgel. Es begann mit Saint-Saëns' »Der Schwan«, weiter ging es mit Beethovens Romanze in F-Dur und Bachs wunderbarer »Air«.

Die Fänger saßen völlig still. Sie hielten den Kopf etwas geneigt und den Mund fest zusammengekniffen. Einer von ihnen ging so weit, die Augen zu schließen, aber da es Valfred war, nahm keiner weiter Notiz davon.

Lodvig befreite sich lautlos von einem Kloß im Hals und flüsterte: »Zum Teufel, was für eine Musik. Man könnte fast heulen.«

»Halt die Klappe«, zischte Fjordur, der selbst sehr ergriffen war.

»Das ist«, sagte Mads Madsen gedämpft, »noch imponierender als diese drahtlose Sache.«

»Idiot«, entgegnete Bjørken. Er richtete seinen Rücken mit dem Feuer speienden Drachen auf. »Das ist Kunst, du Bauer, das andere war bloß Technik.«

»Das ist es ja gerade, was ich versucht habe zu sagen, Schafskopf«, knurrte Mads Madsen, der immer das letzte Wort haben musste.

Als die letzte Nummer, Brahms' »Wiegenlied«, zu Ende war, gab es endlosen Beifall. Man klatschte, schlug auf die Bänke. Einige schlugen dem Nebenmann auf den Rücken, und Herbert, wild vor Begeisterung, schlug mit der geballten Faust auf Mads

Madsens Schädel. Dies glich Mads Madsen umgehend aus, indem er Herbert eine blutige Nase verpasste; was nun wiederum eine eindeutige Belästigung eines Partners war, die Anton veranlasste, den Schwarzen William, der Mads Madsens Partner war, von der Bank zu stoßen. Die Bank, nun ohne das Gewicht des Schwarzen William, kippte und beförderte Bjørken, den Grafen und Sylte gleich hinterher. Und so rutschte man direkt und ohne sentimentalen Übergang von dem bewegenden Konzert in den festlichen Geburtstag.

Als die Konzertbesucher nach einer vierundzwanzigstündigen Festlichkeit von Rumpelhuk abzogen, waren sie sich einig, dass es ein beispielloses Erlebnis war. Es gab nichts, was die leeren Löcher der Seele so gut ausfüllte wie die Musik.

Als Abschluss dieser wirklich glaubwürdigen Geschichte muss erwähnt werden, dass man im Laufe des Frühjahres etwas schuf, was man mit einem kleineren Sinfonieorchester vergleichen konnte: auch Bjørken, Mads Madsen, William, Fjordur, Lodvig und Valfred hatten sich Instrumente gebaut, und man traf sich jeden zweiten Monat, um Notenlesen und Zusammenspiel bei Doc und Mortensen zu üben.

Nur Valfred schied später aus dem Orchester aus. Sein Instrument bestand aus acht Flaschen, die gefüllt und auf die Töne der Tonleiter abgestimmt waren. Zu Docs Verzweiflung zeigte sich, dass es Valfred schwer fiel, seine Töne den ganzen Abend lang rein zu halten. Als man sein Instrument untersuchte, um die Ursache zu finden, entdeckte man, dass die Flaschen d und f mit Branntwein an Stelle von Wasser gefüllt waren, und Valfred hatte während der Probe aus seinem Instrument getrunken: auf diese Weise wurde aus dem d ein cis und dem f ein e. Valfred wurde verwarnt, aber der Skandal wiederholte sich, er musste ausgeschlossen werden.

Als die *Veslemari* im September kam, wurde Skipper Olsen zu einem Freiluftkonzert auf Kap Thompson eingeladen. Es war ein schöner und stiller Abend, und Olsen bekam einen Stuhl in der ersten Reihe, von wo aus er alles sehen und hören konnte. Schon nach den ersten Takten riss der sonst so hartgesottene Mann die Augen auf und flüsterte erschreckt seinem Steuermann zu: »Guter Gott! Dies hier beweist, dass es immer etwas gibt, das noch schlimmer als schlimm ist, wenn du das begreifst.«

Und am gequälten Gesicht des Steuermanns konnte man deutlich ablesen, dass er begriff.

Ein seltsames Duell

Mitten im dunkelsten Winter zerstritten sich Lause und Leutnant Hansen. Viele wunderten sich, dass es gerade diese beiden waren. Beide galten als kultivierte und zivilisierte Menschen mit reichen Kenntnissen, von guter Herkunft und so weitem Horizont, dass sie eigentlich in der Lage hätten sein müssen, jedwede Diskussion auf einer sachlichen Ebene zu führen.

Aber nun ergab es sich so, dass beide bei einer Zusammenkunft in Grover Bay aneinander gerieten und darüber stritten, ob man in besseren Häusern von der rechten oder linken Seite serviert. Und da keiner der Anwesenden weder die Argumente des einen noch die des anderen stützen konnte, ging die Sache so aus, dass Lause Leutnant Hansen einen stupiden, professionellen Mörder nannte, und Leutnant Hansen wiederum bezeichnete Lause als Bauern und Hundehändler. Mads Madsen versuchte den Grafen zu wecken, damit dieser den Zwist entschied, aber Valfreds Heidelbeerbranntwein hatte wie ein Keulenschlag auf den gräflichen Kopf gewirkt. Bevor sich die Unstimmigkeit zur Schlägerei ausweitete, zogen Lause und der Leutnant ab, starrsinnig und beleidigt.

Diese an und für sich lächerliche Diskussion bildete den Ausgangspunkt für weitere und tiefere Missverständnisse. Der Hass zwischen beiden entzündete sich und glühte fast sichtbar, zur großen Unterhaltung für die übrigen Jäger der Küste. Der Leutnant schnaubte vor Wut, wenn von Lause geredet wurde, und Lause, der Intellektuelle, ignorierte seinen Gegner völlig. Das war das Schlimmste – es war schlimm für einen ehemaligen Militär, mit Nichtachtung gestraft zu werden. Sie grüßten sich auf Gesellschaften nicht mehr und erzählten überall herum, dass sie nicht die Absicht hätten, die Schlitten anzuhalten, wenn sie sich auf dem Eis treffen sollten.

Zieht man in Erwägung, dass Lause und der Leutnant drei Tagesreisen bei günstigem Wetter und guten Wegverhältnissen und mehr als das Doppelte bei schlechtem Wetter und tiefem Schnee voneinander entfernt wohnten, ist man geneigt zu glauben, dass kein Anlass zu häufigen Zusammenstößen bestand. Zwar trafen sie sich nie draußen auf dem Eis, der Leutnant unternahm jedoch häufiger Touren zur Blaesehütte als früher.

So führte er vor Weihnachten zwei aufeinander folgende Feldzüge: einen, um Lause aus gehörigem Abstand Schimpfworte zuzurufen, den anderen, um Lauses Toilettenhäuschen zu verhöhnen. Dies brachte ihn natürlich bei Siverts in Misskredit, der bekanntlich Mitbesitzer besagten Bauwerkes war. Bei diesem letzten Besuch besaß der Leutnant die Frechheit, sich bis nach drinnen vorzuwagen, was er später als einen taktischen Fehler erkennen musste. Lause nahm plötzlich Leutnant Hansens Existenz zur Kenntnis und schlug ihn mit einer Schaufel dermaßen nachdrücklich, dass der übel mitgenommene Krieger von Siverts nach Fimbul zurückgebracht werden musste.

Vierzehn Tage lag Hansen und leckte seine Wunden. Der Kampf war erniedrigend gewesen, und als Offizier war es seine Pflicht, Satisfaktion zu verlangen. Lause musste zum Duell gefordert werden, und so musste alles seinen Weg gehen. Mit tiefem Bedauern erinnerte sich der Leutnant an sein mangelndes Interesse an den Fechtstunden der Militärschule, und es war eine Erleichterung, als Valfred erklärte, es gäbe an der Küste keine anderen blanken Waffen als die fünf Zoll langen Fangmesser, die man zum Abspecken gebrauchte.

»Aber die könnt ihr vielleicht verwenden«, grinste Valfred. »Dann könnt ihr euch noch ein paar feine Schilde aus den Deckeln der Butterfässer machen. Ihr werdet mir noch ein paar verdammt richtige Gladiatoren.«

Der Leutnant dachte über den Vorschlag nach. Man konnte

nicht leugnen, dass die langen zweischneidigen Fangmesser eine gewisse Ähnlichkeit mit den wunderbaren römischen Schwertern besaßen. Eine solche Waffe würde fast klassisches Format haben und seinem Besitzer alle Ehre machen. Andererseits war der Gedanke, fünf Zoll Stahl in die Rippen gejagt zu bekommen, ziemlich abstoßend. Der Leutnant ließ die Messer als Alternative beiseite und überlegte sich andere mögliche Waffenarten – vom Blasrohr bis zur Salutkanone. Aber nichts schien sich für das bevorstehende Duell zu eignen. Er wandte sich darum wieder an Valfred, der ihm am nächsten stand und eingewilligt hatte, sein Sekundant zu sein.

Valfred ging lange mit sich zurate. Er kratzte seine dünnen, grauen Nackenhaare und klapperte nachdenklich mit dem Gebiss.

»Tja, mein lieber Hansen, das ist wirklich verdammt schwer. Nichts, auf das man so ohne weiteres kommt«, antwortete er. »Selbstverständlich könnten wir ein Paar der alten Colts wieder herrichten; ich habe einen, und soweit ich mich erinnere, benutzt Mads Madsen einen für Selbstschüsse. Das ginge schon, und ihr könntet ja auch die 89er nehmen. Das ist ein stabiles und robustes Gewehr, mit dem man ganz nach Belieben schießen oder schlagen kann.« Er setzte sich zum Leutnant auf die Bettkante und faltete seine Hände vor dem Bauch.

»Das sind aber ziemlich gefährliche Sachen«, murmelte der Leutnant. »Stell dir vor, Lause trifft?«

»Ja, dann kratzt du ab«, nickte Valfred. »Und es gibt einen Mordskrach. Das Schlimmste ist, dass ich mir dann einen neuen Partner besorgen muss, wo ich mich doch gerade an dich gewöhnt habe.«

Hansen gab ihm Recht. Das wäre äußerst unangenehm, wenn er abkratzen würde. Andererseits war ihm klar, dass ein Duell meistens mit tödlichem Ausgang verbunden ist.

»Einer von uns wird ins Gras beißen müssen«, sagte er mit fester Stimme. »Natürlich ist es schade um Lause, der noch viele gute Jahre vor sich hat. Was er braucht, ist vielleicht nur eine ernste Zurechtweisung, aber man weiß ja nie, wie eine Kugel trifft.«

Valfred streckte seine Beine aus und starrte auf seine Strohschuhe. »Diese Geschichte mit Duellen ist nicht so einfach, Hansen. Wir kennen hier oben keine ähnlichen Fälle.« Sein blanker Scheitel leuchtete wie altes Pergament im Petroleumlicht, er blickte unschlüssig auf den Leutnant, der mit seinem verbundenen Kopf dalag. »Ich denke gerade darüber nach, ob sich die ganze Sache überhaupt machen lässt. Die einzigen Duelle, von denen ich hier oben gehört habe, sind die der Moschusochsen untereinander. Aber das geschieht ja zur Paarungszeit und um Frauenzimmer, passt also nicht auf dich und Lause.«

»Es handelt sich um Ehrverletzung«, sagte Hansen mit Nachdruck.

»Ja, deshalb weiß ich eben nicht, ob es geht. Aber die Duelle, die ich erlebt habe, die hatten Stil. Ich habe einige im Totmannstal belauscht. Wie da die Schädel krachten!«

Leutnant Hansen richtete sich in seiner Koje halb auf. »Wie gehen die Duelle vor sich, Valfred?«

»Tja, pass auf. Die werden sich nicht einig über eine Kuh, also nehmen sie einen kleinen Anlauf. Ein paar hundert Meter oder so. Dann stemmen sie die Hufe fest in die Startlöcher, brüllen ganz schrecklich und rennen los.«

»Und was dann?« Hansen beschwor das Bild vor seinen Augen.

»Ja, irgendwann treffen sie sich und knallen mit den Schädeln zusammen. Pfui Teufel, wie das kracht. Das sind Kräfte, sag ich dir, Hansen. Es riecht im ganzen Tal nach verbrannten Knochen.«

»Und wenn sie mit den Schädeln zusammengekracht sind, was dann?«, fragte Hansen, »ich meine, das kann doch nichts entscheiden?«

»Nichts? Doch, so ein Zusammenstoß ist fast immer entscheidend. Aber sollte es zufällig passieren, dass beide immer noch Lust auf die Kuh haben, wiederholen sie das Ganze ein- oder zweimal. Sie halten so lange durch, bis einer von den beiden X-Beine bekommt und mit blutiger Schnauze davonwackelt. Das ist ein Duell für Gentlemen, Hansen, das solltet ihr probieren. Rennt einfach einige Male mit den Strohköpfen zusammen, bis einer von euch verbogene Knöchel hat.«

Der Leutnant beschäftigte sich in den folgenden Tagen mit der Idee. Zwar zog es schlimm und nervös in der Kopfhaut, wenn er sich die kräftigen Zusammenstöße vorstellte, andererseits jedoch waren ihm ein paar kräftige Beulen lieber als ein Jagdmesser in der Brust oder eine Neunmillimeterkugel zwischen den Augen. Nach reiflicher Überlegung schickte er deshalb Valfred zur Blaesehütte, um in seinem Auftrag zum Duell herauszufordern, der ältesten und einzigen Form des Duells, das in Nordostgrönland bekannt war, »Duell à la Omnivabis«, wie der Graf es später nannte.

Zuerst war Lause gekränkt und wollte Valfred eins aufs Maul geben.

»Sich wie zwei brünstige Stiere duellieren, was?«, tobte er. »Und deshalb kommst du hier angereist und schlägst so etwas vor, du Schwachkopf.«

Siverts ging beschwichtigend dazwischen. »Na, na, Lause. Valfred ist nur so eine Art Bote. Er tut ja nur das seine, um hier an der Küste die guten Verhältnisse wiederherzustellen.«

»Er sollte trotzdem eins verpasst kriegen«, knurrte Lause. »Dieser Sorte Dummköpfe tut es immer gut, wenn sie eins aufs Maul bekommen.«

»Seine Zähne haben ein Vermögen gekostet«, warnte Siverts.

Lause zog seinen Stuhl zum Ofen und begann nachzudenken. Die beiden anderen aßen Krapfen und tranken selbstgebrautes Bier. Valfred guckte verstohlen zu Lause hinüber und bemerkte plötzlich, dass dieser dasaß und grinste.

»Worüber grinst du?«, fragte Valfred.

»Über Hansen.« Lause setzte einen Finger an den Kopf und brummte wie eine Hummel. »Ich hab ihn bestimmt zu hart mit der Schaufel geschlagen, als er zuletzt hier war. Haha, könnt ihr euch vorstellen, wie wir wie ein paar geile Stiere mit voller Geschwindigkeit aufeinander losrennen? Er muss ein völliger Idiot sein, der Mensch. Unmöglich, ihn ernst zu nehmen.« Er stand auf, setzte sich an den Tisch und tat sich an Siverts Krapfen gütlich. »Meinetwegen kann Hansen gehen und mit so vielen Stieren kämpfen, wie er Lust hat, aber er soll nicht glauben, dass ich mich mit diesem Unfug abgebe.« Er fasste tief in die Schale mit den Krapfen. »Nicht, weil ich etwas gegen solche Duelle habe, aber sich wie ein paar Ochsen zu prügeln, ist eine Idee, die nur ein animalisch denkendes Individuum wie Hansen ausbrüten kann.«

Valfred, eigentlich der Anstifter zu dieser Idee, hatte den Mund voller Krapfen und war zu einer Antwort unfähig.

Lause fuhr fort: »Nein, muss man sich duellieren, dann sollte es auf die klassische Art der Eskimos geschehen: ein so genannter Sängerwettstreit. Hierbei gilt die Überlegenheit des Geistes über die Kraft.«

Valfred kaute zu Ende und fragte: »Wie ist das zu verstehen?«

Lause nahm einen Schluck Bier. »Das muss man so verstehen, mein guter Valfred, dass lange, bevor wir nach Nordostgrönland kamen, hier ein Volk mit einer außergewöhnlichen Lebensart existierte. Man ging nicht wie ein paar schielende Ochsen aufeinander los, wenn man sich nicht einig war. Es waren eben Menschen mit Kultur und Tradition, sie sangen sich an, dass es eine Lust war.«

»Was soll das heißen, sich ansingen?«, erkundigte sich Siverts interessiert.

»Das heißt, man dichtet ein Spottlied auf seinen Gegner und trägt es offiziell vor«, erklärte der allwissende Lause. »Und um seine Worte zu unterstreichen, kann man ab und zu mit dem Kopf stoßen oder einen Backenstreich austeilen. Nicht grob und tierisch, nur einige wenige gedankenweckende Stöße.«

»Solch ein Wettstreit kommt meinem Vorschlag ja sehr entgegen«, meinte Valfred. »Sie klingt verständig, diese Sache,

Lause, und ich glaube wirklich, dass auch der Leutnant einverstanden sein wird.«

»Es ist klassisch«, entgegnete Lause feierlich. Er gab dem Satz noch etwas Glanz: »Und etwas für Gentlemen.«

»Woher weißt du das alles?«, fragte Valfred. Er wollte gerne mit einem klaren Bescheid zu Leutnant Hansen zurückfahren.

»Ich hab es aus Büchern«, antwortete Lause.

»Ja, verdammt noch mal.« Valfred betrachtete ihn beeindruckt. Er wusste, dass man viel aus Büchern lernen konnte, doch selbst hatte er nie die Zeit gefunden, eines zu öffnen.

Siverts nickte und zeigte auf Lause. »Ihm kannst du nicht beikommen, Valfred. Er liest sich die Augen aus dem Kopf und wird klüger als jeder Professor. Du solltest ihn hören, wenn er Anton und Herbert vom Sockel holt. Westentaschenphilosophen nennt er sie, er weiß, wovon er spricht.«

Valfred leckte die Preiselbeermarmelade von seinen Fingern. »Das glaub ich gerne«, entgegnete er friedfertig. »So ist es auch mit dem Leutnant. Er ist verdammt noch mal nicht zurückgeblieben. Er kennt die ganze vaterländische Geschichte von vorn bis hinten und alle Bestimmungen des Heeres für den Frieden und für Kriegszeiten. Es sitzt ein guter Kopf auf Hansens Schultern, das kann ich dir sagen, auf ihn muss man nichts singen.«

»Da ist ja auch noch die Sache mit den Köpfen«, hielt Siverts entgegen. »Ich bin nicht sicher, ob Hansen das aushält. Lause hat einen gut gebauten Kopf, und mit all dem Wissen darin werden die Schläge auch kräftiger.«

»Kein Zweifel, wenn man sich Lause ansieht«, meinte Valfred liebenswürdig. Er zeigte auf die Bierkanne, und Siverts schob sie ihm zuvorkommend hin. Er schenkte sich erst ein Glas ein und fuhr dann fort: »Es kann schon sein, dass Hansen nicht danach aussieht, aber wenn ihr ihm mal den Rollkragen runterzieht, könnt ihr sehen, dass er einen Nacken wie ein Walross hat. Er könnte wirklich einen Zeltpflock mit seinem Kopf in den Boden schlagen, ohne mit der Wimper zu zucken.«

Siverts und Valfred setzten noch eine Weile ihre Betrachtungen über die vortrefflichen Seiten der Duellanten fort. Und das hätte möglicherweise damit geendet, dass sie sich auch überworfen hätten, wenn nicht Lause eingegriffen hätte.

»Nun hört mal zu, ihr beiden Schafsköpfe. Hansen und ich sind es, die singen sollen. Ihr sollt euch einfach nur im Hintergrund halten, jetzt und auch dann, wenn es so weit ist. Wenn du für den Leutnant einen klassischen Sängerwettstreit akzeptieren kannst, Valfred, dann habe ich nichts dagegen. Nicht weil es mir Spaß macht, den armen Idioten ausgelacht zu sehen, sondern weil ich aus reinem und strengem wissenschaftlichen Interesse erleben möchte, wie diese klassischen Rechtsentscheidungen auf das Individuum eingewirkt haben.«

»Das hört sich schwierig an.« Valfred kratzte sich hinter dem Ohr. »Wenn du es auf diese Weise auslegst, Lause, dann wagt man kaum, für Hansen zuzusagen. Denn Hansen, der möchte dir eins hinter die Löffel geben, damit du in Zukunft aufhörst, ihn zu belästigen. Wenn es aber das ist, was du meinst, dann ist Hansen sicher mit von der Partie, du brauchst nur Zeit und Ort zu wählen, ganz wie es dir passt.«

Lause nickte. »Ausgezeichnet. Ganz ausgezeichnet, mein lieber Valfred.«

Er stopfte die letzten Krapfen in sich hinein und dachte, während er bedächtig kaute: Selbst wenn der Leutnant ein notorischer Idiot sein sollte, ein unwürdiger Gegner, so würde er ihm jetzt doch Anlass zu näherem Studium dieses Gerichtswesens der alten Eskimos geben, und das war das Duell wert. Natürlich konnte er nicht wissen, welche Talente Hansen sein Eigen nannte, aber er war überzeugt, dass er selbst in allen Disziplinen der Beste war. Er hatte eine Ader, eine ganz verborgene, die er jetzt freilegen musste. Er fühlte ganz stark, dass er in der Lage war, fast allen Dingen in lyrischen Ausbrüchen auf intellektueller Grundlage Ausdruck zu verleihen. Und während er das letzte Stück Krapfen hinunterschluckte, freute er sich schon auf den Tag, an dem Hansens lächerliche Poesiealbumverse seinen eigenen klassischen Streichen gegenüberstehen würden.

»Am Neujahrsmorgen am Nordende vom Blaesedal soll es stattfinden«, sagte er. »Alle sind willkommen, zum Wettstreit und einem Zusammensein danach.«

Und mit diesem Bescheid fuhr Valfred am nächsten Tag zurück zur Fimbulhütte.

Lauses Wahl der Waffen bedeutete für Leutnant Hansen eine Erleichterung. Natürlich hatte er viele Einwände, und so wie es jetzt aussah – beide konnten mit dem Leben davonkommen –, war er darüber verärgert, dass das Duell nicht die Möglichkeit eines tödlichen Ausgangs bot. Er sprach verächtlich über Lauses offenbares Entsetzen vor Kugeln und blankem Stahl und bestand natürlich darauf, dass das Duell der Moschusochsen das einzig natürliche und absolut klassische wäre. Aber tief in seinem Innern war er mehr als zufrieden: Er war in der glücklichen Lage, neben vielen anderen Talenten auch die Gabe des Reimens zu besitzen. Er fing sofort an.

»Jetzt wollen wir mal sehen«, sagte er, »wir haben also den Namen Lause.« Er guckte zur Decke, und die Worte fielen ihm nur so zu. »Lause, Pause, Flause, Banause …«

»Klabause«, schlug Valfred vor; dieser Vorschlag trug ihm einen kühlen Blick des Dichters ein.

Die folgenden vierzehn Tage saß Hansen am langen Tisch, einen Bleistift in der Hand, eine Backe mit der Zunge ausbeulend, und dichtete. Valfred störte ihn nicht, er lag meistens in seiner Koje und döste, um den Dichter nicht zu behelligen.

Nur ab und zu weckte ihn der Leutnant, der ihm unbedingt eine besonders geglückte Zeile laut vorlesen musste. Als Hansen mit dem gereimten Gedicht fertig war und es Valfred dreimal vorgetragen hatte, entdeckte er doch Mängel und verwarf es auf der Stelle. Das Gedicht war gut, aber es musste besser werden. Die Verse waren zu billig, zu allgemein und laienhaft, so schien es ihm, er zerriss sie, warf die Fetzen in den Ofen und machte sich daran, moderne Dichtung zu verfassen. Das wurde nun eine ganz wunderbare Erfahrung, fühlte Hansen: Der Bleistift flog nur so über das Papier, er merkte, wie sich die Worte emporschwangen, wie sie frei und ungezwungen über alles Schwere und Alltägliche schwebten, um sich dann plötzlich wie ein Hühnerhabicht auf die Beute zu stürzen, sie mit eisenharten Krallen zu ergreifen und mit dem krummen Schnabel zu töten. Er versuchte, Valfred die besondere Eigenart der Melodie seiner Reime zu erklären, aber Valfred konnte mit moderner Lyrik nichts anfangen.

»Tja, mein lieber Hansen, wenn ich meine ehrliche Meinung sagen soll: Es klingt etwas krumm und schief, dein Gedicht. Mit der Betonung ist etwas verquer. Wenn du mal so ein ausgezeichnetes Gedicht wie »Zur Nacht so kalt und klamm, bei Fredericias Damm« nimmst, dann hast du doch sofort eine Melodie. Da-dum da-dum da-dum, da-dum da-dum da-dum. So als wenn man im Zug sitzt, nicht? Da marschieren die Verse, wie es sich gehört.«

Der Leutnant schüttelte den Kopf. Er starrte auf seine freien Verse und schlug mit dem Bleistift den Takt auf dem Tisch. »Solche Gedichte sind gut für Konfirmationslieder«, sagte er. »Was ich gemacht habe, ist zeitlose Dichtung. Dies Gedicht kann man auch noch in hundert Jahren lesen und verstehen, es hat nämlich den Rhythmus des Blutes, es ist mein Herzschlag, verstehst du.«

Valfred drehte sich in seiner Koje um, dass es krachte. Er dachte einen Moment besorgt, ob der Leutnant nicht vielleicht ein krankes Herz hatte. »Du musst tun, was du für richtig hältst, Hansen, dann gelingt es schon am besten. Ich würde mich allerdings, wenn ich zum offenen Singen antreten müsste, mehr an Konfirmationslieder halten.«

Lause fing an, sich riesig auf das Duell zu freuen. Zum einen konnte er eine interessante Studie über einen unbeachteten Teil der historischen Gerichtsbarkeit machen, zum anderen bekam er die Möglichkeit, sein Wissen vorzuführen, seinen leuchtenden Intellekt und sein Format als Denker. Er fasste sein Gedicht in sechsfüßigen, ungereimten Versen ab, indem er Homers Hexameter zum Vorbild nahm. Seine Verse waren nicht so hochtrabend wie die des Leutnants, dafür trieften sie umso mehr von Gift und Galle. Er übte seine Stimme außerdem so, dass er ein Brüllen zu einem Flüstern machen konnte und umgekehrt. Auch das schallende homerische Gelächter übte er, ein Wiehern, dass jedes Mal, wenn er es ausstieß, Siverts erschrocken zusammenfahren ließ. Dieses Gelächters hätten sich früher mit Erfolg die griechischen Götter bedient, es würde auch bei dem guten Hansen so etwas wie einen Schock hervorrufen, erklärte Lause.

Und Lause übte sich im Auftreten. Er öffnete und schloss seinen Mantel, den er an dem großen Tag anzuziehen gedachte, als wäre er ein römischer Senator, der seine Toga schwenkte. Er streckte die Arme wie in einer Umarmung zum Spiegel, ballte die Fäuste, sah nach oben, als wenn er von dort jemanden als Zeugen anriefe, fiel auf die Knie, sprang auf und stemmte die Arme drohend in die Seiten, drehte sich um und zeigte seinem Gegner einen aufrechten und unerschrockenen Rücken. Er war davon überzeugt, dass Gedicht und Schauspiel unlösbar zusammengehörten: Seine glückliche Kombination dieser beiden Künste würden den Leutnant innerhalb weniger Minuten völlig einschüchtern.

Siverts fand dies alles so interessant, dass er das Fanggeschäft ganz liegen ließ und zu Hause blieb, um Lause zuzusehen. Seine Bewunderung für seinen Kameraden stieg gewaltig, als dieser dann auch damit begann, Kopfstoßen und Ohrfeigen zu üben. Zu diesem Zweck hatte Lause einen Seehundkopf ausgestopft und unter die Decke gehängt. Während er deklamierte und agierte, züchtigte er diesen unschuldigen Kopf mit Stirn und Fäusten.

Nach dreiwöchigem hartem Training entfernte Lause den Robbenkopf und erklärte sich für gerüstet.

Überall in den Hütten kommentierte man eifrig das bevorstehende Sängerduell. Lauses Einladung traf ringsum in Rekordzeit ein, und alle beschlossen, Neujahr im Blaesedal zu verleben. Schon am Weihnachtsmorgen fuhr Lodvig von Ross Bay nach Rumpelhuk, um Mortensen und Doc abzuholen, die keine Hunde besaßen. Die drei fuhren zum Kap Thompson, und zusammen mit dem Schwarzen William und Mads Madsen setzten sie ihre Aufsammeltour nach Grover Bay fort.

Der Leutnant und Valfred fuhren allein und geradewegs zum Blaesedal.

Der Neujahrsmorgen war kalt und dunkel. Mond und Sterne lagen hinter dichten, schwarzen Wolken verborgen, und Siverts hatte deshalb vier starke Petroleumlampen aufgestellt, damit man die beiden Kampfhähne sehen konnte.

Und dann begann das sonderbare Schauspiel. Die beiden Duellanten stellten sich mit dem Gesicht einander zugewandt auf, ihre Kameraden bildeten einen Ring um sie herum. Siverts und Valfred gingen vor dem Ring auf und ab; bei einer der Petroleumlampen stand Doc mit seiner Arzttasche bereit.

Leutnant Hansen legte los. Sein Gedicht war kräftig und gut, es war heiter, aber auch bissig, und wenn es auch hin und wieder etwas aus dem Tritt geriet, konnte man doch deutlich sein Format an den Reaktionen der Zuhörer ablesen: Sie lachten an den richtigen Stellen, hielten den Atem an vor lauter Spannung, wenn Lause mit Dreck beworfen wurde, und schnappten jedes Mal vor Überraschung nach Luft, wenn der Leutnant seinem Gegner einen Kopfstoß verpasste oder besonders bedeutungsvollen Worten mit seinen Knöcheln Nachdruck verlieh.

Lause stand da wie eine Säule und ließ das Ganze über sich ergehen. Er blinzelte weder bei Worten noch Schlägen. Um seinen Mund lag ein leises, selbstsicheres Lächeln, das um eine Spur breiter wurde, als er das ganze Gedicht des Leutnants vernommen hatte.

Nach Hansens Darbietung trat eine kleine Pause ein, in der Lause von Doc verpflastert wurde. Herbert, der es übernommen hatte, das Gelächter der Zuhörer zu registrieren, erklärte, dass man zweiundzwanzigmal über Lause gelacht hatte. Dies war mehr, als der Leutnant zu hoffen gewagt hatte, und er fühlte sich schon als der sichere Sieger. Man war jetzt zur zweiten Runde bereit.

Lause trat in den Ring. Er schlug die Schöße seines Mantels zur Seite, warf sein Haupt nach hinten, öffnete den Mund und stieß das klassische homerische Gelächter aus. Die Fänger staunten. Was war denn das? Lause war doch gegen jede Form der tierischen Ausprägung gewesen, und jetzt stand er hier und brüllte wie ein wütender Stier. Man sah sich mit hochgezogenen Augenbrauen an und zuckte mit den Schultern. Keiner lachte.

Noch einmal dröhnte das Gelächter der Götter ins Blaesedal. Lause stellte einen Fuß vor und fixierte den Leutnant mit starrem Blick; er stand wie erstarrt. Eine Hand war an die Brust gepresst, die andere streckte er schräg hoch zum Himmel. Sein Mund stand immer noch offen, aber er gab keinen Laut von sich. So stand er lange. Sein Blick, bisher fest und sicher, begann unsicher zu werden, seine Nasenflügel vibrierten, als ob er sich gewaltsam konzentrierte, und seine Zähne bohrten sich in die Unterlippe, die zu bluten begann.

Die Kameraden sahen ihn verwundert an. Wo blieb das Gedicht? Bjørken fing an, im Schnee zu trampeln, denn es war furchtbar kalt. »Vielleicht ist es so ein modernes Gedicht«, flüsterte er Sylte zu, »eines von diesen wortlosen.«

Lause seufzte tief. Er richtete sich auf und begann von vorn. Diesmal jedoch wollte das Gelächter nicht richtig klingen, es geriet zu einem halberstickten Wiehern, das allerdings den Zuhörern ein Lächeln entlockte. »Jetzt kommt es bestimmt«, flüsterte Sylte.

Aber es kam nichts mehr. Lause hatte sein Gedicht vergessen. Er war vollständig stecken geblieben, ihm fiel keine einzige Zeile ein. Er fühlte sich innerlich eiskalt, sein Hirn war ein großer Hohlraum, in dem nur das homerische Gelächter dröhnte.

Zwei geschlagene Minuten stand Lause in seiner dramatischen

Haltung. Dann ließ er die Arme sinken, knöpfte seinen Mantel zu und wandte sich beschämt vom Leutnant ab. Der Kreis der Jäger öffnete sich für ihn, als er langsam und steifbeinig zur Blaesehütte zurückging.

Herbert gab das Ergebnis bekannt, es löste nur ein müdes Lächeln aus; er erklärte den Leutnant zum Sieger.

Das darauf folgende Neujahrsfest geriet zu einer tristen Angelegenheit. Lause hatte sich in den Nebenschuppen gelegt und war nicht zum Reden zu bewegen, die Stimmung in der Blaesehütte blieb durch Lauses Missgeschick gedrückt. Siverts versuchte, seine Gäste zu unterhalten, so gut er konnte, aber keiner hatte Lust zu reden. Man trank ein bisschen Branntwein, denn es war kalt gewesen im Tal, und man aß, was Siverts auf den Tisch brachte. Die Leute von Bjørkenborg brachen vor Anbruch der Nacht auf, gefolgt von Mads Madsen und William, Lodvig mit der Besatzung von Rumpelhuk sowie dem Grafen und Fjordur. So verschwanden also die Gäste aus der Blaesehütte, noch bevor der erste Tag des Jahres vergangen war.

Der Sieg des Leutnants war keine Mühe gewesen. Er war enttäuscht über den ausgebliebenen Widerstand, hatte aber natürlich viele Entschuldigungen zu Lauses Rechtfertigung. Er räumte gegenüber Valfred ein, dass Lauses dramatische Effekte größer als seine eigenen gewesen waren, und jetzt, da der Sieg sicher war, gab er bereitwillig zu verstehen, dass Lauses Gedicht sicherlich auf der gleichen Höhe wie sein eigenes gewesen wäre.

Und dann reiste Lause nach Fimbul. Er kam während eines heulenden Schneesturms, hatte Erfrierungen auf den Wangen und der Nase und lange Eiszapfen im Bart. Er stellte sich drinnen an die Tür und blickte den Leutnant ernst an.

»Ich komme um zu sagen, dass ich keinen Groll hege«, waren seine ersten Worte. »Du warst der Bessere, und ich habe bekommen, was ich verdiente.«

Der Leutnant erhob sich von der Koje und ging mit ausgestreckter Hand auf seinen Gast zu. »Ach was, Lause, ich habe nur Glück gehabt«, sagte er. »Und wenn ich es richtig bedenke, dann muss ich einräumen, dass du Recht gehabt hast – man serviert von der linken Seite.« Er nahm Lauses kalte Hand. »Jetzt komm und setz dich, damit wir dich warm kriegen.«

Lause wurde zum Sitzen genötigt. Er wusch sein Gesicht mit kaltem Wasser und bekam zu essen und zu trinken. Er redete nicht viel, ab und zu nickte er mit einem kleinen, traurigen Lächeln seinen Wirtsleuten zu. Diese konnten ihn nicht richtig wiedererkennen. Es war nicht mehr der sichere und allwissende Lause, sondern ein schweigsamer und nachdenklicher Fremder. Dass er tiefe Gedanken hatte, wurde Valfred und dem Leutnant klar, als er sagte: »Hybris und Nemesis.«

»Wie bitte?« Valfred sah ihn fragend an.

»Ein richtig klassisches Duell war es in jedem Fall.« Lauses Blick bohrte sich in Valfreds dicken Bauch. »Und jetzt will ich mich für die gute Bewirtung bedanken. Es ist Zeit, dass ich mich aufmache.«

Der Leutnant und Valfred erhoben kräftige Einwände, aber Lause war unbeugsam. Er hatte bloß hereingucken und klar machen wollen, dass er keinen Groll hegte und der Leutnant der Bessere war. Und jetzt musste er weiter, die Fallen waren wegen des Duells vernachlässigt worden, auch hatten sie kein Fleisch mehr in der Blaesehütte. In der Tür drehte er sich noch einmal um und setzte, zum Leutnant gewandt, sein kleines, trauriges Lächeln auf. »Denk daran, dass ich keinen Groll hege, Hansen. Man wird von der Hybris ergriffen, und jetzt folgt die Nemesis.«

Als er die Tür hinter sich geschlossen hatte, schüttelte Valfred bedenklich seinen Kopf. »Er ist noch nicht darüber hinweg gekommen. Was bedeutet es, was er da gesagt hat?«

Der Leutnant sah grübelnd zur Tür hin. »Das Erste weiß ich nicht, ich habs vergessen, aber das Letzte, Nemesis, hab ich schon mal gehört. Das ist so etwas wie Strafe.«

»Na dann«, lachte Valfred beruhigt. »Ja, das kann man wohl schon sagen, die hat er bekommen.«

Zwei Wochen später kam Lause wieder. Er lag auf Siverts Schlitten und war tot. Der Leutnant und Valfred starrten ungläubig auf die Leiche, dann auf Siverts.

»Ich fand ihn ein paar Kilometer hier vom Haus entfernt«, sagte er. »Er kam nicht nach Hause mit den Hunden, und ich glaubte, dass sie ihm davongelaufen wären. Ich fand ihn genau da drüben bei der Rabenkoppel. Er hatte noch den Büchsenlauf im Mund.« Siverts zog seinen steif gefrorenen Kollegen vom Schlitten und entfernte den Schnee von seinem Gesicht. »Es war das Duell«, flüsterte er. »Er konnte es nicht verwinden. War er bei euch?«

Der Leutnant nickte. »Er kam, um mir zu sagen, dass er keinen Groll mehr hegt«, antwortete er und wandte sich ab, um seine Bewegung zu verbergen.

Valfred trocknete die Tränen in seinen Augenwinkeln und kniete neben der Leiche nieder. Er legte Lauses steife Arme auf die Brust und schnaufte: »Jaja, lieber Lause, jetzt ist es doch noch ein tödlicher Ausgang geworden. Richtig klassisch, um es so zu sagen. Wie du es haben wolltest.«

Fjordurs heimliche Leidenschaft

Hat man seine früheste Jugend an ein und demselben Ort verbracht und war dieser Ort reich an Eindrücken und Abenteuern, lässt sich kaum vermeiden, dass man im Mannesalter oft mit ein wenig Wehmut an diese bewegten Zeiten zurückdenkt. Man sehnt sich danach, die Taten und Unternehmungen der Jugendzeit noch einmal zu erleben, möchte gerne die verschwundene Stärke wiedererlangen, die unglaubliche Selbstsicherheit, und es gibt Augenblicke, in denen man ohne weiteres sein gesichertes Dasein gegen einen einzigen Augenblick des unruhigen Umherschweifens der Jugendzeit tauschen möchte.

So hatte es auch Fjordur der Isländer schwer, die Hudson Bay zu vergessen. Hier hatte er sich vom Kind zum Mann entwickelt, und hier hat ihn besonders ein Erlebnis stark und nachhaltig geprägt.

Fjordur kam als Decksjunge auf der Bark *Killimoore of Cork* in die Bucht. Er war tief beeindruckt von der gewaltigen Natur um den Kogaluk River, und er verliebte sich unsterblich in dieses Land, in seine Wälder – und in ein Halbblutmädchen mit dem Namen Pethua. So stark war seine Liebe, dass er beim Holzplatz etwas südlich der Stadt, die jetzt Kingwa heißt, von Bord ging. Er war zu diesem Zeitpunkt fünfzehn Jahre alt.

Fjordur lebte sechsundzwanzig Jahre in der Hudson Bay. Sechsundzwanzig herrliche Jahre, in denen er langsam in der Bucht herumzog, zuerst nach Westen, dann nach Norden zu. Pethua folgte ihm ergeben wie ein Schlittenhund, und mit den Jahren wurde sie sein bester Kamerad und unentbehrlicher Waidgenosse.

Pethua bekam keine Kinder, das war letztlich auch gut so. Fjordur war ein umherziehender Gesell, und er wäre mit einer

Kinderschar übel dran gewesen, als seine Frau nach sechzehn Jahren Zusammenlebens mit dem Fuß in die Bärenfalle eines portugiesischen Trappers geriet und verblutete, bevor Fjordur sie fand.

Die letzten zehn Jahre im arktischen Kanada verbrachte Fjordur im Keewatin-Distrikt; hier lebte er nicht viel anders als jetzt in Nordostgrönland. Dass er die Bucht verließ, geschah wegen einer heimlichen Leidenschaft, die durch einen Zufall ans Licht kam und dazu führte, dass er sich bei den anderen Trappern unbeliebt machte. Tief enttäuscht über die Intoleranz seiner Mitmenschen brach er auf und kehrte zurück zur Saga-Insel im Atlantik, wo er geboren worden war.

Aber auch seine Heimkehr wurde eine Enttäuschung. Nicht so sehr, weil Island sich verändert hatte, sondern weil Fjordur im Laufe der Jahre in der Arktis ein anderer geworden war. Er kaufte sich bei Onundarfjördur ein Haus, dort saß er und knurrte einige Jahre vor sich hin, umgeben von Himmel, Meer und Schafen. Einige Male reiste er nach Reykjavik, um sich etwas aufzumuntern, aber jedes Mal war er den Behörden zu laut, und sie beförderten ihn dreißig Kilometer weit in die Tingvallir-Ebene, wo er seinen Kanonenrausch ausschlafen konnte, ohne jemanden zu stören.

Als Fjordur zum dritten Mal nach Reykjavik kam, wollte er sich auf dem Boot einschiffen, das nach Kopenhagen fuhr. Er hatte mit dem Direktor der Fangkompanie korrespondiert und wollte nun als Fänger nach Nordostgrönland.

Er war, wie jeder einsehen wird, ein erfahrener Mann, als er sich auf die Reise begab. Ein Jäger, der keine Anpassungsschwierigkeiten haben würde. Er war ans freie Leben im Polargebiet gewöhnt, konnte die Einsamkeit ertragen und verstand sein Handwerk. Fjordur war Experte im Enthäuten und in der Behandlung von Fellen, er konnte einem Steinschmätzer auf hundert Meter die Schwanzfeder abschießen und Brot aus Mehl und Wasser auf zwei flachen Steinen backen.

Nach Ostgrönland zu kommen, war für Fjordur so, als käme

er nach Hause. Es geschah natürlich ständig, dass er sich etwas wehmütig an den Hudson erinnerte, aber das war mehr wegen Pethua und seiner heimlichen Leidenschaft als wegen des Landes. Die nordostgrönländische Natur war seiner Meinung nach schöner und auch reicher als anderswo in arktischen Regionen, die er gesehen hatte. Hier gab es besseres Wild und nur wenige Fänger, auch gab es hier Kameraden mit derselben freien Gesinnung.

Es war nicht die Bucht, die er vermisste, oder das bunte Völkchen der Trapper. Doch wenn er an seine Leidenschaft dachte, konnte er Herzklopfen wie ein Siebzehnjähriger vor dem ersten Rendezvous bekommen, der Gedanke machte ihn ruhelos und unausstehlich. Aber Fjordur kämpfte dagegen an. Er unterdrückte seine Leidenschaft, so gut er konnte, denn er wusste, auch hier in Nordostgrönland konnte sie entdeckt werden und ihn zu einem gezeichneten Mann machen.

Zwei Jahre bei der Haunahütte war er standhaft. Zwei Jahre, in denen er fleißiger als alle anderen Fisch fing, um Distanz zu seiner Leidenschaft zu gewinnen, zwei Jahre, in denen er von den Kameraden akzeptiert wurde. Aber im dritten Jahr – das Jahr, als die Funkstation Rumpelhuk zur Küste kam – brachen die Schutzwälle, die er mit Mühe vor der Leidenschaft aufgebaut hatte. Nahezu in Trance fuhr er nach Rumpelhuk, um eine drahtlose Mitteilung nach Kopenhagen aufzugeben.

Es hätte nun natürlich kein besonderes Aufsehen erregt, dass Fjordur ein Telegramm aufgab, das hatten auch alle anderen an der Küste anlässlich der Einweihung der Funkstation getan. Man hatte seine Botschaften in die Welt hinausgesendet, um zu berichten, dass die Isolation der Küste durchbrochen war, und auch, um dem Funker Mortensen seinen guten Willen zu zeigen. Aber bei dieser einen Botschaft war es dann geblieben; es war teuer, auch gab es keinen Grund, Mortensen mehr Arbeit aufzubürden, als unbedingt nötig war.

Doch da kam Fjordur an, um noch ein Telegramm in den Äther hinausschicken zu lassen. Und das musste natürlich Anlass zu Redereien geben. Das war in höchstem Maße übertrieben und grenzte an Unverschämtheit gegenüber Mortensen.

Lodvig, der auf Besuch auf Rumpelhuk weilte, als Fjordur angefahren kam, konnte einiges erzählen. Zuerst, so berichtete Lodvig seinen Freunden, hatte Fjordur getan, als ob nichts wäre. Er war zufällig vorbeigekommen, hatte er behauptet, und wollte gerade mal hereinschauen, um Doc und Mortensen etwas aufzuheitern. Er erwähnte mit keinem Wort sein eigentliches Anliegen. Er hatte gut gegessen und getrunken, was man ihm anbot, aber es hatte etwas Besonderes in seinem Blick gelegen, so schien es Lodvig, etwas Feuchtes, ja, man könnte fast sagen, etwas Warmes.

Als Lodvig sich am Abend hingelegt hatte, hörte er durch die dünne Bretterwand, wie Fjordur sich zu Mortensen hineinschlich und mit flüsternder Stimme fragte: »Sag mal, Mortensen, es gibt doch sicher so eine Art Verpflichtung, die Klappe zu halten über das, was hier hinausgeht, nicht wahr?«

Der Stationsleiter hatte seine Schweigepflicht zugestanden, und Fjordur fuhr fort: »Ja, siehst du, es ist nämlich so, dass ich eine sehr wichtige Nachricht nach Kopenhagen senden muss. Es handelt sich um so etwas wie ein Geheimnis, etwas, das nicht breit getreten werden soll. Kannst du das hinkriegen, Mortensen?«

Lodvig hatte das Geräusch von raschelndem Papier gehört, und er begriff, dass Mortensen Fjordurs Geheimnis las. Kurz darauf wieherte der Funker fröhlich: »Hä hä, ja, das kann ich wohl zusagen. Aber es ist ja nichts, was mich angeht, wir hier oben haben irgendwann sicher alle einen kleinen Rappel. Sechs Kronen, Fjordur, alles inbegriffen.«

Fjordur bezahlte bar. Er zählte die Kronenstücke hin, Lodvig konnte es hören. Lodvig war klar, dass es sich um ein längeres Geschreibsel handeln musste, denn er selbst hatte nur eine Krone und zwanzig Öre für einen Gruß an seine Tante in Nakskov bezahlt.

Fjordur öffnete die Tür, und bevor er hinausschlüpfte, flüsterte er fast entschuldigend: »Ich hoffe wirklich, du hältst die Klappe, Mortensen. Verstehst du, es handelt sich um eine heimliche Leidenschaft, die ich mir in Hudson zugelegt habe.«

Und so fing man an, ernstlich über Fjordur zu reden. Ein Mann mit einer heimlichen Leidenschaft war etwas Besonderes. Wenn man ihn besuchte, behandelte man ihn mit Freundlichkeit und Besorgnis, gleichsam als wäre er auf den Tod krank. Und wenn er hin und wieder selbst zu Besuch kam, bot man ihm den besten Stuhl und das beste Bett des Hauses an und viel Branntwein. Es hatte, so lässt sich leicht feststellen, gewisse Vorteile, eine heimliche Leidenschaft zu haben.

Winter, Sommer und Herbst vergingen. Man hatte Fjordurs Leidenschaft fast vergessen, als eine beunruhigende Meldung von der Grover Bay eintraf.

Herbert und Anton hatten unten am Smallefjord Fuchsfallen gestellt und waren aus Geselligkeit nach Hauna gefahren, um mit Fjordur eine Runde Karten zu dreschen. Doch zu ihrer großen Überraschung machte er ihnen nicht auf. Sie waren fest davon überzeugt, dass Fjordur zu Hause war, denn beide hatten gehört, wie er in der Stube herumging und auch Kohlen in den Herd nachfüllte. Nachdem sie an Tür und Fensterläden geschlagen und sich heiser gerufen hatten, legten sie sich im Kohlenschuppen schlafen, der des alten Niels' Schweinestall gewesen war, damals, bevor Niels von Halvor verspeist wurde.

Am Morgen des nächsten Tages versuchten sie wieder, mit Fjordur zu reden; aber vergeblich. Sie kehrten dann nach Guess Grave zurück, verbittert und aufgebracht über diese Ungastlichkeit. Weil es überall in der Arktis ein ungeschriebenes Gesetz ist, dass man Reisenden immer seine Tür öffnet, und Fjordur so offensichtlich diesen alten Brauch missachtet hatte, beriefen Herbert und Anton kurzfristig ein Treffen ein; es sollte in Kap Thompson stattfinden, ungefähr in der Mitte aller Bezirke.

Die Fänger trafen sich und sprachen ernst über Fjordurs Verhalten. Herbert, der ja selbst in Hauna gewesen war, konnte mitteilen, dass Fjordur etwas vor das Fenster gehängt hatte, um kein Licht nach außen dringen zu lassen, und die Tür war fest verschlossen. »Er war drinnen mit etwas beschäftigt, dass wir nicht sehen sollten«, sagte er, »oder er macht irgendwas, das nicht richtig ist.«

»Ich glaube, er ist fromm geworden«, meinte Mads Madsen. »In diesem Falle müssten wir vorsichtig sein. Diese Frommen sind besonders gefährlich. Sie sind ein bisschen krank, sozusagen, und diese Krankheit ist ansteckend.«

Der Graf, den während seiner ganzen Kindheit eine strenge, rechtgläubige Mutter geplagt hatte, nickte zustimmend. »Frömmigkeit selbst bedeutet noch nichts«, meinte er. »Aber es gibt einige, die sie in den falschen Hals bekommen und nicht begreifen, dass zwischen einem wahren Christen und einem religiösen Satan ein Unterschied besteht.«

Valfred lächelte und knautschte das Kopfkissen unter seinem Nacken zusammen; er lag auf Mads Madsens Koje und ruhte sich vom Mittag aus. »Hört mal zu, ich kannte mal solch eine fromme Figur«, sagte er gut gelaunt. »Das war, als ich Schlachterlehrling in Slagelse war. Der, von dem ich rede, war so etwas wie ein Zirkusdirektor. Er hatte alles: ein großes Zelt, dressierte Hallelujarufer und Gesangschor und alle diese Sachen. Ging man zu solch einer Gebetsversammlung, bekam man Kaffee und Topfkuchen, wenn man nur bei den Psalmen mitbrummte und Hosianna und Amen an den richtigen Stellen piepste. Der Missionar hieß Svensson, er war gleichzeitig fromm und schwedisch, hähä. Und dann war er noch Abstinenzler, wie er sagte, Gott steh mir bei.«

Valfred stützte sich auf einen Ellbogen. »Dort konnte man sogar Schwedisch lernen.« Er schob seinen Oberkiefer mit der Zunge in die richtige Position und zitierte mit rollendem »r«: ›Man botar inte faen med djävlen‹ – man treibt den Teufel nicht mit dem Beelzebub aus –, so sprach er, Svensson.«

Lasselille, der zu aller Überraschung firm im Schwedischen war, erklärte den verständnislosen Fängern, dass »botar« heilen bedeutete; Valfred nickte dankbar.

»Ja, das stimmt wohl. Ich habe nie gewusst, was es bedeutete, aber Schwedisch ist es auf alle Fälle. Und eine schöne Bescherung gab es in Slagelse. Denn wie es so ging, erließ der Missionar ein Branntweinverbot in der Stadt. Und die Kaufleute, die gekommen und Auserwählte des Herrn geworden waren, alle zusammen, weigerten sich natürlich auch, nur einen einzigen Tropfen zu verkaufen.« Valfred seufzte tief bei dieser unglücklichen Erinnerung.

»Na ja, Gott sei Dank ist Svensson nicht in Sorø gewesen. Darum konnte man sich dort immer noch einen anständigen Samstagsrausch holen, obgleich dieser nie so war wie ein Rausch in Slagelse: Er war natürlich verflogen, bevor man ihn mit dem Rad nach Hause gebracht hatte. So ein verdammter Kerl, dieser Svensson.«

Valfred legte sich in die Koje zurück und betrachtete gedankenvoll die Latten der Koje über sich. »Hähä, zum Glück brach sich seine Heiligkeit den Hals auf der steilen Treppe, die zu Frau Stinas heimlichem Ausschank in der Vindegade hinabführte. Donnerwetter, ihr glaubt ja nicht, wie das im Kasten rappelte, als die Sache durchsickerte. Da hatte die Schnapsdrossel jeden Abend nach der Galavorstellung mit seinem Zeremonienmeister gesessen und Mengen von Bier und meistens Branntwein zur Ehre Gottes in sich hineingeschüttet. Und auf Kredit. Ich habe gejubelt wie eine Lerche, als ich das gehört habe, denn es bewies, dass selbst Missionare Menschen sind und der liebe Gott Gerechtigkeitssinn besitzt.«

Nach diesem Monolog blinzelte Valfred schläfrig. Nun hatte er seinen Beitrag zum Abend geleistet und konnte sich mit gutem Gewissen einem verdienten Schlummer hingeben.

Der Leutnant, der viele Jahre in Kasernen gelebt hatte, meinte, dass sich Fjordur der Selbstbefriedigung hingab. »Ich bin der Meinung«, sagte er, »dass er gerade einen Koller bekommt. Sein Verlangen nach Frauen kann er nicht mehr zähmen, er gibt sich deshalb unsäglichen Beschäftigungen hin, ohne die Folgen zu bedenken.« Leutnant Hansen sah ernst in die Runde. Er wusste, welche Gefahren die Selbstbefriedigung mit sich brachte. Man konnte Schwindsucht, Rückenmarksentzündung, Gicht und Hirnschäden bekommen.

Valfred, der sich noch nicht völlig aus der Gesellschaft verabschiedet hatte, murmelte mit geschlossenen Augen: »Er sollte sich erleichtern und eine Spritztour nach Südosten machen. Das hilft, fragt nur Anton.«

Anton nickte. »Es ist schade, dass er Emma nie kennen gelernt hat.« Er errötete leicht. »Es war eigentlich ganz natürlich mit Emma, meine ich.«

Sie saßen noch ein Weilchen zusammen und erinnerten sich an Emma.

Siverts brach das Schweigen. »Es ist weder die Religion, noch sind es die Frauenzimmer«, meinte er. »Es ist der Durst. Ihr werdet sehen, er bringt seine Samstage sicher mit dem Brennen von Schnaps zu, den er dann am Sonntag trinkt. Und dann ist er den ganzen Rest der Woche sauer, weil er einen Brummschädel hat.«

Herbert schaute Siverts an. »Jetzt, wo du es sagst, Siverts: Es war ein Samstag, als wir da waren. Er machte also am Samstag und Sonntag nicht auf.«

»Also, da kannst du mal sehen.« Siverts blickte mit einer irritierenden Besserwissermiene um sich.

»Unsinn«, äußerte Mads Madsen gereizt, der nicht von der Religion lassen wollte.

Lasselille, der wissbegierig war und nie zuvor etwas von heimlichen Leidenschaften gehört hatte, erkundigte sich treuherzig: »So eine Leidenschaft, was ist das eigentlich?«

Bjørken betrachtete seinen Lehrling wohlwollend. »Das ist nichts, was man essen kann, und wahrscheinlich nichts, an dem du leiden wirst. Man muss nämlich Fantasie haben, um eine heimliche Leidenschaft zu hegen. Man muss Gefühle haben, die einen fast innerlich verzehren, die einem Menschen den Kopf verbrennen und ihn so weit treiben, dass er Haare, Zähne und seine Laune verliert. Eine heimliche Leidenschaft, mein Freund, kann einen erwachsenen Mann dazu bringen, wie ein geschlagenes Kind zu weinen oder glücklich zu lachen – als wenn der Außenseiter, auf den er fünf Kronen gesetzt hat, als Nummer eins ins Ziel kommt. Sie kann einen Toten lebendig machen und einen Lebendigen tot.«

»Donnerwetter.« Lasselille war beeindruckt. »Dann muss es einem wirklich Leid um Fjordur tun.«

Der Graf, der ja selbst Leidenschaften besaß – er baute Kartoffeln und Roggen hinter seiner Hütte an und experimentierte mit Weinstöcken in einem Glasanbau an Grover Bays Südgiebel –, meinte ruhig: »Praktisch wissen wir ganz wenig von Fjordurs Leidenschaft. Und so gesehen geht es uns überhaupt nichts an. Meiner Meinung nach muss ein Mensch das Recht haben, mit seinen Leidenschaften in Frieden zu leben. Jedenfalls so lange, wie er keinem zu nahe kommt. Wenn Fjordur seine Samstage und Sonntage für sich haben will, meine ich, sollten wir uns nicht einmischen.«

Herbert beugte sich über den Tisch. »Du hast Recht, Graf. Wir sollten uns nicht aufdrängen. Wir sollten grundsätzlich nichts unternehmen, solange uns Fjordurs Leidenschaft nicht stört. Aber ich kann euch verraten, dass es verteufelt kalt war, im Kohlenschuppen zu übernachten, und es war verdammt störend zu wissen, dass Fjordur drinnen in der Stube saß, bei Licht und Wärme und seiner Leidenschaft.«

Mads Madsen streckte seine Beine unter dem Tisch aus und faltete die Hände über dem Bauch. Er schüttelte bedächtig den Kopf. »Sonderbar mit Fjordur. Sag mal, Herbert, habt ihr ihn wirklich drinnen gehört?«

»Wir hörten, dass er Kohlen in den Herd schaufelte und hin und her ging. Sonst war es ganz still.«

»Das ist die Bibel.« Mads Madsen blieb dabei. »Er hat in der Bibel gelesen. Das kann man nicht hören.«

»Suff«, sagte Siverts. »Branntwein macht keinen Lärm.«

»Selbstbefriedigung«, meinte der Leutnant, »die ist fast geräuschlos.«

Lodvig, der bisher noch nichts gesagt hatte, schüttelte energisch seinen Kopf. »Keiner von euch hat Recht«, sagte er kategorisch. »Alles, was ihr glaubt, das ist so gewöhnlich, dass keine Notwendigkeit besteht, es geheim zu halten. Keinem von uns würde es merkwürdig vorkommen, wenn ein Mann die Bibel lesen, einige Schnäpse trinken oder am Taktstock fummeln würde. Und das bei Fjordur. Seine Leidenschaft kann ganz etwas anderes sein, etwas, auf das wir in unseren wildesten Fantasien nicht kommen können. Du hast vorhin gesagt, Bjørken, dass eine Leidenschaft nichts zum Essen ist. Aber könnt ihr euch an Sofus Slik erinnern, der vor vielen Jahren von solch einer Leidenschaft besessen war?«

Einige der alten Fänger nickten. Lasselille, der Sofus nie kennen gelernt hatte, fragte: »Was war das für eine Leidenschaft, Lodvig?«

»Ja«, erklärte Lodvig, »Sofus saß einen ganzen Winter lang und träumte von Sahneteilchen. Ihr wisst, richtige Negerküsse mit Schokoladenüberzug und Kokos. Das war seine Leidenschaft, es war ganz schlimm. Er sprach von nichts anderem, und sein Kollege Jalle, der vor ein paar Jahren starb, war kurz davor, blödsinnig zu werden. Als endlich die *Veslemari* eintraf, bestellte Sofus eine Ladung Negerküsse bei Olsen. Das ganze folgende Jahr wartete er auf seine Negerküsse und war für uns alle unerträglich.«

»Musste er wirklich ein ganzes Jahr warten?«, fragte Lasselille.

»Ja, was zum Teufel sollte er sonst machen? Glaubst du, die schickten ein Extraschiff nur seinetwegen?«, entgegnete Lodvig. »Na ja, das Jahr ging auch vorüber, obgleich es eine Prüfung war. Jalle zog hinunter zur Grover Bay, die damals unbewohnt war; er konnte das Negerkussgerede nicht mehr aushalten. Und Sofus verbrachte die meiste Zeit damit, ein Regal zu bauen – das größte Regal, das man je gesehen hat, es füllte die eine lange Wand ganz aus und enthielt dreihundertfünfundsechzig kleine Fächer: ein Fach für jeden Negerkuss über das ganze Jahr. Was sagt ihr jetzt?«

»Ich habe davon gehört«, sagte Mads Madsen. »Es war ein paar Jahre, bevor ich kam, ich erinnere mich.«

»Es war ganz fantastisch.« Lodvig sah seine Kameraden an. »Die Jäger kamen von nah und fern, um sich die Sache anzusehen. Und ich muss zugeben, es sah beeindruckend aus, als das Schiff kam, seine Ladung löschte und Sofus dann jeweils einen Negerkuss in jedes Fach gestopft hatte. Es war fast wie Kunst, was da bei ihm an der Wand hing.«

»Es war demnach richtig raffiniert«, sagte Lasselille, »wie ein Kalender, was?«

»Ja, das kann man schon sagen«, entgegnete Lodvig, »aber so ein richtiger Kalender wurde es nie.«

»Warum nicht?« Lasselille beharrte auf seinem genialen Gedanken. »Ich meine, wenn er jeden Tag einen Negerkuss herausnahm, dann musste er doch wissen, wie viel Tage vergangen waren, wenn er die übrigen Negerküsse zählte, nicht? Auf diese Weise konnte er doch schnell den Monat, die Woche und den Tag ausrechnen. Ja, eigentlich sogar das Jahr.«

»Dumm bist du nicht, Lasselille.« Lodvig bemühte sich, überrascht auszusehen. »Aber so ging es eben nicht: Du musst wissen, Sofus hatte in seinem Wahnsinn fünfzig Extranegerküsse bestellt, um den größten Heißhunger zu stillen. Und als er den Vorrat eines Jahres im Regal untergebracht hatte, machte er sich über die fünfzig übrig gebliebenen Negerküsse her und aß sie innerhalb einer Viertelstunde. So mächtig war seine Leidenschaft.«

»Unglaublich!« Der Graf schaute Lodvig entgeistert an. »Starb er nicht daran?«

»Nein, seltsamerweise nicht. Aber seine Leidenschaft starb«, entgegnete Lodvig. »Außerdem kotzte er zwei Tage lang und schwor, nie mehr einen Negerkuss auch nur anzugucken.«

»Was wurde denn aus denen im Regal?«, erkundigte sich Lasselille.

Lodvig lachte. »Die übernahm Jalle, er musste mit Sofus die Station tauschen, weil der den Anblick der Negerküsse nicht länger ertrug. Und als Jalle auf seine alte Station heimkehrte, lud er uns alle zu einem Negerkussfest ein. Er arrangierte einen Schießwettbewerb, richtig spannend: Wir machten auf die Negerküsse Scheibenschießen. Bei jedem Treffer gab es einen Schnaps zur Belohnung. Am Anfang ging es flott, aber allmählich, mit jedem Schnaps, wurden die Treffer weniger. Die letzten drei Negerküsse lagen noch fünf Stunden, denn mittlerweile konnte von uns keiner mehr Kimme und Korn erkennen. Im Übrigen bleibe ich dabei, dass Fjordurs Leidenschaft etwas ganz Neues ist, etwas, von dem wir nicht die geringste Ahnung haben, denn alles andere, auch Negerküsse, kann man nicht verheimlichen. Ich meine auch, dass der Graf Recht hat. Wir sollen uns nicht in etwas einmischen, das uns nichts angeht.« Er sah Herbert scharf an. »Niemand stirbt davon, wenn er einmal im Kohlenschuppen übernachtet. Nur wenn die Leidenschaft Fjordur quält, haben wir die Pflicht einzugreifen.«

Das war wirklich der vernünftigste Beitrag des Abends. Wenn Mads Madsen sich auch traditionell schwer tat nachzugeben, so beschloss man doch, die Ursache der Leidenschaft unaufgeklärt zu lassen und begnügte sich mit der Erkundung, inwieweit Fjordur von ihr geplagt wurde. Es wurde abgesprochen, dass der Graf und Lodvig in Hauna einen Besuch machen sollten, um herauszufinden, ob Fjordur litt.

Bereits am nächsten Morgen brachen die beiden Auserwählten auf. Sie fuhren über Holms Vorland, das fast schneefrei war, und folgten der Außenküste, bis sie die Bucht bei Hauna erreichten. Die ersten Tage waren ihnen das Wetter und die Wege gewogen, aber der letzte Tag wurde ungemütlich. Die Wolken wälzten sich über die Felsen und legten sich aufs Eis, sie fuhren in einem kalten Eisnebel, der so dicht war, dass sie Schwierigkeiten hatten, die Hunde zu sehen. Es war fast dunkel, und es war allein dem Führhund zu verdanken, dass sie zur Hütte fanden: Plötzlich schwenkte er scharf landeinwärts, führte das Gespann über eine steile Anhöhe, und dann lag das Haus wie ein undeutlicher grauer Schatten vor ihnen.

Lodvig stoppte die Hunde. »Weißt du, ob es Nacht oder Tag ist?«, fragte er den Grafen. Der Graf stieg vom Schlitten und streckte seine steifen Knie. Er zog seine Taschenuhr heraus und studierte das Zifferblatt beim Schein einer Streichholzflamme. »Lass uns mal sehen – In Kap Elizabeth sind wir um fünf Uhr losgefahren, nachdem wir geschlafen hatten. Vor Elizabeth lagen zwei volle Tagesreisen, und wir sind an einem Morgen in Kap Thompson gestartet. Ich glaube, es ist vier Uhr am Nachmittag.«

Lodvig zeigte mit seiner Peitsche auf das Haus. »Dann ist es also Samstagnachmittag«, sagte er. »Es sieht ein bisschen dunkel aus, aber vielleicht ist Fjordur nicht zu Hause. Meinst, dass heute Samstag ist, Graf?«

Der Graf schüttelte den Kopf, Keine Ahnung, es kann ebenso gut Samstag wie auch jeder andere Tag sein. In jedem Fall ist Februar, wenn nicht schon März.«

»Der Februar ist kurz«, bemerkte Lodvig. »Bevor man damit rechnet, ist es meistens schon März.«

Der Graf unterzog sich einer Reihe von Kniebeugen, um wieder Leben in seine gefühllosen Beine zu bringen. »Wenn wir davon ausgehen, dass es Samstag ist, dann kann er ja drinnen sein. Vielleicht können wir etwas hören, wenn wir an der Wand horchen.«

Lodvig hängte die Peitsche an den Schlitten und wendete ihn um, damit die Hunde sich nicht mit ihm aus dem Staub machen konnten.

»Als Anton und Herbert vor einiger Zeit hier waren, war es Samstag«, sagte er.

»Woher wussten die das eigentlich?«

»Also, Anton ist in diesen Dingen sehr genau. Er führt ein Tagebuch, wirklich.«

Der Graf hielt in einer Kniebeuge inne. »Tatsächlich? Kaum zu glauben, dass er von jedem Tag etwas zu schreiben weiß.«

Lodvig schniefte. »Es gibt Leute, die haben dafür eine Begabung, Graf, und Antons Geschreibsel ist gar nicht so übel.«

»Hast dus gelesen?« Der Graf sah seinen Kameraden überrascht an.

»Selbstverständlich. Als ich neulich in Guess Grave war, hat mir Herbert sein Tagebuch gezeigt. Anton war draußen bei den Fallen, und Herbert wollte mit seinem Kollegen gern ein bisschen renommieren.« Lodvig kratzte mit dem Peitschenstiel das Eis aus seinem Bart. »Gar nicht so dumm, was der Bursche da hineingeschrieben hatte, ein richtiger kleiner Roman, einer von den schweren, du weißt, von den Farben des Himmels und vom Wetter und Fang und Gefühlen, einer Menge Gefühlen. Es gab fast eine ganze Seite Gefühle täglich.«

»Interessant«, murmelte der Graf. Er zog einen Handschuh an und schnäuzte sich mit einem Trompetenstoß. »Also waren Anton und Herbert an einem Samstag hier. Und da machte auch keiner auf, es war zugeschlossen. Seltsam. Wenn es mir nicht so gegen den Strich ginge, würde ich Mads Madsen beinahe Recht geben. Das sieht nach Religiosität aus.«

Herbert setzte sich auf den Schlitten und starrte zum Haus hinüber. »Es ist merkwürdig, wenn man sich vorstellt, dass Fjordur da drinnen sitzt und etwas macht, das wir nicht sehen dürfen. Er muss verdammt ängstlich sein, entdeckt zu werden, denn sonst hätte er die Hütte nicht so sorgfältig verdunkelt. Ich bin fast sicher, dass heute ein Samstag ist. Ich fühle es irgendwie. Ich habe immer die Samstage spüren können, sie sind schon ein bisschen deprimierend, alles ist geschlossen, und man hat einen scheißlangweiligen Sonntag vor sich.«

Der Graf steckte die Hand in den Handschuh und nahm seine Kniebeugen wieder auf. »Fjordur hat den Laden zum Wochenende geschlossen, das ist klar«, sagte er. »Schade, dass er uns nicht drinnen haben will, denn nachts wird es im Kohlenschuppen kalt werden.«

Zuerst schlichen sie ums Haus und horchten, ob jemand drinnen war. Und als sie Geräusche gehört hatten, die ohne weiteres von einem Menschen stammen konnten, klopften sie mit dem Peitschenstiel vorsichtig an die Tür und den Fensterladen. Sie wollten sich natürlich nicht aufdrängen, aber wenn Fjordur seine Meinung geändert haben sollte, war es ja besser, sich bemerkbar zu machen. Aber Fjordur hatte seine Meinung nicht geändert.

Da packte Lodvig die Wut. »Jetzt mach verdammt noch mal auf, du Kuhkopf«, rief er. »Was zum Teufel soll das, uns hier draußen in der Kälte stehen zu lassen.« Er rief so laut er konnte und benutzte Worte, die man eigentlich einem kranken Mann gegenüber nicht gebrauchen sollte; der Graf hielt ihm das auch vor.

Drinnen in der Stube saß Fjordur am Tisch und war ganz mit seiner Leidenschaft beschäftigt. Er war so von seinem Vorhaben gefesselt, dass er kaum die Gäste draußen hörte. Die waren weit weg und gingen ihn nichts an; es war, als ob er an etwas dachte oder von etwas träumte.

Weil der Graf und Lodvig also nicht eingelassen wurden, trotz ihrer deftigen Aufforderungen, setzten sie sich wieder auf den Schlitten.

»Er ist drinnen«, sagte Lodvig aufgebracht. »Man sieht schmale Lichtstreifen an der Tür.«

Der Graf schlug sich mit den Armen um den Leib, ihm war immer noch eiskalt. »Ich verstehe Herberts Ärger«, meinte er, »aber jetzt dürfen wir nicht die Fassung verlieren und übereilt handeln. Uns bleibt nichts anderes übrig als bei ihm einzudringen, um festzustellen, wie die Sache aussieht.«

»Genau.« Lodvig schauderte vor Kälte und blickte sich in dem Dunkel des Nachmittags um. »Wenn wir hier noch länger sitzen bleiben, friert uns der Hintern an den Schlittenkufen fest. Können wir denn nicht über den Dachboden hineinkommen? Es gibt eine Luke im Giebel, und ich glaube, es führt eine Falltür von dort oben in die Stube.«

Am Giebel lag eine Schneewehe, über die die beiden Freunde bequem nach oben zur Luke gelangten. Ohne Geräusch konnten sie diese öffnen und schlichen sich auf den Dachboden. Der Graf entdeckte die Falltür zur Stube und hob sie etwas an.

»Kannst du etwas sehen?«, flüsterte Lodvig aufgeregt.

Der Graf zog den Kopf ein. »Ich muss etwas weiter nach vorn«, sagte er. »Halte du die Falltür, ich versuche, weiter nach vorn über die Öffnung zu kriechen.«

Lodvig kroch um die Falltür herum und fasste den Eisenring. Er öffnete die Falltür nur so weit, dass der Graf seinen mageren Körper darunterklemmen konnte, um einen Überblick über die Stube zu gewinnen. Er konnte den Herd, den Kohlenkasten und Fjordurs Beine am Tisch sehen, und er hörte ein merkwürdiges tickendes Geräusch. Die Aufregung ergriff auch ihn für einen Moment. Das war spannend, kaum auszuhalten. Was machte Fjordur?

Eifrig robbte er einige Zoll weiter, und jetzt sah er plötzlich Fjordur ganz. Er sperrte die Augen vor Erstaunen auf, vergaß sich am Rahmen festzuhalten, verlor das Gleichgewicht, fiel mit einem wilden Heulen aus der Bodenluke hinunter und landete zwischen Tisch und Herd.

Fjordur zuckte zusammen. Er starrte auf den Grafen, als wäre dieser ein Spuk, sein Herz schlug so, dass man es oben auf dem Dachboden hören musste.

Der Graf blinzelte; er setzte sich auf und glotzte auf das, was Fjordur in seinen Händen hielt. »Mensch, Fjordur«, brach es aus ihm heraus, »du strickst ja!«

Fjordur versteckte das Strickzeug unter dem Tisch und fauchte: »Ja, es ist verdammt noch mal kein Fischnetz, was ich hier knüpfe, du Idiot.« Er stand auf, langte über den Tisch und bekam den Grafen am Kragen zu fassen.

Lodvig hatte die Luke ganz aufgeklappt. Er streckte den Kopf nach unten und rief erschrocken: »Wo bleibst du, Graf? Lebst du?«

Fjordur zog den Grafen über den Tisch. Er hielt ihn in Augenhöhe hoch und schüttelte ihn kräftig. »Du kleiner Scheißkerl«, schnaubte er, »spionierst hier rum und brichst ins Privatleben ein.« Er schleppte den Grafen über den Fußboden, nahm den Riegel von der Tür und beförderte seinen Gast mit einem gut platzierten Fußtritt in den kalten Schnee. Dann verriegelte er die Tür wieder und ging unter die Bodenluke. »Ja, er lebt«, erklärte er dem Kopf in der Luke, »aber wenn du nicht augenblicklich deinen Sülzkopf einziehst, kann es gut sein, dass du nicht so viel Glück hast.«

Lodvig zog seinen Kopf so weit zurück, dass Fjordurs lange Arme ihn nicht erreichen konnten. Er überdachte die Situation. Das war es also, was Fjordur machte. Kein Mensch wäre auf ein Strickzeug gekommen.

»Du siehst aus wie einer, der eine Masche verloren hat«, grinste er. Und einer plötzlichen Eingebung folgend fuhr er fort: »Es ist überhaupt nichts dabei, ich habe es selbst schon oft gemacht. Verdammt schwer. Das Stricken, meine ich.«

Fjordur setzte sich schwer an den Tisch. Die Raserei, die ihn eigentlich hätte ergreifen müssen, blieb ganz aus. Er fühlte sich seltsam leer und ein wenig ängstlich. Nun waren also auch seine Tage in Nordostgrönland gezählt, seine Leidenschaft war entdeckt. Es würde ihm so ergehen, wie es ihm auch in Hudson ergangen war: Die Fänger würden zur Hütte kommen, um ihn stricken zu sehen, sie würden über ihn feixen und verletzende Bemerkungen machen, die er mit seinen Fäusten beantworten musste. Und so würde eine unfreundliche Atmosphäre entstehen, eisige Luft, und für Fjordur würde kein Platz mehr sein.

Lodvig legte sich auf den Bauch und stützte sich mit den Armen auf dem Lukenrand ab. Er schaute durch die Lukenöffnung schräg hinab auf Fjordur.

»Es ist wirklich merkwürdig«, meinte er sanft, »dass so viele Menschen das Stricken als eine Arbeit für Frauenzimmer ansehen. Aber das kommt wohl daher, weil sie nicht wissen, wie spannend es ist. Ich selbst habe es nie richtig begriffen, ich habe kein Talent dafür, verstehst du. So einfach auf und ab, das kann ich schon, aber wenns um die Armlöcher geht, dann bin ich am Ende.«

Fjordur hob seinen Kopf und blickte schwerfällig auf Lodvig. »Hast du auch mal gestrickt, Lodvig?«

»Das ist schon viele Jahre her«, antwortete Lodvig, »aber ich glaube schon, dass ich die meisten einfachen Griffe noch kann. Wenn du nichts dagegen hast, kann ichs ja mal versuchen.« Er sprang auf den Fußboden und setzte sich an den Tisch. »Darf ich dein Strickzeug haben, Fjordur?« Fjordur nickte. Er sah mit Bewunderung und Erstaunen, wie Lodvig die Nadeln richtig in die Hand nahm, den Wollfaden um den Zeigefinger der linken Hand legte und zu stricken anfing.

»Aber du kannst es ja, es … es ist richtig«, stammelte er.

»Mit etwas Übung könnte ich wieder dahinter kommen«, meinte Lodvig. Er hielt das Garn hoch und besah sich kritisch seine Schlingen. »Mein Alter strickte viel. Er kam aus dem tiefsten Westjütland, da saßen die Leute alle zusammen und strickten abends. Ich würde gerne das Rundstricken lernen. Ist es schwer?«

Fjordur erhob sich. Ein starkes Gefühl der Freude durchströmte ihn. Er stellte sich hinter Lodvig und sah zu, wie die kleinen, dicken Finger mit den Nadeln richtig arbeiteten, wenn auch etwas ungeübt. Er legte seine Hand auf Lodvigs Schulter. »Ich kann dir alles beibringen, Kamerad, wenn du Lust hast. Rundstricken und Musterstricken, Maschen aufnehmen und abschließen.« Er lächelte und rieb vergnügt seine großen Hände. »Man glaubt es kaum«, sagte er glücklich. »Dass man noch einen Fänger trifft, der strickt. Das muss Schicksal sein, Lodvig.«

Sie holten den Grafen herein. Und während Lodvig und Fjordur Strickarten diskutierten und demonstrierten, machte der Graf das Essen, trug es auf und erledigte den Abwasch. Später gab es Kaffee mit Genever, und es wurde sehr spät, bis sie die Stricknadeln aus der Hand legten.

Als die beiden Jäger einige Tage später in Hauna aufbrachen, begleitete sie Fjordur zum Schlitten.

»Ja, jetzt kennt ihr also mein Geheimnis«, lächelte er, »ihr könnt es unter die Leute bringen, ganz wie ihr wollt.«

Der Graf setzte sich auf die Fuhre und wickelte ein groß

kariertes Plaid um seine Knie. »Das wäre nicht nötig gewesen, die Strickerei hier oben zu verbergen«, sagte er. »Aber ich verstehe gut, warum du es getan hast, nach dem, was du uns vom Hudson erzählt hast.« Er nahm Fjordurs Hand und schüttelte sie kräftig. »Wir hier in Nordostgrönland sind ein bisschen anders«, fügte er hinzu, »weder wie die Leute in der Hudson Bay noch wie irgendwelche anderen in dieser Beziehung. Ich meine, du hast ein schönes und gemütliches Hobby, und wenn mich die Landwirtschaft nicht so in Anspruch nehmen würde, hätte ich vielleicht auch damit angefangen.«

Lodvig entrollte die Peitsche. »Das einzig Schwierige bei diesem Hobby ist, dass man die Nadeln nicht liegen lassen kann, wenn man erst einmal angefangen hat. Wenn sich das Stricken nicht wie ein Steppenbrand an der Küste ausbreitet, dürft ihr mich Mads Madsen nennen.«

Bei ihrer Rückkehr in Kap Thompson erstatteten sie Bericht über ihren Besuch, und die Fänger hörten erleichtert, dass Fjordurs Leidenschaft so etwas Unschuldiges wie Stricken war.

»Ihr könnt sagen, was ihr wollt«, sagte Mads Madsen, »aber wenn jemand von einer Sache so gefesselt ist wie Fjordur, dann ist es eine Art Religion. Und gerade das habe ich ja die ganze Zeit gesagt.«

Man gab Mads Madsen Recht, denn bei gewissen Menschen lohnt es sich nicht zu widersprechen. Bjørken bat Lodvig, das Stricken vorzuführen, und Lodvig holte die Stricknadeln. Bevor der Abend vorbei war, hatte er für Bjørken einen Topflappen und ein Paar Ohrenwärmer für den Schwarzen William gestrickt. Die Männer hielten die Sache für sehr spannend, und viele von ihnen äußerten den Wunsch, diese Kunst zu erlernen.

Und so behielt Lodvig Recht. Das Stricken eroberte die Küste. Bald gab es kein Haus mehr, in dem nicht gestrickt wurde, und als die *Veslemari* im folgenden Sommer einlief, fand Skipper Olsen seine Freunde strickend auf der Bank vor der Kap-

Thompson-Hütte, jeder mit seinem Strickzeug. Niemals zuvor hatte er so viele Willkommensgaben erhalten: Er bekam wollene Unterhosen, Kniewärmer aus einem aufgeribbelten Islandtrojer, Zipfelmützen, Fausthandschuhe, Schals und eine feuerrote Hausjacke, die Fjordur für sich selbst gestrickt hatte, die er aber in übergroßer Freude Olsen schenkte.

Olsen bedankte sich natürlich, aber er dachte sich seinen Teil. Und er kam zu dem Schluss, dass in der Strickerei eine ganze Menge Geld steckte. Die Fänger würden im Laufe eines Jahres verschiedene Wollsachen anfertigen, die er billig eintauschen und teuer in Norwegen verkaufen könnte. Olsen sah eine Möglichkeit, leichtes Geld zu verdienen, und begann, mit seiner roten Hausjacke herumzuspazieren und seine Kniewärmer und Zipfelmützen zu tragen, um den Fängern seine Würdigung zu zeigen.

Als sie auf der Heimreise durchs Eis gekommen waren und in offenes Wasser steuerten, kam ihm der Gedanke, dass sie natürlich ihre eigene Wolle herstellen sollten. Die Wolle der Moschusochsen lag ja in allen Tälern, wenn sie ihr Fell wechselten; wenn er ihnen eine Kardätsche zum Auskämmen der Wolle und ein Spinnrad zur Verfügung stellte, könnten sie im Gegenzuge sein Warenlager attraktiv und exklusiv gestalten. Der Gedanke begeisterte ihn so, dass er seinen Steuermann auf den Rücken schlug und den Rudergänger nach der Geneverflasche schickte.

Das Erbe des Grafen

Niemand an der Küste würde jemals behaupten, dass der Graf anders als die anderen wäre. Denn in diesem Falle wären sie allesamt anders. Man hielt ihn für einen ganz normalen und gleichberechtigten Fänger, obwohl seine Fangergebnisse stets auf der Verlustseite im großen Rechnungsbuch der Kompanie abgebucht werden mussten. Dass er adelig war und sein eigenes Wappen auf der Brust tätowiert trug, kümmerte keinen, solange er ein guter und verträglicher Kamerad war.

In den Jahren, von denen wir erzählen, lebten an der Nordostküste Grönlands Menschen aus allen Gesellschaftsschichten. Es gab Anton, der sein Abitur in der Tasche hatte, und es gab bis vor kurzem Lause, der Tennis spielte und viele Bücher las. Dann war da Bjørken, dessen Vorzeit sich unter den Heringsschwärmen der Ostsee abgespielt hatte; der Schlachter Valfred, der Leutnant, der eine glänzende Militärzeit hinter sich hatte, Siverts, Mads Madsen, Lodvig und Fjordur – alles Männer von Bedeutung, die durch eigene Arbeit die Stufen der Gesellschaft hinaufgeklettert waren.

Beim Grafen war es lediglich so, dass er andere Interessen als die übrigen Leute hatte. Aber das wurde ihm nicht zur Last gelegt. Er wollte lieber Leben schaffen als es nehmen, er war mehr Bauer als Jäger. Er stammte von einem lolländischen Gut, das bis zum Jahre 1600 in Familienbesitz war, dann wurde es einer schönen Müllerstochter geschenkt, zum Ausgleich für erlittene Unbill – sie hatte einer königlichen Lende zur Verfügung gestanden. Der Vater des Grafen starb lange bevor der Junge ihn kennen lernen konnte, und seine Mutter, eine strenge viktorianische Dame, bewirtschaftete das Gut weiter. Als Siebzehnjährigem gelang es dem jungen Grafen, der absolutistischen Herrschaft zu entkommen. Er begab sich aufs Meer zu seinem Onkel, der Kapitän war und immer als das schwarze Schaf der Familie angesehen wurde. Nach einigen Fahrten ins Eis ließ er sich als Fänger in Nordostgrönland anwerben, und sein ältester Bruder Albert, der nach dem Tod der Mutter das Gut übernommen hatte, zahlte in aller Heimlichkeit eine stattliche Summe an die Kompanie – teils als Entschädigung für die unproduktive Fangstation, teils um sich seinen jüngeren Bruder vom Hals zu schaffen.

Der Graf lebte in der Arktis auf. Er vergaß fast, dass es eine Welt außerhalb der grönländischen gab. Er grub seine Erde so tief um, wie es der Permafrost zuließ, legte seine Kartoffeln, bestellte das Roggenfeld, bewässerte, düngte und tat alles, um im späten Herbst zu ernten. Letzteres war jedoch mehr eine Illusion. Noch war seine größte Kartoffel nicht größer als eine Pfeffernuss, und sein Roggen reifte nie. Aber der Graf gab nicht auf. Er ließ sich Kuh- und Hühnerdung mit dem Schiff kommen, mischte ihn mit den Händen unter die Erde und stellte große Schutzwände um die bestellten Flächen auf. Ein Jahr baute er ein Treibhaus am Südgiebel von Grover Bay. Hier pflanzte er Weinstöcke in die kalkhaltige Erde, und dieses Gewächshaus wurde die Grundlage für seinen später so berühmten Markenwein.

So ging alles viele Jahre lang seinen ausgezeichneten Gang, bis Doc an einem Tag Ende März zur Grover Bay geradelt kam. Der Graf sah ihn aus seinem Gewächshaus, wo er sich mit seinen Weinstöcken beschäftigte. Er war nicht sonderlich überrascht, in der Arktis einen Mann auf dem Fahrrad zu treffen; der Graf hatte ein phlegmatisches Gemüt, er verlor nicht so schnell die Fassung. Er ging dem Radfahrer entgegen, ohne Eile, so wie er es auch getan hätte, wenn Siverts als Mahut auf dem Rücken eines Elefanten oder Lodvig in der Schlittenspur mit einem riesigen Bugatti Royale angekommen wäre. Für den Grafen waren alle Transportmittel ganz selbstverständlich. Selbst hatte er nur seine Skier, aber er zeigte großes Verständnis dafür, dass die Leute Hundeschlitten, Schneeschuhe oder, wie nun Doc, Fahrräder benutzten.

Doc lehnte sein Fahrrad an eine Schneewehe. Er öffnete die Satteltasche, aus der er das Flickzeug entfernt hatte, weil eine Reifenpanne auf dem Eis so gut wie ausgeschlossen war, und holte einen länglichen Umschlag hervor. Dann ging er mit dem Grafen hinein.

In der Tür schlug er die Anorakkapuze zurück und enthüllte eine Mütze mit blankem Schirm und einem Reedereiemblem. Es war Mortensens Uniformmütze, die Doc übernommen hatte. Er kam in offiziellem Auftrag und trug die Mütze als sichtbares Zeichen für die Bedeutung des Besuches. »Ja, das ist der Telegraf«, sagte er so feierlich, wie es sein singender fünischer Dialekt zuließ. »Ein Telegramm für den Grafen.«

Der Graf dankte herzlich und bot ihm einen Platz an. Er legte das Telegramm zwischen einige Gläser mit keimender Kresse, die auf einem Regal über dem Herd standen, und stellte eine Flasche seines Markenweines auf den Tisch.

Doc ließ sich den Wein schmecken. Er legte die Mütze unter den Stuhl und nickte dem Grafen zu. »Wie gehts der Gesundheit?«, erkundigte er sich.

»Ausgezeichnet, danke.« Der Graf schlürfte einen ordentlichen Schluck Wein. Es war ein Grover Bay 1929, einer seiner besten Jahrgänge.

Doc wies auf das Telegramm. »Es war eine schwierige Zustellung«, erzählte er, »die meisten Spuren waren zugeweht, und ich musste mehr als den halben Weg schieben.«

»Ich habe gesehen, dass du mit einem Rad hier bist«, sagte der Graf. »Es ist vielleicht nicht so ganz richtig für diese Gegend konstruiert.«

Doc verteidigte sein Rad. »Man kann überall Rad fahren«, sagte er. »Es kommt nur darauf an, dass man die richtige Technik beherrscht.«

»Aber es ist doch recht beschwerlich, wenn es schneit?«, meinte der Graf.

»Ja, dann wirds ein bisschen schwierig«, räumte Doc ein. »Man muss warten, bis der Schnee durch den kalten Wind hart geworden ist. Kurz nach Weihnachten war es schwierig, aber in dieser Zeit habe ich meine Kondition dadurch gehalten, dass ich zu Hause immer um den Tisch herumgeradelt bin. Im Übrigen habe ich daran gedacht, einen Ausleger für die Hinterradnabe zu konstruieren und Schneeketten für vorn und hinten.«

Der Graf bat ihn, seine Ideen auf einem Stück Papier zu veranschaulichen; mit einem Bleistift in seinen dicken, roten Fingern skizzierte Doc, wie er sich das Transportmittel der kommenden Jahre vorstellte. Der Graf machte ein paar Verbesserungsvorschläge wie zum Beispiel einen Schneekratzer, um den Reifen vor dem Dynamo schneefrei zu halten, sowie einen Anhängeschlitten für Gepäck und Telegramme, Medikamente und alles, was Doc sonst mit sich führen musste, wenn er die Distrikte bereiste. Es wurde späte Nacht, bis die beiden ihre Fantasien beendet hatten, und erst als sie in ihren Kojen lagen, fiel Doc ein, dass der Graf die drahtlose Mitteilung noch nicht gelesen hatte.

»Willst du nicht lesen, was im Telegramm steht?«, fragte er.

Der Graf zog seine lange, schmale Nase aus dem Versteck des Schlafsacks und murmelte schläfrig: »War es etwas Wichtiges, Doc?«, als ob er täglich Telegramme bekam.

»Was weiß ich«, antwortete Doc. »Du bist der Erbe eines Gutes geworden, weil dein Bruder gestorben ist.« Er hatte das Telegramm vor der Abreise auswendig gelernt, für den Fall, dass es unterwegs verloren ging.

»Wenn es weiter nichts ist, kann es gut bis morgen warten«, sagte der Graf. Und er steckte seine Nase zurück ins Warme und wälzte sich auf der Seegrasmatratze wohlig zurecht.

Es sprach sich rasch herum, dass der Graf das erste Telegramm Nordostgrönlands bekommen hatte, und dessen Inhalt wurde mit viel Interesse ringsum in den Hütten diskutiert.

Ein Teil der Fänger meinte, dass der Graf nun die Einöde

verlassen und sich als Gutsbesitzer auf Lolland niederlassen würde. Mads Madsen jedoch, der immer besser orientiert sein wollte als die anderen und darauf hinwies, dass er den Grafen am längsten kannte, schwor bei seinem Seelenheil, der Graf werde Grönland um keinen Preis verlassen. »Nee«, sagte Mads Madsen zu seinem Kollegen, dem Schwarzen William, »der Graf wird den Teufel tun und Gutsbesitzer werden. Er wird lieber zwei arktische Kartoffeln und eine Hand voll Roggen im Jahr hier oben ernten als seine Scheunen in Lolland mit dem zu füllen, was der fette Humusboden da unten hergibt. Der Graf ist ein Forscher, das sag ich dir, und er ist vernarrt in die Küste. Glaub nur nicht, dass er ein freies Leben in einer großartigen Natur für ein angebundenes Dasein auf einer Insel aufgibt, wo die Leute fast Rücken an Rücken stehen, um genug Platz zu haben.«

Dies war Mads Madsens Meinung, die wie gesagt, nicht von allen geteilt wurde. Aber über eines waren sich alle einig: Es musste etwas geschehen. Man erbte kein Gut, ohne dass nicht das eine oder andere sich ereignete. Darum hielt sich Mortensen in Rumpelhuks Funkstation das ganze Frühjahr und den Sommer zu Hause auf, um an seinem Platz zu sein, falls noch ein Telegramm eintreffen sollte. Es geschah jedoch nichts, bevor Olsen mit der *Veslemari* einlief.

Das Meer war nicht das Element des Rechtsanwalts Volmersen. Aber er war ein ungewöhnlich pflichtbewusster Mann, dem das Wohl seiner Klienten über seine eigene Annehmlichkeit ging.

Weil er vom Grafen in Ostgrönland keine Antwort auf sein Telegramm bekommen hatte und ihm ferner sehr am Herzen lag, den Nachlass zu ordnen, entschloss er sich, vielleicht auf Grund seiner völligen Unkenntnis über Seereisen, selbst hinzufahren und die Papiere zu ordnen. Er arrangierte die Reise mit dem Königlich-Grönländischen Handel auf dem Robbenfängerschiff *Veslemari* und ging in der Hoffnung an Bord, dieses

Geschäft im Laufe der dreiwöchigen Sommerferien abschließen zu können.

Skipper Olsen begegnete dem kleinen korpulenten Mann freundlich. Er sah an der Perle in der Krawatte, dem Zigarrenabschneider an der Goldkette und der groß karierten Tweedbekleidung, dass er einen Mann von Geschmack und auch mit Geld vor sich hatte.

Als die *Veslemari* die Fahrrinne verlassen hatte und durch den spiegelglatten Sund glitt, lud Olsen den Rechtsanwalt zu einem kleinen Willkommenstrunk ein. »Wir leben sonst in aller Bescheidenheit an Bord, hähä, aber deshalb muss man ja nicht die innere Schmierung versäumen.« Er besaß ein Gefühl dafür, dass Volmersen eine spendable Natur war.

Der Rechtsanwalt trank einen Schluck und schnalzte anerkennend. »Nicht übel«, meinte er, »ein Hauch mehr Rum, und es würde wirklich gut schmecken.«

Olsen überhörte die kleine kritische Bemerkung. Wohlhabende Menschen benahmen sich fast immer exzentrisch, und je exzentrischer, desto spendabler waren sie, das war seine Erfahrung.

»Ja, da hat sich der Herr Rechtsanwalt also in den hohen Norden verliebt«, flötete er. »Wie auch viele Jäger und Fischer. Haha, und für Zigarrenraucher wie uns beide ist die Luft dort der reine Balsam.« Er blickte lange der schwarzen Havanna nach, die sich Volmersen in den Mund steckte.

Volmersen drehte die Kette mit dem Zigarrenabschneider auf seinem Bauch. »Ich bin weder Fischer noch Jäger. Ich bin Rechtsanwalt.«

»Sicher …, aber es gibt doch keinen da oben, der geschieden werden will?«

»Ein Rechtsanwalt hat noch andere Aufgaben als Scheidungen.« Volmersen betrachtete Olsen kühl durch einen feinen Nebel aus Zigarrenrauch. »Ich habe einen Klienten dort oben.«

»Donnerwetter!« Olsens Erstaunen war echt. Er konnte sich in seinen wildesten Fantasien nicht vorstellen, welcher der Jäger einen Rechtsanwalt gebrauchen könnte. »Ist es vielleicht dieser Lause, der sich eine Kugel in den Kopf geschossen hat?«, fragte er neugierig.

Volmersen nickte. »Der ists vielleicht. Oder ein anderer. Ich bin, wie Sie vielleicht wissen, an meine Schweigepflicht gebunden. Und besonders dann, wenn es sich um große Werte wie bei dieser Sache handelt, ist mein Mund mit sieben Siegeln verschlossen.«

Diese letzten Worte plagten Skipper Olsen lange. In den vier Stunden seiner Wache auf der Brücke dachte er unaufhörlich über sie nach, und er nahm sie mit in die Koje, die er gegen Mitternacht aufsuchte. Er verwünschte Volmersens Loyalität und schwor, bevor er sich seine wollene färöische Nachtmütze über die Augen zog, dass er den Namen aus dem Rechtsanwalt herausgequetscht haben würde, bevor die erste Eisscholle in Sicht kam. Denn ein Fänger mit viel Geld war wie ein Märchen, beinahe so, als wäre Klondyke wieder auferstanden. Und Olsen war keiner, der nicht Gold waschen würde, wenn man endlich eine Goldader gefunden hatte.

Als sie das Kattegat hinter sich gelassen hatten und mit dem Westwind Bekanntschaft machten, wurde Rechtsanwalt Volmersen von Übelkeit befallen. Er lehnte das Abendessen und den Gutnachttrunk dankend ab und suchte zeitig seine Koje auf. Er lag lange und lauschte der Ankerkette, die geradezu mit Wollust an das Eisenrohr schlug, das direkt hinter dem Schott der Kajüte lag. Der Trangeruch, wie es ihn auf den alten Robbenfängerschiffen überall gibt, hielt die Übelkeit aufrecht.

Am nächsten Tag passierten sie Kap Lindenes an der südnorwegischen Küste, und jetzt war der Rechtsanwalt ernstlich krank. Er hatte seinen Mageninhalt von sich gegeben, sein Kopf war schwer, und seine Beine gehorchten ihm überhaupt nicht mehr. Kurz vor Mittag fühlte er sich so elend, dass er den Schiffsjungen schickte, Olsen zu holen. »Kapitän«, stöhnte er, »ich bin ein kranker Mann. Sie müssen die Küste anlaufen und mich an Land setzen.«

Olsen schob die Mütze in den Nacken und grinste vergnügt. »Meinen Sie. Ja, das wäre vielleicht die Idee. Ich könnte dann Ihr kleines Geschäft in Grönland erledigen.«

»Unmöglich.« Volmersen schaute den Skipper bittend an. »Seien Sie so nett und setzen Sie mich ab.«

»Wir befinden uns auf hoher See, mein Herr, und dies hier ist verdammt noch mal keine Straßenbahnfahrt.«

»Es ist sicher nicht so weit zum Land«, schluchzte der Rechtsanwalt fast. »ich bezahle auch alle Unkosten.«

»Und wer soll dann den Auftrag in Grönland übernehmen?«, erkundigte sich Olsen.

»Der kann warten. Ich kann versuchen, die Sache telegrafisch zu regeln.«

Olsen dachte nach. Natürlich konnte er sich eine nette kleine Summe verdienen, wenn er Kurs auf die norwegische Küste nahm, aber andererseits bedeutete ein Millionär unter den Fängern eine größere Chance.

»Wir halten unseren Kurs«, sagte er schließlich. »Ich muss Zeiten einhalten und kann nicht wie eine Fähre einen Hafen nach dem anderen anlaufen.« Er zwinkerte Volmersen aufmunternd zu. »In ein paar Tagen ist der Rechtsanwalt wieder obenauf, stolziert auf dem Deck herum und isst mit Vergnügen Erbsensuppe mit fettem Speck.«

Volmersens Proteste kamen nicht an. Des Skippers Versprechen von Erbsensuppe und Speck drehten seinen Magen noch einmal um, er lehnte sich über den Kojenrand und stöhnte leise.

Olsen schüttelte resignierend den Kopf. »Man darf sich nicht aufgeben und einfach so in der Koje liegen«, sagte er. »Dann bemitleidet man sich selbst und wird erst richtig krank. Oben auf Deck in der frischen Luft, da gehts vorüber. Kommen Sie, ich helfe Ihnen.«

Mit Olsens Unterstützung ließ sich Volmersen auf Deck schleppen. Olsen setzte ihn auf die Luvseite unter die Treppe, die hoch zur Brücke führte, band ihm eine Leine um den dicken Bauch und befestigte diese am Treppengeländer. »Sehen Sie, Sie brauchen nur hier im Salzwassernebel zu sitzen, dann gehts vorüber«, versprach er.

Aber Rechtsanwalt Volmersens Wohlbefinden ließ auf sich warten. Seine Seekrankheit war von der dauerhafteren Sorte, und obwohl nur ein frischer Wind blies und die Wellen kaum höher waren als die, die er selbst in einem Whiskyglas hätte erzeugen können, genügten Seeluft, Trangestank und die behäbigen Schiffsbewegungen, ihn todkrank zu machen. Er lag, wo Olsen ihn unter der Treppe hingelegt hatte, schwitzte nicht, fror nicht, sprach und dachte nichts. Er war wie ein leidendes Tier, hilflos und völlig erschöpft.

Skipper Olsen behielt ihn vom Brückendeck aus im Auge. »Ein schwerer Fall«, meinte er teilnahmsvoll, »das bleibt so, bestimmt.«

Der Rudergänger nickte. Er stammte von den Lofoten und war nie seekrank gewesen. »Man sagt«, meinte er, »dass man erst alles herausgebracht haben muss, bis es vorüber geht.«

»Er hat bestimmt nichts mehr im Magen«, meinte Olsen, »nicht das Geringste.«

»Das weiß man nie.« Der Rudergänger schüttelte zweifelnd seinen Kopf. »Es kann sich immer etwas in den Kaldaunen verborgen halten. Solche Anwälte sind vielleicht anders als die übrigen Leute, und der da hat eine ordentliche Wampe.«

Olsen lehnte sich über die Reling und betrachtete den Rechtsanwalt genau. »Vielleicht hast du Recht«, sagte er. »Wir können es ja jederzeit ausprobieren.« Er schickte den Schiffsjungen nach dem Smutje und setzte diesen ins Bild.

Der Smutje nickte und schaute Volmersen ernst an. »Das ist schon ein kranker Mann«, stellte er fest. »Hier muss geholfen werden.« Er stammte aus Ålesund und fuhr seit seinem zwölften Lebensjahr zur See, ohne je seekrank gewesen zu sein. »Wir müssen alles aus seinem Magen holen«, rief der Rudergänger aus dem Steuerhaus, und Olsen nickte. »Es gibt kein anderes Mittel, wenn wir ihn bis Grönland wieder auf die Beine bringen wollen«, sagte er.

Der Smutje ging zurück in die Kombüse und erschien gleich darauf mit einer Leine, einem Haihaken und einem Stück fettem Speck auf der Brücke. Skipper Olsen befestigte den Speck am Haken und ließ die Leine zu Volmersen hinab. Er ließ das Schweinefleisch vor der Nase des Rechtsanwalts hin und her baumeln, bis dessen Magen sich wieder zusammenkrampfte und noch ein wenig bittere Galle von sich gab.

»Verdammt, und wie das hilft!«, rief Olsen begeistert. »Du hattest Recht, es war noch etwas in seinem Magen. Wir versuchens noch mal.«

So war Skipper Olsen den Rest des Nachmittags eifrig damit beschäftigt, den letzten Inhalt aus Rechtsanwalt Volmersens Magen mit seinem glänzenden Stück fetten Specks herauszuangeln. Als sie den fast bewusstlosen Passagier am Abend unter Deck brachten, garantierte Olsen, dass er innen völlig gereinigt war. Volmersen wurde von zwei Matrosen getragen, und das einzige Lebenszeichen war ein Paar hervorstehende, stumpf rollende Augen.

In dem Jahr zeigte sich der Nordatlantik besonders ungebärdig und von sommerlicher Ausgelassenheit. Auf der Höhe von Island geriet die *Veslemari* in einen munteren kleinen Sturm, der mit unmäßigem Appetit über das Schiff herfiel. Olsen ließ die Decksladung noch einmal besonders sichern und steckte den Kurs eine Spur nördlicher ab, um nördlich der Stationen auf das Eis zu treffen; so ließ er den Sturm über sich ergehen.

Die Seen wuschen übers Deck, und irgendwann war es für die Besatzung unmöglich, nach vorn zu kommen. Sie schliefen darum in der Messe und in Olsens Salon, was sie weder ungewöhnlich noch unbequem fanden. Sie waren Fänger und Seeleute und daran gewöhnt, in Ölzeug und Gummistiefeln zu schlafen.

Am nächsten Sturmtag observierte der Rudergänger den Rechtsanwalt Volmersen unter dem Vordeck.

»Skipper!«, rief er durch das Heulen des Sturms, »der Anwalt steht unter der Back in der frischen Luft.«

Olsen sprang aus dem Kartenraum und starrte hinunter übers Deck. Dann zog er die Scheibe herunter und ergriff das Megafon. »Unter Deck, Mensch! Runter, sag ich.«

Es sah fast so aus, als wenn Volmersen ihn verstand. Er sah auf die enormen Wellen und zog ein wenig den Kopf zurück.

»Er ist verrückt«, knurrte Olsen. Er zog die Scheibe mit einem Knall wieder hoch.

»Oder er ist wieder gesund«, warf der Rudergänger ein. »Und dann hat er Hunger. Man sagt, dass man nach so einer Geschichte einen gewaltigen Hunger hat.«

»Wir können ihm doch bei diesem Wetter verdammt noch mal nichts vorsetzen«, fluchte Olsen. »Glaubt er, ich lasse die Kombüse seinetwegen über Bord waschen?«

Der Rudergänger hob die Schultern. »Diese Seekranken brauchen nicht sehr viel«, meinte er. »Es wäre wirklich schade, wenn er verhungern würde, jetzt, wo er die Seekrankheit überlebt hat.«

Olsen nickte. Er kaute aufgeregt auf seiner Pfeife. Da war was dran, an dem, was der Rudergänger sagte. Es wäre ein Jammer für ihn, wenn der Rechtsanwalt sterben würde. Es gäbe ein ziemliches Theater mit der Kompanie, mit Versicherung und Verwandten, es würde ein Seeverhör geben und vieles andere. »Vielleicht ist es am besten, wenn wir ihn trotz allem füttern«, sagte er. Er ging ins Kartenhaus und leerte alle Papiere und Münzen aus der großen eisernen Geldkassette. Dann stampfte er hinunter in die Kombüse und füllte die Kassette mit Brot, Wurst und Bier. Mit der Unterstützung des Steuermanns befestigte er an einem der Griffe eine Leine, dann gingen sie zusammen zum Steuerhaus voraus, um den richtigen Augenblick abzupassen. »So, Skipper, da kommt sie!«, schrie der Steuermann. »Lass gehen!«

Olsen sah die große Woge, die auf die *Veslemari* zukam. Er fühlte, wie das Schiff himmelwärts gehoben wurde, und genau in dem Augenblick, als der Bug sich anschickte, ins Wellental hinabzugleiten, ließ er die Kassette los: Sie sauste übers Deck, sprang elegant über eine Rolle aufgeschossenes Manilaseil und bewegte sich mit großer Geschwindigkeit auf das Vordeck zu. Gerade, als sich die *Veslemari* wieder aufrichtete, verließ die Kassette das Deck und landete mit gewaltiger Kraft auf Rechtsanwalt Volmersen. Der Rechtsanwalt schlug um sich, sein Blick wurde ganz leer, und er stürzte rücklings die Treppe hinunter.

»Verflucht«, brüllte Olsen. Er drückte dem Steuermann die Leine in die Faust, zog sich die Mütze über die Augen und heulte: »Halt fest, Steuermann.« Damit kroch er auf allen vieren an der Leine entlang über das Deck, um seinem Passagier zur Hilfe zu kommen.

Volmersen lag am Fuß der Treppe in tiefem Schlaf, ein kleines Lächeln um den Mund. Olsen schaffte ihn durch den Gang bis in die Koje. Hier legte er ihm eine Schublade auf den Bauch und zurrte Schublade und Rechtsanwalt gut fest. Dann holte er eine Pütz, steckte den Kopf heraus und erwischte eine Ladung Salzwasser, die er in die Kajüte brachte und Volmersen über den Kopf schüttete.

»Jetzt ist aber verdammt noch mal Schluss mit dem Theater«, brüllte der aufgebrachte Skipper. »Jetzt hat er zu essen und soll gefälligst gesund werden, zum Teufel!« Und er holte aus der Geldkassette eine Scheibe trockenes Brot und etwas Wurst.

Nachdem Volmersen gezwungenermaßen zwei Scheiben Brot und genug Wurst verzehrt und fast ein Bier getrunken hatte, kommandierte ihn der Skipper zum Schlafen in die Koje. Volmersen schloss dankbar seine Augen. Er verbannte den schaukelnden Raum und den irren Skipper aus seinem Bewusstsein und hoffte innig, dass er bald sterben würde. Er lag unbequem aber fest in seiner Koje, gesichert durch Leine und Schublade, und in diesem Gewahrsam verließ ihn Olsen.

Der Sturm dauerte, wie es bei diesen Sommerstürmen üblich ist, noch vier Tage. Und vier Tage lang lag Volmersen mit der Schublade auf dem Bauch. Am ersten Tag war er außer Stande, einen einzigen vernünftigen Gedanken zu fassen. Er war voller Panik, die Gedanken ließen sich nicht festhalten. Am zweiten

Tag, nachdem er wieder von Olsen verpflegt worden war, begann sein Hirn zu funktionieren, und sogar ganz vernünftig, gemessen an den Verhältnissen. Am dritten Tag bat Volmersen eindringlich, von der Schublade erlöst zu werden, aber Olsen, der mit einem Rückfall rechnete, war unbeugsam. Solange es mit mehr als vier Knoten blies, musste sich Volmersen mit der Schublade abfinden. Er konnte als Schiffsführer nicht dulden, dass Passagiere aus der Koje fielen und zu Tode kamen. Volmersen war zu entkräftet, um zu protestieren, er sah Olsen matt an und ertrug das beschwerliche Möbel, das auf seinem mittlerweile eingeschrumpften Bauch lag.

Am vierten Tag begann Volmersen in Zusammenhängen zu denken. Nun konnte er einen Gedanken fassen und ihn mehrere Minuten lang halten. Er dachte viel, denn in der Koje konnte er nichts anderes machen. Er dachte über sein Leben, sein Geschäft und seine Klienten nach, er dachte an seine Frau, die tot und weit weg war, am Himmelbjerg, wo er jedes Jahr in den Ferien gewesen war – in der Kindheit, der Jugend und im Mannesalter. Außerdem dachte er bestürzend oft an den Tod, der in den letzten unendlich langen Tagen so gegenwärtig gewesen war. Versuchsweise dachte er an Wein und Essen, aber er musste es schnell lassen. Noch hatte ihn die Krankheit so fest im Griff, dass er sich diese Art von Leichtsinn nicht erlauben konnte.

Am meisten dachte Volmersen natürlich an das Meer. Diese große strafende Macht, dieses entsetzliche Element, das jetzt mehrere Tage lang versucht hatte, ihn umzubringen. Er hatte diese bitterbösen, verschlungenen Gedanken, hastig und unzusammenhängend. Er hatte Angst vor den gewaltigen Wellenbergen und ahnte, dass das Meer mit der Hilfe des einen oder anderen teuflischen Bundesgenossen von diesen Gedanken erfahren könnte.

Am fünften Tag erreichte die *Veslemari* die Eisgrenze, der Sturm verließ sie. Volmersen erwachte früh am Morgen, weil er merkte, dass das fürchterliche Schlingern aufgehört hatte. Er öffnete die Augen und starrte verzweifelt an die Kajütendecke.

Das war noch schlimmer als Seegang. Das Schiff lag still, nichts schaukelte; nur er selbst war in Bewegung. Er schlingerte und stampfte, stieß und tanzte innerlich, dass es eine Qual war. Stöhnend drehte er den Kopf und opferte Neptun über den Kojenrand. Er krampfte die Hände um die Schublade und dachte verzweifelt, dass die Seekrankheit nun bleiben und ihn sein Leben lang begleiten würde. Er sah sich um, schloss aber schleunigst die Augen. Alles lag in einer schrecklichen Ruhe da; er fühlte den Sturm und die Raserei der Wellen in seinem leeren Körper und klammerte sich wieder an die Schublade.

Später am Tag kam der Steuermann und befreite ihn von Leine und Schublade. Er half Volmersen aufs Deck und setzte ihn auf einen Lukenrand. Skipper Olsen winkte munter von der Brücke und rief: »Na, Herr Rechtsanwalt, jetzt ist das Schlimmste ja überstanden. Jetzt wird der Rest des Weges die reinste Luxusfahrt werden.«

Volmersen warf ihm einen gequälten Blick zu. Er blickte über die Eisfelder, die das Meer bedeckten, so weit das Auge reichte. Er schauderte bei diesem Anblick. Die folgenden Tage waren für ihn unerträglich. Jedes Mal, wenn das Schiff gegen das Eis schrammte, fuhr er zusammen, und nachts erwachte er schweißgebadet, wenn Olsen mit voller Geschwindigkeit auf das alte Eis in der Bucht prallte, um eine Fahrrinne zu brechen.

Das Eis nahm überhaupt kein Ende, schien es Volmersen. Obwohl das Schiff jetzt verhältnismäßig still lag, hatte er immer noch das Meer im Körper. Man servierte ihm trockenes Brot und dünnen Tee auf dem Lukenrand, und er saß dort tagaus, tagein und starrte missmutig übers Eis.

Ab und zu leistete ihm Skipper Olsen Gesellschaft. Er versuchte immer wieder, ihm zu entlocken, welchen der Fänger der Rechtsanwalt besuchen wollte, aber Volmersen hatte einen genügend klaren Kopf, um sich nicht verleiten zu lassen.

Erst als sie die Küste bei Kap Thompson erblickten, lebte Volmersen auf. Er erhob sich ohne fremde Hilfe, wankte hinüber zur Reling und klammerte sich fest.

Dies war der schönste Anblick seines Lebens. Diese Berge waren so märchenhaft anzuschauen, so völlig anders als der Himmelbjerg, der mit seinen hundertsiebenundvierzig Metern doch auch ganz ansehnlich war. Und dahinter, jubelte es in ihm, war das Festland, stark und unbeweglich. Er wurde von heftigen Gefühlen ergriffen, als er die grönländische Küste zum ersten Mal sah. Seine bleichen Wangen bekamen kleine rote Flecken, die matten Augen neuen Glanz. Volmersen liebte dieses großartige Land auf den ersten Blick – eine tiefe und heiße Liebe, die so stark war, dass er sich anderen mitteilen musste.

Er schwankte hoch zu Olsen ins Steuerhaus, riss das Fernglas aus dem Kasten und setzte es an die Augen. »Oh, Gott, wie jungfräulich«, murmelte er, »schön und wohlgeschaffen und jungfräulich.«

Olsen starrte ihn erstaunt an. »Man könnte glauben, Sie hätten ein Frauenzimmer gesehen, Volmersen?«

Der Rechtsanwalt nickte. »Das Land ist wie eine Frau, Kapitän. Eine große und wohlgestaltete Frau, die sich in ihrer ganzen Nacktheit darbietet.«

Olsen grinste. »Zum Teufel, ich glaube bald, er wird poetisch.« Er kratzte sich im Bart. »Was für ein Vergleich. Das ist eine verdammt kühle Jungfrau, die Sie da gesichtet haben, Volmersen.«

Der Rechtsanwalt ließ das Fernglas sinken und blickte den Skipper forschend an. »Sie sind ein Mann des Meeres«, sagte er, »und Sie werden deshalb nie die Schönheit eines Landes verstehen können. Für Sie gibt es nur dieses graue, grobe und einfache Element da draußen, und ich muss sagen, das hat ganz schön abgefärbt.«

Olsen wischte das Lächeln mit seinem Jackenärmel weg und sagte ungewöhnlich leise: »Sie sind eine Landratte, Volmersen, und werden das Meer nie verstehen können. Das Land da hinten, das ist ein Gefängnis. Ein großes ungemütliches Gefängnis, wo alle Insassen sitzen und sich Jahr um Jahr anstarren. Das Meer jedoch ist wie ein breiter Weg, der überall hinführt. Es ist

Freiheit, das Meer, es ist, es ist …« Er suchte nach Worten, und als sie ihm endlich einfielen, sagte er mit einer verschämten Röte auf den Wangen, »es ist Heimat, das ist es.«

Als Volmersen seinen Fuß auf grönländischen Granit setzte, fühlte er zum ersten Mal in seinem Leben, dass die Welt ganz ohne Grenzen ist. Er entdeckte, dass der Himmelsraum unendlich war, alle Farben Nuancen besaßen, dass die Luft, die er einatmete, nach etwas schmeckte, und es öffneten sich Fenster in seinem Gemüt, die allzu lange Jahre verriegelt gewesen waren. Er erkannte die Größe der Natur und seine eigene Bedeutung. Er dachte über Größe nach, doch hätte er genauso gut über das Wort Göttlichkeit nachdenken können. Denn was er in diesen Momenten erblickte und fühlte, war ihm heilig.

Seine Reise war ein unvergesslicher Albtraum gewesen, aber das Land, in dem er sich jetzt bewegte, war ein wunderbarer Traum. Und wie in jedem Traum streifte er Hüllen von seinem Wesen ab und erschien ganz offen und natürlich. Volmersen hatte sich nie um das missbrauchte Wort »lieben« gekümmert. Aber hier, auf dieser Seite des Landes, bei diesen Menschen, verwendete er es ganz ohne Scham bei dem, was er sah, hörte und auch schmeckte.

Als er nach einem weiteren Reisetag in der kleinen Stube des Grafen saß und an seinem Glas mit einem Grover Bay Gamay, Jahrgang 29, schnupperte, rief er ganz spontan aus: »Dieser Wein, Herr Graf, macht auf mehr als nur auf eine Weise trunken. Er ist wie eine Frau, die ich viele Jahre gesucht habe und die ich nun zum ersten Male küsse.« Er küsste den Rand des Glases mit halbgeschlossenen Augen. »Ihre anderen Weine sind toll, fantastisch, außerordentlich gut und wohlschmeckend. Aber diesen Gamay liebe ich.«

Der Graf winkte bescheiden ab. »Man tut sein Bestes«, sagte er. »Es ist möglich, dass er eine Spur mehr Fülle unten in Valais hätte.«

»Unmöglich«, protestierte der Rechtsanwalt.

»Diese Weine haben einen anderen Sonnenschein«, führte der Graf aus. »Dort unten herrscht Tag und Nacht, das gibt der Pflanze Zeit zu ruhen. Hier oben bei uns scheint die Sonne vierundzwanzig Stunden am Tag, wenn sie denn scheint.«

»Vielleicht ist es das, was diesen Wein auszeichnet.« Volmersen nahm einen Schluck und behielt ihn eine Weile im Mund. »Könnte nicht besser sein«, stellte er fest. »Wie schaffen Sie das?«

Der Graf schenkte von neuem ein. »Das Geheimnis liegt wie immer in der Pflanzenart, dem Boden und der Sonne«, antwortete er. »Und hier oben habe ich praktisch alles. Ich habe Pinot-Reben für die schwereren Weine und, wie für diesen, die leichteren, Gamay angebaut. Ich gehe immer von den Valais-Weinen aus, ich finde sie am wohlschmeckendsten. Was ich anstrebe, ist ein Pinot Noir plus Goron, die zusammen den himmlischen Dôle ergeben.«

»Ist der Dôle wirklich eine Kreuzung?« Volmersen hob überrascht die Augenbrauen.

»Eigentlich schon«, lächelte der Graf. »Nicht immer sind die Reinrassigen die Besten.«

Der Rechtsanwalt nickte nachdenklich. Er betrachtete den Grafen, der sich erhoben hatte, um eine neue Flasche zu holen. Ein seltsamer Mann, dieser Graf, dachte er. So ganz anders als sein verstorbener Bruder. Man konnte sich ihn unmöglich als Gutsbesitzer vorstellen. Noch hatte sich keine Gelegenheit geboten, über das Erbe des Grafen zu sprechen. Es gab so viel Wesentlicheres zu besprechen, schien es Volmersen. Er hatte sich gerade entschlossen, das Gespräch auf das Erbe zu lenken, als der Graf ihm eine andere Flasche zeigte.

»Diese müssen Sie probieren. Es ist ein Burgunder, den ich selbst für ganz gelungen halte.«

Volmersen bekam eingeschenkt, er schnupperte am Wein. »Ah, welch ein Duft.« Er probierte. »Welch ein Charakter, welch ein Bouquet, welch ein Abgang! Dieser hier, Herr Graf, ist äußerst wohlgelungen in seiner Abstimmung von Alkohol, Säure und natürlichem Zucker.«

Der Graf strahlte vor Freude. Endlich hatte er einen Menschen gefunden, der seinen Wein nicht bloß trank, sondern auch zu würdigen wusste. »Trinken Sie doch«, sagte er, »davon ist noch mehr vorhanden.«

Und Volmersen trank. Er schnalzte wollüstig. »Glänzend. Je mehr man trinkt, desto besser wird er. Eine unglaubliche Fülle, das muss ich sagen, vom Feinsten. Sagen Sie, bauen Sie auch Weißweine an?«

Der Graf nickte. »Einige wenige Flaschen im Jahr und ausschließlich von Chasselas-Reben. Ich bin kein großer Weißweinliebhaber, muss ich Ihnen gestehen. Ich vertrage ihn nicht so gut.«

»Das geht mir auch so«, räumte Volmersen ein. »Ein einziges Glas zu Schalentieren oder Fisch kann ausgezeichnet sein. Doch es sind die Rotweine, die ich liebe.«

Die beiden Männer widmeten sich für den Rest des Abends den Freuden des Weines. Es wurde kein Wort über das Erbe gesprochen, und erst wieder nachts, als sich Volmersen schlafen gelegt hatte, fiel ihm seine eigentliche Mission ein. Er schwebte mit Behagen im Weinnebel und fühlte sich federleicht und ein wenig außerhalb der Wirklichkeit. Der Wein hatte das Meer aus seinem Körper verdrängt, die tiefe Stille, die ihn umgab, hüllte ihn ein. Die Gedanken liefen leicht und unbeschwert von einem zum anderen und flossen schließlich zu einer großen und strahlenden Idee zusammen. Diese Idee ließ ihn die Augen öffnen und staunend zur Decke starren.

Die folgenden Tage brachten der Graf und Volmersen mit der Besichtigung von Grover Bays Feldern, der Berieselungsanlage und dem Treibhaus mit den noch kleinen, harten Trauben zu. Sie wanderten im Fels, und Volmersen war von der Größe und Schönheit des gewaltigen Bergmassivs zutiefst ergriffen. Es war gleichsam außerhalb des Fassungsvermögens eines gewöhnlichen Menschen. Abends komponierte der Graf exotische Gerichte, während der Rechtsanwalt den Tisch deckte und die Weinflasche entkorkte. Sie speisten mit Tischtuch, Blumen und Kerzen zwischen den Gedecken.

Eines Abends konnte Volmersen nicht einschlafen. In seinem Kopf schwirrten neue Gedanken und Eindrücke, er stand auf und setzte sich auf die Bank vor dem Haus: Hier hatte er die Aussicht auf den Fjord und die fernen Berge.

Volmersen hatte vieles zu überdenken. Die Tage beim Grafen hatten in ihm eine besondere Betrachtungsweise seines Lebens ausgelöst. Er dachte an seinen Alltag in Kopenhagen. An seine Vier-Zimmer-Wohnung, die täglichen Gänge in den Straßen, an das Büro, die Klienten, den Lärm und die Unruhe. Er dachte an das Menschengewimmel, die schwere Luft, die überspannte Gesellschaft, in der Gesetze und Verordnungen, Politiker, Behörden und andere damit beschäftigt waren, das Fleisch von seinen Knochen zu nagen – bildlich gesprochen. Er versuchte, sich dagegen zu wehren, die Gesellschaft positiv zu sehen, von der er ja trotz allem ein Teil war, und die sicher sein Bestes wollte. Aber wie hätte er positiv oder einfach nur objektiv denken können, wenn er gleichzeitig hier saß und auf die Grover Bay hinausschaute, auf die stille Bucht, die wie gelber Honig in der Nachtsonne dalag mit den menschenleeren Bergen im Norden, und das Echo dieser absoluten Stille in sich fühlte. Wie hätte er seinen bisherigen Lebensweg verteidigen können, nachdem er einige Tage den des Grafen gegangen war?

Volmersen seufzte tief. Er fühlte, dass er sein Leben fortsetzen musste, aber er begriff auch, dass es falsch und er gegenüber sich selbst nicht ehrlich war.

Er erhob sich und ging um das kleine Roggenfeld des Grafen herum. Er überquerte den Hügel, der sich wie eine Warze an der Bergseite gleich hinter dem Haus erhob, und folgte dem Bach hinauf zum scharfen Kamm des Groverfelsens. Er war außer Atem, begann zu schwitzen und stöhnte, weil seine Muskeln in den Waden und Schultergelenken schmerzten. Als er den Kamm erreicht hatte, konnte er ins Romdal hinuntersehen, das sich wie ein großer gemusterter Teppich ganz bis zum

Meer erstreckte. Weit draußen im Tal sah und hörte er einen Schwarm schreiender Raben, und hinter ihm strömte der Bach im Überfluss des Sommers.

Volmersen setzte sich schwer auf einen Stein und holte eine Zigarre hervor. Er schnitt sorgfältig die Spitze ab. Als er sie angezündet hatte, zog er den Rauch vorsichtig ein und genoss ihren Geschmack. Nie hatte ihm eine Zigarre besser geschmeckt. »Der Herr möge mich bewahren«, murmelte er vernehmlich. »So dumm darf ich nicht sein.« Er nickte in Richtung des Romdals, als ob er mit ihm geredet hätte. »Für die Zeit eines Jahres wirst du mich ertragen können. Ein Jahr kannst du mir in deinem Paradies wohl gönnen.«

Skipper Olsen wusste nun, dass der Graf der glückliche Millionär war. Er hatte gründlich über die Angelegenheit nachgedacht, aber noch nicht herausgefunden, wie er das gräfliche Füllhorn anzapfen konnte. Aber irgendetwas würde sich schon ergeben, da war er sicher. Als die Ladung in Kap Thompson gelöscht war und Olsen die Felle eines Jahres an Bord hatte, nahm er vertrauensvoll Kurs auf Grover Bay, um den Rechtsanwalt und – davon war er überzeugt – den Grafen aufzulesen. Anderthalb Tage später ankerte er in der Grover Bay und ließ sich an Land rudern. Er traf den Grafen und Rechtsanwalt Volmersen im Treibhaus an, beide saßen bei einem Glas Wein auf ihren Klappstühlen.

»So, Volmersen, jetzt ist Schluss mit dem Leben in der Sommerfrische«, sagte er vergnügt, als man ihm einen Platz und ein Glas Wein angedient hatte. »Jetzt müssen Sie hinaus und wieder etwas schaukeln, haha.«

Der Rechtsanwalt lächelte ihn an und erhob sein Glas. Olsen trank und versuchte, den Wein, ohne eine Miene zu verziehen, herunterzubekommen. Wein gehörte nicht zu seinen Vorlieben, aber der Graf war Millionär geworden, und einen Millionär sollte man nicht vor den Kopf stoßen, obwohl das rote Gebräu, das er herstellte, sauer wie ein Rülpser war.

Olsen schlug die Hände zusammen, als ob er eine Mücke totklatschte. »Drei Passagiere auf der Heimfahrt«, sagte er, »das ist fast ein Rekord. Schade, dass Lause im Sarg liegt, sonst wären wir vier Mann zum Whist.«

»Lause?«, fragte der Graf. »Soll er mit zurück?«

»Die Familie«, antwortete Olsen. »Sie wollen die Leiche in Kopenhagen haben. Er stammt aus einer feinen Familie, verstehst du, mit einem eigenen Mausoleum. Ich habe ihn in einem Zinksarg da draußen; er reist als Deckslast. Verdammt billig.«

»Wer war Lause?«, erkundigte sich Volmersen.

»Einer der Fänger aus dem Blaesedal«, entgegnete der Graf. »Er hat sich mit dem Leutnant duelliert und konnte die geistige Niederlage nicht ertragen, die der Ausgang des Duells für ihn bedeutete. Er erschoss sich bei Fimbul.«

»Großartig«, stellte Rechtsanwalt Volmersen fest.

»Ja, Lause hatte Format«, meinte Skipper Olsen. »Genauso wie Halvor. Er wurde vor einigen Jahren wahnsinnig und verspeiste seinen Kollegen Gammel Niels.«

»Fantastisch.« Volmersen dachte einen Augenblick an all die Menschen, in die er gerne seine Zähne geschlagen hätte. »Was geschah mit ihm?«

»Tja, er bekam Strafaussetzung zu Hause in Norwegen, denn er war ja wahnsinnig und konnte eigentlich nichts dafür. Jetzt ist er Pastor auf den Lofoten«, berichtete Olsen. »Du kannst ja hinfahren und ihn besuchen, wenn du zu Hause bist, Graf.«

Der Graf schüttelte den Kopf. »Warum sollte ich nach Hause reisen, Olsen?« Er nahm die Flasche, aber Olsen legte abwehrend seine Hand aufs Glas.

»Ja, wo du nun Millionär bist und so. Du bleibst doch nicht hier oben hocken. Du kannst für die Heimreise meinen Salon und extra Verpflegung haben, wenn du möchtest. Das soll dich nicht viel mehr als das Billett kosten.«

Der Graf lächelte. »Das ist freundlich von dir, Olsen, aber ich habe keinerlei Pläne, nach Hause zu reisen. Und außerdem habe ich nun einen Kollegen, der mir bei der Landwirtschaft helfen wird. Ich bin wirklich zu beschäftigt, um nach Hause zu reisen.«

»Einen Kollegen?« Der Skipper starrte ihn ungläubig an. »Wen denn, wenn ich fragen darf?«

»Mich«, antwortete Volmersen. »Ich habe mir gedacht, den Winter über hier oben in Grover Bay zu bleiben.«

Olsen blickte verwirrt von einem zum anderen. »Aber … aber Sie haben doch eine Rückfahrkarte«, stammelte er.

»Die erstatten Sie natürlich«, entgegnete Volmersen. Er nahm eine Zigarre und feuchtete die Spitze an. Dann sah er den Grafen an: »Haben Sie nie Tabak angebaut?«

Der Graf betrachtete die dichten blauen Wolken, die langsam zum schrägen Dach des Treibhauses zogen. »Daran habe ich nie gedacht«, antwortete er, »Ich rauche selbst nicht. Verstehen Sie was von Tabakspflanzen, Volmersen?«

Der Rechtsanwalt lächelte und drückte ein Auge zu. »Nicht das Geringste, aber irgendwann muss man ja anfangen«, meinte er.

Notwehr

Der Magister wurde schnell zur Plage. Wie ein geschwollener Finger oder eine bösartige Hämorrhoide. Gegen ihn halfen weder ein entschlossener Schnitt mit dem Küchenmesser noch warme Seifenbäder in einer Küchenschüssel.

Die *Veslemari* brachte ihn zur Küste, und ein grinsender Skipper Olsen lieferte ihn in Kap Thompson ab.

»Ja, Leute, hier habt ihr also den wissenschaftlichen Beitrag zur grönländischen Kehrseite«, hatte ihn Olsen vorgestellt. »Er ist Magister und soll die Schneeammern zählen und das Geschlechtsleben der Moschusochsen studieren, das soll er, hähä, und dann darauf achten, dass ihr euch nach einigen neuen Jagdvorschriften richtet, die er erfunden hat.«

Da hatte er also am Strand gestanden, inmitten der Steine, die von den auslaufenden Wellen hin- und hergerollt wurden, der lange und leicht gebeugte Mann der Wissenschaft, und durch ein Paar goldgefasste Lorgnetten geglotzt. Er hatte in die Runde genickt und seine spitzen Zähne bei seinem Fuchsgrinsen gezeigt, sonst aber war er stumm geblieben.

Mads Madsen, der Stationsleiter von Kap Thompson, hatte ihm ein herzliches Willkommen geboten, denn eine Unterbrechung im Alltag war immer interessant. Man hatte ihn bis zum Haus begleitet, seine Taschen getragen, ihm Essen und Trinken sowie die Koje des Schwarzen William angeboten. Aber der Magister war eine merkwürdige Figur. Er betrachtete alles als Selbstverständlichkeit und aß und trank, als ob er das Essen selbst bezahlt hätte. Und er nahm Williams Koje in Besitz, als ob diese bereits seit mehreren Monaten für ihn reserviert war. Das Wort »danke« hatte er wohl nie kennen gelernt, obgleich es bekanntlich auf unzählige Arten ausgedrückt werden kann.

Dagegen wies er ein Schreiben vom Ministerium vor, aus dem hervorging, dass die Fänger, die ihn beherbergten, zwei Kronen für jeden Tag als Ausgleich für die Bemühungen erhalten sollten – dies war völlig unangemessen und viel zu wenig.

Der Magister sollte auf eigenen Wunsch über Winter bleiben, und er zeigte ein weiteres Schreiben vom Direktor der Fangkompanie, worin geschrieben stand, dass Bjørkenborg seine wissenschaftliche Expeditionsbasis sein sollte und der Magister im Übrigen auf die denkbar beste Weise unterzubringen sei. Stationsleiter Bjørken sei für das Wohlergehen des Magisters verantwortlich und werde als solcher eine Vergütung von, in Worten, fünfhundert Kronen erhalten, die unter dem Personal von Bjørkenborg verteilt werden sollte.

Die Aufgaben des Magisters waren vielfältig. Olsen, der während der Herreise ins Bild gesetzt worden war, erklärte, dass er vor allem die Schneeammern studieren sollte. Es gab nämlich gewisse nichterforschte Bereiche innerhalb der Lebensweise dieses kleinen Vogels, die man jetzt klären wollte. Warum und wem dies nutzen sollte, wusste Olsen nicht. Des weiteren sollte der Magister im Laufe des Winters die Moschusochsen zählen, die Schlafgewohnheiten der Bären, die Wanderung der Mützenrobben auf dem Eis und viele andere sonderbare Sachen studieren. Es klang alles richtig interessant und wissenschaftlich, so schien es der anwesenden nordostgrönländischen Bevölkerung, und man schenkte Selbstgebranntes und Markenwein aus, um freundliches Entgegenkommen zu zeigen.

Doch der Magister war ein reservierter und maßvoller Mann. Er lehnte dankend ab und nippte an seinem Wasser, vornehm und sparsam wie ein Huhn.

Nun kann man ja bei keinem Menschen bemäkeln, dass er die stärkeren Getränke stehen lässt. Selbst wenn dies natürlich unverständlich ist, kann solch ein Individuum hervorragende andere und auch begreifliche Eigenschaften besitzen. Er kann ja in diesem Falle auch an einem Leberschaden leiden oder zur Inneren Mission gehören. Man ließ also den Magister an der

Wasserkelle nippen und unterließ es, über seine Eigenheit zu reden.

Einige Tage nach seiner Ankunft fuhren die Bjørkenborger auf des Magisters deutliche Aufforderungen nach Bjørkenborg zurück. Und dort wurde er, wie schon erwähnt, zu einer Plage.

Sie waren kaum zur Tür herein, als der Magister sein eigenes Zimmer verlangte. Und das, obwohl er selbst erkennen musste, dass das Haus nur aus einem einzigen Raum und zwei Nebenschuppen bestand.

Bjørken und Sylte waren mehrere Minuten stumm, Lasselille ließ den Koffer des Magisters vor Überraschung mit einem Bums auf den Boden fallen. Nie hatte man so etwas erlebt.

Der Magister lächelte sein Fuchslächeln und machte eine ausladende Geste mit einer Hand. »Natürlich wäre mir am liebsten, wenn mir zwei Zimmer zur Verfügung gestellt würden«, sagte er, »denn ich bin nicht gewohnt, im selben Raum zu schlafen, in dem ich auch arbeite, aber unter den vorliegenden Verhältnissen kann ich meine Ansprüche etwas zurückschrauben.«

Bjørken traute seinen Ohren nicht. Er schnappte vor Überraschung nach Luft, und erst nach einer Weile bekam er den Mund wieder zu und flüsterte leise: »Oh, würden Sie das noch einmal sagen?«

Der Magister wiederholte das in seinen Augen bescheidene Ansinnen, und Bjørken wandte sich mit zusammengekniffenen Augen an Sylte. »Sag mir doch mal, Sylte, hast du das auch gehört? Steht er wirklich da und sagt, dass er am liebsten alles ein wenig für sich haben will? So eine kleine Suite mit ein paar Zimmern und vielleicht am besten mit eigenem Bad und Maschinenlokus?«

Sylte nickte. Er erzeugte mit seinem Finger Töne auf dem Gummiband, das den fehlenden Brillenbügel ersetzte, das hatte eine beruhigende Wirkung. Er schaute sorgenvoll auf den Magister und seufzte tief. »So ungefähr war es schon, was er da gesagt hat. Aber er ist gerade gekommen, Bjørk, deshalb müssen wir ihm das meiste nachsehen.«

Lasselille, der die Dinge immer gerne von ihrer gemütlichen Seite sah und die Worte des Magisters für einen Scherz hielt, meinte: »Das wäre gut, was? Zwei Zimmer mit Bad und Lokus.« Er lachte und sah den langen Mann der Wissenschaft wohlwollend an. Es hörte sich an, als wäre eine richtige Stimmungskanone nach Bjørkenborg gekommen.

Sylte ahnte den Ernst der Situation; er sagte zu Bjørken: »Es wird schwer werden, seine Wünsche hier in Bjørkenborg zu erfüllen. Vielleicht ist es am besten, wenn er woanders hinzieht. Wie ists mit Lodvig? Der sitzt da ganz allein und hat gut Platz. Ich bin ganz sicher, dass Lodvig froh sein wird, einen Kollegen zu bekommen.«

Bjørken setzte seine Stationsleitermiene auf. Er richtete sich auf, so gut es ging, und sagte mit Würde: »Lodvig hat uns nichts Böses getan. Und die Sache mit der eigenen Wohngelegenheit lässt sich nicht machen, weder hier noch anderswo.« Er sah den Magister direkt an. »Es ist nämlich so, Kamerad, dass wir hier oben bei uns zusammen schlafen, essen und arbeiten: im selben Raum, mit demselben Schlitten und manchmal, wenn der Platz knapp ist, in derselben Koje. Hier gibt es nämlich keinen, der besser als die anderen ist, und wenn er Lust hat, in Bjørkenborg zu wohnen – und das hat sich der Direktor da unten offenbar so vorgestellt –, dann muss er, hol mich der Teufel, mit den Verhältnissen in Bjørkenborg vorlieb nehmen. Schluss und Punktum.«

So lauteten die offiziellen Worte.

Der Magister setzte sich an den Tisch und ließ einen Augenblick das Fuchslächeln über seinem Ziegenbart sehen. Mit einer großen Armbewegung griff er in die Innentasche und zog den Brief des Direktors heraus. Eine weitere elegante Bewegung zauberte die goldgefassten Lorgnetten hervor.

»Lasst uns also sehen, was hier geschrieben steht«, murmelte er siegessicher. »Ich zitiere: ›Dem Magister sollte als Expeditionsbasis Bjørkenborg dienen, wo der Stationsleiter ein getrenntes Laboratorium einrichten lässt und im Übrigen unserem wissenschaftlichen Vertreter als Assistent unterstellt ist!‹ Zitatende.« Er faltete das Schreiben zusammen, fingerte die Lorgnetten von seiner spitzen Nase und guckte Bjørken triumphierend an.

»Und wie der Herr Stationsleiter verstehen sollte, so hat das Wissenschaftliche in diesem Jahr vor allen anderen Beschäftigungen auf dieser Station Priorität«, fügte er hinzu. »Da es offensichtlich keine anderen Räume als diesen hier gibt, muss ich ihn bedauerlicherweise zum Vorteil der Wissenschaft beschlagnahmen.«

»Und was ist mit uns?«, fragte Lasselille verwundert. »Wo sollen wir bleiben?«

»Das ist nicht mein Problem«, entgegnete der Magister. »Fragt euren Stationsleiter, junger Mann.«

»Das ist ja der Hammer!« Bjørken war sprachlos. Er starrte auf den dürren Magister und knirschte vor Wut mit den Zähnen – das konnte allerdings keinem imponieren, da ihm sowohl oben als auch unten die Kauwerkzeuge fehlten. »Das ist verdammt noch mal das Ärgste, was mir je passiert ist. Darf ich als Stationsleiter …«

»Sie haben das Recht, schriftlich zu widersprechen. Mündliche Unverschämtheiten verbitte ich mir. Sie können Ihre Missfallensäußerungen zum Direktor der Fangkompanie schicken, zum Ministerium von Grönland sowie zu Ihrem Archiv. Also im Ganzen drei Exemplare.« Der Magister erhob seinen Zeigefinger, um Bjørken weiterhin stumm zu halten. »Und der Stationsleiter sollte daran denken, dass, bevor eine eventuelle Klage abgeschickt wird, diese von mir gelesen und unterschrieben wird, in meiner Eigenschaft als Expeditionsleiter. Ist das klar?«

Bjørken rutschte in ohnmächtiger Wut hin und her. Seine Gefühle waren so übermächtig, dass es ihm schwer fiel, eine klare Sprache zu finden. »Der Teufel soll mich holen. So ein mickriger Blassschnabel. Was glaubt er, wer er ist. Vielleicht Theaterdirektor, was? Kommt hierher, um alle Statisten an der

Nase herumzuführen, wie? So ein mieser Strolch, so ein Rotzlöffel und Lumpenarsch. Ha, Archiv der Station. Verdammt, er glaubt wohl, dass er in die dritte Abteilung des Magistrats gekommen ist. Archiv, wie? Weiß er, was wir damit machen würden, wenn wir so eines hätten? Wir würden es Bogen für Bogen nehmen, wenn wir hinter die Büsche gingen.« Er pustete dem Magister feucht ins Gesicht. »Wie zum Teufel kann jemand überhaupt so idiotisch sein und solch einen Blindgänger hierher schicken und noch dazu glauben, dass es gut geht!«

Der Magister trocknete sein Gesicht mit einem großen weißen Taschentuch. »Ich bin hier, mein Herr, und daran können Sie nichts ändern. Stationsleiter und sein Personal haben die Pflicht, mir auf alle Weise behilflich zu sein, so lautet die Order der Kompanie. Im Übrigen sollte Ihnen immer klar sein, dass Sie und Ihre Genossen allein auf Grund des guten Willens der Kompanie hier sitzen.«

Bjørken knurrte: »Was meint er mit gutem Willen. Wir sind hier, weil wir Füchse und Bären und Robben fangen und weil die alten Weiber in Europa etwas haben müssen, was sie sich um den Hals wickeln, und weil die Freudenhäuser in Südamerika Bärenfelle als Betten gebrauchen und für die englischen Ladys Golftaschen aus den Pimmeln der Walrosse hergestellt werden. Darum sind wir hier. Weil wir es mögen und hier oben an allen Tagen von Magistern und anderen Halbaffen aus dem Dschungel da unten verschont bleiben.«

Der Magister betrachtete ihn kalt. »Wenn das Ministerium nicht so generös gewesen wäre und diesen Teil der königlichen Kolonie für Leute vom Schlage des Stationsleiters zugänglich gemacht hätte, dann wäre dieses Land ein großer, schöner und sauberer Naturpark geblieben. Nicht ein Schneehuhn hätte geblinzelt, wenn man ihm begegnet wäre, und das Blut von unschuldigen Pelztieren wäre nie vergossen worden.«

»Unfug!«, brüllte Bjørken. »Tiere fangen Tiere, so war es immer. Was zum Teufel bilden Sie sich ein? Etwas Höheres zu sein? Dies ist ein freies Land, darum sind wir gerne hier.«

»Grönland ist kein offenes Land«, gab der Magister zurück, »und bekomme ich nicht die Hilfe, die ich benötige, werde ich dafür sorgen, dass das Land hier so bald wie möglich dicht gemacht wird, nachhaltig und für alle. Ich besitze Einfluss, meine Herren, und ich habe Macht.«

Bjørken ließ sich schwer auf einen Stuhl fallen. Er legte seine großen Hände auf den Tisch, schloss und öffnete sie langsam. Es war für jeden zu sehen, dass er liebend gerne den mageren Hals des Magisters zwischen seinen Händen gehabt hätte.

Sylte versuchte, Bjørkens wachsende Wut zu besänftigen. »Wir kommen doch klar mit dieser Sache«, sagte er freundlich. »Lasst uns einen Kompromiss finden anstatt zu zanken. Wenn der Magister die eine Hälfte des Raumes bekommt und wir die andere, wäre das denn keine Lösung?«

»Es ist kein Platz für drei Kojen hier drinnen«, knurrte Bjørken.

»Ich kann auf dem Dachboden schlafen«, schlug Lasselille vor, um die Stimmung etwas zu heben.

Der Magister stützte sich mit dem Ellbogen auf die Tischplatte und legte die Fingerspitzen zusammen. »Kann man akzeptieren«, nickte er. »Der guten Nachbarschaft zuliebe begnüge ich mich mit der Hälfte dieses Raumes.« Er lehnte sich zurück und zog eine große goldene Uhr aus seiner Westentasche. Eine ganze Minute lang starrte er aufs Zifferblatt, bis die Uhr plötzlich die beiden ersten Strophen der dänischen Nationalhymne »Es ist ein lieblich Land« zu spielen begann. Bevor der letzte Ton verklungen war, klappte er den Deckel zu und erhob sich mit einem zufriedenen Grunzen. »Meine Herren«, sagte er und schaute jedem einzeln ins Gesicht. »Es ist Schlafenszeit.« Er ging zu Lasselilles Koje, breitete seine eigenen Decken aus, machte zehn Knie- und Armbeugen und legte sich mit einem Seufzen des Wohlbehagens hin. »Ich wünsche um punkt sechs Uhr geweckt zu werden«, sagte er, »und ich trinke morgens Tee. Tee und drei Stück geröstetes Brot mit Honig.«

Es geschah alles, wie Sylte vorgeschlagen hatte. Man räumte

einen der Nebenschuppen und zimmerte fleißig einige Tage. Bjørkens Verbitterung war so groß, dass er Sylte verbot, zur Verbindung der beiden Räume eine Tür einzusetzen. Er brach eigenhändig eine Öffnung in den Nordgiebel und setzte die Tür des Proviantschuppens so ein, dass der Magister einen eigenen Eingang erhielt.

Wie zu erwarten, war die neue Stube zu eng für drei Kojen, wenn man den langen Tisch im Raum behalten wollte. Darum wurde Lasselilles Koje auf dem Dachboden eingerichtet, eingekeilt zwischen zwei Dachsparren. Natürlich war dies keine befriedigende Lösung, sie störte allerdings Bjørken offensichtlich mehr als Lasselille.

Das Laboratorium des Magisters wurde einmalig. Außer seinem Bett hatte er zwei Tische, ein Bücherbrett mit einundzwanzig Büchern sowie einen zusammenklappbaren Lehnstuhl, den er mitgebracht hatte. Auf dem größeren Tisch hatte er seine wissenschaftliche Ausrüstung und eine Schreibmaschine untergebracht, auf dem kleineren neben dem Bett standen ein russischer Samowar und eine Alabasterlampe mit Seidenschirm.

Es sollte sich nach kurzer Zeit herausstellen, dass der Magister trotz seines Wunsches nach Privatleben und Frieden bei seiner Arbeit eine außerordentlich gesellige Natur war. Er liebte es zu disputieren, wie er es ausdrückte, und hatte einen starken Drang, seine Mitmenschen aufzuklären. Er wusste sehr viel über viele Dinge und gab sein Wissen gerne weiter. Mehrmals bot er seinen Nachbarn seine Dienste an, aber Bjørken erließ ein Verbot gegen jegliche Verbrüderung. Er war wütend und wollte den Magister in seinem Bereich weder sehen noch riechen. Darum wurde das Essen, das Sylte bereitete, an der einen Giebelseite hinaus- und zur anderen hineingetragen, sodass der Magister auf sich selbst gestellt war.

»Der Teufel soll mir das Fell über die Ohren ziehen, wenn ich jemals meine Tür für dieses Gerippe öffne«, knurrte Bjørken, als Sylte den Magister als vierten Mann zu einem Spiel Whist vorschlug. »Er ist gefährlich, dieser Mann. Verstehst du, Sylte, er ist fast ministeriell. Und mit solchen sollten wir freie Menschen nicht verkehren. Diese Ministeriellen, kann ich dir sagen, sind ansteckender als Masern. Sie sind reine Kannibalen. Leben von Gesetzen und Paragrafen, die sie erlassen, um den freien Leuten das Glück zu nehmen.«

Sylte, der sich im ministeriellen Getriebe nicht so gut auskannte, schaute bewundernd auf seinen alten Kameraden. »Ja schon, aber das kann doch nicht so gefährlich sein. Es handelt sich ja bloß um einige Worte auf einem Stück Papier.«

»Eben«, entgegnete Bjørken aufgeregt, »genau darin besteht die Gefahr. So wie sie die Worte zu Papier gebracht haben, steht eine gewaltige Maschinerie hinter ihnen, die dafür sorgt, dass die braven Leute ihnen gehorchen. Ein paar unüberlegte Worte von dem langen Kerl da drinnen genügen, um das Befahren der Küste durch die *Veslemari* zu stoppen. Ein paar Andeutungen des Herrn Magister können uns alle aus dem Lande jagen. So ein Teufel hat mehr Macht als der König und alle Minister zusammen. Er ist ein Ministerieller, verstehst du, aber von der schlimmsten Sorte. Mit so einem spielt man keine Karten, Sylte.«

»Ja, wenn dus sagst …« Sylte schloss die Augen hinter den Brillengläsern, um sich besser vorstellen zu können, was ministeriell bedeutete. »Und außerdem«, fügte Bjørken hinzu, »bin ich sicher, dass der Bursche beim Kartenspiel auch betrügt; man sieht es ihm fast an. Diese großkotzigen Faxen und das Fuchsgrinsen, oder etwa nicht?«

Nachdem sich der Magister einige Monate in Bjørkenborg aufgehalten hatte, begann er die Isolation ernstlich zu spüren. Er war jedoch ein standhafter und stolzer Mann, biss die Zähne zusammen und bot dem schlichten, unbedarften Stationsleiter die Stirn. Er legte allerdings hin und wieder das Ohr an die Bretterwand, um Menschenstimmen zu hören. Nach einem weiteren einsamen Monat war sein Bedürfnis nach Gesellschaft so stark geworden, dass er mit seinem Taschenmesser ein Astloch zwischen den Brettern erweiterte, um zu seinen Nachbarn hineinzusehen.

So vergnügte er sich die folgenden Wochen; eine herrliche Zeit, in der er alles verfolgen konnte, was bei den Hausgenossen vor sich ging. Eines Tages jedoch entzog ihm Bjørken auch diesen Genuss mit außergewöhnlicher Grausamkeit.

Skipper Olsen hatte wie üblich drei Kilo Kautabak mitgebracht, Bjørkens Dauerbestellung. Und wie immer in den ersten Monaten nach der Ankunft des Schiffes genoss Bjørken auch diesmal diese himmlische Substanz im Übermaß. Er war ein Meister im Genießen, es war überwältigend zu beobachten, wie er mit Daumen und Zeigefinger der linken Hand in der Blechdose grub, die Menge mit einigen leichten rollenden Bewegungen bestimmte und schließlich mit anmutiger Handbewegung den braunen Nektar zum Mund führte. Bjørken sperrte seinen Mund nie auf, wenn er eine Prise nahm, wie es andere und weniger geübte Konsumenten tun. Er stülpte die Oberlippe nach oben, bis sie die gewaltige Hakennase berührte, platzierte den festgepressten Tabaksklumpen genau über den großen gelben Schneidezähnen und rollte die Lippe über die Prise zurück. Es war wirklich ein Genuss, Bjørkens Ladevorgang zu beobachten.

Eines Abends – er saß da und erfreute sich an dem kräftigen, guten Geschmack – ließ er, in Träume versunken, seine Augen über die Bretterwand gleiten, die früher zum Nebenschuppen gehört hatte. Und ganz zufällig bemerkte er einen Lichtschimmer, der ihm vorher nicht aufgefallen war. Er beugte sich etwas vor und entdeckte den entfernten Ast. Nach gründlicher, aber diskreter Überprüfung sah er sodann ein neugieriges, blinzelndes Magisterauge.

Bjørken gehörte natürlich nicht zu denen, die sich solch einen glänzenden Zufall entgehen lassen. Er tat so, als ob nichts wäre, schaute woanders hin und fing an, mit Lasselille über die bevorstehende Weihnachtsfeier zu reden. Er schlug zu dessen großer Verwunderung vor, dass man vielleicht den Magister am Heiligabend einladen sollte, ein Vorschlag, der natürlich auch die

Augen des Magisters größer werden ließ. Lasselille hatte gerade die Kaffeekanne auf den Tisch gesetzt, und noch bevor er die Tassen vom Regal genommen hatte, lehnte sich Bjørken vor und schickte ohne jegliche Vorwarnung einen Strahl Kautabak quer über den Tisch. Dieser ging an Lasselilles rechtem Ohr vorbei und traf genau durch das Astloch in das aufgesperrte Auge des Magisters.

Es ertönte ein Geheul. Ein prächtiges Geheul, wie es Bjørken später nannte. Sylte und Lasselille sprangen auf, rannten hinaus und zur Giebeltür hinein. Bjørken blieb ruhig sitzen. Dann erhob er sich und spuckte den Rest der Prise in den Kohlenkasten. Er ging zurück zum Tisch, goss sich einen Kaffee ein und versorgte sich mit einer frischen Ladung Kautabak.

Sylte brauchte für die Behandlung des schlimmen Auges des Magisters mehrere Tage; er badete es in Schmelzwasser, träufelte Ohrentropfen hinein, da er nichts Besseres hatte, und legte Schmalzverbände auf. Der Magister jammerte und litt unsäglich, er drohte mit Polizei und Ministerien und anderem Übel. Bjørken grinste bloß, bis ihm der Tabaksaft aus den Mundwinkeln lief.

»Wenn der Magister Wert auf Privatleben legt, dann tu ichs verdammt noch mal auch«, sagte er zu seinen Freunden. Und er nahm den Korken aus einer Sahneflasche und schlug ihn richtig fest in das Guckloch.

Alles am Magister irritierte Bjørken. Nicht zuletzt dessen Taschenuhr mit Spielwerk. Mit tödlicher Sicherheit spielte diese jede Stunde ihre Vaterlandsstrophen, und weil Bjørkens Koje unglücklicherweise an der Wand lag, wo der Magister seine Uhr zur Nacht an einen Nagel gehängt hatte, wurde er im Laufe der Nacht etliche Male geweckt.

»Wir müssen etwas gegen dieses Spielwerk unternehmen«, knurrte er ärgerlich. »Man hat keinen richtigen Schlaf mehr, seitdem dieser Idiot hier nebenan eingezogen ist.«

Doch es geschah etwas mit der Uhr – etwas Wirkungsvolles und Dauerhaftes. Und das war so:

Nach eingehenden Studien in der Umgebung und am Schreibtisch lud der Magister zu einer Zusammenkunft ein, auf der er versuchen wollte, die neuen Naturschutzregeln für die Bjørkenborgbewohner festzulegen. Er schickte schriftliche Einladungen über Lasselille, als dieser nach dem Frühstück kam, um die leeren Teller zu holen.

Eine solche Zusammenkunft hätte man herzlich begrüßt, wenn sie nicht ausgerechnet der Magister einberufen hätte. Bjørken zerknüllte die Einladung und schmiss sie mit einem gezischten Fluch in den Herd. »Nein«, sagte er verbissen. »Nein und nochmals nein.«

»Aber es ist ein Informationstreffen«, wandte Lasselille ein, »meinst du nicht, wir sollten wenigstens hingehen, um etwas darüber zu hören, wie es das nächste Jahr mit dem Fang aussieht?«

»Ich fange, wie ich es immer gehalten habe, hol mich der Teufel«, rief Bjørken. »Aber wenn ihr Lust habt, dazu Kamillentee zu trinken, dann bitte schön. Ich bleibe zu Hause.«

Der Abend kam. Ein schöner Abend für eine Zusammenkunft. Es blies kräftig aus Nordwest, und eine hohe Schneewehe stand bis zum Hausdach. Der Mond lag hinter schwarzen, dahinjagenden Wolken und tauchte den Fjord in ein unruhiges Licht, es pfiff und heulte gemütlich in dem schwarzen Eisenschornstein. Gerade so ein Abend, wo ein Treffen wie eine Gabe des Himmels erschien, wo es eine Lust war, drinnen zu sitzen, zu lauschen und zu erzählen und den Branntwein zu genießen.

Sylte und Lasselille erschienen in sauberen Lodenhosen und weißen Anoraks. Sie setzten sich an den Rand des Bettes des Magisters und lauschten aufmerksam ihrem Gastgeber. Bjørken hatte den Korken wieder aus dem Astloch entfernt; er sah und hörte, es entging ihm nichts.

Die Vorschläge für ein neues Jagdgesetz, die der Magister ausgearbeitet hatte, machten bald klar, dass beinahe für das gesamte Wild eine Schonzeit gelten sollte. Die Moschusochsen sollten, wenn es nach dem Magister ging, nie mehr saftige Beefsteaks für die Bewohner des Landes liefern, für Enten und Gänse sollte in der Zeit ihres Aufenthalts in Nordostgrönland Schonzeit gelten, und Füchse sollten ein bestimmtes Alter haben und von männlichem Geschlecht sein, bevor man sie fangen durfte.

Sylte schüttelte nachdenklich seinen Kopf. »Das ist nicht vertretbar«, wandte er ein. »Wenn das Gesetz wird, dann können wir alle einpacken.«

Lasselille hatte sich den zukünftig geplanten Fuchsfang gemerkt. »Also, das wird mühsam«, sagte er. »Wie erkennt man den Unterschied zwischen Rüde und Fähe, ich meine auf solch eine Entfernung, und wie soll man sie nach ihrem Alter fragen?«

Der Magister fingerte die Lorgnetten von der Nase und steckte die Daumen in die Ärmellöcher seiner Weste. Er stand von seinem zusammenklappbaren Lehnstuhl auf und fing an, hin und her zu laufen. »Ich sehe selbst ein, dass mein Vorschlag mit gewissen Schwierigkeiten behaftet ist«, sagte er und schielte zum Astloch hin, um sich zu überzeugen, dass Bjørken allem folgte. »Aber ich habe diese simplen Regeln ausgearbeitet, um den aussterbenden nordostgrönländischen Tierbestand zu retten. Es war keinesfalls, wie ich unterstreichen möchte, äh, keinesfalls meine Absicht, die Herren Fänger zu belästigen. Aber leider ist durch eine gewisse Straffung, eine gewisse Reduzierung von Lizenzen, eine Auswirkung auf ihr Gewerbe nicht zu vermeiden. Es muss sich etwas ändern; eine Umordnung des Handwerks, so kann man es nennen. Und nicht zuletzt eine Reduzierung der Jäger.« Er breitete die Arme bedauernd aus und blieb vor dem Astloch stehen. »Haha, des einen Not ist des anderen Tod, wenn ich diese kleine Umschreibung benutzen darf.«

Man hörte etliche derbe Flüche durch die Bretterwand, die der Magister natürlich ignorierte. Er hob seine Stimme um eine Spur, damit Bjørken auch alles mitbekam.

»Mithilfe von sorgfältigen Zählungen, Statistiken und Rechenkunst bin ich zu dem Ergebnis gekommen, dass der Tierbestand eine Erholungsperiode von mindestens zehn Jahren benötigt.«

»Was für Zählungen?«, erkundigte sich Lasselille, der gerne gründlich informiert werden wollte.

»Die Zählungen, die ich vor Ort durchgeführt habe«, antwortete der Magister. »Und mit diesen steht Schwarz auf Weiß fest, dass die Lage ernst ist. Man hat allzu lange Raubbau getrieben, und damit sollte nun Schluss sein.«

Sylte und Lasselille blieben für den Rest des Abends schweigsam. Sie lehnten das freundliche Angebot des Magisters, eine Tasse Kamillentee zu trinken, dankend ab und verließen das Treffen mit tiefgefurchter Stirn.

Zurück bei Bjørken, nahmen sie die Diskussion wieder auf.

»Zählungen, sagte er. Was meinte er eigentlich?«, fragte Sylte. Er nahm seine Brille ab und trocknete seine triefenden Augen mit einem groß karierten Tuch.

»Ich glaube, das war damals, als er sich vor dem Haus auf einen Stuhl setzte und jedes Mal einen Strich in sein Notizbuch machte, wenn er eine Schneeammer sah«, antwortete Lasselille.

»So ein Bluff«, knurrte Bjørken. »Ich habe ihn durchs Glas beobachtet, als er die Moschusochsen zählte. Er ging ins Blomsterdal und zählte von dort aus die Ochsen, die er sehen konnte. Es waren zwei, ich hab sie selbst gesehen. Also rechnete er ungefähr aus, über wie viele Quadratkilometer sein Auge reichte, und machte das zu einer Einheit. Und mit dieser Einheit, die also aus so und so vielen Quadratkilometern besteht, dividierte er das gesamte nordostgrönländische Areal, wodurch er eine bestimmte Anzahl von Einheiten erhielt. Diese Einheiten multiplizierte er mit zwei, indem der Idiot davon ausging, dass jede Einheit gleich viele Ochsen enthält. Auf diese Weise fand er heraus, wie viele Ochsen wir hier im Ganzen haben. Das ist der reine Schwindel.«

Lasselille mit seiner optimistischen Lebenshaltung beschäftigte sich lieber mit den hellen Seiten des Daseins: »Aber er sagt auch, dass man zur Selbstverteidigung schießen darf.«

»Das wird der reine Stierkampf«, entgegnete Bjørken finster. »Es ist verdammt schwer, einen Moschusochsen in Rage zu bringen. So etwas Idiotisches habe ich noch nicht gehört. Das Beste wäre, wenn wir den Magister loswerden könnten. Schade, dass die *Veslemari* auf der Herreise nicht im Eis stecken geblieben oder in einem Sturm gesunken ist.«

»Wir hätten Olsen sicher irgendwann vermisst«, sagte Lasselille leise, und Bjørken und Sylte nickten und gaben ihm Recht.

Etwas später meinte Sylte langsam: »Denkt nur, wenn der Magister sterben würde.« Er sah fast erschrocken aus, als die Worte heraus waren.

Bjørken kniff die Augen zusammen und sah seinen alten Freund scharf an.

»Da sagst du was, Sylte. Der Teufel soll mich holen, wenn das nichts ist. Du bist ein schlauer Kerl, mein Freund, du sagst genau das, was wir alle denken.«

Er senkte die Stimme, damit der Magister nichts hören konnte.

»Wenn der Bursche da drinnen abkratzte, dann würde sich die Erde doch wieder um die Sonne bewegen, nicht? Dann würden die Jahreszeiten wieder sein wie zuvor, und alles würde zu den guten alten Formen zurückkehren. Wenn er dagegen weiterlebt, dann kommt die Welt zum Stillstand und keiner von uns hätte eine Chance zu entkommen. Diese neuen Jagdgesetze, der reine Bluff. Es würde schnell zu viele Moschusochsen für das bisschen Weide geben, sodass viele verhungern und nicht erlegt würden. Und was dann? Ja, dann fressen die Füchse die Kadaver und vermehren sich gewaltig, und was hat das wieder für Folgen?«

Er sah seine Freunde an, die den Kopf schüttelten.

»Ja, viele Füchse sorgen für weniger Lemminge und Vögel, und wenn es nicht mehr so viele kleine Tiere zu fressen gibt, sterben die Füchse. Was für ein Elend. Und die Seetiere. Versteht ihr, die Seehundkolonien würden enorm sein, wenn wir nicht ein Auge darauf hielten; sie würden alles fressen, was es dort unten auf dem Meeresgrund gibt, und schließlich würden sie sich gegenseitig auffressen. Sind die Seehunde dann verschwunden, ziehen auch die Bären nach.«

»Warum?«, flüsterte Lasselille atemlos; er liebte Bjørkens Vorträge.

»Ja, mein Freund, das ist ganz einleuchtend. Was sollen die Bären denn dann fressen? Dann gibt es weder Vögel noch Lemminge, Seehunde oder Fische. Sie werden entkräftet, leiden unter Vitaminmangel, und ein jeder weiß, was dann passiert.«

»Was denn, Bjørk?«

»Dann bekommen sie alle möglichen Krankheiten; sie sind geschwächt und können sich in der Umwelt nicht mehr behaupten. Sie bekommen Pest oder Tuberkulose oder was vermindert widerstandsfähige Bären sonst noch alles kriegen können. Dann Gute Nacht mit all den feinen, weißen Brummbären. Und alles nur, weil der Idiot da drinnen rechtschaffenen Leuten verbietet, das natürliche Gleichgewicht in der Natur aufrechtzuerhalten.«

»Was sollen wir bloß machen?« Die entsetzliche Wirkung der neuen Gesetze begann Lasselille aufzugehen.

»Tja, hm.« Bjørken blickte zur Decke. »Ihn geradewegs totzuschlagen, ist vielleicht ein bisschen schwierig. Obgleich es natürlich ganz angemessen wäre.«

»Wie, Bjørk?« Lasselille beugte sich eifrig über den Tisch. »Ich meine, das ist eine prima Idee. Hier bei uns gibt es viele Möglichkeiten, nicht? Man kann ihn einfach auf den Kopf hauen und in eine Gezeitenspalte stopfen oder ihn in die Felsen einladen und ihm einen kleinen Schubs geben oder Speck in seine Taschen tun und die Hunde auf ihn hetzen. Was meinst du, wie sollen wirs anstellen, Bjørk?«

Bjørken gab keine Antwort. Er schüttelte mehrmals den Kopf, sagte aber nichts.

Sylte dachte an den Vortrag, den er beim Magister gehört hatte, resümierte alles, an das er sich erinnern konnte, und frage schließlich: »Du, Bjørk, wenn wir Nordostgrönland vom Magister befreien, ist das dann nicht sogar Notwehr?«

»Absolut«, entgegnete Bjørken. »Es sind meine Gedanken, die du äußerst, Sylte.«

Sylte seufzte zufrieden. »Ja, dann ist ja alles klar, es ist also vollständig legitim.«

In der folgenden Zeit konnte man im Verhältnis zwischen Bjørken und dem Magister eine Besserung spüren. Sie grüßten sich höflich, wenn jeder morgens an seinem Giebel stand und sich erleichterte, und es kam so weit, dass sie Bemerkungen über Wind und Wetter austauschten.

Unter den Fängern von Bjørkenborg war die Stimmung spannungsgeladen. Man vermied jedes direkte Gespräch über den Magister, redete geschickt um die neuen Jagdgesetze herum und verbrachte im Großen und Ganzen so wenig Zeit im Haus wie möglich. Waren sie endlich alle drei zu Hause, saß jeder still in seiner Ecke und dachte nach. Jeder glaubte natürlich, dass die beiden anderen gerade damit beschäftigt waren, das absolute und unwiderrufliche Verschwinden des Magisters zu planen; jeder schauderte vor allem bei dem Gedanken, dass einer der beiden anderen bald als der Büttel Bjørkenborgs, ja ganz Nordostgrönlands in Tätigkeit treten sollte. Das Wort Mörder kam in ihren Gedanken zu keiner Zeit vor.

Am Tag vor Heiligabend verschwand der Magister.

Bjørken und Sylte waren draußen gewesen und hatten die Fuchsfallen versorgt, sie wurden von einem grinsenden Lasselille empfangen.

»Der Magister ist weg«, lachte er.

»Weg?« Bjørken guckte den Lehrling fragend an. »Was ist denn passiert? Er geht doch sonst nie hinaus, wenn so starker Frost herrscht.«

Sylte entfernte das Eis von seiner Brille und grinste breit. »Der Magister ist weg, Bjørk, einfach verschwunden, verstehst du.«

Und jetzt begriff Bjørken. »Oho, so sieht es aus. Na ja, er ist draußen in der schönen Natur spazieren gegangen und hat sich verlaufen, haha. Wo er wohl hingegangen ist, Lasselille?«

Er zwinkerte ihm kräftig zu; Lasselille zwinkerte etwas einfältig und verständnislos zurück.

»Ich meine, wir sollten uns zum Abendessen wirklich etwas Branntwein gönnen.« Bjørken rieb seine großen Hände. »Ein Abend ohne die Uhr des Magisters da drinnen hinter der Wand ist ja wie ein Festabend.«

Sie gingen hinein und schnupperten an Lasselilles Kochtopf, in dem es gemütlich brutzelte. »Du hast doch hoffentlich keine Suppe aus ihm gekocht, alter Freund?«, lachte Bjørken. »Haha, der hatte ja nicht allzu viel Fleisch auf den Knochen, was?«

»Suppe?« Lasselille schielte verwirrt in den Kochtopf. »Das sind Rouladen, da drin. Möchtest du lieber Suppe?«

Bjørken schlug ihm freundschaftlich auf die Schulter. »Nein, es ist vollkommen gleichgültig; so ein herrlicher Abend.« Er gab dem Lehrling noch einen kräftigen Schlag auf den Rücken. »Du bist ein Filou, das bist du, einer, der sich nichts anmerken lässt. Gut gemacht, Freundchen, ich selbst hätte es nicht besser machen können.«

Erst geraume Zeit nach dem Essen und nachdem jeder sich ein Viertel Branntwein genehmigt hatte, wollte Bjørken nähere Einzelheiten wissen.

»Also, Junge«, sagte er freundlich zu Lasselille. »Nun bist du trocken hinter den Ohren, wie wir sehen. So sagt man unter Erwachsenen. Haha! Jetzt wollen wir uns mal ein bisschen um die Frauenzimmer kümmern.«

Lasselille nickte und grinste dümmlich. »Ja, warum nicht, Bjørk. Was meinst du?«

»Einem Mann eins aufs Maul geben und bei einem Mädchen liegen«, zitierte Bjørken. »Das war schon immer die Losung, mein Freund. Aber jetzt erzähl uns mal, was du mit ihm gemacht hast.«

»Mit wem, Bjørk?«

»Dem Magister, Kamerad. Das ist ja verteufelt still über die Bühne gegangen. Kein Pieps, kein Knall. Du verstehst es, die Sachen diskret zu erledigen, wie wir sehen.«

»Ach, der Magister.« Lasselille begann zu begreifen. »Ja also, erst habe ich ihm sein Frühstück gebracht und eine Stunde später die Teller wieder geholt.«

Bjørken lachte schallend und schlug mit der Faust auf den Tisch. »Teufel auch, mein Freund, und was gabs zu essen, wenn man fragen darf?«

»Haferschleim, Kamillentee und einen aufgetauten Schiffskeks mit Honig«, antwortete Lasselille. Er richtete seine ehrlichen, verwunderten Augen auf den Stationsleiter und erkundigte sich: »Warum fragst du, Bjørk?«

»Bist du sicher, dass es nichts anderes war?« Bjørken zwinkerte aufmunternd. »Spucks ruhig aus, Junge, wir gehen nicht hausieren mit vertraulichen Auskünften. Ein bisschen Strychnin, etwas Arsen vielleicht? Ein wenig aus der norwegischen Bonbontüte, die auf dem Dachboden liegt?«

Lasselille schüttelte den Kopf. »Ich gab ihm nur das, was ich euch gesagt habe. Hätte ich ihm von dem geben sollen, was du gesagt hast, Bjørk?«

Bjørken zuckte mit den Schultern. »Gut, also das Frühstück war ohne Fehler, können wir sagen. Aber was hast du dann gemacht? Wo hast du ihn versteckt?«

»Ich habe ihn nicht mehr gesehen, nachdem ich die schmutzigen Teller geholt habe«, entgegnete Lasselille unglücklich. »Das stimmt wirklich, Bjørk. Ich habe abgewaschen und bin zum Teich gegangen, um Wasser zu holen. Und als ich zurückkam, war er verschwunden.«

Bjørken langte über den Tisch nach der Schnapsflasche. Nachdem er sich mit einem Gläschen gestärkt hatte, sah er Sylte ernst an.

»Also, Sylte. Was hast du denn zu berichten?«

»Ich?« Sylte guckte überrascht auf. »Was sollte ich zu erzählen haben?«

»Etwas vom Magister zum Beispiel. Wie er verschwunden ist und wo du ihn gelassen hast.«

Sylte bekam einen roten Kopf. Er wies aufgeregt auf Bjørken.

»Wie ists denn mit dir? Vielleicht weißt du mehr als Lasselille und ich. Du kannst nicht einfach herkommen und uns eine Sache in die Schuhe schieben, die wir nicht gemacht haben. Ich war in der Rentierbucht und habe den ganzen Tag wie ein Vieh geschuftet. Ich habe an etwas anderes gedacht als den Magister totzuschlagen. Aber wo warst du?«

Bjørken stand auf und schaute seine Freunde kühl an. »Ich bin euch keine Erklärung schuldig. Es ist gut möglich, dass Lasselille über das Schicksal des Magisters nichts weiß; aber ich bin sicher, dass du ihn zuletzt gesehen hast, Sylte.«

»So geht das nicht, Bjørk. Ich weiß nichts. Das letzte Mal habe ich ihn gestern Abend gesehen, als er mich bat, nach seiner Golduhr zu sehen. Sie schlug jede Stunde, obgleich er nicht auf den Knopf drückte.«

Bjørken runzelte die Stirn. »Welchen Knopf? Musste man auf einen Knopf drücken, wenn sie spielen sollte?«

»Ja, auf den Knopf, mit dem man sie auch aufzog. Der hatte sich verklemmt, also spielte sie jede Stunde, ohne dass der Magister was dagegen tun konnte.«

Nun war es Bjørken, der rot anlief. »Verdammt noch mal. Dann hat der Schuft nachts jede Stunde den Knopf gedrückt, um mich zu stören. Nur gut, dass wir ihn los sind, egal, wers auch fertig gebracht hat.«

Ein Weilchen beobachteten sich alle drei aus den Augenwinkeln. Wer hatte den Magister zuletzt gesehen, wer hatte ihn umgebracht? Erst beim Kaffee, den Lasselille auf den Tisch stellte, griff Sylte das Thema wieder auf.

»Sag mir mal, Bjørk, wieso nimmst du dich eigentlich aus? Nicht, weil es mich etwas angeht, da geb ich dir Recht, aber es ist doch immer interessant, einen Einblick in unbekanntes Handwerk zu gewinnen.«

Bjørken stellte die Kaffeetasse mit einer brüsken Bewegung ab. »Jetzt ist es aber genug, Sylte. Kein Wort mehr über den Magister. Ich habe mit seinem Verschwinden nichts zu tun, das solltest du wirklich wissen! Als Stationsleiter bekleide ich auch das Amt des Polizeidirektors, und hast du jemals von einem Polizeidirektor gehört, der herumläuft und Leute ins Jenseits befördert?«

Den Rest des Abends saßen sie schweigend da. Keiner wollte den Mord zugeben, und darum wurden sie immer argwöhnischer. Einer von ihnen war der Mörder; einer von ihnen hatte den Magister in die Kälte gelockt und ihn entweder erschossen, erstochen oder erschlagen. Jedenfalls war er tot, lang und steif gefroren, eine Leiche, die draußen in einer Spalte, einer Schneewehe oder einem Steinhaufen versteckt war. Der Magister bekam kein christliches Begräbnis, weder Trauer noch Gottes Wort begleiteten ihn ins Grab. Er war jetzt einfach nur ein langer und toter Magister, der irgendwo da draußen den ewigen Schlaf schlief. Und sein Mörder saß in der Stube und hatte es warm von Branntwein und Kaffee.

An diesem Abend war Lasselille froh, dass er auf dem Dachboden schlief. Er wollte mit seinen Gedanken allein sein, lag lange wach und starrte auf die vereiste schräge Decke, die von einer Talgkerze erhellt wurde. Er hörte, wie sich die anderen in ihre Kojen in der Stube legten und wie Bjørken sagte: »Schöne Kameraden hat man. Ich will nichts dazu sagen, dass ihr dem Magister den Garaus gemacht habt, das hätte auch ich gekonnt, wenn ich nicht ausgerechnet die höchste Polizeibehörde wäre. Aber ich kann es auf den Tod nicht vertragen, dass einer von euch so feige ist und es nicht zugibt. Der Magister musste weg, da waren wir uns alle einig. Aber wir sollten zumindest so gute Kameraden sein, dass wir uns gegenseitig vertrauen.«

Lasselille lag in seiner Koje zwischen den Dachsparren und nickte eifrig. Bjørken hat Recht, dachte er. Derjenige, der die Sache mit dem Magister gemacht hat, sollte auch den anderen davon erzählen. Das würde sicher das Gewissen erleichtern. Er hörte, wie Sylte sagte: »Schuld oder nicht Schuld. Wir sind wohl alle schuldig. Hier geht es doch darum, wer das Glück hatte, der Erste zu sein. Im Übrigen kann mans leicht ausrechnen. Lasselille da oben hat nicht genug Grips, um solch eine Geschichte zu planen, und ich war es nicht. Also bleibt nur einer von uns übrig, Bjørk.«

Bjørken schlug wütend mit der Faust gegen den Boden der oberen Koje. »Verdammt noch mal, liegst da oben und beschuldigst mich des Mordes, du Waschlappen.«

»Ich beschuldige gar keinen«, entgegnete Sylte. Er beugte sich über den Kojenrand und guckte kurzsichtig auf Bjørken hinunter. »Aber wer sollte es denn sonst sein?«

»Jetzt ist es aber genug!« Bjørken kroch aus seiner Koje und riss wütend das Bettzeug heraus. »Kann man denn keine Ruhe vor deinen Stänkereien haben. Jetzt lege ich mich ins Zimmer des Magisters, da ist man vor euch zwei Banditen einigermaßen in Sicherheit. Und versucht nur nicht, in den Raum zu kommen, ich schieße mit scharfer Munition und gehe kein Risiko ein.«

Wutschnaubend verließ Bjørken die Stube, vergaß aber nicht, Kaffeekanne, Gewehr und Branntweinflasche mitzunehmen.

Einen Tag lang gingen sich die Kameraden aus dem Wege. Dann zog Sylte den Pfropfen aus dem Astloch und rief zum Stationsleiter hinüber. »Hör mal, Bjørk, sollen wir nicht nach draußen gehen und sehen, ob wir den Magister finden?«

»Ha«, antwortete Bjørken.

»Ich meine, es kann doch sein, dass er noch lebt?«

»Haha«, war Bjørkens Antwort.

Es ist deine verdammte Pflicht als Polizeidirektor«, beharrte Sylte.

Bjørken erhob sich aus dem Lehnstuhl des Magisters und starrte zum Astloch hin. »Kriegst du ein schlechtes Gewissen, Freundchen?«

»Ja, sowas Ähnliches«, räumte Sylte ein. »Es kann doch sein, dass er da draußen liegt und es ihm dreckig geht. Dann ist es bestimmt das Beste, wenn wir ihn hierher holen und ihn unter geordneten Verhältnissen sterben lassen.«

»Sterben? Was meinst du mit sterben?«, brummte Bjørken irritiert. »Du hättest verdammt noch mal nachsehen können, ob er schon ganz den Geist aufgegeben hatte, bevor du ihn verlassen hast.«

Sylte gab keine Antwort. Er schmückte sich gerne mit der einstweiligen Ehre des Mordes, wenn es Bjørken Freude machte. Die Stimmung im Hause war unerträglich, solange der Täter anonym blieb; Sylte war der Gedanke gekommen, dass der Mörder sich selbst verraten würde, wenn sie den Magister erst gefunden hätten.

Es war Heiligabend, und sie stapften mit drei großen Petroleumlampen und scharfgeladenen Gewehren durch die schwarze Nacht. Sie liefen über die Bjørkinsel, hinab durchs Fladedal und quer übers Eis zur Mündung des Lillefjords. Sie sprachen nicht miteinander und gingen nebeneinander her, weil keiner es wagte, vorne zu gehen. Es gab einen Mörder unter ihnen.

Gerade als sie sich anschickten, über das am Strand gestaute Eis zu steigen, wuchs ein gewaltiger Schatten zwischen den aufgetürmten Schollen auf. Ein unheimliches Brüllen zerriss die Stille, und sie erblickten eine große Bärin, die im Lampenlicht auftauchte. Das Tier starrte geblendet auf die drei Männer und begann, wütend zu brüllen.

Lasselille, der selbst schon Bären geschossen hatte, verlor vor lauter Schreck sein Gewehr und sprang hinter Bjørken, der der größte war und darum das beste Versteck bot.

Sylte stellte bedächtig die Lampe aufs Eis. Er nahm den Ladegriff, putzte das rechte Brillenglas mit dem Daumen im Handschuh und rief: »Hoch und stehen geblieben, Mütterchen!«

Der Bär gehorchte augenblicklich. Er stellte sich auf die Hinterbeine, fuchtelte mit den Vorderbeinen und gähnte, dass man bis in seinen Magen sehen konnte. Sylte schoss ihm ins Herz, der Bär sackte zusammen, ohne auch nur zu husten.

»Also wirklich, ist der groß«, flüsterte Lasselille bestürzt. Er trat aus Bjørkens Schatten und starrte mit großen Augen auf den leblosen Bären. »Das ist der größte Bär, den ich gesehen habe, glaube ich.«

Bjørken legte ihm väterlich die Hand auf die Schulter. »Der da, mein Freund, ist ein ausgesprochener Konfirmand. Ich hab mal einen Bären geschossen, der war so groß, dass ich mich auf den Rücken legen musste, um auf seinen Kopf zielen zu können.«

Sie gingen zu dem Tier. Es hatte Blut ums Maul, und sie gingen davon aus, dass es bei einer Mahlzeit gestört worden war, daher seine Wut.

»Feines Fell«, konstatierte Sylte zufrieden. Er kniete nieder und ließ seine Hand durch den weiß-gelben Pelz gleiten.

»Diese Winterbären sind unberechenbar«, sagte Bjørken erklärend. »Sie kennen weder Rast noch Ruh, um Winterschlaf zu halten.« Er schubste eines der großen Hinterbeine mit dem Fuß zum Körper hin. »Halt die Beine zusammen, Schwester. Du liegst da wie die Mädchen im Mai.«

»Ist sie alt?«, fragte Lasselille.

Bjørken nickte. »Ganz jung ist sie nicht, die Bärin. Aber trotzdem wird sie zu kribbelig gewesen sein, um im Bau zu bleiben. Sie hat sicher noch keine Jungen gehabt. Diese Burschen, mein Freund, sind die allergefährlichsten, weil sie mehr als nur hungrig sind. Wenn du ihr hier allein begegnet wärst, hätte sie dich sicher mit Haut und Haar, Stiefeln und allem anderen verspeist.«

Eine Weile betrachteten sie das tote Tier mit Hochachtung. Plötzlich erstarrten sie. Gedämpfte, schwache Töne kamen vom Eis und trafen auf ihre Ohren: »Es ist ein lieblich Land …«

Sylte und Bjørken starrten sich an. Lasselille schnappte nach Luft und flüsterte entsetzt: »Der Magister.«

Seine Kameraden nickten. Sylte nahm seine Fellmütze ab und senkte den Kopf.

»Wo ist er?« Lasselille starrte in die aufgetürmten Eisschollen. »Was macht er da draußen?«

»Er ist hier, mein Freund«, und Bjørken wies mit seinem Gewehr auf den Bärenmagen. »Und dabei, verdaut zu werden.«

Sylte band seine Wollhandschuhe auf und blies warme Luft hinein. »Vielleicht ist er hinausgegangen, um zu pinkeln«, sagte er.

Bjørken nickte. »Und die Bärin hat ihn geschnappt und hierher geschleppt.«

Lasselille fuhr fort, mit Entsetzen in der Stimme: »Und ihn gefressen.«

»Mit Haut und Haar und der Taschenuhr mit dem Acht-Tage-Werk und Glockenspiel.« Bjørken richtete seinen runden Rücken auf. »Ein verdammt hungriger Bär, wie ich schon sagte. Hm. Muss einen ungewöhnlichen Appetit gehabt haben. Also so ist alles gewesen.« Er schnüffelte mit seiner großen Nase zum Himmel. »Die Natur hat Abwehrmechanismen, von denen wir nichts wissen, und eine Kraft, der selbst die Stärksten nicht widerstehen können.«

Sylte drehte seine Mütze vor dem Bauch. »Er hatte einen schnellen Tod«, sagte er, um einer längeren Darlegung Bjørkens vorzubeugen. »Ein bisschen unwürdig vielleicht, denn er hatte bestimmt nicht einmal die Zeit, seine Hose zuzuknöpfen.«

Laban

Es geschieht nicht ohne Bedenken, dass der Erzähler dieser wahrheitsgetreuen arktischen Geschichten den Bericht vom Schlittenhund Laban weitergibt. Da Laban aber in der Zeitung beschrieben, besprochen und abgebildet worden ist und dem Erzähler selbst darüber hinaus das Folgende von Lodvig in Ross Bay erzählt wurde, einem bescheidenen und glaubwürdigen Fänger, darf man davon ausgehen, dass die Geschichte von Laban so wohlfundiert ist, dass sie ohne das Risiko der Unglaubwürdigkeit erzählt werden kann.

Laban war in vieler Hinsicht ein ungewöhnlicher Hund. Er war größer als andere Hunde, besaß ein dichteres und glänzenderes Fell als die meisten und war klüger, tüchtiger und treuer als irgendein anderer Hund in Nordostgrönland.

Laban war Lodvigs Hund. Und weil Lodvig keine anderen Hunde besaß, nahm Laban eine Sonderstellung auf der Fangstation ein. Zwischen Laban und Lodvig bestand eine erstaunliche Zusammengehörigkeit, eine Art Geistesverwandtschaft, ein fast übersinnlicher Kontakt, wie er nur zwischen Menschen und Tieren möglich ist. Lodvig hing an seinem Hund mit allem Gefühl und aller Vernunft, zu der ein Mensch fähig ist, und Laban liebte seinen Menschen mit seiner ganzen impulsiven Natur und dem ganzen Überfluss seiner Sinne.

Von Labans Abstammung weiß man, dass seine Wurzeln im Dänischen und auch Norwegischen waren. Die Mutter mit dem Namen Silke soll angeblich eine langbeinige Russische Windhündin gewesen sein und einem Konsul Bjarkesen in Ålesund gehört haben. Sie war ein schönes, reinrassiges Tier und lebte ruhig und zurückgezogen in der großen Villa des Konsuls.

Nur abends vor der Schlafenszeit lief sie eine Runde ums Viertel, um etwas frische Luft zu schnappen und zur Guten Nacht zu pinkeln.

An solch einem Abend lief sie unglücklicherweise einem Fänger aus Nordostgrönland über den Weg. Dessen Schiff *Polarlicht* sollte am nächsten Morgen in See stechen, darum streifte er in den Straßen Ålesunds umher, um sich ein Hundegespann für den bevorstehenden Winter zu sichern. Als er Silke erblickte, stellte er den Sack, in dem sich bereits ein Dackel und ein Zwergcollie befanden, zur Seite und pfiff lockend. Er zog einen seiner holzbesohlten Stiefel aus, und als Silke nahe genug herangekommen war, holte er mit dem Stiefel aus und versetzte sie in Tiefschlaf, bevor sie auch nur einen Laut von sich geben konnte.

Silke kam mit dem Fänger zur Haunahütte. Sie war ruhig, freundlich, aber außerordentlich träge. So dauerte es nicht allzu lange, und der Haunafänger verkaufte sie Lodvig, der das ansehnliche Tier schon lange bewunderte.

Labans Vater war ein tiefschwarzer Neufundländer, der bei einem Tierhändler in Århus aufgewachsen war. Wegen seines tückischen Wesens hieß er Satan, und als er erwachsen war, schenkte ihn der Tierhändler dem Direktor der Fangkompanie, der in der Zeitung kräftige Hunde als Schlittenhunde suchte. Satan wurde Lodvig zugewiesen, der für sein gutes Händchen im Umgang mit bissigen Hunden bekannt war.

Silke und Satan verliebten sich schon bei der ersten Schlägerei. Sie kämpften, dass Lodvig große Fellbüschel um die Ohren flogen, danach paarten sie sich; Lodvig musste einige Eimer Wasser über beide auskippen, um sie wieder auseinander zu bringen. Nach einigen Tagen waren sie unzertrennlich, und nach einigen Monaten hatten sie Lodvig so akzeptiert, dass er ihnen das Geschirr anlegen konnte, ohne dass sie ihn bissen oder auch nur knurrten.

Silkes erster Welpe wurde auf der Stelle von Satan gefressen. Er stand wie eine schwarze Mauer bei ihr und verschlang seinen

Nachwuchs genauso schnell, wie dieser auf die Welt gekommen war. Lodvig stand in der Tür und schaute zu. Er unternahm nichts, dem Welpen zu helfen, weil er fühlte, dass es in Satans Natur lag; er kannte sich damit nicht aus und mischte sich deshalb nicht ein.

Als Silke jedoch das nächste Mal warf, glückte es Lodvig, den ersten Welpen in Sicherheit zu bringen, bevor ihn Satan vor die Zähne bekam. Er trug den Welpen ins Haus und legte ihn auf den Kohlenkasten; als er ihn trockenrieb, hörte er draußen ein fürchterliches Heulen.

Satan raste vor Wut. Obgleich noch zwei weitere Welpen geboren wurden, konnte er nicht zulassen, dass der zuerst geborene am Leben blieb. Vielleicht war es Eifersucht, vielleicht sah er seine Machtstellung durch den lebenden Welpen bedroht. Lodvig wusste es nicht, und vermutlich wusste es Satan ebenso wenig. Er stand mit gesträubtem Fell bei Silke, auf ihr feines, weiches Fell tropfte der Geifer. Seine Augen waren feuerrot wie bei einem wütenden Walross, und er fletschte seine großen weißen Zähne. Und ganz plötzlich, mit einem wahnsinnigen Knurren, verbiss er sich in Silkes Kehle; er schüttelte und riss, bis sie keinen Widerstand mehr leistete. Erst als sie ganz schlaff und leblos war, ließ er von ihr ab.

Lodvig stand am Fenster und sah, wie alles geschah. Er sah auch, wie Satan die Hündin leckte und sich an sie drängte, seine Vorderbeine auf ihrem Brustkasten. Lodvig hörte den großen schwarzen Hund herzzerreißend heulen.

Neun Tage lag Satan so bei Silke. Er fraß nichts, und als Lodvig sich vor ihm niederhockte und mit ihm sprach, drehte er den Kopf zur Seite und guckte mit seinen glänzenden Augen zum Eis hin. Am neunten Morgen lag er tot da. Er hatte seinen Kopf auf die Wunde gelegt, die er selbst zugefügt hatte, und seine offenen Augen starrten geradewegs in die bleiche, niedrig stehende Sonne.

Der Welpe, den Lodvig zu sich genommen hatte, gedieh schneller als alle anderen Welpen, die er bisher gehabt hatte. Zu

Lodvigs Freude entwickelte er sich zu einem ganz einzigartigen Tier. Er nannte ihn Laban, ein Name, der seiner Meinung nach irgendwo zwischen Silke und Satan lag.

Laban wurde außergewöhnlich groß, bekam ein dickes, glänzendes Fell, lange, kräftige Läufe und Schwimmhäute zwischen den Fußballen wie sein Vater. Von seiner Mutter hatte er ein ruhiges Temperament, ein scharfes Wahrnehmungsvermögen und ein sanftes, einschmeichelndes Wesen, von dem Lodvig ganz gefangen war.

Laban wurde ein richtiger Kamerad, immer bereit zuzuhören, um mit seiner langen buschigen Rute eine vernünftige Antwort zu geben. Lodvig schaffte sich keine weiteren Hunde an. Wenn man einen Hund wie Laban hatte, war man fein heraus; Lodvig brauchte keinen Partner, weil Laban diese Aufgabe übernahm. Er war weder lästig noch aufdringlich. Sie lebten in gutem Einvernehmen zusammen, die beiden. Arbeiteten, unterhielten sich, aßen, tranken und schliefen, wie es ihnen beliebte.

Dann geschah es, dass Lodvig von inneren Beschwerden geplagt wurde. Es passierte eines Tages, als er das Wasserfass vom Hocker heben wollte, auf dem es immer stand. Plötzlich fuhr ein fürchterlicher Schmerz durch die Leistengegend, er krümmte sich vor Schmerzen und stöhnte. Laban, der unter dem Tisch lag, hob den Kopf und blickte ihn besorgt an.

»Verdammt noch mal«, flüsterte Lodvig, »was ist das denn jetzt?« Er kroch zur Koje und setzte sich. Laban setzte sich vor ihn und legte wie fragend die Ohren an.

»Es ist schon nichts weiter«, erklärte Lodvig. Er zog seine Wollhosen herunter und untersuchte seinen Unterleib. »Eine verdammte Beule, Laban, kannst du sehen?« Laban hielt den Kopf schräg und stellte die Ohren auf. Er starrte auf die Beule, die sich an Lodvigs Leiste gebildet hatte.

Zwei Tage lag Lodvig in der Koje, es ging ihm schlecht. Laban lag daneben und war sehr besorgt. Am dritten Tag ging es ein wenig besser, Lodvig kroch aus seinem Bett und machte

Feuer im Herd. »Es ist besser, wenn wir eine Nachricht nach Fimbul schicken«, meinte er zu Laban. »Mit dieser Sache hier können wir nicht allein fertig werden.« Er schrieb einen Brief, den er in ein Stück Wachstuch einpackte. Dann legte er Laban das Geschirr an und band das Wachstuch an den Gurten fest, die über die Brust liefen.

»Nun lauf zu Valfred und bring ihm diesen Brief«, sagte er, »und dann komm schnell wieder zurück.«

Laban wedelte mit dem Schwanz, dass der Raureif auf dem Fußboden aufwirbelte. Er hob den Riegel der Tür hoch, ging hinaus und stieß die Tür mit den Hinterläufen zu. Dann trabte er in Richtung Fimbulhütte davon.

Der Leutnant, der Besitzer des »Feldschers Instruktionsbuches« war, hatte die Diagnose schnell gestellt.

»Du hast einen Bruch, Lodvig«, erklärte er ernst. Und das, ohne Lodvig unter die Hose geschaut zu haben.

»Was für einen Bruch?«, fragte Lodvig.

»Das ist ein abnormes Hervortreten der Eingeweide, sie werden durch die Bauchdecke gedrückt«, las der Leutnant. »Hast du da unten eine Beule, Lodvig?«

Das musste Lodvig einräumen, er hatte eine, und der Leutnant erklärte weiter, nachdem er sein Buch konsultiert hatte. »Wenn sich dort so eine Beule befindet, ist es möglich, sie wieder auf ihren Platz zu drücken. Lass mal sehen, Lodvig.«

Lodvig musste seine Hose ausziehen. Der Leutnant untersuchte ihn gründlich, er drückte und presste die Beule, bis diese mit einem »Flupp« wieder auf ihren Platz rutschte. Lodvig stöhnte, jammerte und schwitzte so, dass er seine Unterwäsche wechseln musste; Laban lag währenddessen auf dem Sprung, um sich den Leutnant zu schnappen, wenn Lodvig es gewollt hätte.

»Ja, jetzt müssen wir abwarten, ob es so bleibt«, schnaufte der Leutnant. »Denk dran, dass du nicht hustest, furzt oder irgendetwas hebst, Lodvig, damit die Sache nicht wieder herausspringt.« Er half ihm in die Hose. »Du musst in der Koje bleiben, so lange wie möglich, und dann musst du mit der *Veslemari* nach Hause fahren und operiert werden.«

Lodvig sah seine Freunde verschreckt an. »So ernst ist es? ist es wirklich notwendig?«

»Mit Sicherheit«, entgegnete der Leutnant. »Wenn so eine Beule sich nicht zusammenzieht, fällt der Darm ernstlich heraus und kann leicht eingeklemmt werden, dann entsteht kalter Brand und Bauchfellentzündung und was weiß ich für ein Mist. Du musst unters Messer, Lodvig, sonst wirds nicht besser.«

Valfred, der sich in die obere Koje gelegt und nach der hastigen Herfahrt etwas ausgeruht hatte, beugte sich herunter zum Patienten. »Mach dir man nichts draus, Lodvig. Jetzt darfst du den ganzen Winter im Bett liegen und alles genießen, und du kommst nach Kopenhagen und wirst wie ein Kavalier bedient. Wenn ich nur einen Bruch hätte, hähä.«

Die Fänger von Fimbul blieben einige Tage bei Lodvig. Der Leutnant legte ihm eine stramme Bauchbinde an und verordnete eine strenge Diät. Er schleppte Süßwassereis in den Windfang und füllte die halbe Stube mit Kohle. So richteten sie alles, um Lodvig das Leben zu erleichtern. Als sich Valfred für die Rückreise genug erholt hatte, brachen sie auf und ließen Lodvig unter Labans Obhut.

»Schick nur den Hund zu uns, wenn es dir schlechter geht«, sagte der Leutnant, »wir kommen dann sofort.«

Es kamen lange und schwierige Monate für Lodvig. Hin und wieder guckten die Jäger herein, wenn sie ihre Jagdtouren über Ross Bay führten. Dann bewunderten sie Lodvigs Beule, die er jetzt ganz nach Belieben heraus- und wieder zurückpressen konnte. Sie brachten Wasser und Kohle ins Depot und versprachen, auf der Rückreise mit frischem Fleisch wieder hereinzuschauen. Diese Besuche waren natürlich eine Aufmunterung, aber ohne die Gesellschaft Labans wäre die Wartezeit unerträglich gewesen.

Laban war immer bei Lodvig. Er half ihm die Kohlestücke

zum Herd schleppen, zog Eisklumpen aus dem Windfang in die Stube und hielt ihn bei guter Laune, indem er mit dem Schwanz redete und ihn mit seinen freudigen braunen Augen ansah. Die Tage gingen dahin, wurden zu Wochen und Monaten. Die Sonne kehrte zurück, erst als ein viel versprechender Ball, der gleichsam wie spottend über die rundlichen Hügelkuppen nach Süden rollte, später dann als eine große kalte Lampe und schließlich, zum Frühling hin, warm, gelb und allgegenwärtig.

Lodvig legte sich in die Sonne. Zum ersten Mal in seinem langen arktischen Dasein erlebte er das Frühjahr, ohne Anteil zu nehmen. Er saß mit dem Rücken an das rot gestrichene Haus gelehnt auf seiner Bank und sah, wie die Natur um ihn herum geradezu explodierte. Das Eis im Fjord brach mit einem rollenden Donnern, die Luft war voller Vogelstimmen, die Berge wechselten ihre weiße Wintertracht gegen die braune Kappe des Sommers aus, die Blumen fanden ihren Weg durch die schmelzende Schneedecke, und die ganze erstarrte Welt erwachte, summte und schwirrte vor Leben. Laban lag zu seinen Füßen und blickte ihn an.

Eines Tages kam das Motorboot von Kap Thompson getuckert, um Lodvig abzuholen. Die *Veslemari* wurde täglich erwartet, und Mads Madsen wollte sicher sein, dass der Patient bereit war, falls es Skipper Olsen mit der Rückreise eilig haben sollte. Lodvig stiefelte zum Boot hinunter. Er ging breitbeinig, weil der Bruch jetzt schneller hervortrat, als er ihn wieder hineinpressen konnte. Laban folgte ihm auf den Fersen.

»Was machen wir mit dem Hund?«, fragte Mads Madsen.

Lodvig blickte auf Laban hinunter. »Tja, den nehme ich mit«, sagte er. Der Gedanke, dass er Laban an der Küste zurücklassen müsste, war ihm überhaupt nicht gekommen.

»Meinst du, das geht?« Mads Madsen blickte zweifelnd auf den Kranken. »Ich glaube nicht, dass es erlaubt ist, Haustiere mit ins Krankenhaus zu bringen. Und denk dran, wenn du bei der Operation abkratzt, wer soll sich dann um Laban kümmern?«

Daran hatte Lodvig nicht gedacht. Er ging vor seinem vierbeinigen Partner in die Hocke. »Da ist was dran, was Mads Madsen sagt«, sagte er zu Laban. »Hättest du nicht Lust, so lange hier in Kap Thompson zu bleiben, bis ich wiederkomme?«

Laban klemmte den Schwanz ein und sah sehr unglücklich aus. Er hatte kein bisschen Lust, von Lodvig getrennt zu werden, man konnte es sehen.

»Ich glaube doch, er will am liebsten mit«, meinte Lodvig.

William half Lodvig ins Boot. »Das Schlimmste ist schon, wie Mads Madsen gesagt hat, wenn du den Löffel abgibst. Dann kann es passieren, dass sie Laban in ein Tierhospital geben, wo man ihn in kleine Stücke schneidet, um zu sehen, wie ein Schlittenhund innen aussieht. Man hat schon von solchen Sachen gehört. Es ist bestimmt das Beste, wenn er hier bleibt.«

Und so kam es. Man brachte Laban in einen Zwinger hinter der Kap-Thompson-Hütte, in dem sonst die Welpen waren, und da saß er nun mit hängendem Kopf, während Lodvig an Bord der *Veslemari* ging. Mads Madsen und der Schwarze William standen am Gitter und redeten beschwichtigend auf Laban ein, aber er war zu deprimiert und nahm keine Notiz von ihnen.

Erst als Skipper Olsen zur Abfahrt die Dampfpfeife betätigte, kam Leben in Laban. Er lief einige Male im Zwinger herum und setzte dann mit einem eleganten Sprung über das Gitter, ohne es auch nur mit den Bauchhaaren zu streifen. Er lief geradewegs bis zum äußersten Punkt vom Kap Thompson, er wusste, hier musste die *Veslemari* dicht unter Land passieren. Er lief unruhig hin und her und versuchte mit seiner langen Schnauze, die Witterung des Schiffes aufzunehmen.

Als Lodvig, der auf der Brücke stand, ihn erblickte, begann er zu fluchen und schimpfen. »Marsch nach Hause zu William, du Lump, zurück in den Stall, du Kalb. Ich komme bald zurück. Laban, Laban ...« Er winkte und schrie, und die Tränen liefen in seinen langen, zotteligen Bart.

Laban jedoch wollte nicht zurück. Er stand als schwarze

Silhouette gegen den hellen blauen Himmel und heulte herzzerreißend. Er stand den ganzen Nachmittag dort, die Schnauze im Wind, und heulte, bis die *Veslemari* nicht mehr zu sehen und hören war. Dann begann er, im Kreis zu laufen, in immer größeren Kreisen, bis er sich schließlich für eine Richtung entschied. Er lief um den Smallesund herum, dann in südwestlicher Richtung, bis er die Kante des Inlandeises erreichte, und nahm genau Kurs nach Süden.

Er lief einunddreißig Tage nach Süden. Er fraß, was ihm gerade vor die Schnauze kam: vom Kadaver eines abgestürzten Moschusochsen, einige junge Hasen, die noch nicht gelernt hatten, sich zu verbergen, die Reste einer Ringelrobbe, offensichtlich von einem Bären zurückgelassen. Er behielt seine Richtung bei. Lief, wo Land war, und schwamm, wo die Fjorde am schmalsten waren. Und schließlich kam er zum Rødefjord, wo er wieder auf Menschen traf.

Das Schiff, das er sah, war eine französische Jacht, die eine Gesellschaft Wissenschaftler zum Røde Elv gebracht hatte, wo diese den Sommer über mit Goldwaschen beschäftigt waren. Die Expedition befand sich im Aufbruch, als Laban sie entdeckte. Die Männer hatten Zelte und Ausrüstung hinunter zum Beiboot getragen, und Laban sah zu, wie sie vom Ufer abstießen und zum großen Schiff ruderten. Er legte sich hinter einen Stein und beobachtete die fremden Menschen. Er sah, dass dort ein Schiff war, fast genau so wie das, mit dem Lodvig weggefahren war. Er sah die Leute an Bord gehen und hörte, wie der Anker gelichtet wurde. Um dieses Mal nicht zu spät zu kommen, lief er zum Strand und begann zu kläffen und bellen.

Die Expeditionsleute liefen an der Reling zusammen. »Seltsam«, meinte der Expeditionsleiter. »Da ist ja ein Hund.«

»Ein Wolf«, verbesserte ihn der Kapitän. »Ich habe schon zu viele Wölfe in meinem Leben gesehen, um mich zu irren.«

Aber der Leiter blieb dabei. »Das da ist ein Hund«, sagte er mit Überzeugung. »Ein Wolf bellt nicht, der heult auf eine ganz andere Weise. Ungefähr so …« Und er legte die Hände an den

Mund und stieß ein schauerliches Geheul aus, das allen die Haare zu Berge stehen ließ, selbst Laban hätte fast das Weite gesucht.

»So hört sich ein Wolf an, meine Herren«, sagte er. »Sie hören hoffentlich den Unterschied.«

Laban watete im Wasser zum Schiff hin und begann zu schwimmen. Ab und zu kläffte er, um das Interesse aufrechtzuerhalten.

»Es sieht so aus, als ob er mit will«, sagte der Leiter. »Wir sollten ihn besser an Bord holen.«

»Ich will keinen Wolf an Bord haben«, entgegnete der Kapitän.

»Das kann ich gut verstehen.« Der Leiter blickte den Kapitän kühl an. »Aber es handelt sich hier um einen Hund, wie ich schon sagte, und vor Hunden haben Sie ja wohl kaum Angst.«

Viele eifrige Hände halfen Laban an Bord. Der Kapitän nahm ihn näher in Augenschein und musste einräumen, dass es sich nicht um einen richtigen Wolf handelte. Aber, und da musste der Leiter ihm auch wieder Recht geben, das Tier hatte ein ausgesprochen wölfisches Aussehen.

»Unsinn«, entgegnete der Leiter. »Das da ist ein Bastard, eine Mischung aus Windhund und Neufundländer. Wer das nicht sieht, ist wirklich ein Idiot.«

Laban wedelte einschmeichelnd mit dem Schwanz und leckte gründlich die Hände des Leiters. Denn Laban war ein kluger Bastard. Der Leiter war ganz gerührt und nahm ihn mit in seine Kabine und ließ den Koch das Beste aus der Kombüse auftragen.

Die Überfahrt von Grönland nach Europa war für Laban ein wunderbares Erlebnis. Keiner wollte etwas von ihm, sogar der Kapitän versuchte, es ihm recht zu machen. Er fraß, trank, schlief und leckte freundliche Hände auf dem ganzen Weg von Rødefjord bis nach Le Havre.

Der Expeditionsleiter war von dem Hund so eingenommen, dass er ihn in sein Heim in Paris mitnehmen wollte. Bald nach der Ankunft in Le Havre zeigte er Laban in ganz Frankreich herum, beschrieb detailliert seine Begegnung mit diesem mystischen Hund, der aus der Einöde aufgetaucht war, als die Expedition das Polarland verließ. Er erfand, um seine Geschichte zu würzen und Laban eine akzeptable Vorgeschichte zu verschaffen, einen unbekannten Jäger, dem der Hund früher gehört hatte. Und er ließ diesen armen Fänger unter fürchterlichen Leiden umkommen, indem er solche Möglichkeiten wie Schnee- oder Steinlawinen, das Niedertrampeln durch eine Herde Moschusochsen, Überfall eines Bären, Sturz in eine Gletscherspalte oder Ertrinken in einem Eisloch durchblicken ließ. Er erfand eine schöne Erzählung über Labans Mut, über Liebe und Treue gegenüber dem Umgekommenen und über die Stärke und Ausdauer, mit der sich Laban bis zu dem Augenblick rettete, wo er mit Gottes Hilfe auf Menschen stieß. Dies prächtige Tier bewies, was er im Übrigen immer schon vertreten hatte, dass Mischrassen klüger, stärker und ausdauernder als reine Rassen sind. Er ließ Laban für alle Zeitungen des Landes fotografieren.

Laban ließ sich das alles mit einer einzigartigen Geduld gefallen. Er lag still zu Füßen des Expeditionsleiters und träumte sich zur Hütte an der Ross Bay, träumte von den langen Unterhaltungen mit Lodvig und den schönen Fahrten vor dem Schlitten. Er ließ sich willig hinter den gewaltigen Ohren kraulen und schnüffelte höflich an dem Stapel Bewundererbriefen, die täglich haufenweise eintrafen.

Eine Woche nach seiner Ankunft in der französischen Hauptstadt machte sich Laban aus dem Staub. Er lief zum Boulevard Montmartre hinauf, wo er unverschuldet ein Verkehrschaos verursachte, rannte weiter nach St-Denis und gelangte aus der Stadt, die Schnauze in Richtung Chantilly. Und so begann seine lange Wanderung durch den halben Kontinent.

Labans genaue Reiseroute kennt man natürlich nicht. Aber durch sorgfältige Nachforschungen in Leserbriefen und anderen Zuschriften in der europäischen Lokalpresse aus dem betreffenden Zeitraum kann man so ungefähr seinen Weg rekonstruieren.

Ein Bauer in La Fère an der Oise beschwerte sich über einen Bären von »ungeheuren Ausmaßen«, der ihn in den Brunnen jagte und vier ausgezeichnete Legehühner sowie eine Schüssel Weißbrotteig fraß, den seine Frau zum Aufgehen aufs Fensterbrett gestellt hatte.

Ein Wildhändler in Bavay, einer Grenzstadt nahe Belgien, meldete der Polizei einen Riesenwolf, der einen Hasen geraubt hatte, der vor dem Geschäft an der Mauer enthäutet abhing, und am selben Abend wurde ein vom Glauben abgefallener Uhrmacher, ebenfalls in Bavay, wieder ein gläubiger Mensch. Er bezeugte bei Gott und vor der lokalen Presse seine Begegnung mit eben diesem Teufel an der Ecke Rue des Fauberges und Rue de Balzac. Dieser hatte ein schwarzglänzendes Fell, er war am Uhrmacher in einem Abstand von weniger als einem Meter vorbeigesprungen.

In Charleroi ging Laban an Bord eines Kohlenleichters, der sich auf dem Weg nach Gent befand. Er legte sich in die Kohlenhaufen und blieb so unsichtbar. Erst in der Nacht erwachte er. Ein großer gelber Mond hing genau über dem Bug des Leichters, und als Laban den Mond erblickte, ergriff ihn ein heftiges Heimweh. Er setzte sich auf und heulte seines Herzens Sehnsucht hinauf zum geliebten Himmelskörper.

Das war für den Skipper des Leichters zu laut. Er steckte den Kopf zur Tür des Steuerhauses hinaus, starrte mit aufgerissenen Augen auf das schwarze, heulende Ungeheuer und sprang ohne Zögern in den Kanal.

Der Leichter behielt seinen Kurs bis zur nächsten Schleuse bei. Hier bohrte sich sein Steven durch das Schleusentor, seine Steuerbordseite wurde aufgerissen, und er sank auf der Stelle, doch nicht so schnell, als dass Laban nicht noch blitzschnell an Land gelangen konnte.

Es ist nicht bekannt, ob Laban seinen Weg durch Holland nahm. Und auch wie er schließlich nach Kopenhagen gelangte, ist unklar. Aber es gibt keinen Zweifel, dass er sich auf dem Heimweg wusste, weil die Leute hier sich wie Lodvig anhörten und auch so rochen. Tatsache ist, dass er sich am 6. April in Kopenhagen befand. Man konnte dort nämlich am Morgen einen indignierten offenen Brief lesen, der an den Direktor des Zoologischen Gartens von Kopenhagen gerichtet war. Der erboste Einsender beschuldigte den Direktor der mangelnden Dienstaufsicht. Er behauptete, dass die Tiere des Zoologischen Gartens in Kopenhagens Straßen nachts frei herumliefen, und er belegte seine Behauptung mit der Beschreibung eines schwarzen Bären, den er in besagter Nacht über den Rathausplatz habe trotten sehen.

Schon in den Nachmittagsblättern wies der Direktor den Angriff zurück. Er hatte bei seinen Bären eine Zählung durchgeführt und vermisste keinen.

Nun herrschte einige Tage Ruhe. Obgleich viele im Lauf der nächsten Tage den besagten Bären sahen, der häufig damit beschäftigt war, Tauben auf den Plätzen der Stadt zu fangen, gab es keinen, der seine Beobachtung öffentlich preisgeben wollte. Es gingen Gerüchte über den Bären um, über seine Wildheit, Grausamkeit und seinen Geschmack am Menschenfleisch.

Dann geschah es, dass ein begabter Journalist die blendende Idee hatte, den besagten Bären mit dem »Monster vom Nordpol«, das seit Monaten in der französischen Presse herumgeisterte, zu vergleichen. Er schrieb einen unglaublich interessanten Artikel, in dem er versuchte, den Wegen des Monsters zu folgen, und dieser Artikel fiel Lodvig in die Hände.

Lodvig war schon lange aus dem Krankenhaus entlassen, er hatte sich in der Pension der Witwe Simonsen in der Lille Strandstraede einlogiert. Er lag auf seinem Bett und las über das Monster, und als er fertig gelesen hatte, blickte er nachdenklich zur Decke. »Unglaublich«, murmelte er. Er schloss die Augen und sah Laban vor sich. »Vom Rødefjord nach Kopenhagen, das sähe dem Teufel ähnlich.«

Er sprang aus dem Bett, stieg in seine Kamelhaarpantoffeln und rannte so schnell er konnte die Lille Strandstraede hoch. »Es ist Laban«, sang es in ihm. »Der Teufel soll mich holen, wenn ers nicht ist.« Stöhnend kletterte er übers Gitter des Kgl. Grönländischen Handelsplatzes.

Im Packhaus, wo die Waren für die nordostgrönländischen Fangstationen gelagert wurden, stand ein Fenster offen. Lodvig steckte den Kopf durchs Fenster und rief leise: »Laban! Bist du hier? Laban, ich bins, Lodvig.«

Er legte eine Hand hinters Ohr und lauschte. Und dann hörte er den taktfesten Rhythmus, mit dem sich ein froher Hundeschwanz bewegt. Er blickte nach oben und entdeckte Laban, der sich ein Lager auf einem Stapel Trockenfisch gemacht hatte.

»Laban!«, rief Lodvig voller Freude. Er kroch durchs Fenster. »Du alter Racker. Das ist aber wirklich ein Ding. Hähä, jetzt hast du die Welt auf den Kopf gestellt. Komm her.«

Laban sprang von dem Trockenfischstapel herunter, lief zu Lodvig und legte sich auf dessen Füße. Lodvig schnaufte und spuckte aus vor lauter Verlegenheit. Er nahm Labans Kopf und schüttelte ihn sachte.

»Du kleiner Vagabund! Du wolltest bei Lodvig sein, was?« Er setzte sich auf den Boden und verbarg sein Gesicht in Labans dickem Fell.

»Jetzt gehen wir zwei nach Hause zu Madam Simonsen und melden dich an«, flüsterte er, »und dann bestellen wir die Heimreise für dich bei Skipper Olsen, gleich morgen, jawohl.«

Laban fiepte und leckte Lodvigs Gesicht. Er hob die Schnauze und heulte vor Freude. Lodvig saß daneben und musste seine Augen wischen und mit dem Pulloverärmel unter die Nase fahren.

Jørn Riel über das Glück des Schreibens

Mein Leben ist wie eine wahre Geschichte, die auch eine Lüge sein könnte. Oder umgekehrt. Wer kann das wissen? Ich kann es nicht.

Grönland ist wie … ein Virus. Es ist unheilbar. Es ist die Weite, die Schönheit, der Frieden. Man ist sein eigener Meister, man erschafft sich einen Hauch von Sicherheit. Es ist der einzige Ort, wo man sich wirklich spürt, wo man in innerem Frieden und Sicherheit leben kann, weil man sich daran gewöhnt, nur sich selber zu vertrauen. Wer in diese Stille eintritt, wer diese Stille hört, wird sich seiner selbst bewusst, weil er nichts anderes mehr hört als sich selbst. Das ist das Einzige, was man hört. Im Mai ist die Stille total: Das Eis bewegt sich noch nicht, es geht kein Wind, und die gute Sicht verstärkt das Nichtexistieren der Geräusche, wie wenn jemand leise gesagt hätte: Stopp!

Bei meinem ersten Aufenthalt im Nordosten Grönlands habe ich mit dem Schreiben begonnen. Damals war ich neunzehn Jahre alt. Ich war dort, um meteorologische Untersuchungen durchzuführen. Einen ganzen Winter lang hatte ich nur einen jungen Eskimo als Begleiter. Um die Zeit zu vertreiben, kam mir die Idee, literarische Abende zu veranstalten, doch wir hatten nur Technikbücher bei uns. Nachdem wir also die tausendfünfhundert Seiten über die Radioübertragung abgehakt hatten, habe ich mich an den Tisch gesetzt und angefangen zu schreiben, nur um der Erzähllust willen. Das, was ich geschrieben habe, habe ich dann nach und nach meinem Eskimofreund vorgelesen. Seither habe ich nicht mehr aufgehört mit Schreiben. Mir jagt ein leeres Blatt Papier keinen Schrecken ein, mir fällt das Schreiben leicht, es fließt in einem einzigen Strahl aus mir heraus. Danach ändere ich eigentlich nur noch wenig.

Meine Erzählungen und Geschichten sind in der Tat von einer sehr alten Erzähltradition inspiriert, Spuren davon findet man sogar in den großen skandinavischen Sagen. Eine Tradition, die bis heute lebendig geblieben ist und vom Vater an den Sohn weitergegeben wird, indem man sich diese Geschichten an langen Winterabenden erzählt. Eigentlich existieren zwei unterschiedliche Traditionen: Bei der einen erzählt man die Geschichte stets mit denselben Worten, bei der anderen ist der Erzähler gefordert, er muss die Geschichten ausschmücken, sie verschönern, sie – wenn nötig – verändern ... Es ist beinah überflüssig zu erwähnen, dass ich mich dieser zweiten Tradition verschrieben habe.

Meinen Erzählungen liegen Geschichten zugrunde, die sich die skandinavischen Jäger im Nordosten Grönlands erzählen. Diese Region gehört zu den unzugänglichsten Gebieten dieses Landes, hier liegt ein Gebirgszug, neben dem die Alpen wie niedliche Hügel aussehen. Als ich Anfang der Fünfzigerjahre hierher kam, schlossen die Stützpunkte der Jäger gerade. Heute findet man keinen einzigen mehr, und die Jäger sind alle verschwunden, wurden Opfer der Nationalparks. Diese Jäger glichen die Entbehrungen ihres rauen Lebens mit ihrer Fantasie aus.

Jørn Riel im Unionsverlag

Die Grönland-Saga

Eine Reise ins Herz der Arktis: die große Roman-Saga über die Geschichte Grönlands.

Der Raub der Stammesmutter
Arluks große Reise
Sorés Heimkehr

Weitere Werke

Vor dem Morgen

Eine Inuit-Großmutter und ihr Enkel erleben Traum und Schrecken des Winters auf einer Polarinsel.

Das Haus meiner Väter

Dies ist die Geschichte des Inuit-Jungen Agorajaq, seiner zwei weißen Väter und seiner drei Onkel.

Nicht alle Eisbären halten Winterschlaf

Mit Witz und Poesie erzählt Riel von den Abenteurern, die ihr Glück in Grönland suchen – und finden.

Zu viel Glück auf einmal

So weit die Eiswüste ist, so unerschöpflich ist ihr Schatz an Geschichten.

»Das Wissen, das Jørn Riels Bücher vermitteln, ist eindrücklicher als ein Museumsbesuch. Näher kann man den Ureinwohnern nicht kommen, ihren Sitten und Tabus, ihren Göttern, dem harten Kampf um Nahrung und Wärme und ums Überleben.« *Gazette der Gemeinschaft für Seefahrt*

Mehr über Autor und Werk auf *www.unionsverlag.com*

Weiße Rentierflechte

Aljoschka träumt von seinem ganz persönlichen Glück, von jener Frau, der er sich versprochen hat. Doch die ist fortgegangen, und im Schnee und Eis Nordsibiriens gebietet die Tradition der Nenzen, die Gemeinschaft über alles zu stellen. Er muss heiraten, eine andere. In dem kleinen Lager mitten in der Tundra, umgeben von Rentierherden, kämpft nicht nur Aljoschka mit seinem Schicksal. Da ist der alte Petko, den seine Tochter verlassen hat, und Wanu, hilflos angesichts der Trauer seines Freundes. Und doch finden sie alle Trost in unerwarteten Momenten, Halt in der Wärme des Feuers, im Schnauben der Tiere und in einem ruhigen Gespräch.

Der erste übersetzte Roman einer nenzischen Autorin erzählt von der Suche nach dem Sinn, der Last des Schnees und von einer zarten, tragischen Liebe.

»Nerkagi liefert faszinierende Einblicke in den Alltag ihres besonderen Volkes. Poetisch erzählt sie vom tragischen Generationenkonflikt, dem Sohn, der ausbrechen will, seiner großen Liebe in die Stadt folgen, während die Mutter alles daransetzt, ihn zu halten und nach den Traditionen zu leben.« *Süddeutsche Zeitung*

»Nerkagi schildert das Leben der Nenzen im Norden Russlands und fragt nach den Kosten der Moderne. Ein sehr anschaulicher Roman.« *Frankfurter Allgemeine Zeitung*

»Voller Verweise auf den lebendigen Naturglauben der Nenzen. *Weiße Rentierflechte* erzählt über große Gefühle am Rande des ewigen Eises, über das Warten und die Hoffnung, über Schweigen und Sprachlosigkeit, über Mitgefühl und Liebe.« *SWR*

Mehr über Autorin und Werk auf *www.unionsverlag.com*

Der hohe Norden im Unionsverlag

Juri Rytchëu *Traum im Polarnebel*

Nach einem Unfall wird der Kanadier MacLennan auf einem Hundeschlitten durch die eisige Tundra, im äußersten sibirischen Norden, zu einer rettenden Schamanin gebracht. Bei der Rückkehr zur Küste ist sein Schiff längst in See gestochen. Er muss als einziger Weißer unter dem Volk der Tschuktschen überwintern. Aus einem Winter wird ein ganzes Leben.

Juri Rytchëu *Die Suche nach der letzten Zahl*

Im Jahr 1918 landet Roald Amundsen, unterwegs zum Nordpol, vor der tschuktschischen Küste. Im Schamanen Kagot findet er einen Bruder, mit dem er den Forschergeist teilt – aber auch eine tiefe Schuld. Aus einer Episode der Wissenschaftsgeschichte macht Juri Rytchëu ein fesselndes Epos über die Begegnung von zwei Zivilisationen.

Stan Jones *Weißer Himmel, Schwarzes Eis*

Als sich in Chukchi, einem kleinen Städtchen im hohen Norden, die Selbstmorde häufen, wird Alaska State Trooper Nathan Active neugierig. Er ist selbst Inupiaq, laubt aber nicht an den Klatsch über einen alten Schamanenfluch gegen den Clan. Bald steckt er bis zum Hals in einem Umweltskandal, der ihn Kopf, Kragen und Karriere kosten kann.

Bergsveinn Birgisson *Die Landschaft hat immer recht*

Schafe, Wetter, Fische: Auch Halldór gibt zu, dass an Islands Küste nicht viel los ist. Aber der Seehundspeck ist eine feine Sache. Und als im Wohnheim eine Haushälterin eingestellt wird, steht Halldór vor einer echten Herausforderung: der Liebe. Warmherzig erzählt Birgisson vom Leben der Küstenfischer – dieses Buch ist pure isländische Magie.

Mehr über alle Bücher und Autoren auf *www.unionsverlag.com*

Sólrún Michelsen *Tanz auf den Klippen*

Zwei Mädchen in einem Dorf auf einer abgelegenen Insel. Sie wachsen auf in einer archaisch wirkenden Welt, in zwei Familien, die unterschiedlicher nicht sein könnten. Jahre später treffen sie sich als junge Frauen wieder: Die eine als Studentin auf der Suche nach ihrem Weg ins Leben, die andere als rätselhafte, mit den Männern spielende Schönheit.

Joan Clark *Der Triumph der Geraldine Gull*

Am Rande der Hudson Bay, zwischen der Baumgrenze und dem ewigen Eis, liegt verloren und vergessen das Indianerdorf Niska. Hier soll Willa Coyle, die junge Kunstlehrerin, den Kindern in den Sommermonaten Zeichenunterricht geben. Ein Fluch scheint über dem Dorf zu liegen.

Jørn Riel *Zu viel Glück auf einmal*

Kälte und Einsamkeit im Polarwinter sind nicht leicht auszuhalten. Aber die Jäger und Fänger finden schon einen Zeitvertreib. Sie erteilen einem Leutnant eine Lektion fürs Leben, feiern ein würdiges Totenmahl, bei dem beinahe der Falsche die letzte Reise antritt, und erfahren am eigenen Leib, wann die Liebe einer Schlange ein Ende hat.

Jørn Riel *Vor dem Morgen*

Einen glücklichen Sommer verbringen die Inuit-Großmutter und ihr Lieblingsenkel auf einer unbewohnten Insel vor der Küste Grönlands. Aber dann, im Herbst, bleiben die Boote, die sie zurückholen sollen, aus. Was wäre, wenn sie den unbarmherzigen arktischen Winter alleine überstehen müssten? Wenn sie gar die letzten Menschen auf dieser Welt wären?

Mehr über alle Bücher und Autoren auf *www.unionsverlag.com*

Die Reise der Narwhal

Der eigenbrötlerische Erasmus Wells ist Teil einer ehrgeizigen Arktisexpedition. Doch die großen Ziele rücken in immer weitere Ferne, als sich der krachende Winter um das Schiff schließt. Barrett erzählt vom Verstehen und Missverstehen einer anderen Kultur und nicht zuletzt von der Bedeutung der Frauen im Schatten der gefeierten Entdecker.

Die Luft zum Atmen

Im Sanatorium am nebelverhangenen Tamarack Lake, weitab von den Wirren des Ersten Weltkriegs, herrscht ein eintöniger Alltag. Bis ein Neuankömmling vorschlägt, sich gegenseitig zu unterrichten – und die Bewohner bald nicht nur die Welt Einsteins und Madame Curies erobern, sondern auch die verloren geglaubte Schönheit des Lebens wiederentdecken.

Schiffsfieber

Das heisere Gezänk nistender Möwen, Vögel ohne Füße und nachtschwarze Jaguare befeuern den Drang, forschend die Welt zu durchdringen. Doch ob Mendel oder Linné, immer wieder locken falsche Fährten, vergehen Chancen. Einfühlsam erzählt Barrett von revolutionären Erkenntnissen, brennenden Zweifeln und der Frage was bleibt, wenn es still wird.

»Barretts Fähigkeit, die tiefsten Geheimnisse des Universums mit so leichter Hand zu behandeln, ist ein Wunder für sich.«
The Washington Post

Mehr über Autorin und Werk auf *www.unionsverlag.com*

Kukum

Als Almandas Blick auf den jungen Mann in dem Kanu fällt, beginnt für sie eine neue Zeitrechnung. Sie folgt dem ruhigen, freundlichen Thomas in ein neues Leben, zu seiner Familie und dem Volk der Innu. Geborgen in einer Gemeinschaft, die ganz zu der ihren wird, lernt sie zu jagen, zu lieben und zu überleben. Der Rhythmus des Waldes und die Wege des Flusses bestimmen die Schritte der Innu, doch nach und nach beanspruchen immer mehr Siedler das Land für sich. Die Sägewerke vernichten die Wälder, die Flößerei verstopft die Flüsse, und die Innu werden in eine Welt gezwungen, in der sie sich nicht zurechtfinden. Einfühlsam erzählt Michel Jean die Geschichte seiner eigenen Urgroßmutter, seiner Kukum, und die Geschichte der Ersten Völker, die in den offiziellen Berichten nicht vorkommt.

»Wir lauschen der Stimme dieser fast hundertjährigen Frau, als ob wir ebenfalls im Herzen des Waldes um ein Lagerfeuer sitzen.« *Un Dernier Livre*

»Anhand des Schicksals dieser starken, freiheitsliebenden Frau beschreibt Michel Jean auch das Ende der traditionellen Lebensweise der Nomadenvölker im Nordosten Amerikas.« *Falter*

»Ein überraschend warmer Roman. Er breitet sich zunächst aus wie die Tannenzweige im Zelt, die den weichen Boden zum Schlafen bilden. Michel Jean erzählt plastisch von der Schönheit und der Feindseligkeit der Natur.« *Kurier*

Mehr über Autor und Werk auf *www.unionsverlag.com*